上海光华教育发展基金会
Shanghai Guanghua Education
Development Foundation

陈望道传

CHEN
WANGDAO

邓明以 著

復旦大學出版社

出版说明

一、陈望道先生是我国马克思主义的早期传播者、中国共产党的创始人之一，同时也是著名的学者和教育家，自1952年起担任复旦大学校长直至去世。《陈望道传》初版于1995年，2005年推出第二版，值此复旦大学建校120周年之际，予以修订再版。

二、本次再版修订情况大致如下：

（1）改正旧版文字、知识性差错，确保内容严谨性与学术规范性。

（2）吸收近年的研究成果进行修改增补。

（3）对书稿涉及的引文和文献进行核查、校勘，确保史料来源的权威性与准确性。

（4）调整所有插图，并采用AI图像修复技术着色优化老照片。

三、本书旧版为单色印制，本版采用全彩印刷工艺。

四、本次修订工作得到了作者邓明以教授的先生陶松龄教授的支持，霍四通教授拨冗审校全稿，陈振新、陈光磊、钱益民等教授亦给予很多建议，上海光华教育发展基金会予以大力支持，在此表示衷心感谢。

谨以此书致敬复旦先贤，献礼双甲之庆，冀望承前启后，薪火永续。

编者

2025年4月

目 录

首版序

夏征农

邓明以教授编著的《陈望道传》出版了。

邓明以教授是复旦大学陈望道先生的学生，毕业后，长期任陈望道先生的秘书。她出于对陈望道先生的崇敬，花了数年时间，搜集、整理、研究有关材料，编写成这本传记。它的出版，使这位马克思主义第一批传播者、中国新文化运动创始人之一，著名学者、教育家——陈望道先生的一生经历，道德文章，精神风貌，如实地重现在读者眼前。这不仅为研究陈望道学术思想提供了全面系统的材料，也为研究“五四”以来中国新文化运动史提供了许多可贵可信的资料，特别是为现在和今后的青年一代，提供了一个学习的榜样。

我作为陈望道先生的学生，作为这本传记的第一个读者，向为编写这本传记不辞辛劳的邓明以教授表示感谢！

我愿意向青年读者推荐这本《陈望道传》。

1994 年 9 月 6 日

好学力行的教育家

——《陈望道传》再版序

秦绍德

给一位敬重的先贤的传记写序，实在是不敢奢望的事。这篇文字权作学习笔记吧。晚生修业晚，但总算赶上了年代，有机会亲睹先贤一面。那是 1965 年刚刚入学复旦的时候，好几次在校园里看到一位面目清癯的老人，穿着深藏青的呢中山装，腰板挺得笔直，走向四幢楼（当时的校行政办公楼），步履很快。有高年级同学悄悄告诉我，这就是陈望道校长。

陈望道，这个名字在我们心目中如雷贯耳。我们不仅知道他是《共产党宣言》第一个中文译本的翻译者，参加了中国共产党的创建工作，我们还知道他在复旦工作半个多世纪，是一位将毕生精力贡献给复旦的老校长。陈望道担任校长的年代，正是复旦崛起的时代。1952 年，全国高校院系调整，18 个兄弟院校的相关系科并到复旦，一时间群星际会，人才荟萃。这既让人高兴，又可以想象当年校长也不容易当啊。各校有各校的传统和校风，教授们又个性迥异。要把这多样化的文化背景融到一起，很难短时间做到。如果没有一个有资历有声望的校长，难以振臂一呼、凝聚人心。而陈望老众望所归，正是一位合适的校长。在陈望道的主持下，在党委的支持下，复旦各项工作走上轨道，规章制度也订起来了，各路大军融合到一起。经过这一时期的调整发展，复旦成为国内实力雄厚的综合性大学。

综观大学发展史，在一所大学的发展关键时期，总会有几位校长呕心沥血、挺身鼎力，才成就了那时的辉煌。著名的大学和著名的校长是联系在一起的。在复旦百年校庆来到的时候，我们更加缅怀为创办复旦作出重大贡献的老校长马相伯、李登辉、陈望道、苏步青、谢希德。

陈望道不是一般管理层面上的校长，而是一位长期在教育教学第一线工作、好学力行的教育家。他是一位修辞学家。他在1932年所著的《修辞学发凡》，开创了中国现代修辞学，是“中国第一部有系统的兼顾古话文今话文的修辞学书”（刘大白语）。他又是中国现代新闻教育的推动者——复旦新闻系的实际创始人之一。早在1924年，他在复旦中文系任教时就已开设“新闻学讲座”，以后他又将讲座扩充为新闻学组，由他和邵力子讲授新闻学。1929年，在他任中文系系主任时，便将新闻专业分了出去，正式成立新闻系。他之所以能倡办新闻学，是和他的新闻出版经历分不开的。他主编过著名的《新青年》，参加过《共产党》月刊的编务，办过《民国日报》副刊《觉悟》《妇女评论》等，创办过《太白》杂志。丰富的新闻出版经验促进了他对新闻学的研究和教学。从1942年起，他担任复旦新闻系系主任达8年之久，提出了理论结合实践的办系指导思想，创办了含有印刷室、收音广播室等实践功能的新闻馆，亲自担任供学生实习的“复新通讯社”社长。陈望道主持系务，奠定了复旦新闻系的发展基础，使之后来成为我国历史最久、最有影响的新闻系。

陈望道是一位很有个性的人物，执着而又倔强。追求理想，始终不渝。正直不阿，容不得半点尘埃。资望很高，不事张扬；为党做了许多工作，却非常低调。许多人敬畏他，其实他是一个平和的老人。对于我们后辈来说，认识先贤只能凭着对逝去岁月的片断理解。先贤们当时的业绩，以及他们的精神世界远比我们理解的要丰富、深刻。好在已故的邓明以老师（我有幸也曾与她交谈过）为我们提供了这样一部好书，用句时髦的话来说，让我们走近陈望道。

草于2005年清明，将陈望道校长的
骨灰移葬于青浦福寿园之际

○一

故　乡

1892 年 1 月 8 日，清光绪十七年农历腊月初九[1]，陈望道诞生在浙江省义乌县河里乡（今义乌市夏演乡）分水塘村。

义乌县位于浙江省中部，是浙江中部地区的重要交通枢纽。它地处金衢盆地东缘，东邻东阳，南界永康、武义，西连金华、兰溪，北接诸暨、浦江。县境东、南、北三面群山环抱，南北长而东西狭。

义乌是一个极为古老的城市，早先在于越境内。东周时先属越国，后为楚地。秦王嬴政（始皇帝）廿五年（前 222 年）定江南，平百越，建县名乌伤，属会稽郡。乌伤名称的来由，相传“秦颜孝子氏，事亲孝，葬亲躬畚锸，群乌衔土助之，喙为之伤。后旌其邑曰乌伤，曰乌孝，曰义乌，皆以孝子故”。东汉初平三年（192 年）后，数次析地设置新县。唐武德七年（624 年）起称义乌，至今未变。宋时属婺州，明、清属金华府，民国时期先后直属省、金华道和四、五、三、八专区。新中国建立后，属金华专（地）区，1955

① 陈望道生年原作 1891 年 1 月 18 日，据陈光磊《陈望道生年考订》一文（载《文汇报》2022 年 9 月 26 日）改。

年7月起属金华市。1959年年底浦江县并入，1968年5月析出。[①]

义乌有着自己的优良传统，长期以来它以“勤耕、好学、刚正、勇为”的义乌精神培育出一批人杰。郁达夫曾撰诗：“骆丞草檄气堂堂，杀敌宗爷更激昂”，说的便是“初唐四杰”之一的骆宾王和宋代抗金名将宗泽。他们二人在历史上都享有盛名。再如，元代著名史学家黄溍，明代参修《元史》并因谕降云南梁王而死节的王祎，皆以文章道德著于时；明代抗倭御边的儒将吴百朋、清初治河名臣朱之锡，以公、忠为国，不敛私财而名于世。该县籍名见史书列传的，从后汉抗袁术被害的陈留相骆俊，到清末反对慈禧卖国宠佞的监察御史朱一新，计37人。其中不乏忧国爱民、忠贞正直之士。[②]

近代和现代的义乌更是人才辈出，像史学家吴晗，文艺理论家、作家冯雪峰等，皆为义乌人。至于中国共产主义运动的先驱、马克思主义在中国的传播者、著名的教育家、语言学家陈望道更是其中杰出的一员。

义乌的县城——稠城镇，自秦时建乌伤县以来即为县治，向为全县政治、文化中心。1932年起更成为全县经济、交通的中心。唐初曾就乌伤县置稠州，州署设今义乌中学所在，稠城镇名源于此。

陈望道的出生地——分水塘，是现今义乌市夏演乡的一个山区村庄，离义乌市治稠城约40华里，在市北偏西方向。这是一个广仅15亩的山村，然因地势险要，在当地颇有些名声。从义乌县志的湖水一览里亦能查见。分水塘，四面环山，山水相依，天然景色十分秀丽。村前有一个不大的水塘，水源从两边分流开去，西北一路流入浦江县境，东南一路汇入义乌县城，分水塘因以得名。全村

① 参考《义乌籍人士著作展》中“义乌概况”一节，由政协义乌县委员会、中共义乌县委宣传部、义乌文化局、义乌县文联、义乌县图书馆于1987年9月编印。

② 同上。

陈望道故居

现有 400 多户，千余人口。分水塘村大多系山垄田，原先村民主要依靠翻山越岭卖柴为生。

分水塘村的地势较高，是个制高点，在地理上又是从金华到浦江的必经之地，因此，它又是个军事战略要地。在那硝烟弥漫的战争年代里，这里乃是兵家必争之地。1942 年 5 月，日军侵占义乌县，中国共产党领导组建的抗日游击队第八大队和坚勇大队在此开辟根据地，开展抗日武装斗争，抗击诸暨、义乌、金华、兰溪、浦江一带的敌伪军数千人。分水塘则成为抗日游击队第八大队的活动据点。游击队战士经常出没在分水塘村以及离此不远的佛堂镇一带。陈望道家乡那所盖自 1909 年的楼房，也曾成为游击战士常来常往的落脚点，因而分水塘村一带素有“红色根据地”之称。他家的那座楼房也被游击队战士誉为“革命的房子”。

陈望道的祖祖辈辈都居住在分水塘山村，分水塘的山山水水哺育了陈望道。他在这个山村出生、成长，随后又从这里走出山村，走向革命之路。1919 年 6 月，他从日本留学回国，在浙江杭州省立第一师范学校投身于“五四”新文化运动，之后又于 1920 年年初回到分水塘故乡，在山村的柴屋里，点燃了革命的火种——翻译了国际共产主义运动的第一个指导性的纲领《共产党宣言》，为中国共产党的建立，为中国的革命事业立下了不可磨灭的功勋。

〇二

家 庭

陈望道出生于一个农民家庭。祖父陈孟坡（族谱上列为孟字辈），平时以务农为生，同时又兼营了染坊的作业，销售靛青——一种染青土布的染料的买卖。在农闲时节，打些靛青，出售给街坊邻里，以贴补家用，这在当地是一项极为普遍的副业。孟坡先生既精通制作靛青的生产技艺，又善于经营，例如，在头年里，村上的其他人家打出来的靛青，由于种种原因一时销不出去，但是又急于脱手，他便将颜料全部收购下来，待到来年开春后再销售出去，定能卖个好的价钱。如此经营多年，颇积攒了些家产。

父亲陈君元（族谱上列为君字辈），号菊笙，因生于重阳佳节，故又名陈重阳，村上的乡亲们都尊称为重阳伯。君元先生识字不多，早年曾考过武秀才，当过乡绅士，在村上有较高的威望。父亲弟兄五人，他排行第二，因伯父陈孟坡膝下无子，自幼即过继给伯父作嗣子。孟坡老先生去世后，重阳继承了祖业，以及制作靛青的技艺。平日一家人仍主要以务农为生，遇上农忙时节，田地自家人种不过来就雇上一两个长工。如此克勤克俭操持多年，家道不断上升，于是购田置屋，成了村上的一户小康人家，生活堪称上乘。

母亲张翠娟为村南先塘乡人，亦是个农家女子。她性情温和，

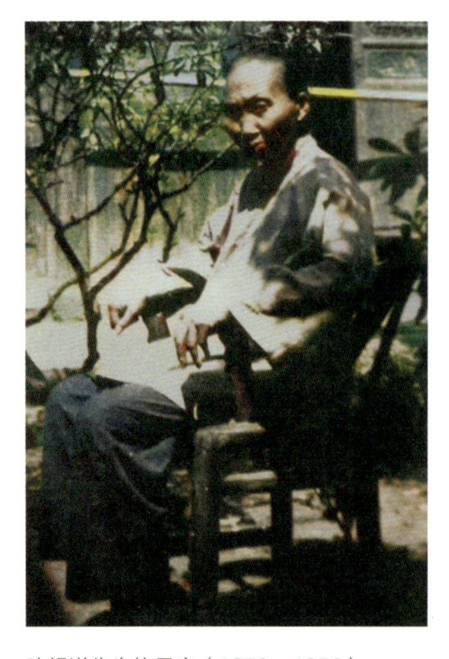
陈望道先生的母亲（1870—1950）

心地善良，辅助丈夫教子育女，治理家业，是位典型的贤妻良母，因此深得乡邻的爱戴和敬重。老夫妇生育了三男二女，长子参一（后改名为望道），接着是大女儿漱白（又名华英），二女儿漱青（又名华青），次子贯一（后改名为伸道）比参一小了整整十一岁，幼子精一（后改名为致道）又小贯一两岁。参一、贯一、精一又分别名为明融、明堂和明海，所以在族谱上他们是归入明字这一辈的。

父亲虽然是农民出身，但因受到清末维新思想的影响，颇能顺应时代的潮流，他并不祈求儿孙们留在身边替他经营这份家业；相反，宁愿变卖了田地将他们一个个送到县城去读书深造。他苦于自己识字不多，因此非常相信读书有用。他常对儿女们说：书读在肚里，大水冲不去，火烧烧不掉，强盗抢不走，无论走到哪里都管用。他不仅将三个儿子送出去上大学，还把两个女儿也送到县城女子学校去读书。为此，曾惹得村上一些思想守旧的人的非议。他们取笑他大概嫌“三个儿子读书读不穷，还要把两个女孩子送出去读书”。对于乡亲们的这些议论，君元老先生全然不予理会，而是表现出十分自信，坚持如故。平时，他还教育子女不要失去劳动人民的本色，要求他们在课余必须坚持参加田间的各种劳动。他还经常督促他们说：“你们若不参加农业劳动，就连粮食是从天上掉下来还是地里长出来这样一个简单的道理都不懂。”在父亲的严厉管束下，望道兄弟在农村的这段半耕半读的生活，无疑对他们的成长有着不可低估的作用。正如陈望道自己在以后的回忆中所说的："我在当地，也算是一等家庭的子弟，我家的规矩在当地一切的家庭之中，又算是最严的。"[①]

母亲张翠媗，信奉儒家思想。她乐善好施，对弱者富有极强的同情心。每当春暖花开的季节来临时，在自家的宅前屋后长满了嫩竹和春笋。村上一些家境贫困的村民，就偷偷前来挖春笋，家里的人看到后总要追赶出去。她却极力阻止大家，不让去追赶，还说，"他们也是为生活所迫，不得已而如此的，挖去就挖去了吧，只当我们送他们就是了，不必去追回来"。从此以后，家人再见到有人来偷挖竹笋，也就随他们去了，不再认真起来。逢年过节，母亲还总要慷慨解囊，接济四周乡邻。遇上荒年，她更是倾其所有，帮助乡邻渡过难关。她厌恶棍棒教育，绝不打骂自己的儿女，甚至不能容忍别人责打孩童。她常常很自豪地对人说，我一生从不打骂子女，但他们都个个成才，个个都有出息。由于父亲的早逝，在望道兄妹的心目中，母亲便成了仁爱和威严的象征，成了他们崇拜的偶像。儿女们对母亲也极为孝顺。母亲年轻时因操劳过度，患上了肺结核病。望道作为长子对母亲的疾病更是时时挂念在心中。据伸道说，大哥当年决定到日本留学，也就曾考虑到日本的医学比较发达，能找到医治母亲肺病的药。到了日本后，他更是千方百计地寻觅特效药，不断地寄回家中给母亲治病，母亲的肺结核病终于得到了根治。望道成年后，因长期在外献身于革命，无暇顾及老母和家庭，于是他就劝说大弟伸道放弃公费留日深造的机会，留在家乡侍奉老母和照料弟妹侄儿女等。当年伸道曾考取日本师范专科学校的公费生，听了大哥的劝说，决定顾全大局，留在家乡，担当起照顾全家的责任。伸道作出这一决定其实也是对大哥投身革命的一个有

---

① 《夏夜杂忆》，《陈望道文集》第1卷，上海人民出版社1979年版，第390页。

力的支持。

母亲还有着许多优秀品德，她与世无争，宽厚待人，还常常以德报怨，不记夙仇，一生与人和睦相处，因此无论在家族中还是在乡邻间都有极高的威望。母亲身上的种种美德，深深地铭刻在望道的脑海中，时时滋润着他，使他健康成长。

但是，母亲又同生活在旧社会里的千千万万个妇女一样，有着浓厚的封建意识。她信守"三纲五常"的旧礼教、旧传统和旧的道德观念。为了维护这些信条，她宁愿把年轻丧夫的幼女留养在家中，甚至连外孙女也一并留养在身边，供奉她们一切，而决不允许女儿再行改嫁，任凭望道兄弟怎样劝说，也丝毫改变不了她的初衷。

母亲堪称长寿，一生活了 80 有整，比她丈夫多活了整整 20 个年头。1950 年，全国解放的第二年，她无病而亡故。

○三

童年与少年时代

陈望道出生于清王朝的末年，这是一个帝国主义野蛮入侵，列强肆意瓜分、宰割我中华民族领土的战乱年代，是我国封建王朝历史上最黑暗、最腐败、最没落的一个年代。从 1840 年以来，两次鸦片战争所带来的一系列不平等条约，使我国的领土完整和独立主权遭受到严重的破坏，中国由一个独立的封建国家开始沦为半殖民地半封建的国家。

1894 年，陈望道 3 岁那年，日本帝国主义发动了侵华战争。1895 年，清政府即同日本签订了《马关条约》，这标志着帝国主义对中国进入了新的一轮侵略。帝国主义列强在中国拼命争夺各种资源，并为此展开了划分势力范围的争斗。

帝国主义的疯狂侵略，必然激起中国人民的极大愤慨和抵抗。1900 年爆发的义和团运动，曾一度起到遏止帝国主义列强直接瓜分中国的作用，但不久就因清政府的卖国媚外政策，义和团运动最终还是失败了。清政府在同八国联军签订了《辛丑条约》后就完全投靠帝国主义势力。帝国主义侵略势力与封建势力相互勾结，成为中国贫穷落后，中华民族受凌辱、受奴役的根源。帝国主义和中华民族的矛盾，封建主义和人民大众的矛盾，构成了近代中国社会的主要矛盾。因此，反对帝国主义和封建主义，争取民族独立和人民民主，就成为中国民主革命的基本任务。

陈望道就是在这样的一个时代背景下出生和成长的。

陈望道的童年是在分水塘山村度过的。自6岁起，他就在村上的私塾里跟随张老先生攻读四书五经等传统功课。他自幼勤奋好学，聪颖异常。传说，他在求学时有一目十行的惊人的记忆力和理解力。在课堂上，张老先生每当发现他的注意力不十分集中，似乎在思考着别的什么问题时，常要喊他站起来向他提问，而他却总能对答如流，这使张老先生感到十分惊讶。每逢考试，别的学生忙于复习功课，他却一如往常，照样玩耍或干其他事情。家人问他何以如此，他随口回答说，读书要靠平时，岂能临时抱佛脚，搞突击温课。他的学业成绩年年名列前茅。在各门功课中，他尤其擅长写作，作文本上，常常满布着老师用朱红笔添加的表示赞许的圈圈。

在父亲的影响下，他在课余除了参加田间的各种劳动外，还随从拳师学习拳术，练习武艺。他说，自己学习拳术的目的，一是为了健身，二是为了强国与兴邦。由此可见，陈望道在青少年时代就已立下了报国之志。由于他自幼练就了一身武功，以至到了中年时候仍能身轻如燕，毫不费力地纵身一跃跳过一两张桌子，还能从数步之外一跃跳上人力车的座位。甚至到了晚年，他仍然“坐如钟，立如松”，显得极有功夫。

少年时代的他，兴趣十分广泛，他喜爱绘画和音乐，还吹得一手清澈幽雅的洞箫。

〇四

男儿立志出乡关

随着岁月的流逝、年岁的增长，陈望道已渐渐地不满足于旧的传统的一套私塾教育的方式和内容，渴望获得新的科学知识。于是他在 15 岁那年离开分水塘农村，来到义乌县城进了绣湖书院学习数学和博物。①

绣湖书院建于清乾隆四十二年间，院址就设在义乌县治西绣湖边前公堤上。书院背山面水，景色宜人。翻开县志，上面还印有绣湖书院的蓝图与下列文字记载："群峰环列，云霞掩映，烂然若绣，湖因以名。"可见这里乃是读书的圣地。

然而，他在绣湖书院仅住宿学习了一整个年头，就于次年回到了家乡农村。陈望道虽出生在穷乡僻壤的山区农村，却自幼即怀有报国之心。自懂事起，他就对国家的兴盛与衰亡，民族的前途和命运，表现出深深的关切和忧虑。这时候，他开始醒悟到"要使国家强盛起来，首先要破除迷信和开发民智"②。所以，当他回到农村后便与村上一些志同道合的青年一起兴办村学，招募村童入学。他想通过这种教

① 1904 年，绣湖书院改为义乌官立绣湖高等小学堂。按清末学制，州县设立小学堂，高等小学堂限 15 岁以下儿童报考。小学堂多在书院基础上改制而成。

② 陈望道自述。

育方式来达到拯救国家的目的。这种“教育救国”的思想，在当时的许多爱国青年中普遍存在。与此同时，他还带领村上的激进青年起来破除迷信，他们动手砸毁了当地佛堂和庙宇内的泥塑神像——封建迷信的偶像，因为他深信，封建迷信是套在民众头上的一条精神枷锁。要使千百万民众觉醒，就必须起来砸碎这条千年的锁链。

长期以来，帝国主义列强对我国的入侵，造成了国弱民穷的悲惨现状。于是，他又开始幻想走“实业救国”的道路。为了实现这一理想，他又在一年之后离别家乡，考入金华府立中学堂——后改为浙江省立第七中学就读，以弥补自己知识的不足。① 他“刚从义乌——小小的县城来到金华这所大城市以后，一切都感到新奇”。在“兴实业，重科学，希望国家富强”的思想的强烈驱使下，他在金华府立中学堂发愤学习数理化等现代科学知识。铁路是国家的经济命脉，当年，孙中山曾说过“民欲兴其国，必先修其路”。国家的经济建设牵动着他的一颗爱国心。因此，当他在金华读书时，“听到哪里有开办铁路的消息就非常兴奋”。在金华府立中学堂学习了四年，虽然成绩优异，学业大进，但他急于要从金华府立中学堂肄业，为的是早一日赴欧美国家留学深造，学习先进国家的现代科学技术。那时，他“以为欧美的科学发达，要兴办实业，富国强民，不得不借重欧美科学”②。

离开金华府立中学堂后，他就积极为出国留学做准备。1913 年以后，他起先到上海一所补习学校补习英语，接着又考入浙江之江大学专攻英语和数学。

陈望道在留学的问题上，也是颇费一番周折的。他原先打算去欧美国家留学，但后来限于当时的种种条件，只能舍远就近改去日

---

① 1908 年陈望道入金华府立中学堂，该校 1909 年改为浙江省立第七中学。

② 陈望道自述。

之江大学旧貌

本。他的父亲君元老先生听说儿子要自费留学，考虑到此事要准备“大洋一畚箕一畚箕地往外倒的”，因此感到十分为难，迟迟不肯答应。陈望道起先并不言语，只将李白《将进酒》中的“天生我材必有用，千金散尽还复来”两句诗句，抄录了贴在墙上。父子二人如此僵持数日之后，君元老先生开始有些动摇了。于是望道就乘机劝说父亲，做父亲的工作，并一再表明“自己愿做一个无产者，将来决不要家中的一分田地和房产”的心迹。父亲见他确有志气和抱负，考虑再三，终于答应了他的要求。为了资助他赴日四年多的留学费用，家里变卖了许多祖传的田产。

君元老先生早年虽未正式上过学堂，却也曾接受当时维新思想的影响。他苦于自己没有多少文化，因此竭尽全力地培养子女们成才，让他们去实现自己的理想。但是，他毕竟生活在那样一个时代，受到了时代和阶级的局限与影响。对于一个像他那样的劳动人民来说，深感金钱的来之不易。望道赴日留学后，每当他向日本汇出一笔钱款时，总会忍不住地偷偷落泪。

〇五

东渡扶桑

1915 年初，陈望道告别了家乡的父母、妻儿等亲人们，只身东渡邻邦日本国留学。由于他先前打算留学欧美，在国内进的也是英语补习班，所以来到日本后不得不先在东亚预备学校学习一段时间的日语。紧接着他又先后在早稻田大学法科、东洋大学文科，以及中央大学法科等校学习。在此同时，他还到日本东京物理夜校学习。这所学校是以数学和物理学著称的。在留日四年半的时间里，他日以继夜地刻苦攻读，以惊人的毅力先后完成了法律、经济、物理、数学以及哲学、文学等许多学科的修习，最后毕业于中央大学法科，获得法学学士学位。

留日期间，陈望道除了发愤攻读各门专业知识外，“还非常关心当时的政治”①。

1915 年他赴日留学的这一年，正是中华民国宣告成立的第四年。也就在这年，大卖国贼袁世凯窃取了辛亥革命的果实，建立了封建、买办阶级专政的军阀政权。袁世凯政府实行独裁卖国政策，比起清王朝有过之而无不及。他不顾全国国民的强烈反对，公然接

① 陈望道自述。

受了日本提出的旨在灭亡中国的“二十一条”卖国条约，以换取日本对他复辟帝制的支持。

祖国的命运牵动着在海外求学的千百颗爱国青年的心。消息传到日本，当时的留日学生个个义愤填膺，并立即行动起来，组织各项爱国运动，陈望道也“与留日同学一起参加反对袁世凯接受日本‘二十一条’卖国条约，以及反对洪宪帝制的运动”[①]。

袁世凯复辟与卖国的罪恶行径，遭到了全国上下愤怒声讨，遂于1916年被迫取消帝制，袁贼自己也落得一个忧愤而死的下场。中国从此出现了军阀割据的混乱局面。亿万中国人民依旧处在水深火热之中。

但是，帝国主义的侵略、军阀的横行并不能阻挡中国的前进，中国的工人阶级随着资本主义在中国的发展而成长壮大，他们日益觉醒，为阶级和民族的利益而斗争。当时在国内的一批关心国家命运的有识之士以及正在国外留学的许多较早觉悟的爱国知识分子都在努力思索探寻着救国的真理。

1917年，俄国十月革命的炮声震撼了世界，也给一切被压迫的民族送来了马克思主义。俄国革命胜利的喜讯，迅速传至日本，立刻在当地产生了巨大的影响，在中国留日学生中也引起了强烈的反响。日本的一些著名进步学者纷纷向国内翻译介绍传播马克思主义的理论。就在此时，陈望道结识了日本著名进步学者、早期的社会主义者河上肇、山川均等人，开始接触马克思主义新思潮。

河上肇当时正在日本京都帝国大学经济学部担任教授，同时又在早稻田大学兼任教授。十月革命那年，他在《大阪朝日新闻》上连载《贫乏物语》一书，在当时日本产生很大的影响。1919年，他又创办个人杂志《社会问题研究》，以后又翻译了马克思的《资本

---

① 陈望道自述。

论》《工资劳动与资本》等著作。

山川均则长期在日本从事社会主义运动，并担任过《平民新闻》的编辑。1916年，他在东京组织卖文社，担任《新社会》的编辑。河上肇与山川均二人在十月革命前后，在进行社会主义的宣传、传播马克思主义方面都曾作出过积极的贡献。陈望道在课余十分喜爱阅读他们翻译介绍过来的马克思主义书籍和文章，很快接受了新思潮的影响。这时候，他“已逐渐认识到救国不单纯是兴办实业，还必须进行社会革命”。自此以后，他又在他们的影响下，“同他们一起积极开展十月革命的宣传和马列主义的传播活动，热烈向往十月革命的道路”①。当时，在中国留日学生中曾产生了许多学生组织。除了中国青年会及中国留学生总会之外，尚有浙江同乡会等。这些组织结合当时的国际和国内形势频频开展各种活动。当时，只要有活动开展，陈望道都热心前往参加。在当时的中国留日学生中，他是较为年长的一个，对于那些低年级的留日同学，他无论在政治上还是在生活上总是给予无微不至的关怀和帮助，因而深受大家的爱戴和尊敬。同乡金祖惠是在陈望道出国的第二年抵达日本的。金祖惠初到日本不通言语，陈望道就让他留宿在自己的住所，耐心地教他日语，课余还陪伴他上街去买东西，在各方面给予这位较自己年幼好几岁的低年级同学热情的照顾和帮助。金祖惠在陈望道处住了整整一年后才另觅住所。②

陈望道在日本留学的这段生活，对他的一生来说是一个重要的转折点。国际和国内革命斗争的现实，俄国十月革命成功的经验与辛亥革命失败的教训，深刻地教育了他，打消了他“实业救国”“科学救国”的幻想。十月革命和马克思主义新思潮的影响，

---

① 陈望道自述。

② 1981年6月1日，访问金祖惠记录。

促使他在思想上达到一个飞跃，开始在激进的民主主义思想中产生了社会主义的萌芽。

同时，在学术上他也终于闯出了一条道路。他说："我是在农村读国文，绣湖学数学，金华攻理化，之江习外语，到了日本，则几乎从自然科学到社会科学无不涉猎。"以后，他又终于从"一时泛览无所归，转而逐渐形成以中国语文为中心的社会科学为自己的专业"①。

陈望道在选择自己的人生道路时还有过这样一段曲折的经历。他一度曾选择了攻读法科的人生道路，以为"法科是万能的，是能驾御时代的"，因而在日本早稻田大学及中央大学攻读时，均选择了法律这一专业，并取得法学学士学位。然而，他最终还是摒弃了法科，从"不耐烦法科的人生"直至"咒诅法科的人生"，这一方面固然是由于老母亲的极力反对，母亲在他出国留学时，曾一再叮咛他："明儿，你到外国去，别去学法律，听说学法律，就要去做官，去杀人。明儿，你别去学杀人，你是同我一样不会看杀人的！"②这另一方面，也确实因为他在这时已开始彻悟到法科不过"是以古律今的，法科是援此例彼的，法科是单看外貌而不计较内心的，法科是只有功利的认识而无审美的观点的。法科的人生是复辟党的人生，是印板的人生"，甚或还是"绣花枕的人生，是市侩的人生"！更为重要的是，他竟是那样热烈地渴望着人们能够"互相了解""互相爱护""互相平等"。因而在他的内心深处已在热切地呼唤"文科的人生早快过来"③吧！

---

① 陈望道自述。

② 《记忆》，《陈望道文集》第 1 卷，第 516 页。

③ 《从法科的人生往文科的人生》，《陈望道文集》第 1 卷，第 367 页。

○六

投身“五四”新文化运动

1919年，在俄国十月革命的影响下，我国爆发了轰轰烈烈的五四反帝爱国运动。五四运动的导火线是中国外交在巴黎和会上的完全失败。1918年10月，第一次世界大战结束，德国战败。1919年1月，美、日、英、法、意等国在巴黎召开所谓和平会议，讨论处理战后问题，中国参加了对德国的作战，因此派外交总长等五人为代表参加和会。在全国民众舆论的压力下，中国代表在和会上提了下列七项要求：（一）希望列强放弃在中国的势力范围；（二）撤退各国驻华军队；（三）撤销各国在华的邮政电报；（四）取消领事裁判权；（五）归还租借地；（六）归还租界；（七）关税自主。同时还向和会提出了取消日本帝国主义企图灭亡中国的“二十一条”。但是这些正当的要求，由于美、日等帝国主义的阻挠破坏，根本就没有提到大会上认真讨论。中国代表退一步要求把战前德国在山东强占的各种特权归还中国。但在美英等国的默认和怂恿下日本帝国主义竟蛮横地硬要把德国在山东的特权继承下来，和约中也居然规定这些特权全部让给日本。

中国在巴黎和会上的外交完全失败，卖国的北洋军阀政府竟然准备在《巴黎和约》上签字。巴黎和会彻底暴露了帝国主义的狰狞面目和北洋政府卖国投降的丑恶嘴脸，也打破了一部分中国人对欧美帝国主义的幻想。

与此相反的是苏维埃俄国政府于此时发表对华宣言，宣布废除沙皇俄国强加给中国人民的一切不平等条约，放弃在华特权，支持中国民族独立运动，使中国人民受到极大的鼓舞。中国的先进分子立即把目光转向了俄国，产生了学习俄国、研究马克思主义的愿望。正如毛泽东所说的，“十月革命一声炮响，给我们送来了马克思列宁主义”。与此同时，中国的先进分子也开始认识到只有依靠自己的力量，依靠人民的斗争，才有可能拯救祖国于危难之中。

1919 年 5 月 1 日，当我国外交失败的消息传开后，中国人民积聚已久的愤怒像火山一样爆发了。本来北京各高等学校的学生为反对“二十一条”，计划于 5 月 7 日举行示威游行。外交失败的消息频频传来后群情激愤，要求提前举行游行。4 日，各校学生队伍约五千人来到了天安门。他们高举“取消二十一条”“还我青岛”“宁为玉碎，毋为瓦全”等标语牌。当学生队伍正在集合时，北洋政府派遣军警赶来，企图用武力驱散学生。学生怒不可遏，高呼口号，准备同军警搏斗。接着便发生了火烧赵家楼的事件，五四运动由此进入高潮。

在俄国十月革命影响下掀起的这场爱国政治运动很快就波及国外，在中国留日学生中也激起了汹涌波涛，他们纷纷集会要求取消“二十一条”卖国条约，正在日本早稻田等大学留学的陈望道也积极参加中国留日学生组织的这些活动。五四运动在祖国大地迅猛发展，他在日本再也待不下去了，遂于这年 6 月初返回祖国。

陈望道从日本启程回国，在回家乡的途中经过杭州，寄寓在杭州泰丰旅馆。这时候，同他在《教育潮》上有过一次通讯联系就此相识的《教育潮》主编沈仲九，得知他已到达杭州，便到旅馆去探望他，并有意欲引荐他去浙江第一师范学校任教。

五四运动

1918年8月《教育潮》第三期上，曾刊出了一则《致仲九》的通讯。这则通讯，使作者陈望道“图谋发展的壮志”得以初露锋芒。陈望道在这则通讯中写道：

> 适应时代的，才可以叫做真理；所以我们主张适应时代的知识和道德的人，不过是服从真理，并不足以当“新”的称号。只因为世界上还留有一班时代错误的人，我们就不能够不受那“新”的称号，并且不能够不受那他们攻击了！
>
> 但是，我们以为青年做人，决不可存一种懦怯的心理，因为一些些儿风吹草动，就裹足不前，仍旧应该图谋发展的！
>
> 我们因为图谋发展起见，回到浙江来，把浙江的出版的新闻等类，仔仔细细的调查了一番，实在非常失望；因为他们的著述，不但是够不上在二十世纪出版，就是在十九世纪，十八

世纪，乃至十七、十六……也还是够不上的。[1]

在沈仲九的热情引荐下，浙江省教育会会长、“一师”校长经亨颐曾多次到旅馆拜访、会晤陈望道，邀请他出任“一师”国文教员，陈望道愉快地接受了他的聘请。经亨颐在当时的日记中也有这方面的记载：

△ 1919 年 8 月 6 日　晴。大早，到校一转。即至会；晤陈望道，面允就本校国文教员。

△ 1919 年 8 月 10 日　晴。大早，进城，步行至岳坟乘舟。六时，至会，又至校，又至泰丰旅馆访陈望道，便至湾井弄丙尊家，不在，即返寓。午后，不他出。[2]

经亨颐以三顾茅庐的精神，为浙江“一师”觅得一个又一个的人才。是年秋季开学，陈望道正式受聘于浙江第一师范学校，任国文教员后，随即从泰丰旅馆搬至学校教工宿舍里去住。而此时，新文化运动已冲击到了浙江杭城。

以《新青年》杂志创刊为标志的我国新文化运动于 1915 年兴起。当时新文化运动的口号是民主与科学，即“德先生”和“赛先生”。陈独秀在他为《新青年》创刊号所写的具有创刊辞性质的《敬告青年》一文中就提出了这两大口号。他主张：“科学与人权并重”，要求拥护“德先生”和“赛先生”，反对旧文化、旧宗教。认定“只有这两位先生，可以救治中国政治上、道德上、学术上、思想上一切的黑暗”[3]。

---

① 《致仲九》(1919 年),《陈望道文集》第 1 卷，第 551 页。
② 《经亨颐日记》，浙江古籍出版社 1984 年版，第 188 页。
③ 陈独秀:《本志罪案之答辩书》,《新青年》第 6 卷第 1 号。

及至1917年，新文化运动又重提出了文学革命的问题。胡适曾写了一篇《文学改良刍议》，把他对文学的意见归纳为八条，即所谓“八事”，后进一步明确称为“八不主义”：（一）不做“言之无物”的文字；（二）不做“无病呻吟”的文字；（三）不用典；（四）不用套语烂调；（五）不重对偶——文须废骈，诗须废律；（六）不做不合文法的文字；（七）不摹仿古人；（八）不避俗话俗字。[①] 这八条中，除了第（一）（二）条是涉及内容外，其他六条全是属于形式方面的。

但是真正喊出了文学革命口号的还是陈独秀。1917年2月，陈独秀在《新青年》上发表了《文学革命论》，高举“文学革命军”大旗，旗上大书特书“革命军三大主义”，即：（一）推倒雕琢的、阿谀的贵族文学，建设平易的、抒情的国民文学；（二）推倒陈腐的、铺张的古典文学，建设新鲜的、立诚的写实文学；（三）推倒迂晦的、艰涩的山林文学，建设明了的、通俗的社会文学。这三大主义旗帜鲜明，有破有立，和胡适比较起来，是要前进多了。

文学革命的另一个重要问题是要不要用白话文来抒写文学。用白话写作，“五四”以前早已存在，清末就有了白话报、白话丛书。不过，把白话文作为一个广泛的运动来提倡，使之成为时代的风尚，并取得了决定性的胜利，则是五四新文化运动的另一个重大成就。胡适是主张写白话较力的一人。他提出：“以今世历史进化的眼光观之，则白话文学之为中国文学之正宗，又为将来文学必用之利器，可断言也。”[②] 而胡适在新文化运动中的重要功绩，仅仅是把文学革命局限于文学工具的改良上，即语言文字的改良，“建立白话为一切文学的工具”。这是他对文学革命的全部主张。以后钱玄

---

① 胡适：《建设的文学革命论》，《新青年》第4卷4号，1918年4月15日。
② 胡适：《文学改良刍议》，《新青年》第2卷第5号，1917年1月1日。

同、刘半农等也积极提倡过写白话文。

把文学的反封建内容和白话文的形式有机地统一起来，真正显示了文学革命高度的是鲁迅。1918 年 5 月出版的《新青年》发表的他的白话小说《狂人日记》，是中国新文学的第一座丰碑。随后不久，他又写了《孔乙己》《药》等现实主义的杰出作品，通俗、形象而又深刻地揭露了几千年来封建礼教吃人的实质。

但是，进步的新文化运动一开始就遭到了守旧势力的反对。旧派人物对新文化运动竭力攻击，他们发起成立了“国故月刊社”，攻击新文化的输入；反对科学和民主，说什么“功利倡而廉耻丧，科学尊而礼义亡”。梁漱溟还打出研究东方学的旗号，在北京大学组织了一个“孔子研究会”，掀起了一阵尊孔鼓噪。

新旧两种思想、两种文化的斗争，到了五四爱国运动爆发前夕已进入高潮。陈望道自日本留学归国后立即投身于这场新旧思想和文化的斗争中去。

〇七

“四大金刚”的冲击

陈望道来到浙江第一师范学校任教时正值“五四”的浪潮冲击到了浙江省。他到校后立即与“一师”其他进步教员一起配合校长经亨颐，以学校为大本营，投身于轰轰烈烈的反帝反封建的新文化运动。

浙江第一师范学校的前身是浙江两级师范学堂，校舍坐落在杭州的下城区，原是一所全省秀才考举人的旧贡院。戊戌变法后，在全国废科举、兴学校，向西方资产阶级民主主义文化学习的高潮声中，旧贡院于1905年被拆除，在旧贡院原址基础上，由留日学生经亨颐负责，按照东京高等师范学校的图样建造起浙江两级师范学堂。校舍正式建成于1908年。墙内校园共占地136亩，大门外尚有贡院遗址吹鼓亭、旗杆、辕门和照墙等，占地面积也有好多亩。它是浙江省当时最大的高等学府。

两级师范学堂的教员绝大部分是从日本留学归国的学生，以后他们中的多数人又成为我国知名的学者、作家和教授，如鲁迅、许寿裳、马叙伦等。1917年夏季，校名正式改为“浙江省立第一师范学校”，简称“浙江一师”或“一师”。

“一师”名师云集，如沈钧儒、张宗祥、沈尹默、夏丏尊、刘毓盘、单不厂（音安）、李叔同、刘大白、俞平伯、叶圣陶、朱自清、何炳松等，都是闻名全国的文化教育界人士。

经亨颐（1877—1938）

“一师”校长经亨颐（1877—1938），字子渊，号石禅，晚年号颐渊，别署听秋，浙江上虞人。经原是两级师范第一任教务长，1912 年接任两级师范校长，1917 年改为“一师”后他蝉联校长，并兼任省教育会会长。经校长提倡对学生进行“人格教育”，也即道德教育，倡议以“勤、慎、诚、恕”四字为校训。以后又进一步提出了“德、智、体、美、群”五育的主张。他还认为办教育就必须不停顿地探索前进，要革故鼎新，对教学工作也要不断地改进。因此，当“五四”运动在浙江兴起后，由他领导的浙江“一师”率先起来响应。学生纷纷起来走上街头，向市民进行反日爱国宣传，劝说市民起来抵制日货，投入这场爱国政治运动。

是年秋季开学，经校长和许多进步教员“都觉得时代精神大大地改变了，本校的组织上、教授上、管理训练上，都应该大大地改革一番，去顺应那世界潮流”。他们采取了“与时俱进”的办学方针。他们首倡学生自治、职员专任，改革国文教授及学科制等措施。其中尤以学生自治与国文改授两项对全省各校的影响更大。在这场改革中，被称为“四大金刚”的“一师”四位国文教员：陈望道、夏丏尊、刘大白、李次九的革新措施尤其引人注目。他们积极

浙江“一师”旧址

提倡新道德、新思想、新文化，反对旧道德、旧思想、旧文化。他们还反对盲目崇拜，提倡思想解放。例如有一次，陈望道先生在省教育会演讲时曾说到学生要明辨是非，反对权威，并举例说先生有不对的地方，学生应该批评，不批评的不是好学生等。他的这一发言，当即在师生中间激起了强烈的反响，它既使广大青年学生受到莫大的鼓舞，自然也势必遭到那些师道尊严观念极为严重的守旧者们的强烈不满，在场的一些老先生拼命晃动着脑袋以示反对。

当时，陈望道等还提出反对尊孔读经、蔑视孔教会等主张。“一师”的学生在接受了新文化的熏陶后，纷纷起来抵制“丁祭”［旧时每年仲春（农历二月）、仲秋（农历八月）上旬丁日祭祀孔子，叫丁祭］，拒绝向孔子朝圣，并取消孔子诞辰休假的规定。

在改革国文教授的过程中，陈望道等几位国文教员采取了许多具体措施，如：（一）提倡白话文。他们在1919年10月10日出版的《浙江省立第一师范学校校友会十日刊》（简称“《校友会十日刊》”）第1号上说：“改革我国的文字，教育人确已认为必要了；在本校地位上看起来，更觉得不能不负提创的责任。所以从这个学年起，本校和附属小学国文科的教授，一律改用白话。”（二）传授注音字母。《校友会十日刊》中说：“要想普及白话文，先要灌输注音字母，这是人人知道的。本校国文教授陈望道君，对于注音字母，很有心得，所以特地请他到上海吴稚晖君处再去研究一番。归来便传授给附属小学全体教员和本校全体职员学生斋夫。”[①]（三）出版国语丛书。在《校友会十日刊》刊登的出版国语丛书的预告中说，国语的文学，到现在的时候，已经由讨论新倡而入于实行的时代了。各学者关于“国语的文学”的言论，很觉透彻；用“国语的文学”的出版物，又是一天发达一天，所以在现在的时候，若再对于“国语的文学”有应该用不应该用的怀疑，实在太背时势，没有讨论的价值了。我们现在所应该注重的问题，就是怎样使用“国语的文学”的问题，我们要实行使用“国语的文学”不得不先研究国语；要研究国语，不得不先有关于国语的书籍。[②]当时在《校友会十日刊》上刊出预告出版的书有以下三种：第一种，《新式标点用法》，陈望道编；第二种，《国语法》，夏丏尊、李次九、陈望道、刘大白合编；第三种，《注音字母教授法》，陈望道、刘大白合编。从预告中可以看出，这三种丛书，陈望道均参加了编写。

此外，他们还对国语教授法进行了研究，拟订了国语教授法大纲，编制了新的国语教材。他们拟订的教授法大纲的具体内容为：“目的1——形式的。使学生能够了解用现代语或近于现代语，如各日报杂志和各科学（学科）教科书所用的文言——所发表的文章，而且能够看得敏捷、正确、贯通。使学生能够用现代语——或口讲或写在纸上，表现自己的思想感情，而且要自由、明白、普遍、迅速。目的2——实质的。使学生了解人生真义和社会现象。”同时还规定了“教材，以和人生最有关系的问题为纲，以新出版各杂志中关于各问题的文章为目”。至于“教法，令学生自己研究，教

---

① 《浙江省立第一师范学校校友会十日刊》第1号，1919年10月10日。
② 《浙江省立第一师范学校校友会十日刊》第5号，1919年11月20日。

员处指导的地位”。教授中还规定了详细的方法如下：(1)说明。(2)答问。(3)分析。(4)综合。(5)书面的批评。(6)口头的批评。(7)学生讲演。(8)辨难。(9)教员讲演。(10)批改札记。①

这一系列的改革措施，无疑是对旧的传统的以熟读和模仿为主的教育方法的一次猛烈冲击。

陈望道等在五四时期如此重视改革国文教育，那是因为他们都认为“要改革教育、普及教育，国文教授是应当第一研究的问题”。同时，又为了实现“国文应当为教育所支配，不应当由国文支配教育的宗旨，就非提倡国语改文言文为白话不可”②。

陈望道以后对五四时期所进行的这场改革回忆说，五四运动当年，思想文化的斗争场所主要有两个。一个是刊物，另一个便是学校：“学校的学生组织、行政组织和中国语文课。中国语文课尤其是当时学校新旧思想文化斗争的重要部门。斗争的范围涉及文章的古今中外的内容，也经常涉及文章所用的语言——文言和白话之争是当时的主要争端。”他还说：“我们主张语文课要教文言文，也要教白话文，而无论教文言文或白话文都要注意它的思想性和艺术性。教员对于教材要负责任，不能不置可否，更不能颠倒黑白。”③为此，当年他在选用国文教材时特意把鲁迅的《狂人日记》作为教材。《狂人日记》是鲁迅用白话创作的不朽之篇。在课堂讲授时，他又故意只讲一些文艺理论知识，对课文不加评析，当学生反映不易理解时，陈望道就乘机启发大家说：“没有一定的思想基础，即使是白话文，如果单单掌握一定的文艺理论知识，老师对课文不加分析，学生同样也是不能掌握的。”

---

① 《浙江学潮底动机(？)》，载《星期评论》第39号第3张，1920年2月29日。

② 《浙江省立第一师范学校校友会十日刊》第6号，1919年11月30日。

③ 陈望道：《五四运动和文化运动》，《陈望道语文论集》，上海教育出版社1980年版，第582页。

在改革语文教育的过程中，还发生过一起小小的风波。陈望道在追述这起风波时说：“我们四个国文教员经常在学生中进行文章思想性、艺术性、可变性等的教育。一个月后，我们曾出了‘白话文言优劣论’的题目，叫同学们做作文。当时大部分同学都是讲白话文比文言文好；当然也有少数的反对派。其中有一个学生，在作文中以文言文的体裁大骂白话文，这是我班的学生。我在修改作文时，除了文章内容和文言文的形式不加修改外，对许多文理不通的地方都做了许多记号，并写了批语：‘写文言文也该写通顺一些，理路不通，无从改起，重新做好再改。’在教室里发本子时，他一翻全是红 ××，就发火了，一把抓住我的领口，叫我去见教务长。这件事情发生后，在校务会议上曾先讨论过，在校长、夏丏尊（当时是学校国文课主任）的努力下作出这样的决定：除非陈望道先生不同意，不然要开除学籍。开除，我是不同意的，因不从思想上解决是不行的。后来那学生哭到我的面前来，向我道歉。我对他进行许多教育，他认识到自己错误，此后这学生也倾向提倡白话文了。事后了解，才知道这学生是受那个反动教师的指使才这样做的。”①

陈望道在“一师”的讲台上还积极向学生宣传文字改革的知识，给学生留下极其深刻的印象。当年“一师”的学运领袖汪寿华在他 1919 年 9 月 16 日的一页日记中，详细记录下陈望道老师这天上课的内容。这则日记其中有一段是这样写的：

文字的本质完全是发表自己的意思，使人家了解，既然文字的本质如此，所以不能不从容易方面去做。为什么？因文字

---

① 陈望道：《“五四”时期浙江新文化运动》，《浙江一师风潮》，浙江大学出版社 1990 年版，第 351 页。

容易，个个人自然能够晓得我的意思。他如用典古的文字，必定要有我的程度，或高于我的程度，才能了解。……既然知道文字不宜拘古，当应世界潮流，所以当改革。①

但是他在当时并不主张立即改革文字，因为“文字本身究宜改革与否,关涉綦多,不易猝断”②。而是主张先实行标点之革新,并对此作过一番详尽的研究。他认为，标点乃文字之标识，“文字之标识不完备，则文句之组织经纬时或因之而晦，而歧义随以叠出。而语学浅者，尤非恃此为导莫能索解”。又认为，“革新标点之为文字外缘革新之事”。“惟此文字外缘，则无论其本身之为沿为革，决不可不从新整理，使就简明”③。在这段时期里，他曾就标点革新的问题发表了许多文章，如《标点之革新》《横行与标点》《点法答问》《新式标点的用法》《新式标点》《点标论第二・点标之类别》等。他还坚决主张汉字必须横行，因为无论从“看时的便利”或“经济的便宜”来看，都必须实行横行。“这是已有实验心理学明明白白的昭告我们”了。他还认为“文字之纵横，这是革新标点，有宜先定者之一事”，这是因为文字横排与采用新式标点有着非常密切的关系。

五四新文化运动中，在学校里新与旧的斗争除了国文课这一阵地之外，还有刊物这个阵地。五四运动使浙江“一师”师生的思想得到大大的解放。当时在学校里办的刊物很多，门类也很多，有一个班级办的，几个人办的，甚至还有跨学校办刊物的。“一师”还有个名叫凌独见的学生，一个人就创办了一份《独见》周刊。同时，为了向广大的学生提供更多的进步刊物，施存统、汪寿华等进

---

① 《汪寿华日记・求知录》,《近代史研究》1983 年第 1 期。

② 陈望道:《标点之革新》,《陈望道语文论集》, 第 1 页。

③ 同上。

步学生还在校内外设立了全国书报贩卖部与书报贩卖团，并为此发表了宣言，向师生及社会各界出售全国著名的进步报刊。诸如《新青年》《每周评论》《解放与改造》《星期评论》《教育潮》等，每天都有销售，数量也十分可观。

在浙江“一师”师生编辑出版的《浙江省立第一师范学校校友会十日刊》《浙江第一师范十日刊》《浙江第一师范学生自治会刊》《浙江新潮》《钱江评论》等许多报刊中，尤以《浙江省立第一师范学校校友会十日刊》及《浙江新潮》的影响为最大。这份由陈望道等主编的《浙江省立第一师范学校校友会十日刊》曾被誉为五四时期“浙江的一颗明星”。

《浙江新潮》的前身是《双十》季刊，是份跨校际的刊物。它是由“一师”学生施存统、俞秀松、傅彬然、周伯棣等十四人与省一中的阮毅成、查猛济以及甲种工业学校学生沈乃熙（夏衍）、汪馥泉、倪维雄等二十多人组成的“浙江新潮社”负责出版。这是浙江最早的一份受十月革命影响宣传社会主义的刊物。一是，从这份刊物的发刊词所宣布的四种“基本旨趣”来看，这第一种旨趣就是谋人类——指全体人类——生活的幸福和进化；第二种旨趣，就是改造社会；第三种旨趣，就是促进劳动者的自觉和联合；第四种旨趣，是对于现在的学生界、劳动界加以调查、批评和指导。由此可见，当时的一部分青年人已经从民族、民主革命的道路上跨前了一步，认识到改造社会的责任主要是要落在劳动阶级身上，而“智识阶级里的觉悟的人，应该打破‘智识阶级’的观念，投身劳动界中，和劳动者联合一致”。二是，从这份刊物的内容来看，它已经接受了十月革命的影响是十分清楚的。举例来说，在第一期上，转载了日本《赤》杂志的一幅“社会新路线”图，指出了新社会改造的方向，终将走向“布尔什维克”。

夏衍后来回忆说：“《浙江新潮》这份刊物，是‘一师’学生宣中华、俞秀松等在陈望道、夏丏尊的支持下办起来的。”[①]陈望道在留日时期已经受到十月革命思想的影响，向往俄国革命的道路。《浙江新潮》在他的支持和影响下赋以革命的崭新的内容，这也是时代的要求。因此，刊物出版后，立即以思想清新、言论犀利而受到全国知识界的重视。陈独秀特意发表了《〈浙江新潮〉——〈少年〉》这篇随感录来赞扬它的出版以及歌颂杭州青年的革命精神。

毛泽东同志说：“五四运动时期虽然还没有中国共产党，但是已经有了大批的赞成俄国革命的具有初步共产主义思想的知识分子。”[②]陈望道就是其中的一员。

在这段时期，陈望道先后在郑振铎主编的《时事新报》副刊《学灯》及《校友会十日刊》等报刊上发表了《扰乱与进化》《我之新旧战争观》《因袭的进化与开辟的进化》《浙江的一颗明星》《改造社会底两种方法》等多篇评论文章。在这些文章中，他运用辩证唯物的观点来解释扰乱与进化的关系、新旧战争的差异，以及对社会改革的一些具体设想，成为当时促进社会改革的一员虎将。

如，他在《扰乱与进化》中说：“凡事从一境进入他境，必有一番扰乱，一番凄楚。而此扰乱凄楚，不过外面现象；其内面则实为进步，进化其物也。世人欲离扰乱而求进化，此真无异缘木求鱼。其愚非吾辈可及。”[③]

在《因袭的进化和开辟的进化》中，他指出，在19世纪后半期和20世纪初期是进化论的时代，但必须区别生物、动物的因袭进化与人类开辟的进化，并希望我们人类认明这开辟的进化的事实和价值，互相诚心诚意的，共谋人类幸福，共进光明世界，交臂携

① 夏衍：《五四运动七十周年答〈求是〉记者问》，《浙江一师风潮》，第355页。
② 毛泽东：《新民主主义论》，《毛泽东选集》第2卷，人民出版社1991年版，第699—700页。
③ 陈望道：《扰乱与进化》，《陈望道文集》第1卷，第3页。

手，一共跳舞。[1] 共谋人类幸福，共进光明世界，这正是他所热烈渴望和追求的。

他又在《改造社会底两种方法》一文中，分析了改造社会的两种方法：（1）除了旧制度，换上新制度，也即改换制度；（2）除了旧制度的旧意义，换上新意义，也即改换生命。他认为若要得出好的结果就必须兼顾这两种方法。首先要考虑的是换上一个新生命后那制度是否有存在的价值，如果有存在的价值，那就应该使它在新的意义上仍旧存在，不必盲目地破坏它。要是没有存在的价值，那么就该用第二种方法去破坏旧有的了。破坏了旧的要不要谋建设新来的，这是要看那破坏的东西的性质怎么样才可定夺的；破坏的东西性质上不要另建设什么的，那就不必建设；比方除旧偶像，谁还去建造新的呢？破坏的东西是该另外建设的，那又不用说，要另外建设新来的。[2] 作者对社会的两种改造方法分析得十分透彻和精辟。

① 陈望道：《因袭的进化和开辟的进化》，《陈望道文集》第1卷，第8页。
② 陈望道：《改造社会底两种方法》，《陈望道文集》第1卷，第11页。

○八

浙江“一师”风潮

在浙江第一师范学校的带动下，杭州其他许多学校的新文化运动也迅猛地开展起来，并由此推及整个社会，杭州市的各种报纸也一度改文言文为白话文。

浙江新文化运动的蓬勃发展，使当时的北洋军阀政府十分恼怒，拼命加以抵制。于是当权者就把矛头直指浙江新文化运动的策源地——浙江第一师范学校，妄图扼杀经亨颐、陈望道等在“一师”所进行的这场改革。当时“一师”的五个语文教员，除了陈望道、夏丏尊、刘大白、李次九人称“四大金刚”的四位进步教员外，另一个就是由省政府直接派来的秘书。此人思想极端反动，他来“一师”的目的就是千方百计阻止这场改革，若阻止不成就准备对“四大金刚”进行恐吓与威胁，甚至还扬言要用枪打死他们。陈望道后来追忆说：“一次我们四人（指‘四大金刚’）在我房间里开会（我房间与那个‘秘书’住得很近），那‘秘书’先生在他房间里大声对他女儿讲‘我如果没有其他办法，就用枪打死他们’的话来恐吓我们。我们对他们的可耻恫吓置之不理。”①

① 陈望道：《“五四”时期浙江新文化运动》，《浙江一师风潮》，第 351 页。

不久，“一师”学生施存统在语文老师陈望道的指导下写了《非“孝”》一文，发表在《浙江新潮》第二期上，从而在浙江教育界引起轩然大波。《非“孝”》一文的原意是反对不平等的“孝道”，主张平等的“爱”，这仅仅是对封建礼教的一种反抗，并没有能够用历史观点来加以分析说明。“孝”是封建道德的代表，是巩固封建家族制度的主要支柱。而封建家族制度又是封建专制政治的基础。推行“孝”之教义，造成家长对子女的独裁统治，并最终驱使人民做封建统治者的忠实奴才。军阀政府为维持封建势力，无怪乎要痛恨《非“孝”》而加以查禁①,《浙江新潮》在出了三期之后，也就被迫停刊了。

然而，据陈望道老师回忆说：“施在当时是一个刻苦力行的学生，思想激进。在学校里，他和其他同学设立书报贩卖部，推销新书报，同时在卖书中间了解同学的思想倾向。”他只是“反对迷信式的、形式主义的‘孝’（实际上他对自己的母亲还是很好的）”②。

《非“孝”》一文发表后，反动当局视之为洪水猛兽，浙江省教育厅曾两次派员查办“一师”，责令校长开除《非“孝”》的作者，并以所谓“非孝”“废孔”甚至加上“共产”“共妻”等耸人听闻的罪名，对陈望道等四位语文教员予以撤职查办。当局的这种做法，正如《校友会十日刊》所指出的：“其实省教育厅当局早就打算推翻‘一师’底改革计划，于是先借《浙江新潮》案作个查办的引子，引到本校‘学生自治’和‘改革国语’两件事的头上，以便把本校底革新事业根本推翻。”③对于这起轰动全国的文字狱，上海《民国日报》曾载文加以鞭挞。这则题为《齐耀珊大兴文字狱》的评论的最后两句话为：“唉！倒行逆施的当局，倘然还有一点人气，

① 施复亮：《“五四”在杭州》，《浙江一师风潮》，第365页。
② 陈望道：《“五四”时期浙江新文化运动》，《浙江一师风潮》，第351页。
③《浙江省立第一师范学校校友会十日刊》第11号，1920年1月20日。

竟忍心摧残教育，挫折学生，演出那文字狱的惨剧么！”同年12月5日，邵力子也在《民国日报》上发表了《看“浙师”学生的团结力》这则时评。时评说：“《浙江新潮》的风潮，听说有人要借此破坏浙江师范学校。我因此却想着这是北京大学和《新青年》《新潮》等被人仇视的一个缩影。仇视的结果，北大丝毫没有动摇，北大学生的团结力，全国人民没有不佩服的。浙江师范的前途如何？要看他们的学生的团结力怎样，压力的大小是不用管的。”邵力子当时发表这则评论显然是为浙江“一师”的师生们打气鼓劲的。

由于经亨颐校长对省教育厅的“查办令”进行了坚决的抵制，这件事被拖延下来。1919年12月8日，省教育厅派科员富某再度来校，直接向陈望道等查询国文科教授改革的情况，并转来了所谓“社会责问书”。接着，省议员又提出了所谓“查办经亨颐”的议案。接踵而来的便是省教育厅长齐耀珊、夏敬观下令撤换“一师”校长，改组学校等一系列措施。

面对反动当局的高压手段，“一师”全体师生和杭州其他学校的师生联合起来进行斗争，坚决反对撤换校长和改组学校。当省政府教育厅利用寒假把经亨颐校长调任省视学，并另派校长时，学生闻讯纷纷提前赶回学校，不让经校长离校和拒绝新校长到任。学生还发出“吾侪宁为玉碎，毋为瓦全”的誓言，决心与反动政府斗争到底。事态发展至此，“一师”事件已从前期的“《浙江新潮》案”转变为后期的“留经运动”。运动的实质乃是一场轰轰烈烈的保卫新文化运动的斗争。它使政府当局惊恐万状，最后竟恼羞成怒出动军警包围学校，强令学生离校，妄图解散“一师”，从而酿成了轰动全国的“浙江一师风潮”流血事件。杭州其他学校闻讯赶来声援，表示坚决同“一师”师生站在一起，同他们并肩斗争到底，甚至还提出了愿与“一师”师生同进退的要求，表示当局若要解散“一师”，就连其他学校也一并解散。

1920年3月29日清晨，七八百名军警奉督军省长的命令，把“一师”校舍团团围住，随后用刺刀、步枪将学生逼往操场。他们拖的拖、拉的拉，妄图驱散学生，解散学校。手无寸铁的学生，面对反动政府的无耻挑衅，感到无比气愤，操场上顿时一片哭声。此时，陈望道表现出非凡的机智和勇敢，他疾步走入学生中间，高声喊道：“同学们，我和你们永远在一起，你们不要哭！”然后他带领学生同军警开展面对面的斗争。这时有一学生愤然对军警说：“你等不肯牺牲数十元金钱甘来摧残我辈，我宁肯牺牲生命以全人格。”语毕，竟夺下一军警的指挥刀要自杀。体育教师胡公冕见状，猛扑了过去，奋力夺下指挥刀，救下了这个学生，陈望道乘机向军警大喝道：“学生被逼得要自杀了，你们还不赶快后退！”曹聚仁在回忆这段“留经运动”的历史时说：“警长张惶失措，不知怎样才是，这时全场同学以及各校男女学生都哭起来了，哭得凄惨悲恺，连警察们也在流泪！”[①]迫使警长不得不下令全体警士后退三尺。军警后退后便由一绅士出来调停，开始进行谈判。“谈判时，他们坚持要查办我们四个教员，我们则坚持要反动当局收回成命（即既不能查办四个教员，也不能撤换校长）。”[②]

“一师”师生被军警围困的第二天，一位目击者写下了以下的感受：“我看他们这事看了一天，心腔里所存着的，只有‘悲痛煞’‘愤恨煞’这几个字，回前想后，觉得这班学生的勇敢和义气，及维持文化运动的决心，直头教人佩服煞，钦慕煞。”[③]

“一师风潮”是“五四”运动在浙江的继续，“一师风潮”又是1920年全国学生运动中最突出的事件之一。它激起了全国各地，尤其是北京、上海等大城市广大师生的公愤，纷纷起来声援这场斗

① 曹聚仁：《留经运动》，《我与我的世界》，人民文学出版社1983年版。
② 陈望道：《“五四”时期浙江新文化运动》，《浙江一师风潮》，第351页。
③ 《一师风潮经过事实》，《浙江一师风潮》，第160页。“直头”，吴语方言词，“实在”义。

争。浙江罢课坚持了两个多月，直到4月才告结束。上海的《民国日报》《新闻报》等报刊也相继发表评论，警告浙江教育当局不要对革新教育兴风作浪。例如，上海《民国日报》1920年3月15日发出《告夏敬观》的时评。时评说：

厅长并不是主人，教职员并不是厅长底雇员，学生并不是厅长底奴隶，学校更不是厅长底私产。夏敬观！你要明白这一点。西湖风景不恶。劝你少管事，多做词罢。

《民国日报》1920年3月16日，又发出题为《浙江有人没有？》的时评，敬告夏敬观是以卵敌石。该时评说：

浙江教育厅长夏敬观，竟威胁第一师范学生！五十日不上课，将一师解散！……学生不过停课，夏敬观却要拆学堂了。是浙江人！是有子弟的！请想！夏敬观拿一个教育厅，来拼浙江全省底教育事业，浙江尚有人，夏定是以卵敌石。

上海《新闻报》也于1920年3月17日发出《革新教育》一文：

教育部咨各省有云："列国对于教育力求革新，我国教育自应顺应潮流，共图改进。"由是言之：负教育行政之责者，尤宜善应潮流，勿复兴风作浪，则教育界之大幸矣。

之后，北京大学、复旦大学等国内许多著名的高等院校也都纷纷来电声援"一师"的师生，表示"誓为后盾"。

由于全国舆论的支持，各校学生团结斗争，终于迫使政府当局收回了查办“四大金刚”和撤换“一师”校长的决定。“一师风潮”虽然取得胜利，但由于当时浙江教育文化界新旧力量对比悬殊，经亨颐和陈望道等也终因无法再在该校留任而离去。当年在“一师风潮”中的许多骨干，《双十》及《浙江新潮》的编者也大都被迫离开杭州，有的到了北京，有的前往上海。许多教员也纷纷离开杭州，经亨颐校长来到上虞白马湖，另行筹建了春晖中学，朱自清、李叔同、叶圣陶等也都先后转到春晖中学任教。夏丏尊应聘去了湖南长沙师范学校任教。陈望道则回到自己的故乡——义乌分水塘，潜心研究新思潮，试译《共产党宣言》经典著作。

“一师风潮”结束后，杭州的新文化运动一度又趋于低潮，杭州各地报纸又恢复使用文言文。“这一斗争说明了新事物的成长往往总是曲折的”[①]，是要经过长期的艰苦斗争才能取得成功的。

当年鲁迅曾热情赞扬和支持“一师”师生的这一斗争，并把这次斗争比作“十年后的又一次‘木瓜之役’”。“木瓜之役”指的是十年前鲁迅同许寿裳等团结“一师”前身——两级师范学堂的进步教职员，反对浙江巡抚增韫和教育总会会长夏震武的斗争。“一师风潮”事件发生时，鲁迅正在北京教育部任职，当他看到“一师”斗争取得胜利后，十分高兴，曾对周作人说：“十年

青年陈望道（1920年摄）

① 陈望道：《五四运动和新文化运动》，《陈望道语文论集》，第581页。

前的夏震武是个‘木瓜’，十年后的夏敬观还是个‘木瓜’，增韫早已垮台，我看齐耀珊的寿命也不会长的。现在经子渊（即经亨颐）、陈望道他们的这次‘木瓜之役’比十年前的我们那次‘木瓜之役’的声势和规模要大得多了……看来，经子渊、陈望道他们在杭州的这碗饭是难吃了。……不过这一仗总算打胜了！”①

陈望道原名陈参一，他求学东瀛及初到“一师”任教时都是用的原名。正是在受到“五四”新文化运动的启示后才改名为“望道”。②改名“望道”二字的含义是，“望”，原有展望以及寻找和探索的意思；“道”，亦即道路，它还含有法则、道德的意思。“望道”二字合起来即为探索，展望，寻找新的道德、新的法则、新的革命的道路。陈望道改名以后，他的两个弟弟也分别由贯一和精一改名为伸道和致道。改名为伸道和致道亦有同样的意思。

---

① 沈鹏年于1961、1962年访问周作人记录，参《周作人年谱》，天津人民出版社2000年版，第173页。

② 现在可知首次署“陈望道”名的文章为发表于《新青年》第6卷第1号（1919年1月15日）的《横行与标点》通信。

○九

《共产党宣言》的第一个中文全译者

“一师风潮”使陈望道受到了极其深刻的教育，因而更增强了他对旧制度斗争的信心。这一事件使他懂得，他在“一师”所进行的这场改革，“实际上只是宣传文学革命，至于社会改革问题，只是涉及一些而已”①，反动当局就已视为洪水猛兽，不惜大动干戈，可见“所谓除旧布新，并不是不推自倒、不招自来的轻而易举的事情”②。这件事还使他进一步看到，对待任何事情，不能简单从新旧来判别是非；“单讲‘新’是不够的，应该学习从制度上去看问题”③。如不进行制度的根本改革，一切改良措施都是劳而无益的。

“马克思主义是在‘五四’前后传入我国的。‘五四’初期，一般人多以新旧分别事物。当时曾经有人把一切我国古来已有的不分好坏一概称之为旧，一切我国古来未有或者是来自外国的一概称之为新。于是无政府主义、工团主义以及其他一切等等乱七八糟的东西，就都涌进来了。但是不久就有很多人接受了马克思主义的

---

① 陈望道：《党成立时期的一些情况》，《党史资料丛刊》1980 年第 1 期。
② 陈望道：《五四运动和文化运动》，《陈望道语文论集》，第 581 页。
③ 陈望道：《党成立时期的一些情况》，《党史资料丛刊》1980 年第 1 期。

影响，对于新旧逐渐有所辨别：对于所谓旧的，不一定都可以加以否定；对于所谓新的，也不一定都可以加以肯定。于是对一切‘五四’以后以‘新’为名的新什么新什么的刊物或主张，不久就有了更高的判别的准绳，也就有了更精的辨别，不再浑称为新、浑称为旧了。这更高的辨别的准绳，便是马克思主义。”[1] 正是基于这一认识，陈望道在“一师风潮”结束后就回到故乡去翻译了马克思、恩格斯合著的《共产党宣言》。

五四运动既是个爱国政治运动，同时又是个文化运动。在这个文化运动中，人们反对旧道德，提倡新道德；反对旧文学，提倡新文学。而一批最早接受马克思主义思想的先进知识分子，则在人民群众中开始传播马克思主义，把这个文化运动导向更前进的方向，形成以马克思主义为指导的彻底地反帝反封建的文化革命运动。在这个基础上，不久又终于出现了中国人民革命斗争的领导者中国共产党。

陈望道在经过五四新文化运动的锻炼后才开始逐步向共产主义者过渡，而他完成《共产党宣言》一书的翻译是实现这一过渡的重要标志。

“一师风潮”结束后，作为这次事件的中心人物之一的陈望道，也就成了全国文化教育界的风云人物。为此，上海《星期评论》社特地函约他试译《共产党宣言》一书。上海的《星期评论》是孙中山为首的国民党于 1919 年 6 月 8 日创刊的。它是在“五四”运动的影响下创办起来的，具有一定的唯物观点，曾宣传过社会主义和社会改革的问题，也算是一个进步刊物。刊物的负责人为戴季陶、李汉俊、沈玄庐。《星期评论》社此次特地约请他翻译的《共产党宣言》，原来计划是在该刊上连载发表的。

---

① 陈望道：《谈马克思列宁主义在中国的胜利》，《陈望道文集》第 1 卷，第 282 页。

陈望道的译书工作是在分水塘家乡宅旁的一间柴屋里进行的。当时的工作条件十分艰苦，柴屋因经年失修破陋不堪。山区农村的早春天气还相当寒冷，尤其是到了夜晚，刺骨的寒风会不时透过四壁漏墙向他阵阵袭来，冻得他手足发麻。柴屋里只安置了几件简单的用具，一块铺板和两条长凳，既当书桌又当床。为了专心致志地译书，就连一日三餐和茶水等也常常是老母亲给他送过来的。一盏昏暗的煤油灯，伴随着他送走了无数个漫长的寒夜，迎来了黎明前绚丽的曙光。母亲见他日以继夜地埋头工作，身躯渐见消瘦，心疼得什么似的，特地设法弄来些糯米给包了几个粽子，让他补一补身子。当地盛产红糖，老母将粽子端至柴屋时还随带送上一碟子红糖。稍待片刻，母亲在屋外高声问他，是否还需添些红糖时，他连连回答说："够甜够甜了。"一会儿母亲进来收拾碗碟，只见他吃了满嘴的墨汁，禁不住哈哈大笑起来。原来他只顾全神贯注地译作，竟全然不知蘸了墨汁在吃粽子呢！当母亲点穿了这里的缘由时，他也不好意思地吃吃笑了起来。

这个蘸墨汁吃粽子的小故事，至今还在分水塘乡村间传颂着哩！

《共产党宣言》是国际共产主义运动的第一个纲领性文件，包含有极其丰富和深刻的思想内容，就是文字也极为优美、精练，因此要翻译好《共产党宣言》是极不容易的，要做到文字的传神就更不容易了。恩格斯自己也曾说过："翻译《宣言》是异常困难的。"陈望道当时翻译工作是在极少占有参考资料的情况下进行的，他只能依据日文本并参考了英文本来试译。日文本是由戴季陶提供，英文本是陈独秀自北大图书馆取出提供的。在翻译过程中不知攻克了多少难关，他硬是"费了平常译书的五倍功夫，才把彼底全文译了出来"。《共产党宣言》的第一部中文译稿终于在分水塘的这间柴屋里诞生了。完成译稿时间是在 1920 年 4 月下旬。

1920年5月，《共产党宣言》一书译成后，陈望道在家乡收到《星期评论》社发来的电报，邀请他去上海任该刊编辑。陈望道回忆说："原来孙中山先生电召戴季陶去广州，他们有意要我代替戴编刊物。我到《星期评论》社，在三楼阳台上见到他们。戴同我见面就大哭，说舍不得离开这个刊物。除李汉俊、沈玄庐外，沈雁冰、李达也在场。第二天，开会决定《星期评论》停办。"[①]（该刊在出满53期之后于1920年6月6日因当局禁止而停刊）《星期评论》停刊后，原打算在该刊上发表的《共产党宣言》也只得另择出版机构。

直到1920年8月，《共产党宣言》中译本才由上海社会主义研究社列为"社会主义研究小丛书"的第一种，首次正式出版。出版前曾由陈独秀和李汉俊两人作了校阅。该书一经出版立即受到工人阶级和先进知识分子的热忱欢迎，反响极为强烈。初版仅印了千余本，很快就销售一空。许多未买到书的读者还纷纷投书到出版发行机构，询问《共产党宣言》发行的情况。原《星期评论》的编辑沈玄庐专为此事于1920年9月30日在《民国日报》副刊《觉悟》上刊登了一则题为《答人问〈共产党宣言〉底发行所》公开信。信的原文如下：

慧心、明泉、秋心、丹初、P. A：

你们来信问《陈译马格斯共产党宣言》的买处，因为问的人多，没工夫一一回信，所以借本栏答复你们问的话：

一、"社会主义研究社"，我不知道在哪里。我看的一本是陈独秀先生给我的；独秀先生是到"新青年社"拿来的；新青年社在法大马路大自鸣钟对面。

---

① 陈望道：《关于上海马克思主义研究会活动的回忆》，《复旦学报》1980年第3期。

二、这本书底内容，《新青年》《国民》——北京大学出版社——《晨报》都零零碎碎地译出过几章或几节的。凡研究《资本论》这个学说系统的人，不能不看《共产党宣言》；所以望道先生费了平常译书的五倍功夫，把彼全文译了出来，经陈独秀、李汉俊两先生校对，可惜还有些错误的地方，好在初版已经快完了，再版的时候，我希望陈望道先生亲自校勘一道！（玄庐）

为了配合马克思主义的宣传，《共产党宣言》很快又在同年 9 月重版了一次。1921 年 9 月，中国共产党在上海成立了人民出版社，在刊出的马克思全书的目录中，《共产党宣言》又获重印。第一次国内革命战争时期，单是平民书社就将此书重印了十次。到 1926 年 5 月，已经是第十七版了。北伐战争时期，曾在军内散发此书，做到人手一册。陈译《共产党宣言》以后成为国民党统治时期在国内流传最广、影响最大的一部马克思主义经典著作。

1920 年 8 月陈望道翻译的第一个中文全译本《共产党宣言》封面

作为《共产党宣言》的第一个中文译本，它对于宣传马克思主义，推动社会主义运动在中国的蓬勃发展，起了非常重要的作用。同时也为中国共产党的创立奠定了思想基础。许许多多具有激进民主主义思想的革命青年，在它的影响下，逐步树立起对马克思主义的坚定信念，成长为共产主义的信仰者。毛泽东同志在1936年对斯诺曾说过这样的话："有三本书特别深地铭刻在我的心中，建立起我对马克思主义的信仰。我一旦接受了马克思主义是对历史的正确解释以后，我对马克思主义的信仰就没有动摇过。这三本书是：《共产党宣言》，陈望道译，这是中文出的第一本马克思主义的书；《阶级斗争》，考茨基著；《社会主义史》，柯卡普著。"1941年9月，毛泽东同志在《关于农村调查》一文中也讲过："记得我在1920年，第一次看了考茨基著的《阶级斗争》，陈望道翻译的《共产党宣言》，和一个英国人作的《社会主义史》，我才知道人类自有史以来，就有阶级斗争，阶级斗争是社会发展的原动力，初步地得到认识问题的方法论。"

鲁迅对陈望道翻译的《共产党宣言》也倍加赞赏。陈望道在《共产党宣言》译本出版后，因为看到《新潮》上鲁迅的意见，对于鲁迅主张"现在偏要发议论，而且讲科学，讲科学而仍发议论，庶几乎他们依然不得安稳，我们也可告无罪于天下了"[①]的意思表示赞同，所以特地把这本翻译的《共产党宣言》寄赠给了他和周作人，并请求他们指正。根据周作人在1961、1962年回忆，鲁迅在收到书后的当天就翻阅了一遍，并赞扬陈望道做了一件好事。他说："虽译得不够理想，但总算译出一个全译本来。"又说"现在大家都在议论什么'过激主义'来了，但就没有人切切实实地把这个'主义'真正介绍到国内来，其实这倒是当前最紧要的工作。望道在杭州大闹了一阵之后，这次埋头苦干，把这本书译出来，对中国做了一件好事"[②]。

《共产党宣言》中译本的传播，使马克思主义的敌人大为惊

① 鲁迅：《对于〈新潮〉一部分的意见》，载《新潮》一卷五号，1919年5月。
② 沈鹏年于1961、1962年访问周作人记录。参《周作人年谱》，第173页。

慌，千方百计地进行阻挠和破坏。当时，“在反动统治之下，马克思主义书籍是‘禁书’。反动派常把读马克思主义的书和所谓‘公妻’‘共产’‘洪水猛兽’牵连在一起，想以此来扼杀马克思主义”，译者陈望道也因此一再受到迫害。尤其是自从“四一二”事变之后，“《共产党宣言》译者”的头衔，已成为敌人对他恣意进行迫害的一顶帽子。但是“马克思主义是真理。真理总是不胫而走的……真理是在无声地前进，没有办法阻挡马克思主义的发展和胜利”[①]。《宣言》一再翻印，广为传播就说明了这个问题。

为了避开敌人的耳目，《共产党宣言》在以后再版过程中，除了陈望道这个译名外，还先后用了佛突（望道二字英译第一个字母为 V. T）、陈晓风和仁子等。出版地点也常常更改，如用广州出版社等，其实并未在广州印刷过，无非是为了以假乱真，躲避敌人的搜查。

除《共产党宣言》外，陈望道还在 1919—1921 年间，翻译了《空想的和科学的社会主义》一书以及《马克斯底唯物史观》《唯物史观底解释》《个人主义与社会主义》《产业主义和私有财产》《资本主义的发展》等许多介绍、研究马克思主义新思潮的文章，在传播马克思主义方面同样起了积极的作用。

---

① 陈望道：《谈马克思列宁主义在中国的胜利》，《陈望道文集》第 1 卷，第 282 页。

一〇

编辑党的机关刊物《新青年》

1920年初，以李大钊、陈独秀为代表的一批先进知识分子，把视线萦注于劳工运动。他们纷纷发表文章论述劳工阶级的经济地位及历史作用，同时还到工人群众中去调查研究，寻求革命的依靠力量。这年夏天，在上海、北京、广州等地，先进的知识分子和工人一起联合举行了纪念五一劳动节的庆祝活动。在马克思主义与工人运动开始结合，知识分子与产业工人开始结合的过程中，建立中国共产党的要求被提了出来。就在此时，共产国际代表魏经斯基于1920年春来华。他先在北京访晤了李大钊，同北京的一些先进知识分子举行座谈。然后经李大钊介绍，于4月到上海会晤陈独秀，同上海的一批先进知识分子举行座谈。经过多次讨论和交换意见，取得了统一的认识，这就是中国必须“走俄国人的路”，成立一个新型的无产阶级政党。

1915年9月，由陈独秀在上海创刊的《新青年》杂志，曾经是反封建的新文化运动的积极倡导者和推动者，是激进民主主义者的号角。十月革命后《新青年》开始宣传马克思主义。“五四”运动后，《新青年》逐渐由一个激进民主主义的刊物转变为宣传马克思主义的刊物。例如，在1920年5月1日，《新青年》杂志在陈独秀的主持下，出了“劳动纪念号”专辑，刊有李大钊的《“五一”运动史》及介绍苏俄和我国各地工人状况的材料和工人题词。

陈望道于1920年4月底应邀来沪后，由于原邀请单位《星期评论》突然被当局勒令停刊，他旋即应陈独秀的邀请参加《新青年》的编辑工作。5月1日，他来沪仅数日，即偕同陈独秀、施存统等在上海澄衷中学，共同发起纪念五一国际劳动节的活动。紧接着又在老靶子路（今武进路）的空地上举行庆祝集会。参加这次纪念大会的有各行业工人和各界来宾500人。这是中国工人阶级第一次纪念自己的节日——国际劳动节。

同年5月至8月，他在参与筹建上海马克思主义研究会及中国共产党上海发起组的同时，又参与把《新青年》改组为党的机关刊物这一活动。同年12月，陈独秀应邀赴广东任职，遂由他接任主持《新青年》的编务工作。陈独秀于12月26日离沪时写给胡适及高一涵的信中曾提及将《新青年》交付给陈望道负责的事：“弟今晚即上船赴粤，此间事情已布置了当。《新青年》编辑部事，有陈望道君可负责……”此后，陈望道就以《新青年》为思想舆论阵地，宣传马克思主义，并同各种反马克思主义思潮进行坚决的、毫不妥协的斗争。为了便于开展工作，他特地从原居住的法租界白尔路三益里17号（今自忠

老渔阳里2号，陈望道上世纪20年代主编《新青年》时编辑部旧址

路163弄17号），搬到法租界环龙路渔阳里2号（今南昌路100弄2号）去居住。三益里为《星期评论》社的社址，亦即邵力子的寓所；渔阳里是陈独秀的寓所，以后又成为党的机关所在地，《新青年》编辑部亦设在这里。陈望道说："那时，《新青年》在楼上编，马克思主义研究会在楼下开会。我同李汉俊、沈雁冰等天天碰头，研究有关问题。"①

陈望道负责主编《新青年》后，与李达、李汉俊等共同努力，不断扩大《新青年》的马克思主义倾向，使它成为中国共产党上海发起组宣传马克思主义的重要阵地。此后，他对《新青年》采取了一种"树旗帜"的办刊方针。就如他自己所说的那样："改组后，我们的做法不是内容完全改，不是把旧的都排出去，而是把新的放进来，把马克思主义的东西放进来，先打出马克思主义的旗帜。这样原来写稿的人也可以跟过来，色彩也不被人家注意。我们搞点翻译文章，开辟《俄罗斯研究》专栏，就是带有树旗帜的作用。"②如，《新青年》后来每期开辟有《俄罗斯研究》专栏，专门介绍十月革命后苏维埃俄国的成就和各项政策，使中国人民能够了解到世界上第一个社会主义国家正在发生的翻天覆地的变化。同时，《新青年》还翻译刊登了大量有关马克思主义的论著以及介绍、研究社会主义的文章。

《新青年》在当时继续刊登不同思想倾向的文章，显然是为了照顾原有的作者队伍，为了把更多的人们团结在马克思主义研究会的周围，也正如陈望道自己解释的那样："《新青年》既然已经是马克思主义研究会的刊物了，为什么内容还是那样庞杂？为什么还刊登不同思想倾向的文章？这是因为《新青年》原有的作者队伍本来

---

① 陈望道：《关于上海马克思主义研究会活动的回忆》，《复旦学报》1980年第3期。
② 同上。

就是庞杂的，要照顾他们来稿照用。”[1]

《新青年》改组后的这一办刊方向，引起了胡适的强烈不满和反对。他声称：“国内的‘新’分子闭口不谈具体的政治问题，却高谈什么无政府主义与马克思主义，我看不过了，忍不住了。”于是，他一边咒骂《新青年》“差不多成了 *Soviet Russia* 的汉译本”，一边又提出所谓“我的政论的导言——多研究些问题，少谈些主义”,表明自己“是一个实验主义的信徒”[2]。当陈独秀把编辑《新青年》的责任交给陈望道的事写信告诉胡适后，胡适当即给陈独秀复信，提出了分裂《新青年》，改变《新青年》办刊性质的三个方案：(一)叫《新青年》流为一种有特别色彩之流的杂志，而另创一个哲学文学的杂志；(二)恢复我们“不谈政治”的戒约；(三)停办的方案。[3]他甚至还非常傲慢地给陈望道寄来了一张明信片，说什么他并不是反对陈望道编辑《新青年》，而是反对把《新青年》用来宣传共产主义。

胡适的这一主张遭到了李大钊、鲁迅等的坚决反对，李大钊表示：“我觉得外面人讲什么，尚可不管，《新青年》的团结，千万不可不顾”，“绝对不赞成停办，因为停办比分裂还不好。”[4]鲁迅也明确表示赞同陈望道等人的办刊方针，他在给胡适的信中说：“发表新宣言，说明不谈政治，我却以为不必。”[5]

在这场马克思主义与实验主义、革命与改良的激烈斗争中，陈

---

① 陈望道：《关于上海马克思主义研究会活动的回忆》，《复旦学报》1980 年第 3 期。

② 胡适：《我的歧路》，载《胡适文存》二集卷三，上海亚东图书馆 1924 年版。*Soviet Russia*（《苏俄》）系周刊，为苏联政府驻美国纽约办事处的机关刊物。

③ 胡适：《致仲甫》，引自张静庐辑注：《中国现代出版史料》甲编，中华书局 1954 年版。

④ 李大钊：《致胡适——关于〈新青年〉的一封信》（1920 年 12 月），《李大钊文集》（下），人民文学出版社 1984 年版。

⑤ 鲁迅：《致胡适》（1931 年 1 月 30 日），《鲁迅书信集》上卷，人民文学出版社 1976 年版。

望道站在李大钊、鲁迅等的一边，坚持和捍卫《新青年》的马克思主义办刊方向，态度十分鲜明。他表示“我是一个不信实验主义的人，对于招牌，无意留恋”，“适之先生的态度，我却敢断定说，不能信任”，“其实南方人们，问《新青年》目录已不问起他了。这便因为他底态度使人怀疑”。他还针锋相对地揭露道：“胡先生总说内容不对，其实何尝将他们文章撇下不登。他们不做文章，自然觉得别人的文章多；别人的文章多，自然他有些看不入眼了。”①

胡适此举失败后，又变换手法，声称：“我很愿意取消‘宣言不谈政治’之说，单提出‘移回北京编辑’一法。理由是：《新青年》在北京编辑或可以逼迫北京同人做点文章……何况此时在素不相识的人手里呢？”② 企图把《新青年》从热心宣传马克思主义的陈望道等人手中夺过来，脱离中国共产党上海发起组的领导，迁到北京受他的控制，以改变《新青年》的性质。针对胡适的攻击，陈望道毫不退缩地予以反击：“我是一个北京同人‘素不相识的人’……我也并不想在《新青年》上占一段时间的历史。”③ 就这样，胡适改变《新青年》马克思主义方向的企图一直没有获得成功。陈望道主编的《新青年》作为中国共产党上海发起组的机关刊物，在宣传马克思主义方面始终站在最前列。

与此同时，为了扩大马克思主义新思潮的影响，陈望道还通过邵力子将《民国日报》副刊《觉悟》争取过来，他担任了《觉悟》副刊的编辑，在该刊上增加了介绍苏联和宣传马克思主义的内容，使《觉悟》继《新青年》之后成为又一个宣传马克思主义的重要舆论阵地。陈望道回忆说：“上海《民国日报》副刊《觉悟》，也有很

① 《陈望道书简》，《复旦学报》1979年第3期。

② 胡适给李大钊、鲁迅等人的信，见鲁彦生：《陈望道与〈新青年〉》，《复旦学报》1979年第3期。

③ 《陈望道书简》，《复旦学报》1979年第3期。

大的影响，我们常利用它来进行游击性的战斗。《民国日报》是叶楚伧负责，社论主要由他执笔。副刊《觉悟》则是邵力子负责，邵忙时，我就去帮助编辑。邵、叶观点不一致，叶为《觉悟》写稿，邵有时不登。《觉悟》有时还发表文章转弯抹角地批驳《民国日报》的社论。《民国日报》正张人家不大看，都要看副刊，报纸靠副刊来吸引群众，维持它的影响。”①

随着马克思主义的广泛传播，它同混杂在社会主义宣传活动中的各种反马克思主义流派之间，就不能不形成越来越尖锐的对立。“《时事新报》还装着讲学问的手法来反对我们，他们同胡适打成一片。我们以《觉悟》为阵地，同他们进行针锋相对的斗争。”②1920年秋到1921年上半年，梁启超、张东荪接连发表文章，向马克思主义发起新的进攻。他们认为中国产业落后，还没有形成工业无产阶级，没有实行社会主义的物质条件和阶级基础，因此不可能有真正的社会主义运动，并鼓吹劳资合作，反对阶级斗争和暴力革命，主张实行所谓“基尔特社会主义”，发展协社（合作社），宣扬中国将来可以经过这种协社逐渐蜕变为社会主义。1920年11月5日，张东荪在《时事新报》上发表了《由内地旅行而得之又一教训》一文。他说：“救中国只有一条路，一言以蔽之：就是增加富力……开发实业”，并宣称：“我们也可以说有一个主义，就是使中国人从来未过过人的生活的都得着人的生活，而不是欧美现成的甚么社会主义，甚么国家主义，甚么无政府主义，甚么多数派主义等。”对此，陈望道等以《觉悟》为阵地，同以《时事新报》为喉舌的张东荪等假社会主义者进行了激烈论战。就在张东荪这篇文章发表的第二天，陈望道即在《觉悟》上发表了《评东荪君的“又一教训”》

---

① 陈望道：《关于上海马克思主义研究会活动的回忆》，《复旦学报》1980年第3期。
② 同上。

一文。他质问道："东荪君！你现在排斥一切社会主义。……却想'开发实业'，你所谓'开发实业'，难道想用'资本主义'吗？你以为'救中国只有一条路'，难道你居然认定'资本主义'作唯一的路吗？你同情于舒君底话，说'中国现在没有谈论甚么主义的资格'，又说'现在中国人除了在通商口岸与都会的少数外，大概都未曾得着人的生活'，你难道以为必须处处都成通商口岸和都会，才可得着人的生活，才有谈论主义的资格吗？……东荪！你曾说，'社会主义是改造人的全体生活……'，现在你既然旅行过一番，晓得了'大概都未曾得着人的生活'，为甚么不把你那'改造人的全体生活'的'社会主义'再行赞美、鼓吹——反而忍心诅咒呢？"陈望道的文章一针见血地揭露了张东荪的假社会主义、真资本主义的本质，在当时引起了很大的反响。

通过与胡适的实验主义，梁启超、张东荪的基尔特社会主义的论战，陈望道和其他具有初步共产主义思想的知识分子有力地击退了各种反马克思主义思潮的进攻，促进了马克思主义在中国的广泛传播，同时也为创建中国共产党进一步作了思想上的准备。

打从这次争论以后，胡适每发表一篇文章，陈望道必然与之针锋相对地写文章予以反驳。

在经过若干年之后，有一次，郑振铎在沪设宴招待文化界的友人，陈望道也应邀出席。席间，郑为胡适和陈望道两人介绍相识。胡适连声说："认识！认识！不打不相识嘛！"其实在此之前两人并未见过面。

陈望道编辑《新青年》杂志，直到 1921 年为止。

十一

创建中国共产党有他一功

1920 年 5 月至 8 月，陈望道在编辑《新青年》刊物的同时，又直接参与组织上海马克思主义研究会，成为中国共产党上海发起组的成员。之后又参与中国共产党的创建工作，致力于把马克思主义的宣传活动同中国工人群众运动相结合，创建中国工人阶级自己的政党。

五四运动爆发不久，共产国际派遣魏经斯基来中国协助共产党的建党活动。1920 年 4 月，魏经斯基到达北平，同李大钊等会晤。后经李大钊建议，魏折来上海与陈独秀会面。5 月，经陈独秀介绍，魏经斯基很快同上海的社会主义者建立了联系，商讨发起组织中国共产党事宜。

陈独秀、李汉俊、李达、陈望道等以《新青年》杂志社为中心，经常举行座谈会，讨论社会主义和中国社会改造等问题。大家在一起越谈越觉得有组织中国共产党的必要，于是便首先组织了马克思主义研究会。陈望道回忆说："这是一个秘密的组织，没有纲领，会员入会也没有成文的手续。参加者有：陈独秀、沈雁冰、李达、李汉俊、陈望道、邵力子等。先由陈独秀负责，不久陈到广州去。1920 年年底以后，当时就称负责人为'书记'。要紧的事，由李汉俊、陈望道、杨明斋三四人讨论（不是全体同志参加），组织仿苏联共产党。”[①] 又说：“在上海共产主义小组成立之前，陈独秀、李汉俊、李达和我等先组织马克思主义研究会。研究会吸收会员，起初比较宽，只要有兴趣的都可以参加，后来就严格了。五六个人比较机密，总共不到十人。马克思主义研究会是对外的公开名称，内部叫共产党，有组织机构，有书记，陈独秀就是书记。”[②] 他还曾说：“我们几个人都是搞文化的，认识到要彻底改革旧文化，根本改革社会制度，有研究马克思主义的必要。”[③]

1920 年 8 月，中国第一个“马克思主义研究会”（亦称中国共产党上海发起组）——上海马克思主义研究会在法租界环龙路老渔阳里 2 号（今南昌路 100 弄 2 号）《新青年》编辑部（陈独秀寓所）正式成立。陈独秀为书记，先后参加者有李汉俊、沈玄庐、陈望道、俞秀松、施存统（在日本）、李达、杨明斋、周佛海、邵力子、袁振英、沈雁冰、林伯渠、李启汉、李中、沈泽民等 10 余人。[④]

中国共产党上海发起组成立后，担负中国共产党发起组的任务，与各地共产主义者建立联系。在小组开展的一系列活动中，陈望道作为小组负责人之一发挥了不小的作用。为了扩大马克思主义的宣传，从思想上、理论上为全国建党做准备，上海党组织把《新青年》改为党的公开的机关理论刊物。从 1920 年 9 月第 8 卷第 1 号起，它以崭新的面貌公开宣传马克思主义。陈望道自 1920 年 12 月负责《新青年》的编务后，它的马克思主义的办刊方向日益鲜明。同时，陈望道和邵力子还将《觉悟》转变为党的外围刊物。这两份刊物作为党的重要舆论阵地，对于扩大马克思主义的影响，批

---

① 陈望道：《党成立时期的一些情况》，《党史资料丛刊》1980 年第 1 期。
② 陈望道：《关于上海马克思主义研究会活动的回忆》，《复旦学报》1980 年第 3 期。
③《陈望道于 1956 年 6 月的回忆》，《上海共产主义小组》，知识出版社 1988 年版，第 98 页。
④《中共上海党史大事记》（1919—1949），知识出版社 1989 年版。

判各种反马克思主义的言论，从思想上巩固刚成立的中国共产党上海发起组都起了重要作用。

与此同时，陈望道又参加了社会主义青年团的筹建工作。社会主义青年团于 1920 年 8 月 22 日正式成立。中国共产党上海发起组将团中央机关设在霞飞路新渔阳里 6 号（今淮海中路 567 弄 6 号）。俞秀松任青年团中央书记，陈望道亦是青年团的早期负责人之一。

1920 年 9 月，上海外国语学社成立。它是中国共产党上海发起组直接领导创办的第一所干部学校，校址设在社会主义青年团临时中央机关里面。中国共产党的第一个通讯社——华俄通讯社也设在这里。

上海外国语学社的建立，曾对中国共产党的创建起了积极的作用。它使中国共产党上海发起组和社会主义青年团组织可以有一个公开活动的场所。当年中国共产党上海发起组成员及“一大”代表纷纷回忆说：“新渔阳里六号，是社会主义青年团用办外国语学校的名义，可以进行较公开的活动。”[1]“党在上海发起以后，决定成立社会主义青年团，并租定新渔阳里 6 号作为容纳那些青年的处所，并介绍他们加入社会主义青年团，派俞秀松同志（党的发起人）负责主

新渔阳里 6 号，社会主义青年团中央机关旧址

① 陈望道：《党成立时期的一些情况》，《党史资料丛刊》1980 年第 1 期。

持。这幢房子外，还挂上了‘外国语学社’的招牌，请国际代表威丁斯克的夫人教俄文。‘华俄通讯社’的牌子是没有挂，但挂了一个‘外国语学社’的牌子。”[①]“外国语学社是我党初期的联络接洽和一些半公开活动的机关，党的公开或不公开的集会都在这里进行。在第一次全国代表大会时，此处是我们的联络机关”[②]。

当年，一批中国共产党上海发起组成员陈独秀、李达、俞秀松、杨明斋、陈望道、沈雁冰等频繁出入此处，从事革命活动。1920 年 8 月至 1921 年 7 月，上海的工人运动、青年团、妇女运动、宣传活动、组织青年赴俄学习等项工作都在此进行。党领导的第一个工会——上海机器工会亦在此发起；1921 年中国共产党上海发起组在这里组织纪念三八妇女节活动；1921 年五一节庆祝筹备会也曾多次在这里召开，陈望道与包惠僧等出席。这一系列扩大党的影响的工作与活动，都同外国语学社分不开。

外国语学社学生的主要任务是学习俄语和革命理论，为赴俄留学做好准备。学员少时二三十人，多时达五六十人。1921 年 4 月，上海社会主义青年团从这批学生中挑选二三十名团员分批赴俄。外国语学社从成立到结束，历时 10 个月，这所学校为培养党的干部和造就革命人才作出了重大贡献。[③]

1920 年 11 月，陈望道还参加中国共产党上海发起组出版的内部理论刊物——《共产党》月刊的创刊工作。这是我国第一个以共产党命名的刊物，由李达负责编辑。1920 年 11 月 7 日出版第 1 号，以后每逢 7 日出版一号，先后共出了 7 期便停刊了。《共产党》月刊出版后，努力宣传共产主义和共产党的知识，介绍俄国共产党建

---

① 李达：《回忆老渔阳里二号和党的“一大”、“二大”党的早期活动》，《党史资料丛刊》1980 年第 1 期。

② 包惠僧：《回忆新渔阳里六号》，《党史资料丛刊》1980 年第 1 期。

③ 本节参考陈绍康：《上海外国语学社的创建及其影响》，《上海党史》1990 年第 8 期。

党经验和马克思列宁主义建党学说，反对社会改良主义和无政府主义。如在第 1 号上登载《俄国共产政府成立三周年纪念》《俄国共产党的历史》等文章；第 2 号上有《俄国劳动革命史略》《社会革命底商榷》等；第 3 号上有《将死的第二国际和将兴的第三国际》等；第 4 号上刊登了《我们为什么主张共产主义？》《国家与革命》《无政府主义的解剖》等；第 5 号上有《夺取政权》《我们要怎样干社会革命？》等，文章署名大多用笔名或化名。

继 1920 年 5 月 1 日劳动节之后，中国共产党上海发起组又在 1921 年的 5 月 1 日，组织了劳动节的纪念活动。陈望道作为组织者之一，满怀激情地参加了这些活动，积极向广大群众宣传马克思主义，使马克思主义深入人心。

十二

中国工运史上应有他的地位

1920年初，一些具有初步共产主义思想的先进知识分子，已经认识到工人阶级是最先进的社会力量，是革命的主力军，工人运动是整个无产阶级革命运动中极其重要的组成部分。共产党作为工人阶级的先锋队组织，要取得革命的胜利，必须把马克思主义同工人运动相结合。为此，中国共产党上海发起组成立后，就把发动工人运动作为一项头等重要的任务。小组成员们纷纷深入到工人群众中去，传播马克思主义，启发提高工人的政治觉悟和文化水平，并组织他们起来捍卫自己的利益，同剥削者进行斗争。由于陈望道在中国共产党上海发起组中一度担任了劳工部长，因而在组织、发动工人运动方面发挥了重要作用，在中国工人运动史上应有其一定的地位。

陈望道在当年曾直接帮助筹建了上海机器工会、印刷工会，以及纺织、邮电工会。这是中国第一批在马克思主义指导下成立的工人阶级组织。上海机器工会于1920年11月在上海外国语学社正式成立。12月，印刷工会也宣告成立。陈望道后来曾多次回忆起当年组织工会活动的情形时说："上海的纺织工业发达，工厂集中，人数众多"，"印刷与邮电行业同宣传马列主义有直接联系，组织这两个工会，正是为了配合马克思主义的宣传。”① 他还说：“初期的工运，主要是启发和培养工人的阶级觉悟，支持他们的经济斗争”②，“参加工会的大部分是年纪大的工人，也有青年工人”③。当年，陈望道经常深入沪西小沙渡路一带工人集中居住的地区，向工人群众发表关于劳工神圣和劳工联合的演说，启发他们的思想觉悟，认识到自己的伟大使命。在中国共产党诞生后，他还积极参与开办职工补习夜校和平民女学，“把政治内容结合到教学中去”④，努力提高工人的觉悟和文化水平。中国共产党为在工人中开展工作，在原小沙渡路工人半日学校的基础上，设立第一工人补习夜校，共招收男女学生 30 余人。此外，党为了培养妇女干部，适应建党初期开展工人运动和女工工作的需要，借用上海中华女界联合会名义，筹办“平民女校”（也称“平民女学”），校址设在南成都路辅德里 632 号 A（今成都北路 7 弄 42 号），由中共中央局宣传主任李达任校务主任。陈独秀、陈望道、高语罕、邵力子、沈雁

辅德里 632 号，原平民女学校址

① 陈望道：《关于上海马克思主义研究会活动的回忆》，《复旦学报》1980 年第 3 期。
② 陈望道：《党成立时期的一些情况》，《党史资料丛刊》1980 年第 1 期。
③ 陈望道：《关于上海马克思主义研究会活动的回忆》，《复旦学报》1980 年第 3 期。
④ 同上。

冰、沈泽民、张太雷等经常到这些学校演讲或上课。学员有王剑虹、王一知、丁玲、王会悟、高曼君等30余人。这两所学校以后逐渐成为传播马克思主义思想和组织工人斗争的重要阵地，推动了上海工人运动的蓬勃发展。

在这个过程中，陈望道还用自己手中的笔积极向工人群众进行通俗的马克思主义宣传，深刻揭露资本家对工人的剥削和压迫，教育和鼓励工人兄弟姐妹组织起来，为争取自身的彻底解放而斗争。于是他协助出版了中国共产党上海发起组的工人刊物——《劳动界》。《劳动界》创刊于1920年8月15日，由新青年社发行。它是中国共产党上海发起组向工人宣传马克思主义的刊物，也是我党最早创办的一份工人周刊。《劳动界》在出满了24册后，于1921年1月终刊。陈望道为这个刊物写了《平安》《真理底神》《女子问题和劳动问题》《劳动者唯一的"靠着"》等文章。他还在《觉悟》等刊物上发表了多篇有关工人运动的文章，例如《劳动问题第一步的解决》《劳动联合》《反抗和同情》《罢工底伦理的评判》等。在这些激进的、充满革命精神的战斗檄文中，陈望道以笔为投枪，无情地刺向人剥削人、人压迫人的万恶制度，号召大家起来斗争。他在《真理底神》一文中问道：剥削者们"以为这样做的饿，逛的阔，忙的出力当下贱，闲的游荡作高尚，就算是'真理'。我们要彼这真理何用，要彼这替财神打过折扣的真理做啥？"① 为此，他呼吁工人群众起来同不公平的社会制度抗争，并向他们宣传马克思主义关于阶级斗争的学说。他在《罢工底伦理的评判》一文中写道：

> 我们所谓争斗是阶级的争斗，是分处掠夺与被掠夺两边的两阶级，分据驾驭与被驾驭两边的两阶级的阶级争斗；是

---

① 陈望道：《真理底神》，《陈望道文集》第1卷，第24页。

> 两阶级中弱者这边对强者那边切磋琢磨的争斗；是弱者仿学校训练低能儿的方式矫正现今强者掠夺与驾驭这些恶劣的遗传性的争斗。争斗一次，恶劣性多少总可减少一度；争斗强烈一点，那恶劣性多少也总可格外消除一点，所以我们决不反对这意义的争斗。不但不反对，而且赞成，而且主张，而且顽强地、热烈地主张。……铲除掠夺恶性的行为，都是合乎我们人类全体理想的行为，都是推进文化转轮的行为，都是滋养人类长进的行为。①

在有关工人运动的文章中，陈望道谈论得最多的是“劳动联合”的问题，亦即组织工会问题。他认为：“劳动者唯一的靠着，就是‘劳动联合’”，“中国劳动问题第一步的解决，就是振兴正当的‘劳动联合’。”并详细论述了“劳动联合”的必要性：“凡百事情，都少不了一种结集和组织，结集就强，不组织便弱……劳工们更要有一种有组织的机关，唤回佢们那听天由命和咒天骂地的被损害被侮辱的灵魂，归依这‘联合’底救星。……因为资本家正在努力于有组织的资本联合，种种公司正在兼步迈进，倘不用有组织的机关去对付那有组织的机关，那就像以卵投石，不但没有甚么效果，而且还要逢到更悲哀的命运。”②

此外，陈望道还翻译了《劳动运动通论》《劳农俄国底劳动联合》《劳工问题的由来》等许多文章，刊登在《新青年》《劳动界》《觉悟》等刊物上，以介绍国外马克思主义工人运动的先进经验，作为中国工人运动的借鉴。

陈望道等一批具有初步共产主义思想的知识分子在中国共产党

---

① 陈望道：《罢工底伦理的评判》，《陈望道文集》第1卷，第51页。
② 陈望道：《劳动问题第一步的解决》，《陈望道文集》第1卷，第41、36页。

上海发起组领导下，在工人群众中开展的宣传、组织活动，有力地促进了马克思主义同中国工人运动相结合，为中国共产党的成立打下了一定的基础。

1921 年 6 月 24 日，中国共产党诞生前夕，中国共产党上海发起组成员陈独秀、李大钊、李达、李汉俊、邵力子、沈雁冰、陈望道、沈玄庐等同文教界知名人士经亨颐、夏丏尊、周建人等十五人以编辑人的名义，在上海《民国日报》副刊《觉悟》上刊出《新时代丛书编辑缘起》，筹备出版《新时代丛书》。1921 年 9 月，党正式成立后，中央局决定成立“人民出版社”，出版宣传马列主义的书籍。该出版社由李达负责。社址设在南成都路辅德里 625 号（今成都北路 7 弄 30 号）李达寓所。在人民出版社刊出的通告中说：

> 近年来新主义新学说盛行，研究的人渐渐多了，本社同人为供给此项要求起见，特刊行各种重要书籍，以资同志诸君之研究。本社出版品底性质，在指示新潮底趋向，测定潮势底迟速，一面为信仰不坚者祛除根本上的疑惑，一面和海内外同志图谋精神上的团结。各书或编或译，都经严加选择，内容务求确实，文章务求畅达，这一点同人相信必能满足读者底要求，特在这里慎重申明。①

在这则通告中，刊出的马克思全书的目录为：《马克思传》，王仁编；《工钱劳动与资本》（已出版），袁让译；《价值价格与利润》，李定译；《哥达纲领批评》（印刷中），李立三译；《共产党宣言》（已出版），陈佛突译。

在建党前后，由邵力子、陈望道等编辑的《民国日报》副刊

---

①《人民出版社通告》，《新青年》第 9 卷第 5 号，1921 年 9 月 1 日。

《觉悟》，配合《新青年》，积极宣传马克思主义，为建党做舆论准备。如在 1921 年 4 月 13 日，《觉悟》上刊载《马克思学说研究社章程》，内有“本社专以研究马克思底学说为宗旨”；凡愿研究马克思学说的人，不分国别性别，经该社社员一人介绍，得多数社员同意，即可为社员等六项，是上海报纸上最早介绍马克思学说研究团体的文字记载。

同年 5 月 1 日，《民国日报》副刊《觉悟》出版了劳动纪念号专刊，刊登了李达以“江春”为笔名发表的《“五一”运动》一文。文中强调“五一”运动的目标，“不专在获得 8 小时工作的条件，乃在积极地努力准备奋斗的手段”。6 月 24 日又刊登了《新时代丛书》的消息。8 月，《民国日报》又一副刊《妇女评论》创刊，由陈望道主编，沈雁冰、杨子华、邵力子等撰稿，积极宣传妇女解放。

有了工人阶级自己的群众组织，又有了马克思主义理论作指导，才使工人阶级自己的政党的建立成为可能。

十三

浙江“一师风潮”与中国第一个马克思主义研究会

1920 年春发生的浙江“一师风潮”，是五四时期浙江文化教育界的进步人士与青年学生，因提倡新文化和改革教育制度而引起的一次新旧思想、新旧文化的大较量、大搏斗。这场学潮极大地激发了“一师”师生们的政治热情和革命激情。就在学潮结束之后，他们纷纷走向社会，投身于革命。浙江省的新文化运动及“一师风潮”确曾锻炼和造就了一大批人。当时学潮中的先进分子，后来有许多成为江浙地区筹建共产党组织的骨干力量。

“一师风潮”中“四大金刚”之一的陈望道，在风潮结束后首先回到义乌故乡去研究马克思主义新思潮，翻译了《共产党宣言》这部经典著作。紧接着，他又在马克思主义理论指导下，于 1920 年 4 月底来上海与陈独秀等一起筹建了全国第一个马克思主义研究会——上海马克思主义研究会。上海马克思主义研究会正式成立于 1920 年 5 月。最初的成员有李汉俊、陈望道、沈玄庐、施存统、杨明斋、俞秀松、沈雁冰、邵力子等。从这张名单上可以清楚地看到，属于原浙江“一师”的师生就有陈望道、俞秀松、施存统三人，这确是一个不小的比例数。邵力子也曾回忆说：“1920 年 5 月间在上海组织‘马克思主义研究会’的有三部分人：一部分是原浙江‘一师’的师生，如陈望道、施存统、俞秀松；另一部分是 1918 年前后从日本留学归来的具有社会主义倾向的学生，如李汉俊、李达等人；第三部分是原国民党员中稍有唯物主义思想的成员，如邵力子、沈玄庐等。”[①] 由此可见，当年的浙江“一师风潮”与上海马克思主义研究会乃至以后的中国共产党上海发起组的创建确实有着非常密切的关系。

下面将着重介绍一下除陈望道以外的另外两位中国共产党上海发起组成员又是怎样从“一师风潮”走向革命征程的。

中国共产党上海发起组成员之一的施存统（又名施复亮），原是陈望道在浙江“一师”的学生，当年曾与陈望道师等创办了《浙江省立第一师范学校校友会十日刊》。之后，他又与省甲种工业学校学生沈乃熙、汪馥泉等联合创办《浙江新潮》周刊，并在陈望道师的指导下在《浙江新潮》上发表了反对封建家庭制度的《非“孝”》一文。然而，正是这篇《非“孝”》被军阀当局斥为大逆不道的文章，在社会上引起了一场轩然大波。《浙江新潮》由此被北洋军阀政府通令在全国范围内禁止印刷发行。施本人也因此遭到教育厅勒令开除的处分。1919 年年底，施存统被迫离开杭州去了北京。翌年 1 月，他加入“工读互助团”，该团不久即解散，遂于 6 月间来到上海投奔老师陈望道。经过前阶段的生活实践以及后来陈望道老师对他的影响，他终于抛弃了无政府主义的信仰，并转向了马克思主义。来到上海后，他参与了陈独秀、陈望道等创建中国共产党上海发起组的活动。8 月，中国共产党上海发起组成立，他即为小组成员之一。不久，他又接受了陈独秀的委派去日本留学，并在东京负责创建了共产党早期组织。1922 年 1 月被日本当局驱逐回国。1922 年施存统出席中国社会主义青年团第一次全国代表大会，当选为团中央书记。

---

① 邵力子在 1956 年 7 月的谈话记录，原件存中国革命历史博物馆。

同年7月又出席中国共产党第二次全国代表大会。

中国共产党上海发起组的另一成员俞秀松，亦系陈望道在浙江“一师”的学生。俞在浙江新文化运动中与施存统等一起创办了《浙江新潮》社，出版《浙江新潮》周刊。《浙江新潮》案发生后，俞亦被迫于1919年年底离杭赴京。翌年1月在京与施存统同时加入“工读互助团”。该团于1920年3月解散后，他便来到上海，参加《星期评论》杂志社的编辑工作。同年5月，他与老师陈望道等一起先组织上海马克思主义研究会，8月又参与筹建中国共产党上海发起组，成为中共最早的党员之一。与此同时，他接受陈独秀的委托，组建社会主义青年团，任团中央书记，成为中国社会主义青年团一位杰出的创始人。1921年3月，他出席了少共国际在莫斯科召开的第二次代表大会，并负责联系我党派遣的一批青年赴苏俄学习事宜。1922年3月回国后，受青年团临时中央派遣赴杭州指导建立青年团杭州支部，并兼任书记职务。同年5月，他出席中国社会主义青年团全国第一次代表大会，当选为团中央执行委员。1938年5月牺牲在苏联狱中。

在浙江“一师”的师生中，除施存统和俞秀松在陈望道老师的影响下直接参与筹建上海马克思主义研究会和中国共产党上海发起组之外，尚有宣中华、汪寿华、华林以及体育教员胡公冕等也都在陈望道的影响和帮助下先后踏上革命的道路，有的甚至为共产主义事业献出了宝贵的生命。

“一师”学生宣中华，在五四运动中曾担任杭州学生联合会理事长。当年他积极领导全市各校学生进行反帝反封建的斗争，是位出色的学生运动的领袖。1920年2月，在浙江“一师风潮”中，他领导全校学生同北洋军阀当局进行斗争。同年4月，他又领导杭州学联会，联合杭州各界，开展驱逐省长齐耀珊和教育厅长夏敬观的斗争。宣中华于1920年夏天在本校毕业后，曾在附小任教半年。

1921 年春天，他接受了陈望道的邀请来上海，参加马克思主义研究会的工作，分工负责工会组织活动。同年，他加入社会主义青年团。后去苏联出席国际反帝会议。在苏期间曾拜谒了革命导师列宁同志，向他叩询进行世界革命的途径。1924 年 1 月，宣代表浙江省出席广州中国国民党第一次全国代表大会。是年秋天，中国共产党上海区执行委员会批准他为党员。1926 年，他当选为中共杭州地方委员会的负责人。1927 年“四一二”反革命政变后，宣中华因急于同党中央联系，便化装来沪，在途中不幸被敌人识破，行至龙华时被捕，以后又惨遭敌人的残酷杀害，牺牲时年仅 29 岁。

宣中华是“一师”的高才生，亦是陈望道师的得意门生，他十分赞赏这位学生的才华和品德，因此对他爱之甚笃。宣中华牺牲的噩耗传来后，陈望道悲痛万分，多次洒下热泪。中华人民共和国建立后，宣中华的好友、浙江学生运动的另一位领袖徐白民被委托撰写宣的传略。徐在撰写过程中曾多次登门向陈望道求教，征求他的意见。陈望道此时仍抑制不住自己的感情，他不仅给了徐白民许多具体指导，提供了许多素材，还恳切地希望徐能将烈士的革命事迹详细记载下来，以教育后代。

陈望道的另一位学生汪寿华，在五四运动中曾在“一师”组织书报贩卖团，推销进步书刊，是学生运动的骨干之一。汪寿华就读于陈望道师的这个班级，亲自聆听陈望道师上的国文课，对陈师的学识和思想钦佩之至，在课后还将陈师在课堂上讲授的内容详细地记载在他的日记——《求知录》中。“一师风潮”斗争胜利后，他于 1920 年下半年来到上海。在陈师的指导下，于 8 月份进上海外国语学社学习俄语，同时加入社会主义青年团。1921 年 4 月和罗亦农等被派往苏联学习，学习后留在赤塔远东职工会中国部工作，任主任及海参崴工人苏维埃委员。1923 年加入中国共产党。1925 年回国后任中共上海区委委员兼工农部主任，区委职工运动委员会书记，军事特别委员会成员、书记等职。1926 年 10 月至 1927 年 3 月，参与上海工人三次武装起义的领导工作，当时为直接指挥人之一。武装起义胜利后，他又当选为上海特别市临时政府委员并任市政府中共党团成员，同时被推选为上海总工会委员长。1927 年“四一二”政变前夕，被杜月笙诱捕，4 月 15 日惨遭反动派秘密杀害。

叶天底，也是浙江“一师”的学生，1919 年，他积极投身于反帝爱国运动。“一师风潮”发生后，他参与“换经（经亨颐校长）拒金（金布，军阀当局新派来的校长）”的活动，也是斗争中的骨干分子。1920 年暑假，叶被迫离开“一师”来到上海，经陈望道的推荐在一家印刷所校阅《新青年》的文稿，同时，他结识了正在上海组建马克思主义研究会的同乡沈玄庐，并和陈独秀、邵力子、杨明斋，以及老师陈望道交往频繁，开始接受马克思主义启蒙教育。是年 8 月至 11 月，他与俞秀松等接受中国共产党上海发起组的委托，发起成立社会主义青年团，成为中国青年团的创始人之一。当时，这一组团的工作显然是在中国共产党上海发起组成员陈望道、李达等的指导下进行的。陈望道、李达等以后也都同时作为社会主义青年团的创始人载入史册。

1920 年 9 月，叶天底进入上海外国语学社学习。1923 年秋，叶任《民国日报》副刊《艺术评论》的编辑。同年，他加入中国共产党。1925 年 8 月，他与侯绍裘、张闻天一起创建了中共苏州独立支部，他任独立支部书记。1926 年 7 月，又创建中共上虞支部，仍担任书记。1927 年“四一二”反革命政变后，他在群众的掩护下，坚持革命斗争。同年 11 月，中共浙江省委机关遭到敌人的破坏，在全省大搜捕中叶天底不幸被捕。1928 年 2 月 8 日，叶天底慷慨就义于浙江陆军监狱，他以年轻的生命实践了“先烈之血，主义之花”的壮烈誓言。

叶天底在浙江“一师”就读时“最心爱绘画一门”，是美术教师李叔同之高足，擅长国画与版画，曾“创作过许多寓意深刻的作品。其中有一幅《磕篓与蟹》是他的代表作。这幅画着墨不多，简洁拙朴，却具有强烈的现实意义”[1]。在这幅画的右角上有两段题词。一段为陈望道所题，是从日本水野叶舟著的《小品作法》中间抽译过来后题在画上的。

这段话的原文是：

> 无论什么艺术都是从人生出的。如果艺术只是一种因袭的技术，那就只要熟练，随便什么人都有好的作品。但是什么人都晓得这是不可能的事。艺术的作品是人的灵魂的产儿，必须那人的灵魂有摄取自然的力量才能生出那个人的话。所以那个人的本身如果没有美丽的灵魂，丰腴的心境，自然是不对。那一个人拨开胸襟的自然极正直极公平，并不特别慈爱什么人，虐待什么人。去求他，他就给你去敲门，他就开。他时常坦露着他的心，想同人类说话。只要人类有碰他的诚意，自然的玄妙就在人类胸前尽情显露了！

这另一段话为沈玄庐所题。那是在 1920 年 8 月中旬，叶天底、陈望道及俞秀松一起来到杭州联络沈玄庐开展马克思主义的宣传活动。11 日那天，沈玄庐在送走他们之后，无限感慨地在这幅画上题下了下列这段文字：

> 箝断稻草根，来吃现成稻，成群结队由你的横行，把便宜

① 刘芳玲：《一幅珍贵的画——叶天底作〈磕篓与蟹〉》，《上海革命史研究资料》，上海三联书店 1991 年版。

事都占尽了。如今成串成串地缚住你们的，就是你们箝断的那根稻草。

你们吃饱了，养肥了，但是磕篓也编好了，酒也香了，汤也沸了，你们红了，他们的脸上也红了；他们饱了，你们那里去了？

这段文字是沈玄庐为叶天底的《磕篓与蟹》这幅画的点题描述。不难看出作者是“以蟹比喻不劳而获的剥削阶级，以稻草象征广大受尽奴役的劳动人民，他这段话旗帜鲜明地道出了人民大众要起来推翻剥削阶级统治的强烈心声”①。

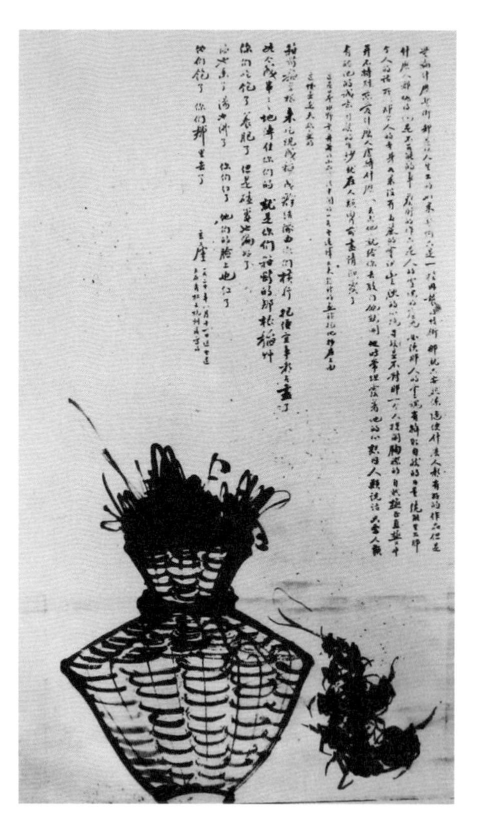

三位早期共产主义战士合作完成的革命诗画——《磕篓与蟹》

这是由三个中国共产党上海发起组成员通力合作完成的一幅革命诗画，它创作于中国共产党正式成立的前一年。在这幅诗画中，我们的早期共产主义战士满怀激情地宣传无产阶级文艺理论和共产主义思想。这件珍贵的文物记下了先辈的革命足迹。

1921 年 5 月 1 日，在陈望道与邵力子编的《民国日报》副刊《觉悟》（劳动纪念

① 刘芳玲：《一幅珍贵的画——叶天底作〈磕篓与蟹〉》，《上海革命史研究资料》。

专号）上又刊出一幅叶天底作的版画——《世风》，画面反映了受苦的劳工渴望摆脱压迫、期待解放的心情。这幅画的画头“世风”二字为陈望道所题。画的底部书有：“天底画，晓风题”的字样。

华林，是浙江“一师”的又一位学生。“一师风潮”结束后也因受到反动政府的迫害，无法在杭州继续待下去，遂于1920年9月来上海。华林自己回忆说，来到上海后，他起初“想入大同学院学英文。原来听说大同学院是免费的，可是到时却说要付一笔学费。于是就去找陈望道请他设法，但没有遇到，留下了旅馆地址。晚上，陈望道送钱来旅馆，和我谈到半夜，谈得很多，谈到了仲甫（陈独秀）的《新青年》，说陈独秀请他编《新青年》，又谈到了社会主义青年团组织，言下之意要我参加”①。1920年12月左右，俞秀松又去找他，同他谈起青年团，希望他参加，并希望他不要读英文，改读俄文，然后去苏联。就这样，华林住进了渔阳里6号，进入外国语学社学习俄文。当时同他一起学习的有刘少奇、柯怪君（柯庆施）、韩慕涛（庄文恭）、周伯棣等。1921年4月，华林第一批到苏联留学，同去苏联的还有韩慕涛、彭述之、罗亦农、任作民、何今亮（汪寿华）、卜士畸等共12人。②

从华林的回忆中，可以清楚地看到陈望道对学生的关怀和爱护是无微不至的。他对学生的帮助不但在生活上、经济上，更主要的是从政治思想上循循诱导，启发他们的觉悟，将他们引向革命之路。当年“一师”的许多学生之所以能够健康成长，最终走上为共产主义事业奋斗的道路，除了自己主观努力外，还同陈望道老师的亲切关怀和鼓励、热情的启发和帮助分不开。

在“一师学潮”前后，受陈望道进步思想启发和影响的除上述

① 华林：《渔阳里六号和赴俄学习情况》，《党史资料丛刊》1980年第1辑。
② 同上。

许多“一师”的学生外，还有一位体育教师胡公冕。胡公冕老师在闻名全国的“一师风潮”斗争中表现出非凡的勇敢。1920 年 3 月 29 日，当反动军阀当局派遣大批军警围困“一师”，妄图用武力解散学校遣返学生时，他不顾个人安危，挺身而出斥责军警的暴虐行为。他当时的这一行动极大地鼓舞了“一师”师生的斗志。1921 年 10 月，他转来上海后，随即由陈望道及沈定一（沈玄庐）介绍加入中国共产党。不久即去莫斯科东方大学学习。翌年 1 月，他出席共产国际在莫斯科召开的远东各国共产党及民族革命团体第一次代表大会。1930 年 5 月任中国工农红军第十三军军长。

由陈望道等在浙江“一师”点燃的革命火种，不久即燃至祖国的四面八方。

十四

未参加中共“一大”的缘由

随着上海和各地中国共产党早期组织的纷纷建立，马克思主义思想日益广泛的传播，工人运动的蓬勃发展，正式创立中国共产党的时机也日趋成熟。1921年7月23日，中国共产党第一次全国代表大会在上海召开，标志着党的正式诞生。陈望道亦被推选为上海地区出席党的“一大”代表。然而，正当大家积极筹备召开“一大”的时候，为组织活动经费一事，陈独秀与李汉俊等发生争执。陈望道因不满陈独秀的家长制作风，而未能出席党的“一大”，尽管如此，他仍然是中国共产党最早的五名党员之一。

中国共产党上海发起组建立后，随着小组成员李汉俊、陈望道等开展一系列马列主义宣传活动和组织活动，外界便纷纷谣传中国共产党上海发起组领取了卢布。其实小组在当时“不直接接受第三国际的经济支援”[1]，他们的活动经费主要来源就是小组成员发表翻译作品所得的稿酬。陈望道回忆说：“李汉俊、沈雁冰、李达和我都搞翻译，一夜之间可译万把字。稿子译出后交给商务印书馆，沈雁冰那时在商务工作。一千字四五元，大家动手，可

① 包惠僧：《回忆渔阳里二号》，《党史资料丛刊》1980年第1辑。

以搞到不少钱。”[①] 李达在自传中也说：“这时候，经费颇感困难，每月虽只二三百元，却无法筹措。陈独秀办的新青年社，不能协助党内经费，并且李汉俊主编《新青年》的编辑费（每月一百元）也不能按期支付。于是我们就和沈雁冰（当时任商务印书馆《小说月报》编辑，也加入了）商酌，大家写稿子，卖给商务印书馆，把稿费充作党的经费。”就在中国共产党上海发起组成员积极筹备党的“一大”召开时，为审批组织活动经费一事，陈独秀和李汉俊发生了争执。原来凡需要支付党内活动经费都须经书记陈独秀的签字方可前来领取。由于陈独秀并不清楚经费的收支情况，常会发生对方拿了陈的批条来领钱时，李汉俊这里已无钱支付的被动局面。为此，李汉俊很有意见，希望陈独秀不要对外乱批条子。岂料陈独秀听后竟大发雷霆，无理指责李汉俊是要夺他的权。李达还说，“李汉俊写信给陈独秀，要他嘱咐新青年社垫点经费出来，他复信没有答应，因此，李汉俊和陈独秀闹起意见来”[②]。

不料这一争执又牵连到陈望道的身上。陈独秀甚至蛮横地到处散发书信，诬称李汉俊和陈望道要夺他的权，想当“书记”。陈独秀的这一做法在当时党组织内造成了极为恶劣的影响。此时尚在日本留学的施存统，在接到陈独秀的信后，信以为真，竟然为此感到痛心疾首。于是他便给李汉俊写了一封措辞十分激烈的谴责信，说什么中国共产党尚未正式成立，你们已先在那里争夺起书记来了，将李、陈二人大骂了一通。陈望道见到施的来信后顿时火冒千丈，对于这种无中生有的诬蔑，他是无论如何也接受不了的。他认为“陈独秀此举实在太卑鄙了”。于是坚持要求陈独秀

① 陈望道：《关于上海马克思主义研究会活动的回忆》，《复旦学报》1980年第3期。
② 《李达自传》（节录），《党史研究资料》1980年第8期。

对事实予以澄清，并公开向他道歉。陈独秀为人一向傲慢，自然不肯向他道歉。陈望道一气之下就表示今后不愿再接受陈独秀家长式的统治，提出脱离组织的请求，并因此而未能参加党的第一次代表大会。

“一大”召开以后，1921年11月间，中国共产党中央局发表《中国共产党中央局通告》，要求上海、广东等地建立区执行委员会，并提出各地应建立与发展党、团、工会组织，开展宣传工作等问题。不久，上海成立了中共上海地方委员会，陈望道为第一任书记。在担任上海地方委员会书记的这段时间里，陈望道为刚刚创建的党做了许多工作。例如，他在1921年8月创刊《民国日报》副刊《妇女评论》，又到党于这年年底创办的“平民女学”上课或演讲，为党积极培养妇女干部等。

1922年1月28日，旧历新年，中共上海地方党组织发动党员、团员及进步青年来到市区的大街小巷，向过路行人及沿途各家各户赠送散发贺年片。这些贺年片用书面纸印写，正面印着“恭贺新禧”四个黑色大字，背面以花边为框，框内印着一首《太平歌》。歌词为：

太　平　歌

天下要太平，劳工须团结。
万恶财主铜钱多，都是劳工汗和血。
谁也晓得：
为富不仁是盗贼。
谁也晓得：
推翻财主天下悦。
谁也晓得：
不做工的不该吃。

有工大家做，有饭大家吃。
这才是共产社会太平国。

这是中国共产党创立时期向群众宣传共产主义的贺年信。贺年信的内容为陈望道所起草。

陈望道当年曾亲自参加了这项有意义的活动。中华人民共和国成立后，他回忆这段往事时说：“当时，党组织建议我们向上海人民拜年，记得贺年片上一面写‘恭贺新禧’，另一面写共产主义口号。我们一共七八个人，全都去，分两路，我这一路去‘大世界’和南市。两路都是沿途每家送一张贺年片。沈雁冰、李汉俊、李达等都参加了。人们一看到贺年片就惊呼：不得了，共产主义到上海来了。”①

北京共产党组织在他们创办的《工人周刊》第29号（1922年2月12日出版）“劳动文艺”一栏中全文刊登了这首歌词，并指出：“读了非常感动，特把它登在此地，希望工友们时时吟诵，身体力行，那国家就真会‘太平’哩！”

党组织在新年散发贺年片，不仅使上海人民看到了代表劳苦大众自己的政党的存在，也使上海的军阀政府当局震惊不已，他们派出大批巡警四处侦查。

这项活动以后也正式出现在中共中央执委会书记陈独秀给共产国际的报告中（发于1922年6月30日）。报告说：

一九二二年正月一日，上海共产党全部党员及中国朝鲜社会主义青年团团员一百余人，工人五十人，上午分散“贺年帖”（内载鼓吹共产主义的歌）六万张于上海市内，下午分散

① 陈望道：《关于上海马克思主义研究会活动的回忆》，《复旦学报》1980年第3期。

攻击国际帝国主义及本国军阀的传单二万张于“新世界”等群众聚会的游戏场。

1922年1月15日，中共上海地方组织召开李卜克内西、卢森堡被害三周年纪念会，有500余人出席。会议由李启汉主持，陈独秀、陈望道、沈玄庐以及印度、日本、朝鲜等国进步人士到会发表演说。在会场上还向与会者散发了印有李卜克内西遗像的纪念册。

为纪念世界无产阶级革命导师马克思诞生104周年，中共上海地方委员会在1922年的4、5月间，先后两次举行演讲会和纪念会。陈望道也都参与了这些活动。4月23日，他随同中央书记陈独秀前往吴淞中国公学出席马克思学说演讲会，并在会上发表演说，宣传马克思主义。5月5日，中共上海地方委员会以上海学界名义假北四川路怀恩堂正式举行纪念会。是日，到会的有百余人。会议由张秋人主持，并在会上报告了马克思的生平。陈望道又偕同沈雁冰及一位印度学者到会和发表演说，介绍马克思的学说。在这次纪念会上还散发了中国劳动组合书记部编印的《马克思纪念册》。这是由党中央在上海发起组织的首次马克思诞辰纪念会。

陈望道担任中共上海地方委员会书记为时不长，1922年5月，中共上海地方委员会改组为中共上海地方兼区执行委员会，当选的委员有徐梅坤、沈雁冰、俞秀松三人。徐梅坤任书记，沈雁冰负责宣传。陈望道这时已正式提出辞呈，故而改选时已不再选他。

关于陈辞去书记的情况，沈雁冰在《我走过的道路》中亦有记载：“从前有个上海地方执行委员会，第一任的委员长是陈望道，后来陈望道因不满陈独秀的家长作风而辞职。”①

---

① 茅盾：《文学与政治的交错》，《我走过的道路》（上），人民文学出版社1981年版。

陈望道向党组织提出辞去上海地方委员会书记的职务，纯粹是因为不满陈独秀的家长制领导作风，对党内生活不民主等有意见，以及陈独秀根据不确实的事实，做出有损于他名誉的行为而引起的。可见，“当时的主要责任并不在他”[①]。然而，陈望道以提出辞职的办法来解决这一矛盾也是欠妥当的，应该说是一种缺乏修养和政治上不够成熟的表现。对于陈独秀来说，作为党中央的一位领导人，在如何处理同志间相互关系上，存在的问题也就更大一些。陈独秀在未弄清事实真相的情况下，就恣意公开谩骂一个同志，事后又不愿作任何一点自我的批评，完全表现出一种以老子自居的家长作风。陈独秀这样做的后果是十分严重的，它促使矛盾更趋于激化。因为当时上海地方党组织内的一些年轻党员，因不明真相而表现出一种过于偏激的情绪，他们纷纷起来指责陈望道等（当时同时提出退党的还有李汉俊等）是投机革命，有的甚至骂他们为叛党。陈望道为此感到非常愤慨，于是就进一步提出退出组织的要求。那时，他错误地以为不参加组织同样可以为党工作，不同陈独秀发生关系也一样可以干革命；还认为，只要自己为共产主义事业奋斗的决心忠贞不渝，在党外也一样能贡献出自己的一切。1952 年思想改造运动时，他的这一做法曾受到学习小组同志们的批判，陈望道因此而思想苦闷。但不久，当他的学生邹剑秋去看望他时，他作了自我批评，认为这是“小资产阶级知识分子的革命性”的表现。

自 1922 年至 1923 年，也即中共第二次代表大会召开以后，上海地方党组织先后提出脱离组织关系的除陈望道外，尚有李汉俊、沈玄庐、邵力子等人，李达也在若干年后提出了退党的要求。这些为数不少的一批在建党前后曾作出过重要贡献的知识分子党员，纷纷提出退党，正好表明了我们党在开创时期尚很年轻，党的组织还

---

① 茅盾：《文学与政治的交错》，《我走过的道路》（上），人民文学出版社 1981 年版。

不够健全，党内生活还不很正常。当时的党组织无严密的、系统的组织纪律，入党和退党也没有严格的手续，党员的组织观念也很淡薄，再加上陈独秀的家长式的领导作风也令一部分同志感到不满。凡此种种都表明了当时的党组织还处在比较年轻和幼稚的状态。

值得称道的是当年的中央委员毛泽东同志却能以一种与陈独秀截然相反的、正确的立场和态度来处理一些党务的问题，解决一些党内的矛盾，表现出在政治上少有的成熟。

1923年8月5日，上海地方兼区执行委员会召开第六次会议，中央委员毛泽东代表党中央出席了这次会议，并在会上作了一系列具体指导，会议讨论了救援狱中同志和江、浙军事问题。此外，毛泽东还代表中央明确建议：“对邵力子、沈玄庐、陈望道的态度应缓和，劝他们取消退出党的意思。”① 毛泽东还建议把他们“编入小组”②。毛泽东同志所说的“态度应缓和”显然是针对上海党组织的一些青年党员同陈望道等之间的对立情绪而言。毛泽东在当时所持的这一立场显然是为了更好地争取和团结他们，是一种与人为善的态度。

这是一种有利于党的团结和党的事业的正确的态度。当时，党组织还指定由沈雁冰去对三人进行劝说工作。沈雁冰在《我走过的道路》回忆录中说：

> 党组织又决定派我去向陈、邵解释，请他们不要退出党，结果邵同意，陈却不愿。他对我说：你和我多年交情，你知道我的为人。我既反对陈独秀的家长作风而要退党，现在陈独秀的家长作风依然故我，我如何又取消退党呢？我信仰共产主义

---

① 茅盾：《文学与政治的交错》，《我走过的道路》（上），人民文学出版社1981年版。
② 同上。

终身不变，愿为共产主义事业贡献我的力量，我在党外为党效劳，也许比党内更方便。[1]

从此以后，陈望道虽然与党脱离了组织关系，但是正如他自己所说的，对于党的事业始终坚贞不渝，对于党所交予的各项任务，也仍然一如既往、坚韧不拔地努力去完成，而不论所经历的环境是多么的险恶，道路又是多么的艰辛，直到中华人民共和国成立以后重新回到党组织的怀抱中来，最终成为一名真正的共产主义战士。陈望道以自己的革命的一生实践了这一誓言。

尚需一提的是当他的学生施存统在明白了事情经过的原委以后，便从日本给陈望道老师写来了一封痛哭流涕的长信，向他表示了至诚的歉意。不过这已经是后来的事情了。

① 茅盾：《文学与政治的交错》，《我走过的道路》（上），人民文学出版社1981年版。

十五

中国妇女解放运动的倡导者

随着五四新文化运动的日益高涨，必然会触及社会改革这一根本性质的问题。针对现实存在的许多社会问题，开展深入的评论和研究，猛烈抨击一切不合理的社会旧制度，努力探索改革的方法和途径，是“五四”以来大批觉悟的知识分子，其中也包括了陈望道本人，为之努力奋斗乃至献身的崇高理想。

在满目疮痍的旧中国，妇女处于被侮辱被损害的最底层，妇女问题成为一切社会问题中最深刻、最严重的问题，成为新文化运动的一个中心问题。陈望道是在五四运动刚刚兴起就开始关心和研究妇女问题的，他是中国妇女运动的先驱者和倡导者。

陈望道研究中国妇女问题起始于中国妇女运动的初兴时期，妇女解放组织还处于萌芽状态。当时少数知识妇女在我国近代思想史上第一次大启蒙运动的影响下，最先觉醒。她们冲破残酷与黑暗的宗法社会的统治和旧礼教的束缚，开始走向社会，提出“男女平权”、妇女参政、妇女有男子同样的爱国权利和婚姻自由等要求。为了推动妇女运动的发展，陈望道自1919年4月至1921年7月，在《新青年》、《民国日报》副刊《觉悟》、《新妇女》及《劳动界》等报刊上发表了大量有关恋爱、婚姻、女子地位等方面的文章，揭露和抨击旧式婚姻制度的罪恶，宣传新道德观念。中国共产党诞生后，为了扩大妇女问题的宣传阵地，以便唤醒更多的女同胞起来为自身的解放而斗争，决定自1921年8月在《民国日报》上创办另一副刊:《妇女评论》。这份副刊就由陈望道负责编辑。

《妇女评论》前后共出了一百零四期，历时两年整。中共一大召开后，陈望道已是上海地方委员会的负责人之一，这时候，由他出面主持《妇女评论》的编务工作，也正体现了共产党对妇女运动的领导。陈望道作为主编，不仅亲自为创刊号发了"宣言"，为刊物编排了《女子地位讨论》《自由离婚》等专号，而且对男女社交、恋爱婚姻、经济劳动、节制生育等问题，进行了广泛深入的考察和研究，并先后在《觉悟》及《妇女评论》上发表了有关妇女问题的各种评论、译文以及随感、通信和演讲等文字多达七八十篇。除此之外，他还将俄国婚姻律的全文翻译介绍过来，并把它同中国民律草案作了对比，让人们看到我国旧式婚姻制度的种种弊病。他也因此而成为五四时期以评述妇女问题著称的社会活动家，引起了当时社会和妇女界的重视。

1923年8月，《妇女评论》在庆贺诞生两周年之后，便与另一同类刊物《现代妇女》合并，改组成为《妇女周报》，以妇女评论社、妇女问题研究会的名义编辑，由中国妇女运动的领袖、中国共产党第二届中央委员、党中央第一任妇女部长向警予任主编。两刊合并之后，陈望道还继续担任了一段时期的编辑工作，并为创刊号发了社评。这份《妇女周报》亦系上海《民国日报》的副刊。除陈望道（佛突）外，沈雁冰（立珠）、邵力子等也为周报撰写社评。《妇女周报》的发刊词中强调"应用我们所信仰的主义"，"批评社会上发生的一切妇女问题有关的事实，乃是本报精神所在"。

中国共产党诞生后，中国妇女运动也以崭新的面貌呈现在广大人民群众面前。陈望道在主编《妇女评论》期间，力求把马克思主义同中国妇女运动结合起来。他主张以社会进化论的观点来认识妇女问题，在《〈妇女评论〉创刊宣言》中指出："妇女问题绝不仅仅是'妇女'一方面的事，妇女受压迫绝不仅仅'妇女'一方面受损害，在任何人类团体（社会）中，若有一个阶级的人受压迫、被损害，那团体的进化便也无形中受了许多损害"，所以"在人类平等（人道主义）与母性尊重这两个意义之外，特为社会进化这观念，来根本地主张妇女解放，认妇女问题是极重大的一件事"[①]。为此，他在《〈女子地位讨论专号〉导言》中号召："为人类底命运起见，无论男女，对于妇女底被损害，都应有所危惧、奋勉、呼喊，乃至毅然决然，排万难而主张改革，实行改革。"[②] 他进而又依据阶级分析的观点，将妇女运动分成两大类：一是第三阶级底女人运动，也就是中流阶级的女人运动；一是第四阶级底女人运动，也就是劳动阶级的女人运动。两类运动万不能混淆牵扯。这第三阶级女人运动，目标是在恢复"因为伊是女人"因而失掉的种种自由和特权；第四阶级女人运动，目标是在消除"因为伊是穷人"因而吃受的种种不公平和不合理。所以第三阶级女人运动，是女人对男人的人权运动；第四阶级女人运动，是劳动者对资

向警予（1895—1928）塑像（作者程允贤）

① 《〈妇女评论〉创刊宣言》，《陈望道文集》第1卷，第71—72页。
② 《〈女子地位讨论专号〉导言》，《陈望道文集》第1卷，第130页。

本家的经济运动。它们的宗旨既然有差异，要求自然也不会相同。例如，第三阶级女人运动，要求的是男女平权。“在教育上，就有男女同学的要求；在政治上，就有女人参政的要求；在社交上，就有自由交际的要求；在婚姻上，就有自由择配和新贞操说的主张”。但是“这种运动完全达到目的，得到的也只是有产阶级里的男女平等，却并不是‘人类平等’”。还须进行第四阶级女人运动，也就是“劳动者对资本家的运动”。这种运动的目的在“驱穷”。因为穷的不只女人，所以就该“男女合力”①。

陈望道还对当时现实社会生活中存在的许多问题——诸如，(一)关于妇女问题的产生和解决；(二)关于婚姻问题；(三)关于恋爱问题；(四)关于妇女的经济问题和劳动权问题；(五)关于母性自决与节制生育的问题；(六)关于自由离婚问题等一系列问题——进行了广泛、深入的考察和研究，并且力图从理论上来加以探讨以及尽可能地找出解决问题的办法。他所做的这一系列研究，显然对当时妇女问题的讨论顺利展开，以及对我国妇女运动的健康发展具有一定的导向作用和促进作用。

例如，关于妇女问题的产生和解决这个问题，陈望道在《妇女问题》的专论中，从法律、政治、经济、道德以及风格五个方面分析和总结了我国男女不平等的种种现象，并认为这些不平等现象不是近年才有的，只是因为过去并未觉悟到，因而不觉得不妥罢了。只是在经过五四运动的启迪之后，大家对这不平等现象才渐渐觉得不安起来，于是“妇女问题”便产生了。问题提出后，自然要找出解决的方法。最重要的解决方法约有两种：(1)婚姻问题；(2)经济问题。像上面所说的许多“不平”都和这两种问题的解决有很大的关系。以上所说的各种“不平”，如果把婚姻和经济两个

---

①《我想》，《陈望道文集》第1卷，第29—30页。

问题妥当地解决了，虽不能说就可以完全解决，但总可以由这两个问题而解决了一大半。①

又如，关于自由离婚的问题，陈望道竭力主张自由离婚应该同自由结婚同时并进。他说："我想，既然要自由结婚，就该要求自由离婚！不然岂不是未结婚时要自由，结了婚便不要自由了吗？"②他认为"离婚是婚姻上逃避不幸之路"③。还说："我们以为在现社会内，自由结婚与自由离婚一样的很重要，自由结婚是两性青年对于父母专制的反抗，自由离婚却是对于社会专制的反抗。在现今'子'的'剑'正猛向'父'的'专制威严'攻击的时候，自由结婚制自然而然的必须成立，但如果不同时鼓吹自由离婚，那就这自由结婚制也成了锁镣，英、德、斯干的那维亚底前车可鉴！"④这些话说得何等的透彻明白！

再如，关于恋爱问题。陈望道对恋爱问题也作过专题研究，自称是一个不承认结婚与恋爱只差一个形式的人，是一个尊重婚姻之基础的恋爱与坚持婚姻随恋爱之消长而离合的意见的人。他歌颂恋爱的神圣，说"恋爱绝不是占据的冲动，只是创造的冲动"。男女通过"两心交感，两性融合，伊会渐渐消了缺点，渐渐变成近于他底理想要求，他也会历历长出优点，历历近于伊底幻想底实现。两两相造，也两两被造：这是恋爱底三昧"。并说，"恋爱是道德感底融合，所以必须有伟大的人格者才有伟大的恋爱"⑤。

他还进一步总结了恋爱的两方面的积极作用：一、对恋爱者本身来说，"可以使性情因了融合而更进于高尚、纯洁、光明，相

① 《妇女问题》,《陈望道文集》第 1 卷，第 203 页。
② 《我想》,《陈望道文集》第 1 卷，第 28 页。
③ 《〈自由离婚号〉引言》,《陈望道文集》第 1 卷，第 154 页。
④ 《〈妇女评论〉创刊宣言》,《陈望道文集》第 1 卷，第 71—72 页。
⑤ 《我底恋爱观》,《陈望道文集》第 1 卷，第 66 页。

引着乐于为善，相维系着不致沦入悲观堕落”。二、对于子女来说，“恋爱的男女两人所生的子女比别的更聪明更纯良，而且儿童养育在恋爱的父母俩和睦的环境之中，也更可以养成和善的性情，儿童的教育也格外的有希望”[①]。

又如，关于妇女的经济问题和劳动权问题。陈望道认为中国的妇女问题是和经济问题、劳动权问题紧密联系在一起的，故而对这一问题也作了深入探讨。他指出，现今社会的一切问题都有一个总归结，这就是经济问题。所谓“经济问题的意义就是人人有劳动权，人人有生存权”[②]。妇女要解放就应该有绝对的自由劳动权，做到真正的经济独立。这就首先要肯定女子有劳动的能力和认明女子的劳动责任。经济独立的具体要求是：“一、取得家庭里男子一样的教养期间（学习劳作技术）；二、取得社会上男子一样的劳作机会；三、取得社会上男子一样的劳作报酬；四、取得家庭里丈夫一样的处分权利。”[③]

他还认为，要实现真正社会的经济独立生活，最终极的方法是改革经济组织。劳工的理想自然是实现社会主义。但是在社会主义实现之前，还得讲劳工运动。这是因为工人要缩短工作时间，增加劳动工钱都须通过劳工运动去争得来。他的这一主张，把劳工运动的眼前的经济利益和长远的终极目标联系在一起了。陈望道早期在党内曾担任过劳工部长一职，故对劳工问题与经济问题都作过一番研究。

再如，关于母性自决与节制生育的问题。妇女要求真正解放，除了恋爱自由外，还应争取求得母性自决与产儿节制，因为这两者对妇女具有同样重要的意义。为此，陈望道把它们看作是妇女解放

---

① 《恋爱论发凡》,《陈望道文集》第1卷，第109页。
② 《〈妇女评论〉创刊宣言》,《陈望道文集》第1卷，第71—72页。
③ 《经济独立问题的我见》,《陈望道文集》第1卷，第83页。

的两大基础。所谓母性自决、产儿节制，也就是由女性自己的意志决定生育几个孩子的事情，它“无非是征服或利用自然力底一种，是征服自然的一个文明进步的原则”①。早在20世纪20年代初，陈望道就已把母性自决与产儿节制看成是征服自然或利用自然力的一种，是文明进步的一个原则，确实是代表了先进阶级的一种思想意识。

最后，是关于婚姻的问题。对我国旧式婚姻制度，陈望道曾用了辛辣的笔触，带着“满身浸着我也在其中的婚制底罪恶底悲感”②，猛烈抨击“机器的结婚”“兽畜之道德”。他在用大量的笔墨剖析了当时婚姻制度的种种实际情形后，得出这种婚姻制“多半把女子当作物品卖”的结论，认为“聘金、彩礼、茶礼钱”等都不过“是用金钱卖买女子的事”。除了买卖之外，再就是“由父母代定”和“凭媒说合”的恶习了。于是他提出了自己对于婚姻的主张，这就是：“第一，反对用聘金；第二，反对父母代定；第三，反对媒人。”③一句话，也就是婚姻自主。但“自主的婚姻，当然要以恋爱为基础，并以恋爱为界限”④，他主张“真正婚姻的结合，当然应该是直接的内心的结合”⑤。

以上仅是他对我国妇女问题进行深入研究的一些主要观点，这也足以证明他是我国早期的妇女问题评论家和妇女运动的先驱者之一。

除此之外，陈望道还积极发表演讲，为女性的觉醒，为女子的解放摇旗呐喊，为宣传新文化作出贡献。

---

①《母性自决》，《陈望道文集》第1卷，第137页。
②《婚制底罪恶底悲感》，《陈望道文集》第1卷，第562页。
③《妇女问题》，《陈望道文集》第1卷，第203页。
④ 同上。
⑤《我的婚姻问题观》，《陈望道文集》第1卷，第194页。

1922年8月13日，浙江上虞女界同志会成立，陈望道应邀前去作了讲演，为女性觉醒的光辉到处闪烁而感到无比的喜悦。

1923年夏天，陈望道又应海宁小学教员吴文祺的邀请前往硖石暑期中小学教师进修班宣传新思想、新文化。他作的讲题也是有关妇女解放问题。吴文祺在当地是位有进步思想倾向的青年教员，非常敬仰《共产党宣言》的第一个中文译者陈望道先生。这年暑假硖石地方举办中小学教师进修班，吴文祺代表当地进修班特地来上海面邀陈先生前去发表演讲。同时被邀请的还有党中央书记陈独秀，以及文化教育界的著名人士夏丏尊等。陈独秀因抽不出时间而未能一同前去。

除了发表演说外，陈望道还在家乡农村付诸实际行动，组织“青年同志会”，提倡“天足主义”就是其中之一。

同年，陈望道“回到别离几年的故乡去了一次。遇着几位有为的青年，渐渐谈到了给故乡可以做点甚么事的问题”，“于是决议组织一个‘青年同志会’以教育的态度从事民众运动。最初的目标共有三个：其中一个便是天足主义”。“故乡现今，千位女子中可说有九百九十九位还是缠足的。然而剪发，却已经颇流行：单就我们底一村而说，剪去的已有六七位女天才底美发了。”他热切地盼望“天足主义当得与剪发主义并进！”①

① 《天足主义》，《陈望道文集》第1卷，第389页。

十六

旧式婚姻制度的丧钟

陈望道在“五四”前后写下了许多有关中国妇女问题——诸如恋爱、婚姻、妇女解放以及自由离婚等——的战斗檄文，对问题的实质之所以能揭露得如此尖锐、深刻，对不合理的社会制度又能抨击得那样锋利和辛辣，一方面固然主要是由于他所持有的马克思主义的立场、观点和方法，另一方面也正因为他自己就曾是一个封建专制婚姻和旧礼教的直接受害者。他写下的这些文字也包含着他自己对旧式婚姻制度罪恶的血泪控诉。

陈望道的前妻张六妹原是他家乡分水塘村私塾张老先生之女。她纯朴、善良，酷爱劳动，但是却和当时许许多多农村妇女一样，缠足，没有文化。陈望道和六妹自幼由父母作主订了亲。在他 18 岁那年，奉父母之命与六妹完了婚。婚后，由于双方缺乏共同的思想基础，也就真正成为“由人撮合的、不由自家作主的”典型的“机器结婚”了。六妹嫁到陈家后，默默地挑起了侍奉公婆、养育儿女、操持家务以及田间一切农活的重担。

从 1911 年起，她先后生育了两双儿女，大女儿秀莲生于 1911 年，二女儿次莲生于 1914 年，以后就是大儿子尧荣和小儿子尧卿。大儿子尧荣在周岁那年就不幸夭折了。小儿尧卿十三岁时也因病早逝。陈望道自己则因终年离家在外学习和参加革命工作，难得回家乡一次，孩子们见到了他似同陌路人，常常躲在娘亲的身后不肯上前相认。于是抚育儿女的责任就全部落到了六妹一人身上。对此，她并无半点怨言，就像旧社会里千千万万个妇女一样，无私地把自己的一切奉献给丈夫和子女。

然而，没有恋爱和爱情为基础的婚姻是不会给人带来幸福的，尤其是对一个已经觉醒的人来说。其实对陈望道来说，岂止是觉醒，而是已对旧式婚姻制度，对妇女问题，实实在在地作过一番研究，对旧式婚姻制度已到了深恶痛绝的地步。此时的他，已无法容忍这桩婚姻继续存在下去。他终于发出了“爱也须‘偕老’么”的惊叹。于是离异便成了这桩不幸婚姻的归宿。他曾为此自我嘲解地说：“起初假冒地爱，后来不诚意地弃，原是败德。可是那不是这样的，是因为爱情燃烧着而爱，爱情熄灭了而离的，也‘须’责侄不‘偕老’么？我记得瑞典爱伦凯女士曾经说‘人们不能相约永爱，正如不能相约长寿’。这话可不是有几成可信么？”①

从这以后，他向六妹提出分居和以兄妹相称的要求，六妹虽因没有文化，不懂得深奥的道理，但对丈夫所提出的这个建议也还能表示理解和接受，于是她就搬回娘家去住了。六妹回娘家后，陈望道按月给她寄去了生活费。不久，六妹终因忧郁而去世，成了旧式婚姻制度下的又一个牺牲品。初婚的不幸，在陈望道的心灵上重重地刻上了一道创伤。

六妹病逝后，陈望道在1921年6月21日给刘大白的一封公开信中，又一次对旧式婚制提出了控诉。他在这封《婚制底罪恶底悲感》的公开信中说：

① 《爱也须“偕老”么？》，《陈望道文集》第1卷，第364页。

> 大白：你挂念我，我极感激。我底感激，并不是以你底挂念为恩因而感激你，是因为在这隔膜重重的今日，人类中还有这样同情于悲感的人！
>
> 我近来的悲观，大半是为吾妹因婚事夭死。
>
> 你晓得我底泪是不肯轻易流泻的，这次我竟几次啜泣呢！我满身浸着我也在其中的婚制底罪恶底悲感。我满欲立时诅咒彼扑灭彼，但我一时却耐不了苦，却泣了！……
>
> 晓风　六月二十一日[①]

又相隔两年之后，他对这桩旧式婚姻给他带来的痛苦和不幸，以一种无可奈何的心情，并且带着自嘲、自责、自谴的口吻写了下面一段话：

> 我从不肯说“我要”，纵使其实是要之至了。所以我少时被人强迫着结婚，倘援自己谴责的义例以论，一半也是咎由自取。说不定，那时的母亲总以为我口里虽说不要，其实已要之至了。……我很觉得自己可笑。我要自己警告说，任重，你以后不要如此罢。如再如此，说不定将来你也会把劫夺的当作馈赠的了。[②]

又相隔一年，爱子也不幸伤逝。陈望道为此悲痛万分。而这时又恰逢慈母患病，正好比雪上添霜。他当时的这种心情，在给好友吴文祺的一封信中尽情地抒发出来。信的原文是：

---

① 《婚制底罪恶底悲感》，《陈望道文集》第 1 卷，第 562 页。

② 《夏夜杂忆》，《陈望道文集》第 1 卷，第 391 页。

文祺先生：

来信收到了，顽迷者流，任意毁人，万分可恶。承嘱略张公道，本函应当如约，唯弟近遭大故——子亡母病——心乱如麻，已有两星期不能再作成段的文墨……弟之婚姻思想，大略已见前次病中所写的一篇文章之中（应《东方杂志》特约而作，见“纪念号”），先生倘要我把我的思想公告浙人，在这我无心做文时，就请将那文介绍给浙人一读罢。神州晦冥，爱道久已不为俗人所知；略有一二杰出之士，知道“夫妇”不是“人伦之始”，唯“爱”乃真是“人伦之始”，往往反被俗人诬蔑。先生不幸，竟亦做了此中的一人了。我若不是悼子念母之情，使我无心执笔，岂敢不为爱道，略放一线微光，今竟只得如此了。心棼词乱，务请推爱体谅。即候

俪安不一。

望道[①]

信中提到的那篇应《东方杂志》特约而作的长文的标题即为《我的婚姻问题观》，发表于1924年1月10日《东方杂志》第21卷纪念号上。这篇长文共分七节，全面叙述了陈望道对于婚姻问题思想的大概。文末，他用一句话来总结自己的思想，这就是：婚姻“该以恋爱为基础，而且该以恋爱为限界”[②]。

---

① 孔另境编：《现代作家书简》，上海生活书店1936年版，第170页。
② 《我的婚姻问题观》，《陈望道文集》第1卷，第198页。

十七

从事新文化教育事业

陈望道在参与早期的建党活动和传播马克思主义活动的同时，还在复旦大学、上海大学等校从事文化教育工作，使政治活动与文化教育事业同时交错进行。

1920年秋季开学，陈望道在上海与陈独秀等组织上海马克思主义研究会，发起筹建中国共产党上海发起组以及编辑党的机关刊物《新青年》杂志的同时，又接受了复旦大学中文系主任邵力子的聘请前往该系任教。来到复旦大学以后，他以满腔热忱投身到高等文化教育工作中去，热情培养学生，“鼓励学生走向社会，参加革命”，同时他又积极着手对旧的教育方法进行改革。

陈望道是位较早接受马克思主义的学者，因此十分重视运用新的立场、观点和方法从事教学和科学研究。多年来，他对以往那种以熟读和模仿为主的传统的教育方法是竭力反对的。自1919年起，他在白话文的普及和提高，新文艺的发展，以及文法、修辞等方面发表了许多新的有价值的见解。他是我国最早在刊物上明确提倡使用新式标点符号的学者之一。1918年，他在《学艺》杂志上发表了《标点之革新》这篇文章。1919年，又在《新青年》上发表了与钱玄同的通信：《横行与标点》。为了与“只可意会，不可言传”的旧的传统观念彻底决裂，为了证明中国语文同世界上许多语种一样，亦是有严密的组织规律，亦是有法可循和有法可据这一事实，他开始在复旦中文系开设了作文法研究和文法、修辞等课程，并着手对中国语文的作文法与文法、修辞等各个领域进行系统的研究。在研究中，他试图运用马克思主义唯物辩证法作指导，通过对语文事实的充分的调查和研究，进一步总结出规律来。

1922 年，他率先发表了《作文法讲义》一书。作者在该书的“小序”中说：

> 我颇感到我们中国以前种种关于作文的见解，有些应该修正，有些应该增加，有些向来不很注意的，从此应该注重。我又希求从来对于作文法只是零碎掇拾的惯习，从此变成要有组织的风尚。我这一册书，就算是我们怀着这一种见解和这一种希求的具体的报告。
>
> 这一册书，将告诉青年们作文上各个重要的问题，又将告诉青年们这些问题底地位和这些问题基本的解决法。在我编时注意所及的范围内，一切都想提纲挈领地说；一切都想条分缕析地说；一切都想平允公正地说。
>
> 我颇希望这一册书能够稍稍扩张了这一种的见解和希求！

作者还在该书的扉页上引了欧阳修的名言，说“练习作文有三多：就是，看多，做多，商量多”[①]。

《作文法讲义》一书在科学阐明文章的构造、体制和美质等方面是非常有特色的。它的出版，在当时给人以耳目一新的感觉。上海民智书局在刊出的新书介绍中说：

---

① 《陈望道文集》第 2 卷，第 163—164 页。

我国文人，向来只讲什么“文成法立”的话，不曾有讲文法的书，近来讲文法的书虽然渐渐有了，但是还不曾有讲作文法的书。现在此书应时势底要求而出，并且曾在上海复旦大学、女子体育师范学校实地试用，确能给中国作文法开辟新纪元，制造新生命，至于（1）词句简要（2）陈义普遍（3）论理谨严等各特点，尤其是彼底余事了。

接着，他又“有感于自古以来我国许多文人在文辞修饰上花了很大功夫，却没有一部系统的修辞著作，决心致力于修辞学的研究”。他把课堂教学的讲义，不断扩充与修订，编写成专著。《修辞学发凡》最早的油印本于1923年问世，随即为田汉、汪馥泉、冯三昧、章铁民等采用作大中学的教材，进行试讲，受到师生们的欢迎。

在这一时期，他对美学、因明学、伦理学等也都作过一番研究，先后发表了《美学概论》和《因明学》两部著作。《美学概论》于1926年正式出版，亦是我国简明美学著作第一种。作者在《美学概论》的末尾，“编完之后”一节中，叙述他写作此书的过程：

本书底内容，自然也如一般的简约的书一样，须多借重于各个专家底著述；不过都曾经过以我自己底见解和经验，别择别人底言语，而加以连贯，倘有不妥之处，也当由我自己负责。

我底阅读美学书，最初是由于吴煦岵先生底诱导，曾有一时读兴很浓。但因系修辞学等研究底副业，总是随读随抛，不加摘录。一二年前曾因某种必要，采用黎普思底学说，编成一书，也不久即自觉无味，现在原稿也已不知抛在那一只书箱里去了。这一次偶然写成的这一本小书，竟能以铅印的东西摆在您底面前，简直可以说是一种奇迹。[①]

两年之后，陈望道先生在一篇文章中又谈到自己写作《美学概论》的动机时说：“我写那书原本因为国中没有一本简易明白的书可以看。”[②]

1930 年，他又出版了《因明学》一书。他在“例言”中叙述了著述此书的目的和过程：

> 国内文人论事颇有人常引因明，如章太炎氏；最近讲逻辑的又常涉及因明，如近出的几种论理学教本；而国内却还没有一本像村上专精氏那样文字平易说解简明的因明学书可读。学者要懂一点此学，都不得不去读那艰深晦涩的旧书，时间实在有点可惜。所以前年秋季，复旦有若干青年，要通晓一点此学门径，以为阅读及实习论辩文体之助的时候，我就每星期花了两个晚上的时间，替他们写出这一本小册子来，做他们初步阅读的书。[③]

陈望道著 1922 年 3 月版《作文法讲义》和 1927 年 8 月版《美学概论》封面

① 《陈望道文集》第 2 卷，第 88 页。
② 《陈望道文集》第 1 卷，第 464 页。
③ 《陈望道文集》第 2 卷，第 92 页。

这本著作还有以下几个特点：（一）引例除习因明者不可不知的习例及其他一二处外，概用新例，以便容易了解。（二）书中有用逻辑参证，更易明了者，概和逻辑比较，以便学习逻辑者取作参考的资料。

40年后，他打算重印此书时又作了以下的说明：

> 这是四十年前写的一本小书。当时我正以边读边记的自学方法，读完了文字艰深晦涩的主要因明学著作和一些文字简明平易的因明学讲义和论文，有几个青年要我为他们讲述一点因明学知识，我就每星期花了两个晚上的时间，为他们写了这本《因明学概略》。书中常把因明和逻辑比较，举例也除了习因明者不可不知的惯例而外，常用当时逻辑书的惯例，以便使这几个学过逻辑的青年有驾轻就熟之感，也以便于说明因明和逻辑的异同。①

党的第二次代表大会召开后，陈望道已逐渐将自己的主要精力转移到文化教育事业上来。他在复旦大学等学校任教的同时，还参与社会文化界知名人士组织进步社团，以及翻译和介绍新兴文艺理论等活动，努力推动进步的文艺运动。

1922年，陈望道加入了由郑振铎、茅盾等人发起的“文学研究会”，成为早期的会员。“文学研究会”是以联络感情、增进知识、建立著作工会的基础为宗旨的文艺团体。“文学研究会”提出了“为人生为社会而艺术”的积极主张。陈望道早在加入研究会之前，就已在《小说月报》上发表了日本岛村抱月著的《文艺上的自然主义》这篇译文，并在《民国日报》副刊《觉悟》上发表了多篇评价

① 《陈望道文集》第2卷，第91页。

《小说月报》的文章，以后又成为《小说月报》的基本撰稿人。后来，他还在该刊上连续登载《苏俄十年间的文学理论研究》的长篇译稿。此文为日本冈泽秀虎所著。由此可以看出，他在当时曾积极支持了“文学研究会”的活动。

原浙江“一师”校长经亨颐在“一师风潮”结束后，已无法继续留任“一师”，他急流勇退，随即前往浙江上虞白马湖风景区另创春晖中学。于是许多进步教员，如夏丏尊、叶圣陶、丰子恺、朱自清等在教育界前辈经亨颐的感召下，也纷纷来到春晖中学任教。1922 年与 1923 年连续两年暑假，陈望道都应邀前往春晖中学访问并作了演讲。

1922 年 7 月下旬，他在白马湖写下了《从鸳鸯湖到白马湖》这篇访问游记。在这篇游记的结尾，他对当时春晖中学尚未能够兼收男女同学颇为感触，衷心希望春晖中学能成为中学中兼收男女同学的先驱。

同年 8 月 13 日为“上虞女界同志会”成立的日期，因闻说陈望道刚好在白马湖畔，特地邀请他前去参加成立大会并发表演讲。8 月 12 日，也即女界同志会成立的前一天，他在给邵力子先生的信中这样叙述：

力子：

明日为“上虞女界同志会”成立的日期，伊们听见我在白马湖畔，有信来邀我去讲演。我此刻即动身和春晖中学体育教员益谦先生往城里去和伊们细谈，一切信件容回来后详复。女性觉醒的辉光到处闪烁，我心里的喜悦先生可以推知了。

晓风在白马湖

八月十二上午八时

此信后来以“女性觉醒的辉光”为题，刊登在 1922 年 8 月 16

日的《民国日报》副刊《觉悟》上面。[①]

1923年暑期，春晖中学举办“白马湖夏季教育讲习会”，陈望道又应邀前去作了题为“国语教授资料”的讲演。同时应邀前去讲学的还有黎锦晖，讲题为“国语正亮”；舒新城的讲题为“道尔顿制及青年的心理”；黄炎培的讲题为“职业指导”；丰子恺的讲题为“音乐图画教授法”。

在五四新文化运动的影响下，1923年10月，由柳亚子、叶楚伧、胡朴安、余十眉、邵力子、陈望道、曹聚仁、陈德徵等八人共同发起成立“新南社”。“新南社”是在“南社”的基础上重整旗鼓改造并发展成立起来的。新南社的“发起宣言”是这样写的：

> 南社的发起在民族气节提倡的时代，新南社的孵化在世界潮流引纳的时代。南社里的一部分人，断不愿为时代落伍者，那一点，新南社孵化中应该向国民高呼声明的。……南社在民元以前，唯一使命，是提倡民族气节，因为要提倡民族气节，不知不觉形成了中国文字的交换机关，新南社是蜕化文字交换，而祈求进步到国学整理和思想介绍。[②]

新南社的组织大纲所确立的本社宗旨为：（一）整理国学；（二）引纳新潮；（三）提倡人类的气节；（四）发挥民族的精神。以后经过修改成为条例后，又增加了（五）指示人生高远的途径。按照条例还宣布了全部职员名单：柳亚子为社长；编辑主任为邵力子、陈望道、胡朴安；干事为叶楚伧、吴孟英、陈布雷；会计胡朴安；书记余十眉。

---

① 《陈望道文集》第1卷，第579页。

② 《南社丛谈》，上海人民出版社1981年版，第56—57页。

新南社成立的布告宣称："新南社的成立，是旧南社中一部分的旧朋友，和新文化运动中一部分的新朋友，联合起来，共同组织的。新南社的精神，是鼓吹三民主义，提倡民众文学，而归结到社会主义的实行。对于妇女问题、劳动问题，更情愿加以忠实的研究。"①

从上面提到的新南社的宗旨以及所要鼓吹的精神，尤其提到了要归结到社会主义的实行等情况来看，的确要比旧南社大大前进了一步。

然而新南社的计划虽然很大，后来却大都没有落实。邵力子因忙于《民国日报》编务工作无暇于此。望道和朴安也各有自己的职务，难以抽身。直到 1923 年下半年，《新南社月刊》才得以问世。另一份《新南社社刊》也仅出了一集就停止不出了。

新南社的活动也只局限于上海方面，社员们仅在一起聚餐三次，最后一次聚餐为 1924 年 10 月 10 日，此后就沉寂下去了。新南社的历史实在太短促了。

"因为新南社历史太短促，所以大家对它都很忽略。"这是柳亚子在 1936 年给曹聚仁的一封公开信中对新南社作出的评价。他还说："其实南社是诗的，新南社却是散文的，讲到文学运动，新南社好像已经走出浪漫主义的范围了吧！所以我说：无论如何，新南社对于南社，总是后来居上的。"②

1924 年，陈望道与好友刘大白等一起编辑了《民国日报》副刊《黎明》，他在该副刊上先后发表了《毒火》《〈龙山梦痕〉序》两篇散文。

1925 年春，原浙江上虞白马湖春晖中学的一批教员：匡互生、陶载良、丰子恺、朱孟实、夏丏尊、方光焘等为了"自由自在地去

---

① 《南社丛谈》，第 60—61 页。
② 《南社丛谈》，第 65 页。

实现教育理想，决计脱离圈套，另辟新境”[①]，来到上海筹备创办立达中学。立达的制度与其他学校不同，没有校长，也不设主任等职位，而是实行“教导合一”，对学生实行“说服主义”。师生就同父母子女一般亲热，因此来校学习的学生渐渐地多起来了。是年夏天，匡互生便发起在江湾租地建校，改名“立达学园”。

“立达”两字出自《论语》中的“己欲立而立人，己欲达而达人”。意思是说，一个人须先做到自己能够立能够达。所谓“立”，就是自己能立学，能建设，至少能够维持自己的生活。所谓“达”就是能够应用自己的知识才能去发展事业。所以“己欲达，己欲立”还只是做到“自爱、自尊”，显然是不够的，还必须做到推己及人，意即不但要立己达己，而且还要立人达人，要把自己所知，尽力教授给别人。

1925 年秋季，立达学园开学后更是奉行“爱的教育”，师生以“至诚相见”，互敬互爱，学园里“充满了家庭的亲爱”和“抛弃身家，为人群谋幸福”的“牺牲精神”。师生都参加到“工场农场去做工”，“极力过俭朴的生活”，注重“科学的训练”，“对于学问方面，不纯是记忆书本知识，要能就课本自由研究，独立思索，以求养成科学的头脑”。

不久，“立达学会”正式成立，一时校内外文化教育界著名人士辗转介绍前来参加。

陈望道在这段时间里，正执教于江湾复旦大学及上海大学。他因赞同立达学园及立达学会之宗旨和精神，亦慕名前来任教。立达学园以后又创刊《立达季刊》和《一般》月刊。《立达季刊》仅出了三期就停刊了。陈望道在季刊上发表《修辞学的中国文学观》一文。1926 年，他又在以立达学园为背景的《新女性》上发表《中国女子的觉醒》《现代女子苦闷问题》等文章，继续为妇女的解放呐喊。

---

① 《立达学园旨趣》,《民铎杂志》第 8 卷第 1 号，1926 年 8 月 1 日。

十八

走在反帝反封建前列的上海大学

1922年中国共产党成立的第二年，党中央在创办了平民女学这所半工半读的女子学校后，又意识到应该创立一所自己的正规大学，培养大批党所需要的干部。由于那时正处在第一次国共合作期间，考虑到当时的具体情况和条件，中共党组织决定将一所私立学校接管改组过来，办成一所名义上由国共两党共同领导，实际为我党直接创办的新颖干部学校。于是“上海大学”于1922年10月正式诞生了。

上海大学的前身是东南高等师范专科学校。这是一所私立弄堂大学，校址设在闸北青云路。创办人的经营目的只是赚钱，并非真正是为了教育事业。学生来校后才知受骗上当，不久即发生了学潮，学生自发组织起来，赶走了原东南高等师范专科学校的校长，并公开推举国民党内有影响的人士——于右任担任校长。就在此时，我党决定委派邓中夏前去任总务长（又称教育长）领导改组学校。

中共上海地方委员会的早期领导人茅盾回忆说：

原来有个私立东南高等师范学校，这个学校的校长想用办学的名义来发财，方法是登广告宣传他这个学校有哪些名人、学者（例如陈望道、邵力子、陈独秀）任教职，学费极高。学生都是慕名而来，思想比较进步的青年，来自全国各地。开学后上课，却不见名人，就质问校长，于是学生团结起来，赶走了校长，收回已交的学费。这时学生中有与党有联系的，就来找党，要党来接办这学校。但中央考虑，还是请国民党出面办这学校于学校的发展有利，且筹款也方便些，就告诉原高等师范闹风潮的学生，应由他们派代表请于右任出来担任校长，改校名为上海大学。于是于右任就当了上海大学的校长，但只是挂名，实际办事全靠共产党员。[①]

上海大学在 20 世纪 20 年代诞生，是中国共产党历史上的一件大事，也是共产党教育史上的一件大事。《民国日报》副刊《觉悟》，1923 年 6 月 14 日刊出了《上海大学概况》之后，立即引起了社会各界的广泛兴趣。8 月 2 日至 3 日的《觉悟》上又刊出了瞿秋白写的《现代中国所当有的“上海大学”》一文，系统地介绍了上海大学的情况，更让人有耳目一新的感觉。文章的开头说：

远东四五千年的古文化国，现在反而落后，学问艺术无不要求急速的进步，方能加入国际学术界的文化生活。这并不是什么“国粹”问题——而是因为中国旧式的宗法社会经济遇着欧美帝国主义，所不得不发生的适应作用。只看中国近几年来采纳迎受所谓“西方文明”的态度和顺序，便可以知道了：——首先是军事技术、交通技术，进而至自然科学、数理科学，再进而至社会科学。可见当时中国社会生活受外来的影响，骤至复杂，求解释它的需要，已经非常急迫。由浮泛的表

① 茅盾：《文学与政治的交错》，《我走过的道路》，人民文学出版社 1981 年版。

> 面的军事技术之改进，而不得不求此技术之根源于自然科学、数理科学；由模仿的急功近利的政治制度之改变，而不得不求此种制度之原理于社会科学。[1]

陈望道是在1923年秋季来到上海大学兼任中文系主任的。他自己回忆说，当他“正在踌躇不决是否进去时，陈独秀写给一张条子，很小很小的（署名‘知名’）说，‘上大请你组织，你要什么同志请开出来，请你负责’”[2]。陈望道此时虽已与陈独秀意见不合，并要求脱离组织，但对于作为中共中央执行委员会委员长陈独秀的委派，他还是严肃认真地对待，并愉快地接受了。

陈望道来到“上大”后，除了主持中文系的行政工作外，还为学生开设了修辞学和文学概论等课程。他后来曾回忆说：“在上大的改组和扩大过程中，邓中夏起了很大的作用，中夏进去后搞的改组工作是带有统战性质的。起先教务长是国民党的叶楚伧，但到后来，国民党这些人在实际上已起不了什么作用。”[3]“于右任校长也是挂名的，实际办事全靠共产党员。”[4]陈独秀当时委派他前去任职也是有意加强学校的进步力量。

改组后的上海大学，亦如瞿秋白所指出的是以“切实社会科学的研究及形成新文艺的系统当作‘上海大学’之职任，以及‘上海大学’所当有的理由”[5]。于是在“上大”首创“设立了社会学系，系主任由著名共产党人、后来成为我党领导人的瞿秋白担任，以后又由施存统接任。此外还设有文学系及艺术系。社会学系的教员大

---

① 瞿秋白：《现代中国所当有的“上海大学”》，《上海大学史料》，复旦大学出版社1984年版，第1页。
② 陈望道：《关于上海大学》，1961年7月22日，未刊稿。
③ 同上。
④ 同上。
⑤ 瞿秋白：《现代中国所当有的“上海大学”》，《上海大学史料》，第1页。

西摩路229弄，原上海大学旧址

都是中共上海的领导成员和理论家”[1]。英文系主任为何世桢。洪野为美术科主任。除此之外，上海大学还聘请了一批学有专长的有志于教育的社会名流，如刘大白、邵力子、叶楚伧、田汉、俞平伯、沈仲九、胡朴安、沈雁冰、傅东华、周建人、蒋光赤等来校担任教职，传授知识。同时还举办特别讲座，邀请章太炎、李大钊等海内外知名人士莅校演讲。因此深得海内外有抱负的青年学生的欢迎，学生人数骤增至五六百人，校址亦从一年前的闸北青云路青云里，迁移到西摩路（今陕西北路）的新校舍。

陈望道在“上大”除了担任中国文学系主任外，还被推定为《上海大学一览》的编辑之一、校刊编辑主任、扩充图书馆的筹备员以及教育系的筹备员和教职员评议会的评议员等职。教职员评议会为该校最高行政会议。

① 陈望道：《关于上海大学》，1961年7月22日。

当年的上海大学，无论是教学内容、教学方法，还是学校的管理体制等方面都是别具一格的。从各系开设的课程来说也极受注目，如社会学系先后开设了社会学、社会进化史、马克思主义哲学、政治经济学等课程。实际上这些课都是宣传党的思想、方针政策的。师生在平时学习、讨论中亦以当时社会实际存在的问题，诸如农民问题、妇女问题等重大问题为对象。

中国文学系在陈望道主持下开设了中国文学史、欧洲文学史、文学概论、修辞学、文字学大意、社会学、社会心理学、中国哲学史、诗歌、戏剧、小说、国文名著选读、外国语等课程。学校民主空气浓厚，学生学习活泼生动，并能注意联系实际。学术研究活动也非常活跃。譬如研究社会科学的就组织了“社会科学研究会”“社会问题研究会”等；研究文艺的就有“春风文学会”“青风文学会”“湖波文艺研究会”等。在校内还设有“上大学生墙报”和进步报刊流通处，专售《新青年》《向导》《前锋》等进步报纸杂志。“上大”的校政领导热情鼓励自己的学生走向社会，走向革命。

当年，中共上海地方执行委员会直接通过“上大”举办一些公开的重大的国际性纪念活动。

1923 年 11 月 7 日是上海大学改组后的第一个俄国十月革命纪念日，中共上海地方执行委员会作出“对此应有所表示”的意见。于是决定将是日下午“上大”社会学系的“社会科学研究会”所组织的活动，改为十月革命节的纪念活动。

1924 年，无产阶级革命导师列宁逝世后，中共上海地方委员会常委会，决定在 3 月初举行列宁的追悼活动。这一追悼活动亦是以“上大”的“社会问题研究会”及“马克思主义学说研究会”的名义联合发起的。当时，发起者还征求各界以团体的名义加入进来。追悼列宁逝世的纪念活动的通讯处就设在上海大学。

在当年的反帝反封建的斗争中以及各项社会改革活动中，“上海大学的学生都是走在时代的最前列的”。为此，《民国日报》曾刊文称赞，“该校人士向以改造社会为职志，对于社会事业尤具勇猛进取的精神”[①]。在中国共产党的领导下，上海大学已成为当时上海革命活动的中心场所。

1925年的“五卅”运动，从开始发动到展开的整个过程，都与上海大学师生的积极参与分不开。陈望道也说：“西摩路是‘五卅’运动的策源地，五月三十日那天，队伍就是在这里集中而后出发到南京路去演讲，而被打死了人的。”[②]“上大”学生几乎都参加了这一震惊中外的反帝爱国的斗争。此时，邓中夏已根据党的指示去广东领导工人运动而离开了上海大学，恽代英等亦因另有他任而于这年年底离开学校。在这关键时刻，陈望道接任了上大教务长和代理校务主任的职务。他肩负重任，在党的领导下率领全校师生继续投入当时的反帝反封建的斗争。在“五卅”运动中，“可歌可爱的上大学生，确实有不可磨灭的助力”。为此，帝国主义十分惧怕和嫉视“上大”的师生。当时会审公堂的帝国主义辩护士梅兰律师曾惊呼：“鼓动此次引起扰乱之学生或学堂皆来自过激主义之大学——即西摩路之上海大学。”[③]因而必欲除之而后快。6月4日，英帝国主义出动了海军陆战队，对“上大”实行武装占领。陈望道回忆起当时警察来查封时的情景说：“后来警察来封上大，我们找到了运动警察的诀窍——他们只管要钱，我们给了他们些钱，警察就只管大门，不管后门。我们就把东西从后门搬出来。”[④]次日，“上大”在老西门勤业女子师范学校建立临时办公处，由教务长陈望道主持召

① 《民国日报》1924年4月5日。
② 陈望道：《关于上海大学》，1961年7月22日。
③ 《东方杂志》（“五卅”临时增刊）1925年6月9日。
④ 陈望道：《关于上海大学》，1961年7月22日。

开师生大会，会上详细报告了学校被占领的经过。大会还公推陈望道起草宣言，发表通电，强烈抗议英帝国主义的暴行。①

后来，在上海工人第三次武装起义中，“上大”师生又组织了行动委员会，担负前线各项工作，并和工人一起并肩战斗，在战斗中出现了不少可歌可泣的事迹。

由于帝国主义和反动派的迫害，上海大学几经迁徙，最后经过党和各方面的努力，终于在 1927 年春天于江湾西镇筹建了自己的新校舍。为筹建新校舍，陈望道代表校方亲自四出踏勘，寻找新校址。建校资金除进行公开募捐外，还由陈望道代表校方向私商筹借了一部分。岂料新校舍落成不久，蒋介石背信弃义地发动了“四一二”反革命政变。

“四一二”政变后，帝国主义和国民党反动派都纷纷指责：“上大是赤色大本营，是煽动工潮破坏社会秩序的指挥机关”②，必要除之而后快。于是“上大”学生在新校舍上课才一两个月，学校便被国民党反动派查封了。

陈望道后来回忆说：“‘四一二’时期，我的印象最深，到了 4 月 12 日，一夜之间‘左’的学生差不多被捉光了。学校此时已开不起来，我们就动员一些中间的学生去探监通消息，还动员了一些与右派有关系的学生去找叶楚伧等人，希望他们出来活动一下，设法营救被捕学生，但他们都不见了，躲起来了，为的是怕有人去找他们。”③

上海大学被反动派查封后，一些私商为了索讨借款还向苏州法院对陈望道等提出控告。陈望道因此不得不代表学校赶往苏州法院出庭候审。然而这一控告终于因为当时上海大学已被国民党当局查

---

① 陈望道：《关于上海大学》，1961 年 7 月 22 日。
② 许德良：《“五卅”运动与上海大学》，《文史资料选辑》1978 年第 2 辑。
③ 薛尚实：《回忆上海大学》，《文史资料选辑》1978 年第 2 辑。

封，已成了事实上没有债权人的无头官司，所欠之借款也因无人偿还，只好不了了之。

有关这桩债务官司的前前后后，曾在“上大”任职员的程永言是这样追述的：

> “上大”自成立开始招生后，房租、图书、器具、印刷等费用，日多一日。而来求学的青年又多贫寒子弟，大多是免费、欠费的。教职员有不少是尽义务或半义务。学校的经费是入不敷出的，一直由于、邵两校长维持着。江湾新校址地皮建筑等费，除募捐外，尚欠三万五千元左右。此笔款，是经同学全耀光介绍，向一个商人以低利率借贷的。当时由校委会陈望道、周由廑代表于、邵两校长出据。自“四一二”学校被反动政府占驻后，此项借款，当然无人过问。1923年，这个商人即向上海地方法院控诉陈、周两人，要求追还欠款。业经审判，对陈、周私人财物将施行“假扣押”。因此，于、邵即出面，于委托程嘉咏（时在伪监察院工作），邵委托同学刘宇光为代表，向苏州高二分院上诉，程和陈、周两先生等一起到苏州出庭。结果判为：要待陈、周先向伪教育部清算后再办理欠款，从此就拖延未办了。[①]

---

① 程永言：《回忆上海大学》，《党史资料丛刊》1980年第2辑（总第3辑）。

十九

中华艺术大学校长

大革命失败后，陈望道又接受地下党组织的委派，于 1929 年至 1930 年出任中华艺术大学校长一职。

1928 年由田汉等主办的上海艺术大学是“四一二”政变后地下党创办的第一所艺术院校。欧阳予倩和徐悲鸿分别主持该校的剧科和画科。上海艺术大学创办仅年余就被法巡捕房查封。当时的地下党组织为了发展左翼文艺事业，培养进步艺术人才，决定另外筹建一所艺术院校。

中华艺术大学的原经办人因无治校能力，学校办得很不景气，所以打算放弃这所学校。中共上海地方党组织获悉后决定派人前去接管。基于当时国共之间的斗争形势已十分严峻，地下党同志已不便公开出来组织领导这所学校，于是决定选派一名在文化学术界颇具声望的民主人士出来主持学校的工作。地下党组织在经过反复考虑后才决定聘请陈望道来担任该校校长。人选确定后，遂由地下党闸北小组的负责人冯雪峰与夏衍出面去邀请。

冯雪峰和夏衍同陈望道之间不仅有着较亲密的师生关系，并且还有过一段难忘的共同战斗经历。早在五四新文化运动时期，他们两人就从陈望道老师那里接受了进步思想的影响。那时候，冯雪峰是“一师”的一名学生，夏衍则在杭州甲种工业学校学习，也是“一师风潮”的活跃分子。夏衍与“一师”学生施存统合编的《浙江新潮》成了“一师风潮”的导火线，《非“孝”》一文就是刊登在《浙江新潮》上的。除此之外，冯雪峰与陈望道之间还多了一层同乡的关系，他俩同是浙江义乌人。

这时候的陈望道，“虽然离开了组织，但只要是党的工作，一定尽力去做”[①]。他的这一政治立场，并不因为革命暂时遭受到挫折而受影响。所以，当冯、夏两人代表地下党组织委以他重任，他欣然接受了。为了共同的革命理想和事业，在他们师生并战友之间形成了最好的默契。

中华艺术大学正式成立于1929年。该校校舍设在闸北区窦乐安路233号（今虹口区多伦路201弄），一所三楼三底的楼房内，中间有一条很宽的通道，东西两边是两长排教室。当时在中华艺术大学设有中国文学和西洋画两科。西洋画科占据了楼上东边及楼下西边的教室；中国文学科设在楼上西边及楼下东边以及中间的教室。[②]夏衍自任教务长并兼任了中国文学科主任，负责中华艺术大学的日常行政事务工作。西洋画科主任为许幸之。许幸之原先在日本留学，后来经冯乃超建议，并由夏衍向日本发出函电，邀请他回国来校担任这一职务。当时在中华艺大任教的教师大部分系左翼作家和画家。如在中国文学系任教的有彭康、朱镜我、冯乃超、洪灵菲、李铁声等；在西洋画科任教的则有沈西苓、王一榴等。上海艺大被查封后，一部分师生也转到中华艺大来工作和学习了。由于左翼力量在学校占了相当优势，学生纷纷慕名而来，中国公学和复旦大学的学生也都赶来中华艺大旁听。

---

① 陈望道自述。

② 1980年11月6日访问许幸之记录。

窦乐安路 233 号，原中华艺术大学旧址

在陈望道兼任中华艺大校长期间，学校的政治气氛非常活跃，师生们经常深入到工厂、社会中去发动各种运动，投入到各项社会改革中。大革命失败后，要在国民党统治区举行三四人以上的集会非常困难，而中华艺大却是当时能够举行半公开活动的极少数的几所学校之一。因此，这儿又一度成为上海大专学校进步师生活动集会的场所，成为 20 世纪 20 年代末至 30 年代初左翼文艺运动的中心所在地。中国新兴的文艺运动的组织者和领导者——中国左翼作家联盟的成立大会，就是在这里召开的。“左联”成立大会得以在中华艺大召开，无疑是得到了陈望道校长的默许和配合的。在稍后一些时候，由左翼美术家许幸之、沈西苓、王一榴等发起成立的“时代美术社”的联络地点也设在这里，“美联”的第一次扩大会议也是在中华艺大召开的。这一系列活动无疑也都得到了陈望道校长的关心和支持。在陈望道就任中华艺大校长期间，鲁迅曾给予了热

情的支持。1930 年 2、3 月间，鲁迅曾先后三次应陈望道的邀请前往中华艺大作了演讲。

1927 年大革命失败后，中国共产党党内在反对右倾机会主义后，又出现了“左”倾盲动主义的统治路线。当时，一些路线的执行者不顾白色恐怖的严重性，提出一些冒险主义的错误主张并付诸行动，如常常在街头组织飞行集会[①]，组织暴动、示威游行等。中华艺大的师生也经常参与这类活动，不久终于引起了国民党特务的注意。一度能进行公开活动的中华艺大也终究逃脱不了被国民党反动派查封的命运。1930 年 5 月 29 日，学校被查封的第五天，“左联”在此召开了第二次大会。会议的最后一项议程就是听取护校委员会代表的报告。大会还作出决议：护校委员会准备在“五卅”纪念日时，对被反动当局查封的中华艺术大学自行启封，届时“左联”全体成员将一致参加行动。然而，自动启封的愿望最终并未能够实现。

陈望道在“左联”成立期间始终没有加入，就像叶圣陶、王统照、郑振铎等不是“左联”成员一样。这原是地下党组织在对敌斗争中坚持的一种策略，目的是把大批爱国民主人士团结在自己的周围，结成最广泛的统一战线，以利于党的各项工作的开展。陈望道在当时虽然没有参加“左联”，却起到了“左联”成员不能起的作用。其实敌人最害怕党领导下结成的浩浩荡荡的统一战线，千方百计地要去破坏它，甚至不惜耍弄挑拨离间、栽赃诬陷等卑劣伎俩，假冒“左联”名义，给复旦大学陈望道、叶绍钧、洪深等教授写恐吓信。针对敌人的这一卑劣手法，“左联”在 1930 年 5 月 11 日发出了致《巴尔底山》编者的信。同时还要求《巴尔底山》发表“左

① 飞行集会是 20 世纪 30 年代中国共产党地下组织在城市开展政治斗争的一种形式。是在短时间内迅速集合并在反动军警到来之前迅速解散的集会、游行活动。

联”给复旦大学诸文学系教授的公开信。信中说：

> 自本联盟成立露布了联盟纲领以来，已与反动的资产阶级成了对立的形势。在理论上，联盟给与了资产阶级文化以无可辩护的批判。拥护资产阶级的智识分子，为要巩固他们已经崩溃的阵营，不得不用尽各种方法来破坏联盟的整个的战线，但他们在理论上已经完全失去了对垒的能力。他们只得抛弃理论而另用其他的卑污手段来作他们斗争的武器。所以本联盟自露布了纲领以来，不曾有一个人正面攻击我们的纲领，而只是迂回曲折造谣生非地谩骂、挑拨。最近复大更发现了可笑的栽赃手段。为要使得群众了解本联盟的态度，特将致复大诸教授函请贵刊公开。同时更申明两点：一、本联盟在复大并无分会；二、据本联盟所知，只有自由运动大同盟，并无自由联盟会。①

对于敌人在当时使用的种种阴谋，陈望道等同人都能及时地加以识别和抵制，并坚持正确的立场，终于使敌人的栽赃诬陷彻底破产。

① 《巴尔底山》第1卷第5期，1930年5月21日。

二〇

筹建大江书铺

1927 年，蒋介石反革命政变之后，大批革命同志遭到国民党反动派的追捕和屠杀，革命形势急转直下。中国共产党被迫转入地下，国内的阶级阵线发生了很大变化，在知识分子阵营内部也开始迅速分化，中国革命到了危急关头，中国革命的正确道路仍在探索之中。

在“五四时期编辑过《星期评论》的戴季陶，当年还曾翻译过一些马克思主义的文章，叛变后很反动，说镇压革命要不顾感情。‘四一二’事变后，他把许多原来的老朋友抓起来”。为了营救狱中同志，陈望道还特地去“找过戴季陶等，要求释放被捕青年，但他们都搬家了，没见面。以后戴做国民党政府的考试院长，门口挂把剑。我曾经写信给他，问他现在搞些什么？！是否记得自己过去写过的文章？！他不回信”。建党初期，马克思主义研究会的另一个成员“沈玄庐当时表现得也很激烈，可是后来在杭州叛变了”[①]。

然而，革命与反革命之间的斗争是十分尖锐和残酷的，早先同他一起战斗过的许多同志和学生，如李汉俊、宣中华、汪寿华、叶天底等都先后牺牲在敌人的屠刀下，就连已经宣告不再革命的大地

① 陈望道：《关于上海马克思主义研究会活动的回忆》，《复旦学报》1980 年第 3 期。

主沈玄庐，同样也没能逃脱敌人的魔爪。瞬时间真有黑云压城的势头，陈望道也确实感觉到“无边的烦苦包围了我”。他亲眼目睹了这场人间少有的腥风血雨，亲身经历了这场你死我活的阶级斗争。然而，陈望道并未因为革命遭到暂时挫折消沉下去，而是发出了“我要恸哭死者，凭吊生人！愿千千万万的生命不要这样抛了就算了”① 的呼声。“大革命失败后，他仍然坚持了革命的方向。”② 为继续探索革命的真理，他一度计划同吴庶祜女士到马克思的故乡——德国去。后来因为筹措经费有困难，才决定改道去日本。然而陈望道本人终于因复旦师生的“苦苦挽留”，出任中文系主任而取消了出国的打算。“外国只让吴一人独自去了。”③

那时候，虽然乌云笼罩着祖国大地，但陈望道却始终坚信光明最终将会到来。于是他乐观而又深情地说：“现在中国是在动，是在进向大时代去。”④ 为了去迎接这个大时代，他决不甘心“当作一个机械在这里无聊赖地发我象征的抑郁”，于是在他那“不想说话，只想做事久了的心，现在似乎也常想写一点”的思想驱使之下，决心一边在复旦等校继续任教，一边打算与友人筹建自己的书铺和刊物，希望通过进步的文化出版事业去推动当时正在逐步形成的左翼文艺运动。

为了实现这一计划，他与当时正在南洋的汪馥泉频频书信来往。汪馥泉是五四时期杭州甲种工业学校的学生，思想激进，当年曾积极为《浙江新潮》写稿，发表过《寄〈之江日报〉〈全浙公报〉〈浙江民报〉的主笔》一文，对三报提出了犀利的批评，名噪一时。陈望道同他既是师生，又曾在一起共同战斗过。这次为筹办书铺及刊物，两人自 1928 年 1 月起互通了多封书信。从这些信件的内容

① 陈望道 1928 年 1 月 31 日致汪馥泉的信。
② 1980 年 11 月 11 日访问夏衍记录。
③ 陈望道 1928 年 1 月 31 日致汪馥泉的信。
④ 同上。

来看，对于新书店的倾向、方针、范围、经济来源、组织情况以及名称、刊物的性质等问题都一一涉及了。如在讨论到书店的倾向和方针时，陈望道说："书店工作倾向，也已计及。我想最好范围略宽，为科学、思想、文艺的传播机关。"① "我的计划书铺，有一大方针：即经济条件与人同等，而以我们质上量上的努力竞胜它。我以为，反此原则，一定要失败的。以一万办，即以资本博人信任；以钱换稿费，更明显是上述原则的应用，不必说的了。"② "我以为我们要在这小书店如毛的当中，有点特色，本钱似应大一点。"③ "总要有一人像章锡琛样当作一件生意干，才能有出色。"④ 并因此而议论到请朋友凑股份的事。

在讨论到书店及刊物人员组织的问题时，他是坚决不主张用"乱拉人"的办法来组织班子的。他在1928年1月31日致汪馥泉的信中清楚地阐明了"乱拉人"的危害："我说乱拉人的话，因你不曾告诉我拉某人而我从人处却闻得你拉他了。我深恐我不知而你已拉者尚甚多。如此则我自己即使无问题，我所邀约者或亦不愿结集，我在这边鼓吹成的一点空气也许即要幻灭了。我所以觉得可危，并非我要排斥人，实因国内学者文人新近分化甚烈，交战亦杂。"⑤

在谈到杂志的性质时他又说："杂志恐怕是月刊或半月刊好。周刊太费事。照现在的潮流，即是月刊，亦不必即要登长文。如日本的《文艺春秋》，虽是月刊，便差不多是没有一篇长文的，但销数几为全国冠。我想，不妨那样干，而且你亦似乎更长于那样的文字。"⑥ "杂志方面，我也已略和几个健于做文译文——如新出著名作

---

① 陈望道1928年3月4日致汪馥泉的信。
② 陈望道1928年8月4日致汪馥泉的信。
③ 陈望道1928年6月2日致汪馥泉的信。
④ 陈望道1928年1月31日致汪馥泉的信。
⑤ 陈望道1928年6月2日致汪馥泉的信。
⑥ 陈望道1928年1月31日致汪馥泉的信。

家茅盾，及傅东华等——商量，大抵可以集合十个人来作基本人，连你和我算在内。只要你回来，诸事便可进行。”[1]

在8月4日的信中又说：“办杂志起初必须贴钱，慢慢使它自立，书店并可揩油登广告。现今各杂志都出稿费，多者且在五元以上。就是创造社，现在也不能无费取得文稿，故亦皇皇登着招稿广告了。开明的《一般》，起初只以一百元包给立达学会，就只学会有稿，现因干不下，亦已登有招稿广告了。”[2]

从以上摘引的各段话中，大致可以看出陈望道当年创办书铺及刊物的一系列方针和设想了。

在经过一段时期的筹备后，大江书铺终于在1928年下半年正式开业了。书店开业后即以出版进步书刊，宣传马克思主义著作，介绍先进的、科学的文艺理论等特点活跃在上海书界，成为推动当时左翼文艺运动的一个重要据点。当年许多著名作家的优秀文艺作品大都是在大江书铺出版发行的。如茅盾的《宿莽》（1931年）、《野蔷薇》（1929年），丁玲的《韦护》（1930年），傅东华的《两个青年的悲剧》等。许多世界著名革命文艺小说的译稿，如鲁迅译的苏联法捷耶夫的《毁灭》，沈端先从日文转译的高尔基的《母亲》以及《初春的风》（中野重治等著），亦是在大江书铺印刷发行的。此外还有谢六逸的《近代日本小品文选》（佐滕春夫等著）、《接吻》、《小说概论》、《欧美文学史略》、《新闻学概论》等一大批译著也都是在大江出版的。

20世纪20年代末至30年代初的左翼文化运动，是“五四”新文化运动的继续和发展，它既是对反革命文化“围剿”的强有力的反击，又是文化革命的深入。在这一运动中，陈望道与鲁迅始终团结战斗在一起。对于陈望道当时所从事的一系列活动，鲁迅曾给予全力支

---

① 陈望道1928年3月4日致汪馥泉的信。

② 陈望道1928年8月4日致汪馥泉的信。

持。那时，鲁迅刚从广州来沪定居，住在离大江书铺不远的景云里，两人在这段时间里交往十分密切。鲁迅在日记中有过不少的记载。

1927 年 10 月 13 日："夜陈望道君来约往复旦大学讲演。"

陈望道在此期间正担任复旦大学中文系主任及复旦实验中学主任等职，他曾多次邀请鲁迅前往两所学校演讲。

又，同年 11 月 2 日："午蔡毓聪、马凡鸟来，邀往复旦大学演讲，午后去讲一小时。"

1928 年 5 月 3 日夜，陈望道又去约鲁迅讲演。

同年 5 月 15 日，《鲁迅日记》记载："午后……陈望道来，同往江湾实验中学校讲演一小时，题曰《老而不死论》。"

对于这次演讲，陈望道后来回忆说："如在复旦大学，目前就曾有几位毕业生先后谈起鲁迅先生于 1928 年在复旦大学现在 600 号大厦中的演讲。那时教育界的黑暗势力已极为猖狂，不但对于'五四'以后输入的马列主义思想进行'围剿'，就是对于'五四'以后盛行的白话文也极为仇视，企图加以消灭。鲁迅先生的演讲是为声援当时复旦大学和实验中学作战的孤军而举行的。他当时的演讲极有声势。……每逢讲到得意处，他就仰天大笑，听讲的人也都随着大笑，那满屋的大笑声直震荡了黑暗势力的神经。"①

1928 年 10 月，陈望道在鲁迅的支持下创办了《大江月刊》。《大江月刊》虽然只出了三期，但每期都有鲁迅的文章。在创刊号上发表了鲁迅翻译的《捕狮》（法国菲立普著）。在 11 月号上，又刊出鲁迅的《北欧文学的原理》（日本片上伸作）、《〈北欧文学的原理〉译者识》、《关于粗人〈通信〉》等文章。

1930 年，陈望道又在大江书铺编辑出版了介绍马克思主义文艺理论的《文艺理论小丛书》和《艺术理论丛书》。鲁迅翻译的《现

---

① 陈望道：《纪念鲁迅先生》，《文艺月报》1956 年 10 月号。

代新兴文学的诸问题》（片上伸作）也列为文艺理论小丛书的一种。陈望道还约请鲁迅翻译卢那察尔斯基的美学论著《艺术论》一书，也在大江书铺出版。陈望道后来回忆说："我在大江书铺当编辑时曾请鲁迅翻译文艺理论，并鼓励他多多译作。记得鲁迅当时著作和翻译的态度非常认真，他当时是采取一种直译的方法。我和鲁迅都是文学研究会的成员。鲁迅批评创造社时，我是站在鲁迅一边的，并勉励他译下去，肯定会译得比创造社好。鲁迅发往大江书铺的稿子，都经我看过。"①

同年，大江书铺又出版发行了鲁迅编辑的《文艺研究》季刊，专门刊登有关研究文学艺术理论的文章。鲁迅还亲自写了《文艺研究例言》草稿八条。在这一期《文艺研究》上还发表了鲁迅译的普列汉诺夫的《车勒芮绥夫斯基的文学观》和陈望道译的《自然主义底文学底理论体系》（平林初之辅作）。遗憾的是季刊仅出了一期就被国民党查禁了。

鲁迅（1930 年）

从 1928 年 5 月到 1930 年 5 月的两年中，鲁迅在日记中记载下同陈望道的往来多达二十余则。从内容来看大都是为陈望道与刚从南洋回来的汪馥泉筹办大江书铺及发行《大江月刊》以及编辑《文艺理论

① 陈望道自述。

小丛书》组稿等事宜。

以下从《鲁迅日记》中择要摘录几则：

1928 年 7 月 22 日　星期。晴，热。下午陈望道、汪馥泉来。

1928 年 9 月 15 日　雨。下午陈望道来。

1928 年 9 月 16 日　星期。雨，午望道来。

1928 年 9 月 26 日　晴。午后寄陈望道信并稿。

1928 年 10 月 25 日　晴。陈望道来并交大江书店信及稿费十元。

1928 年 12 月 9 日　星期。雨。下午霁。夜望道来。柔石同画室来。收大江书店稿费十五元。

1929 年 1 月 30 日　夜望道来。

1929 年 2 月 2 日　晚陈望道、汪馥泉来。

1929 年 2 月 6 日　午后望道来，未见。下午……望道来。

1929 年 2 月 16 日　晚寄陈望道、汪馥泉信并译稿。

1929 年 5 月 11 日　下午雨。望道来。晚雪峰来。

1929 年 7 月 12 日　夜望道来。

1929 年 11 月 28 日　下午望道来。得小峰信。

1930 年 1 月 2 日　昙。午后修甫来。下午望道来。

1930 年 1 月 31 日　午望道来，并赠《社会意识学大纲》（二版）一本。

1930 年 2 月 1 日　晴。大江书店招餐于新雅茶店，晚与雪峰同往，同席为傅东华、施复亮、汪馥泉、沈端先、冯三昧、陈望道、郭昭熙等。

1930 年 2 月 8 日　昙。午后寄陈望道信，并《文艺研究》例言草稿八条。

1930 年 4 月 2 日　晴。晚望道来。

1930年4月4日　晚。寄陈望道信。

1930年4月24日　寄望道信并稿。

1930年4月25日　昙。夜阅《文艺研究》第一期原稿讫。

1930年4月26日　午后寄望道信并稿。……晚望道来。得胡弦信并稿，即转雪峰。

1930年5月3日　夜托望道转交胡弦信。收《文艺研究》第一期译文预支版税三十。

在这段时期，陈望道在文学上极力推崇一种新的现实主义的观点，赞赏无产阶级的文艺作品。为此，他自己曾大量译介新兴的文艺理论，先后在大江书铺出版了由他翻译的《艺术简论》（日本青野季吉作）、《文学及艺术之技术的革命》（平林初之辅作）以及《苏俄文艺理论》（片上伸作）、《艺术社会学》等。另又与施存统合译的波格达诺夫所作的《社会意识学大纲》一书由开明书店出版，并由此而成为20世纪二三十年代我国较有影响的翻译家。

运用历史唯物主义观点来论述文艺理论的要数大江书铺为最先、最早。当年由大江书铺出版的译著，有很大一部分被国民党上海市党部列为禁书，书铺的营业因此受到严重亏损，再加上陈望道等毕竟是一介书生，不善于经营，以致发展到后来竟渐渐不能支撑，最后不得不将全部财产折价盘让给了开明书店。开明的老板章锡琛乘机大杀盘价，陈望道等因此损失不小。

大江书铺经营的时间虽然很短暂，前后约五年光景，然而它的出现好像一把火光，光芒四射，照亮了当时在沉寂中的书界和文坛。它的存在，无论对于当时的出版、创作、翻译学术著作还是介绍新兴的文艺理论等方面都是极为重要的。

二一

《修辞学发凡》的问世

1931年，陈望道在复旦大学等校任教时，因积极保护左派学生等活动而受到国民党反动派的仇视。南京国民党政府密令要进一步加害于他。原《民国日报》主编叶楚伧获悉后，因念及过去同陈望道的友情，故而连夜派人从南京赶来上海报信，要他暂时躲避一阵。于是他只得离开执教多年的复旦大学，蛰居在上海寓所专心致志地从事《修辞学发凡》一书的写作工作。他将过去的讲稿，花了整整两年时间，重新加以整理修改成上下两册，并于1932年由大江书铺正式出版。

他写作此书的原因是，有感于自古以来我国许多文人在文字修辞上花了很大功夫，却没有一部系统的修辞学著作。为此，他早在20世纪初，于日本早稻田大学攻读时，就已开始注意对修辞学的研究了。“那时候，日本三大修辞学家坪内逍遥、岛村泷太郎和五十岚力都在早大执教。他们的修辞学名著也都已经出版了，而且正用作课堂里的讲义，现在早大图书馆里还保存着他们当时所用的讲义。五十岚力对学生作文修辞的指导添削，尤其用力。可以说，早稻田大学生是修辞学者的摇篮。陈氏在名师的认真指导之下，又熟读了先辈师长（如早大校长高田早苗）和当时教授们的修辞学名著，耳濡目染，自然对修辞学发生了浓厚的兴趣；本学的基础，也在这个时候奠定了。”①

自日本回国后，他在复旦大学等校任教期间，开设了修辞学课程，编了讲义并不断加以修订，对修辞学进行了系统的研究。除修辞学外，他还对文艺理论、社会意识学、美学以及因明逻辑学等都作过深入的探讨，并出过专著，如此刻苦钻研，积十余年勤求探讨之功，终于在 1932 年写成了《修辞学发凡》这部著作。在该书出版时，好友刘大白特地为它作了序，给予极高的评价。刘序说：

> 中国人在说话的时候，修了几百万年的辞，并且在作文的时候，也已经修了几千年的辞，可是一竟并不曾知道有所谓有系统的修辞学。直到 1932 年，陈望道先生底《修辞学发凡》出来，才得有中国第一部有系统的兼顾古话文今话文的修辞学书。

刘序在介绍陈望道先生对于修辞学的勤求探讨之功以及他的治学精神时又说：

> 往往为了处理一种辞格，搜求一个例证，整夜地不睡觉；有时候，从一种笔记书上发现了引用的可以做例证的一句或一段文字，因为要明白它底上下文，或者要证明著者所引的有没有错误，于是去根寻它所从出的原书。如果手头没有这种原书，他就向书肆或各处图书馆中去搜求；有可借处便借，没有可借处便只能买。要是此书是一部大部头的书，或者是在某种丛书中而不能抽买的，他也不惜重价，仅仅为

① 郑子瑜：《中国修辞学的变迁》，早稻田大学语学教育研究所 1965 年版。

了一个例证，而把全部书买了来。到了借无可借，买无可买的时候，他还要向相识的友人，多方面地探询，一定要达到搜求到此书的目的为止。这样的勤求探讨的功夫，真是可以使人家钦佩的。①

他的治学精神，我们还可以从他自己写的初版“后记”中看出：

本书共分十二篇，第一、二、三及第十、十二等五篇是这次的新稿，其余七篇是由旧稿整理修改而成。旧稿是我才来上海复旦大学教书时写的。曾蒙田汉、冯三昧、章铁民、熊昌翼诸先生拿去试教，又曾蒙许多国文教员拿去印证。邵仲辉先生又常有精当的批评。我自己也常从教学上和研究上留心。每逢发见例外，我就立即把稿子改了一遍。几年来不知已经改了多少遍。不过要算这一次改得最多。辞格增了十格，材料也加了三分之一以上。

1950 年前后开明书店出版的《修辞学发凡》

① 刘大白：《〈修辞学发凡〉序言》，陈望道：《修辞学发凡》，上海文艺出版社 1962 年版。

《修辞学发凡》一书，是在广泛收集材料的基础上，对汉语文中古今各种修辞现象作了科学分析和总结，并对修辞学的对象、任务和研究方法作了科学的论述；同时又是对当时社会上流行的一些保守复古的偏见，如以为文言文可以修辞、白话文不能修辞等进行批判，也正如作者在“后记”中自述的：“想将修辞学的经界略略画清，又将若干不切合实际的古来定见带便指破。”①

20世纪60年代中，日本东京早稻田大学研究院客座教授郑子瑜在他的《中国修辞学的变迁》中是这样评价《修辞学发凡》一书的：“真正不顾复古派的对抗，采用由东方传入的科学方法，彻底将中国的修辞学加以革新，把中国各种修辞现象做过归纳的功夫，写成一部有系统的兼顾古话文、今话文的修辞学专书的，却是中国有史以来最伟大的修辞学家陈望道。”②

郑子瑜的这一评价既是科学的，又是十分公允的。

《修辞学发凡》的出版，为我国修辞学的研究开拓了新的境界。

---

① 陈望道：《修辞学发凡》初版“后记”。

② 郑子瑜：《中国修辞学的变迁》，早稻田大学语学教育研究所1965年版。

二二

重建家庭

陈望道在解脱了封建婚姻之后，不久就结识了在杭州甲种女子职业专科学校任美术教员的吴庶祜女士。两人一度在上海北四川路某里弄共同生活了一个时期，但不久又分手了。

后来，陈望道又结识了杭州甲种女子职业专科学校附属小学的教员蔡葵女士。1930 年，陈望道与蔡葵女士在经历了一个阶段的自由恋爱之后最终结为夫妇，于是重又建立了家庭。

蔡葵，原名蔡慕晖，曾用名沐卉、希真，生于 1901 年，原籍浙江东阳。父亲蔡济川，早年曾留学日本，后归隐乡里，是当地著名的士绅。其父生育蔡葵及弟妹五人，蔡葵为长姐。大弟蔡希陶，任职于昆明中国科学院植物研究所，是当代著名的生物学家，被誉为“中国热带植物研究第一人”；二弟蔡希岳曾在沈阳农学院执教；三弟蔡希宁在沪任职；小妹蔡希兰，解放前夕去台湾定居，长年在台湾从医。

蔡葵少年时代就在家乡东阳蔡宅镇小学求学。1912 年至 1916 年就读于杭州甲种女子职业专科学校，毕业后一度留在该校附属小学任教。1920 年到上海大同大学英文专修科学习。1922 年起考入南京金陵女子大学深造，并于 1926 年毕业。

早在五四时期，蔡葵在杭州女子职校求学时就曾聆听过陈望道的演讲，确信陈望道是一位具有真知灼见的大学问家，对这位心中的偶像产生了无限的敬仰和爱慕。1926 年，蔡葵从南京金陵女子大学毕业后来到了上海，经由陈望道的介绍，先后在上海大学及中华艺术大学等校担任英文教员。

1930 年初，陈望道同蔡葵终于由相识到相恋，最后正式结为伉俪。结婚时两人先在上海的报纸上刊登了一则自由结合的启事，然后双双回到义乌和东阳家乡，并在东阳县蔡府举行了隆重而又热闹、新式而又文明的婚礼仪式。这桩出奇新式、极不平凡的文明婚礼，在当时当地确是一件“沸沸扬扬，传得十分热闹”的特大新闻。这件新闻非同一般，以至在经过了 60 多年之后的今日，一位当年这场婚礼的参加者，在回忆起当时的情景时，依旧感到那样亲切，那样充满激情。

当年蔡、陈婚礼的参加者，蔡宅永宁完全小学四名学生代表之一葛世大撰写的《陈望道的婚礼》（刊登在《文汇报》1994 年 5 月 9 日第 5 版“生活”栏中）是这样描述的：

> 古老的乡村，古老的岁月，依然是生老病死，男婚女嫁，平常日子平常过。1929 年（应是 1930 年——引者注）初秋，东阳县古老的蔡宅村却传出一桩很不平凡的婚嫁喜事：曾留学日本现已归隐乡里的士绅蔡济川老先生要嫁女了。女儿蔡慕晖金陵大学毕业，女婿义乌人陈望道，有名的学者。村人拘泥乡俗，认为男为婚，女是嫁，蔡女应去义乌陈家结亲成对，如今女婿来岳家成礼，既非入赘，便成了女婚男嫁啦。还听说办的文明结婚，新式得更是出奇。一时沸沸扬扬，传得十分热闹。好事者喜欢探询，怎不见蔡府弹絮置妆杀猪宰羊？莫非文明结婚就是凭一纸“明文”结婚？

蔡济川是蔡宅永宁完全小学的首席校董，和小学校长卜文先生是留日同学，相交莫逆，卜校长自然被邀请为陈、蔡的证婚人，于是文明结婚的消息也在小学内传了开来。

……

婚礼在蔡府“乐顺堂”举行，60多年后的今日，凭小孩记性我还能粗略描述大概：堂屋正壁悬挂孙中山遗像，案上红烛鲜花映衬着两张彩色花纹的方纸，无疑是结婚证书。证婚人卜文校长、主婚人蔡校董笑容满面居中正站。新娘穿戴素净，不见装饰；新郎长袍马褂，头顶礼帽，并肩朝案而立。我们四个学生被安排伴立风琴左旁，肃然屏息。没有吹奏，不放鞭炮，气氛随之肃穆。倒是两厢和天井挤满看热闹的村人，男女老少叽叽喳喳像个戏场。婚礼如仪，十分简单。最后风琴为我们伴奏唱《春天的快乐》，歌罢献花，全过程不到一小时。

……

1930年陈望道与蔡葵新婚，在东阳与岳父母家人合影

仪毕，新婚夫妇同蔡女士的双亲及弟妹们，在高悬着大红灯笼的厅堂上，拍摄了一张全家福以资留念。是年，陈望道年届四十，已过不惑之年，蔡女士小他十岁，也已有三十整岁了。

婚后，夫妇俩又折回义乌县城，义乌县立初级中学的校长闻说陈望道来到家乡时，立即邀请他前去演讲。陈望道欣然应允，向全校师生作了题为“东义两县风俗的批评”的演讲。

演讲是从女子装饰、男女社交以及卫生等三方面来批评东阳和义乌两地风俗习惯的不文明、不卫生谈开去的。引发这个议题的起因是，东阳及义乌两地的人们“看见她（指蔡女士）穿着红旗袍，都挟在路旁笑骂着”。造成这一难堪局面的原因，恰恰又是当地的“人们不认识美的观念的缘故”。

陈望道在这篇演讲中，从这一问题生发进而又联想到当地人的文学观念。他认为，一个文学家如果不知道外界的社会情形，不看透世界的人生状况，就不能写得适合潮流的深刻文章。再退一步讲，文学家的感觉如果不比普通人来得深刻，也是不能写得引人注意的文章的。他还认为，“研究文学是要站在民众中间的，世界潮流沸腾里面的，万不能关起门来写文章”。他又说，“我们研究文学及无论何种科学，都要耳闻目见实地试验才对，切不可遵守‘闭门读书’的古训，现在我们不但要开门读书，而且还要站在十字街头去读书，要站在社会上民众的中间去读书”。接着他又说，“切不要保存着这种旧观念，以为指甲留得长的，脚会抖的……就算文学家了”①。

陈望道于1930年9月21日在义乌县立初级中学的这篇演讲，经由王世箴记录整理后刊载在1930年10月18日的《义乌县立初级中学校刊》第四期上。

---

①《陈望道文集》第1卷，第243页。

1931 年初，中华艺术大学被国民党查封后，蔡葵旋即来到上海进德女子中学任教。与这同时，她又在陈望道的指导下编辑《微音》月刊。这年 8 月，她又开始在女青年全国协会任编辑，同时主编《微音》《女青年》月刊以及丛书等，前后约四年之久。1932 年，她又在陈望道的协助下参与基督教新文字工作协会的工作。

陈望道与蔡葵婚后的感情十分融洽，但是为了各自的工作与学习，两人又不得不经常暂时离别。

1933 年的深秋菊花盛开时节，陈望道因怀念结婚不久的妻子，特地从执教地安徽，赶回上海同她相会。两人促膝谈了一整夜之后仍觉意犹未尽，于是在第二天清早相偕去照相馆合影，留下了极其珍贵的纪念。大凡在饱尝了封建婚姻的痛楚之后的人，就更能体会到自由恋爱的美满与幸福。

1935 年，也是他们结婚后的第五年，蔡葵赴美国哥伦比亚大学攻读教育学硕士学位及哲学专业。而此时陈望道正应聘在广西桂林国立高等师范专科学校任职与任教。恩爱夫妻远隔万里真有说不尽的相思之苦。陈望道常在好友陈此生与盛此君夫妇面前提及他那远在异国他乡的年轻又聪慧的妻子，言谈之间时常流露出一种幸福的自豪感。

1933 年菊花时节，陈望道从安徽回沪与夫人蔡葵合影

广西桂林素有山水甲天下之美名，是久负盛名的国际旅游胜地。当地盛产竹制工艺品，陈望道非常喜爱这些竹器，在他的书房兼卧室里到处摆设着精美的竹器。每当他思念远在美国的妻子时，就不断地往那儿邮寄些工艺品。孰料这些竹器一到美国就自然断裂了，原来由于两国温差的悬殊，竹器也患上了水土不服的毛病。

1936 年岁末，蔡葵自美国学成回国，陈望道特地从广西出迎夫人归来。

1937 年抗日战争爆发，蔡葵在上海女青年协会担任代理总干事一职，其间曾协助陈望道从事抗日救国的新文字运动。1940 年秋陈望道回到当时迁校于重庆北碚的复旦大学任教后，蔡也随之调往四川成都女青年会担任总干事。1943 年底到 1945 年 3 月，她被女青年会总部派往印度和美国，协助当地的基督教女青年会开展工作。1946 年 11 月，她回国出席在南京召开的国民党代表大会。1947 年 10 月，她又出席了世界女青年会杭州会议。

全国解放后，蔡葵担任震旦女子文理学院外文系代理系主任及教授。1952 年院系调整时转来复旦大学外文系任副教授。1950 年起她被选为上海市妇女联合会执行委员会委员。1952 年，由胡曲园及陈望道两人介绍加入中国民主同盟，担任过民盟上海市委员会委员、复旦大学支部委员。她还兼任过复旦大学校工会副主席等职务。解放十多年来，她勤勤恳恳为党、为集体事业做了不少好事。

蔡葵女士爱好文艺，擅长翻译，曾著有《独幕剧作法 ABC》一书，并译有《世界文化史》《艺术的起源》以及《新道德标准及其实践》等著作。

解放前，蔡葵在陈望道的影响下，参加过进步的文化运动和抗日救国活动。在国共两党斗争十分尖锐剧烈，白色恐怖异常严重的情况下，她利用自己在女青年会任职的身份，掩护了陈望道的革命活动。中华人民共和国成立以后，陈望道身兼十数职，忙于行政事务及各种社会活动，无暇顾及自身的一切，蔡葵则义不容辞地担负起这个责任。在日常生活中，她对陈望道百般体贴与关怀。陈望道患有高血压和糖尿病等多种慢性疾病，平时的饮食起居、衣着冷暖、定时服药乃至饭后水果营养等，对她来说都是丝毫不敢懈怠的头等大事。正是由于妻子无微不至的照料，才使他能够始终精力充沛地去担负众多繁重的工作。凡是了解真情的人都是这样认为的：蔡葵的这份功劳是不能抹杀的。

蔡葵女士聪颖、美丽、温情、贤淑，自从与陈望道结婚之后，她除了自己的事业之外，还恪尽妇道，努力做一个好妻子、好媳妇。她虽不曾与婆婆长年相处在一起，但她打从心底里尊重和敬爱这位老人。陈望道的母亲年轻的时候就患有肺病，因农村的医疗条件差，蔡葵就千方百计托人捎药及寄钱回去。同小叔小姑的关系也是十分和谐融洽的。她一生未能生育，但对待望道前妻所生的两个女儿却非常关心和爱护，犹同自己亲生一样。解放以后，她还一直关怀着两个外孙女儿的成长，并按月给她们寄去读书生活费用，直到她们大学毕业踏上工作岗位。义乌分水塘的乡亲们有求于她时，她总能伸出慷慨之手去援助她们，以解燃眉之急。她的种种美德至今还在陈望道的家乡传扬着。

蔡葵早在建国前就患有癌症，经手术后得以治愈。20 世纪 60 年代初忽然旧病复发，发现时癌细胞已经转移至脑部，虽然两次手术进行抢救，仍未能挽救她的生命，不幸于 1964 年夏天逝世，终年 64 岁。陈望道也就此失去了一位忠实的伴侣，当时的心情是万分悲痛的。

二三

在救亡运动中

1927年大革命失败后，中国革命从此进入了一个新的极端艰苦的斗争年代，这就是第二次国内革命战争时期。

在蒋介石发动的“四一二”政变和汪精卫的“七一五”政变之后，经过“清共”或“分共”，国民党已不再是工人、农民、小资产阶级和民族资产阶级的革命联盟，而成为大地主、大资产阶级的反革命政党了。以蒋介石为首的国民党新军阀在全国范围内建立了自己的反动统治。他们对内实行法西斯专政的残酷统治，对外则奉行投降政策，是帝国主义统治中国的新工具。

然而，面对国民党的严重的白色恐怖，“中国共产党和中国人民并没有被吓倒，被征服，被杀绝。他们从地下爬起来，揩干净身上的血迹，掩埋好同伴的尸首，他们又继续战斗了”①。

在中国共产党的领导下，中国人民自1927年起先后发动了南昌起义、秋收起义以及广州起义。接着，毛泽东同志又开辟了井冈山革命根据地，以后又不断扩大农村革命根据地。白区的革命斗争也逐步重新开展起来。1930年起，中央苏区连续粉碎了国民党的三

① 《论联合政府》，《毛泽东选集》，第937页。

次军事“围剿”。1931 年 11 月，在瑞金召开了第一次全国工农兵苏维埃代表大会，成立了中华苏维埃共和国临时政府。中国革命沿着农村包围城市、武装夺取政权的正确道路，经过艰难曲折的斗争，开始走向复兴。

然而，正在这个严重的关键时刻，日本帝国主义已将侵略的魔爪伸向中国的领土。

长期以来，日本军国主义就以灭亡中国作为它的大陆扩张政策的主要目标。1929 年，资本主义世界经济危机爆发后，日本军国主义者为了摆脱经济危机，缓和国内的阶级矛盾，决定趁英美等国忙于内部事务、中国国民党政府倾其全力从事反革命“剿共”战争之机，加紧进行侵略中国的罪恶活动。它的第一个目标就是侵占中国的东北地区。由于蒋介石政府采取了妥协退让和不抵抗政策，更助长了日本侵略中国的野心。1931 年，日本军国主义者悍然发动了“九一八”事变。仅三个月时间，就侵占了我东北三省。

“九一八”事变开始了变中国为日本殖民地的阶段。中日民族矛盾急剧上升，中国面临着空前深重的民族危机。中日民族矛盾的上升，引起了国内阶级关系的新变动。全国的工人、农民、学生和其他各阶层的爱国民众，冲破白色恐怖的高压，掀起了抗日民主运动的浪潮。

1931 年 9 月 28 日在上海出版的《文艺新闻》第 29 号第 2 版上，在“日本占领东三省屠杀中国民众！！！”的通栏标题下，以《文化界的观察与意见》为题，发表了周予同、陈望道、郑伯奇、鲁迅、夏丏尊、胡愈之、郁达夫、叶绍钧等人的文章，抗议日本军国主义入侵我国。

1932 年 1 月中旬，在上海的中国著作家们纷纷行动起来，以抵御外来的侵略。1 月 17 日由陈望道等 35 人发起组织的中国著作者协会正式成立。初次集会作出决议，决定该协会的纲领是：“争取自由，反抗压迫，保障生活，反帝、反封建、反法西斯，以集团的力量促进文化事业的发展。”

在此之前，陈望道曾在1月11日《文艺新闻》第44号上发表了他写的《关于著作者协会——一个具体而简要的意见》。

面对日军的疯狂侵略，国民党政府却执行着一条“攘外必先安内”的反革命政策，于是日本侵略者有恃无恐地将炮火扩大到华东范围内。1932年1月下旬，“一·二八”事变发生，蔡廷锴等爱国将领领导国民党十九路军，在上海人民的热情支持下，自动奋起抵抗日军侵略，不料却遭到了蒋介石和汪精卫投降派的干扰和破坏，从而激起了上海各界人士的无比愤慨。

2月3日，“一·二八”事变后的第五天，在沪的著名文化界人士茅盾、鲁迅、叶圣陶、郁达夫、陈望道、丁玲、胡愈之、何丹仁（冯雪峰）、周起应（周扬）、田汉、沈端先（夏衍）、华汉（阳翰笙）等43人，就日本侵犯上海的“一·二八”事变，联名发表

“一·二八”事变中十九路军奋勇抗敌

《上海文化界告世界书》，庄严宣告："我们坚决反对帝国主义瓜分中国的战争，反对强加于中国民众的任何压迫，反对中国政府的对日妥协，以及压迫革命的民众。"他们呼吁全世界的无产阶级和革命的文化团体及作家们谴责帝国主义的侵略，支援中国的抗战，保护中国革命。

2月8日，上海著作家愤于日本侵略之暴行，于是日集会讨论组织"中国著作家抗日会"事宜，当即决定各项工作原则，并推举17人组织执行委员会。

9日下午2时，举行了第一次执委会，到会者有戈公振、王礼锡、胡秋原、龚彬、施复亮、陈望道、樊仲云、严灵峰、何丹仁、陈代清、王亚南、郑伯奇、乐嗣炳、丁玲、汪馥泉、沈起予等10余人。会上推定陈望道为秘书长，总务部为汪馥泉、戈公振，组织部为乐嗣炳、樊仲云，宣传部为王礼锡、施复亮，由秘书长及各部正副主任联合组成常务委员会，执行日常会务。在常委会下面还设有经济委员会：戈公振、叶绍钧、李石岑、乐嗣炳等7人组成；民众委员会：丁玲、蔡慕晖、钟复光、漆琪生、陆晶清等10余人组成；编辑委员会：胡秋原、何丹仁、胡愈之、王亚南、郁达夫、叶绍钧等11人组成；国际宣传委员会：郑伯奇、郁达夫、龚彬、樊仲云、彭芳草、陈代清等10余人组成。各部门分工以后，随即开展讨论，决定慰问前线将士，征集此次战事资料，筹募经济及物品，主持出版刊物，并设法扩大国际宣传以及联络各团体，组织全国性的民众抗日机构。①

"中国著作家抗日会"是一个爱国统一战线组织，地下党和左翼作家很多人参加了这一组织，因此阵容相当强大。肩负秘书长重任的陈望道，当年在地下党的领导下，在这个组织内，为团结各界

① 《申报》1932年2月11日。

人士和爱国知识分子，投身于抗日救国斗争，作出了一定的贡献。

1932 年 2 月 23 日，上海文化界抗日反帝联盟也紧接着召开扩大会议，在会上当即作出了以下各项决定：扩大组织，发表宣言，出版定期刊物，对国际间宣传日本侵沪真相，慰劳前线士兵及救济难民等。此外，对筹募经费、确立会址等亦进行了讨论，并有所决定。[①]

由此可见，自从“一·二八”事变之后，上海文化界的反帝抗日的斗争烽火一日高似一日。

同年 6 月 6 日，中国著作家、思想家又为营救被国民党政府拘捕的国际共产主义战士牛兰夫妇发表宣言。在宣言上签名的有：李达、陈望道、丁玲、汪馥泉、樊仲云、陶晶孙、蓬子等 17 人。《宣言》称：

> 世界各国名流学者及劳苦群众共同营救的牛兰夫妇，幽闭在我国黑暗牢狱内，已有十阅月之久。去秋传出判处死刑消息，全球惊诧。皆谓当“文明进步”的现代，不应再用此种惨无人道的中古时代刑法以对待为人类谋解放的革命家。现闻牛兰夫妇正由我国法院审理。政府当局受英日法各帝国主义者的嗾使，对于原定判处死刑的计划，仍未抛弃。值此种帝国主义正与日本串通一气、实行瓜分中国之际，谁为友，谁为敌，在事实上反映得特别显明。我们为主持人道计，为反抗帝国主义计，都不应将牛兰夫妇处死，致堕英法日帝国主义者术中。现正当世界各国名流学者继续营救牛兰夫妇的紧急关头，务恳我国民众一致奋起，反对政府当局将牛兰夫妇处死，并主张即日恢复他们已失去的自由，谨此宣言。[②]

---

① 《文艺新闻》第 48 号，1932 年 3 月 28 日。

② 《文艺新闻》第 58 号，1932 年 6 月 6 日。“阅月”，经一月。如郭沫若《月蚀》：“我们回到上海来不觉已五阅月了。”

一个月之后，牛兰夫妇在狱中开展了绝食斗争，以抗议国民党政府的法西斯暴行。7 月 11 日，为营救绝食八日危在旦夕的国际革命组织“泛太平洋产业同盟”的秘书牛兰及其夫人，陈望道与柳亚子、郁达夫、茅盾、鲁迅、方光焘等 32 人，本着国际主义和人道主义的精神，联名致电国民党当局，要求释放被害者。[①]

1932 年年底，蒋介石政府迫于日本帝国主义侵略势力的严重性，不得不同苏联恢复外交关系。中苏复交将加强反帝同盟的力量，抑制法西斯侵略势力的扩展，因而值得庆贺。12 月 15 日，陈望道与鲁迅、柳亚子、茅盾、胡愈之、叶圣陶、沈端先、周起应等 55 人签署了《中国作家为中苏复交致苏联电》，表示热烈祝贺。[②]

---

① 《申报》1932 年 7 月 11 日。

② 《文艺月报》第 5、6 期合刊，1932 年 12 月 15 日。

二四

艰苦卓绝的文化反“围剿”斗争

国民党政府为了配合军事上的反革命“围剿”，扼杀革命文化运动的发展，以维护自身的反动统治，对革命文化也开展了疯狂的“围剿”。

首先，国民党、蒋介石大肆宣扬法西斯主义和封建主义等反动理论，企图以此抵制马克思主义的影响，麻痹和腐蚀人们的思想。

1931年5月，蒋介石在“国民会议”开幕词中公开鼓励法西斯政治理论，宣称他统治下的国家“为至高无上的实体，国家得要求国民之任何牺牲”。1929年至1932年，更设立了恐怖的法西斯特务组织。与此同时，蒋介石还大力宣扬封建主义，提倡尊孔读经。1934年2月，蒋介石还在南昌设立“新生活促进委员会”，并在各地设立分会，强制推行以所谓“礼、义、廉、耻”为中心内容的“新生活运动”，大搞尊孔复古活动。

其次，国民党、蒋介石指使御用文人对革命文化发动攻击；一些托派分子及右翼资产阶级分子也向革命文化发难，对国民党的文化“围剿”直接或间接地进行了配合。自1929年以来，以《动力》杂志为阵地的中国托派严灵峰、任曙等以及以《新生命》杂志为阵地的国民党反动文人陶希圣等，挑起了中国社会性质问题及中国社会史问题的论战。他们宣称中国已经是资本主义社会，因此，“反封建”也就成为“无的放矢”。

当时，文艺战线上的斗争也极为尖锐。首先向无产阶级的革命文学发动进攻的是“新月派”。他们以 1928 年 3 月创刊的《新月》月刊为主要阵地，成员有梁实秋、陈源、胡适等。他们声称中国落后的根源在于“贫穷、疾病、愚昧、贪污、扰乱”五大“恶魔”，而不在于帝国主义和封建主义的压迫。1928 年至 1929 年，他们先后发表了《新月的态度》《文学与革命》《文艺是有阶级性的吗？》等文，提出“健康”和“尊严”是文学的两大原则，攻击无产阶级文学是“标语派”“主义派”“‘无产阶级的文学’或大多数的文学”“是不能成立的名词”；认为“伟大的文学乃是基于固定的普遍的人性”，竭力反对文学为无产阶级的革命事业服务。

正当民族危亡之际，国民党反动文人王平陵、黄震遐等却在“民族主义文学”旗号的掩护下，加紧活动起来，妄图用“民族意识”代替阶级意识，密切配合国民党的“反苏反共”和日寇的“不抵抗”政策。他们攻击无产阶级文学是“把艺术拘囚在阶级上”，声称文学艺术的目的是“促进民族的向上发展的意志”，专以左翼文学为敌。

自 1931 年底开始，以胡秋原、苏汶等为代表的“自由人”“第三种人”，用比较隐蔽的形式对无产阶级的文学运动进行发难。他们否认文学的阶级性，提出“文艺自由论”，“勿侵略文艺”，“文艺不要堕落为政治留声机”等论调，反对共产党对文艺的领导和文艺为无产阶级政治服务。

除此之外，国民党政府还施展查禁进步书刊，封闭进步书铺和文化机关，残酷地迫害、逮捕和杀害革命文化工作者等伎俩。1930 年至 1934 年，国民党先后颁布了《出版法》《出版法施行细则》《宣传品审查标准》《新闻检查大纲》等反动法令，限制或查禁进步书刊的发行。

在那些年月里，大批革命文化工作者被国民党反动派逮捕和杀害。1930 年秋，“中国左翼戏剧家联盟”的会员宗晖被杀于南京。1931 年 2 月 7 日，著名作家柔石、殷夫、胡也频、李伟森、冯铿牺牲于上海龙华。1932 年 7 月 17 日，上海反帝同盟大会被特务破坏，当场被杀害者达 80 余人。1933 年 4 月 23 日，北平群众在中国共产党的发动和领导下，举行李大钊烈士的公葬，国民党军警当场逮捕了群众 30 多人。同年 5 月 14 日，左翼作家丁玲、潘梓年被捕，共产党员诗人应修人因拒捕当场遇害。6 月 18 日，宋庆龄、蔡元培等组织的“中国民权保障同盟”副会长兼总干事杨杏佛被国民党特务暗杀于上海。上海《申报》经理史量才是倾向于抗日民主的民族资产阶级代表人物，也因为该报副刊《自由谈》发表过反对国民党不抵抗政策的言论，于 1934 年 11 月被国民党特务枪杀于沪杭道上。鲁迅、茅盾、陈望道等许多进步作家和左翼文化人士也在国民党特务的控制范围之内，敌人不时地企图加害于他们。

面对国民党疯狂的反革命文化“围剿”，中国共产党领导左翼文化战士进行了艰苦卓绝的反“围剿”斗争。

1933 年 3 月 14 日，是马克思逝世 50 周年纪念日，为纪念这位世界无产阶级革命导师，上海的中国学术界冲破帝国主义与国民党反动派的重重阻挠，在八仙桥青年会隆重举行纪念大会。陈望道、蔡元培等到会作了演讲，分别在会上介绍了马克思的伟大学说和成就，受到与会者的热烈欢迎。是日，反动派如临大敌，在会场上戒备森严，场外到处布满了特务。为了宣传马克思主义真理，为了伸张正义，革命者早已把生死置之度外。陈望道在这天离家赴会时，故意不带钥匙，以防突然遭到不测。面对严重的白色恐怖，他表现出了一个革命者无所畏惧和一往无前的气概。

1933 年 4 月 23 日，北平民众在中共地下党的领导下，公葬李大钊先烈于北平西山万安公墓，遭到国民党反动派的暴力镇压，群众当场被捕30余人。同一日，武汉人民亦万人空巷举行路祭，改葬李汉俊先烈于武昌珞珈山卓刀泉。陈望道在闻讯之后亲书“欲哭无泪”四个字，以寄托无限的哀思。①

日本革命作家小林多喜二于1933年2月惨死在日益嚣张的日本法西斯势力的酷刑下。噩耗传来，中国的著作家们在悲愤之余决定伸出援助之手，随即由郁达夫、茅盾、叶绍钧、陈望道、洪深、杜衡、鲁迅、田汉、丁玲共9人，于5月15日发起《为横死之小林遗族募捐启》，体现了崇高的国际主义和革命人道主义的精神。这则募捐启事的内容为：

> 日本新兴文学作家小林多喜二君，自“九一八”事变后，即为日本国内反对侵略中国之一人。小林君及其同志的活动，不但广布于日本劳苦大众间，更深入于日本的海陆军。因此深受日本帝国主义的畏忌，必要杀之。小林君及其同志在严重的白色恐怖下犹复努力进行反抗日本军阀的工作。日本警察探网密布，终于在本年二月二十日，侦得小林潜藏的所在而加以逮捕，沿途遭殴，未到警察所而小林已被打死了。小林君生前著有《蟹工船》，中国早有译本。我国著作界同人当亦久耳其为人。现在听得了小林君因为反对本国的军阀而遭毒手，想亦同愤慨。小林君故后，遗族生活艰难，我们因此发起募捐慰恤小林君家族，表示中国著作界对小林君之敬意。是为启。②

左翼作家丁玲和潘梓年遭到国民党的无理逮捕、应修人被害

---

① 刘弄潮：《我所了解的李汉俊》，全国政协文史资料研究室编：《革命史料》第8期，1982年9月。

② 《文学杂志》月刊第1卷2号，1933年5月15日。

后，中国左翼作家联盟于6月10日为了这事特地发出《反对白色恐怖宣言》，喊出了“我们的作家是怎样被绑？怎样跌死？我们将怎样去营救？怎样去保障？”一连串的呼声。这则宣言，深刻地揭露了国民党政府以恐怖手段摧残文化和屠杀文化工作者的罪恶行径。作家蔡元培、杨杏佛、陈彬龢、胡愈之、洪深、邹韬奋、林语堂、叶圣陶、郁达夫、陈望道、李公朴、沈从文、柳亚子、夏丏尊、黎烈文、赵家璧、蔡慕晖、沈起予、施蛰存等40余人亦联名致电南京政府，要求查明释放或移交法庭办理。文化界还特地组织了一个“文化界丁潘营救会”以进行一切有关营救声援的事情。①

对应修人的不幸牺牲，“中国民权保障同盟”于5月14日发表了《对青年作家应修人被害宣言》，以示抗议。

大革命失败后，陈望道在文化战线上，尤其是在上海十年反文化“围剿”的斗争中从未停止过战斗。自1928年起，他先后在许多进步刊物上发表文章，为宣传马克思主义的文艺理论，为文艺大众化，为无产阶级革命文学的建立而奋斗。

1928年12月，由他编辑的《文艺理论小丛书》开始出版，共出了六册，内收弗里契及日本左翼作家的文艺论文，由鲁迅和陈望道等翻译。

《小说月报》自1929年3月10日出版的第20卷第3期起，连续刊登陈雪帆（陈望道笔名）翻译的《苏俄十年间的文学理论研究》，该著作的原著者为日本冈泽秀虎。

1930年2月15日，由鲁迅主编的译文丛刊《文艺研究》出版，收入陈望道翻译的日本平林初之辅作的《自然主义文学底理论底体系》一文。在这一期上还刊有鲁迅写的《文艺研究》例言，以及他

①《戏剧集纳》第1号，1933年7月15日。

翻译的普列汉诺夫的《车勒芮绥夫斯基的文学观》。遗憾的是《文艺研究》仅出了一期就被迫停刊。

是年3月12日，“中国左翼作家联盟”在上海成立，随即提出了文艺大众化的问题，并成立了“文艺大众化研究会”。接着又出版了《大众文艺》的刊物。由陈望道和袁殊等创办的《文艺新闻》是一份“左联”的外围刊物。它是一份专为报告文坛消息、批评文艺创作的周刊，也是左翼作家讨论文艺大众化的重要阵地。刊物出至1932年6月20日第60号后停刊。

丁玲主编的《北斗》是创刊于1931年9月20日的“左联”机关刊物，后来也成为文艺大众化问题讨论的重要阵地。在第3、4期合刊上登有周起应、何大白、寒生、田汉专文，论述文学大众化问题。在这一期上还刊有陈望道、魏金枝、杜衡、陶晶孙、顾凤城、张天翼、西谛（郑振铎）、沈起予、叶沉等应征的文章，讨论当年“创作不振之原因及其出路”。

大型文艺刊物《文学》于1933年7月1日正式创刊，陈望道为编委之一。《文学》的前身为《小说月报》，出至第23卷第1号后因“一·二八”事变、商务印书馆被毁于战火而停刊。1933年4月由郑振铎倡议复刊，并改名为《文学》。关于《文学》创刊的经过情况，《鲁迅日记》亦有记载：

> 1933年4月6日，三弟（周建人）偕西谛（郑振铎）来，即被邀至会宾楼晚饭，同席十五人。

另外，黄源也有回忆：

> 就在这席上，决定《文学》编委会的名单为九人：郁达夫、茅盾、胡愈之、洪深、陈望道、徐调孚、傅东华、叶绍

> 钧、郑振铎。鲁迅不露名。郑振铎仍要回北京燕京大学任教，《文学》杂志的编务由傅东华主持，黄源为编校，发行则由胡愈之与生活书店接洽。从这编委会的班子看，“文学研究会”的成员虽然是多数，但为首的茅盾和鲁迅，已是公开的左联成员，加上胡愈之、陈望道都是支持左联的，所以左联处于主导地位。①

在《文学》的创刊号上，陈望道发表了《关于文学的诸问题》。文章首先从所谓欧化和忽视口头文学谈起。他认为要不要采用欧化的问题，还应求之于语言文字的历史，求之于语言文字的现状，以及求之于语言文字本身的必要和可能。否则“只是一种无谓的欧化”。也由此“可见批判的重要，不批判地接受一切，将自己从传统中解放出来，便有堕入传统里头去的危险”。他还认为更为重要的是不应把口头文学排斥在文学之外：“文学所不可缺的，并非文字，乃是语言。文字是后来产生的，而文字还未产生的时候已有文学。文字是现在还未普及的，而文字还未普及的地方已有文学。文字又有时会因物质的缺乏不能行用的，例如革命以后的苏联，而那文字不能行用的时候却也还有文学存在，就用口头语言在各处宣读。文字与文学并非不可分离，不可分离的只是语言。语言才是文学的经常的中介。”②

其次，关于文学的定义。他不同意托尔斯泰所说的人用语言传达自己的思想给别人，用艺术传达自己的情感给别人，用传达情感和传达思想来区别艺术和普通语言。认为“艺术——文学——本来不止表现情感，同时也是表现思想的”。“文学所以和别的语言——

---

① 黄源：《左联与〈文学〉》，《新文学史料》1980年第1期。

② 陈望道：《关于文学之诸问题》，《陈望道语文论集》，第204、205页。

例如哲学科学——不同，并不在乎文学表现人类的情感，而哲学科学表现人类的思想；文学所以和哲学科学不同，只在凭借的方式不同，哲学科学是凭借抽象的概念，而文学则是凭借具体的形象。”①

关于文学的永久性问题，陈望道认为“在现实里头，抽象的与时代社会分离，与环境无关的人类是不会有的，即所谓不受进化法则支配亘古常新的情感是不会有的。何况文学又是以具体的表现形象的描画为其特质的。所谓‘传人适如其人，述事适如其事’，正是它的本色”②。

1933年，叶圣陶与夏丏尊发起创办开明书店函授学校，成立函授学校出版社，聘请张石樵编写《开明实用国文讲义》等。陈望道与叶圣陶、夏丏尊、宋云彬合编的《开明国文讲义》于1934年11月在开明书店出版。

1933年9月16日，他又在《译文》终刊号上发表冈泽秀虎作的《果戈里和杜思退也夫斯基》一篇译文。

1934年3月，《女青年》月刊上又刊登了一篇陈望道写的《〈镜花缘〉和妇女问题》的长文。文章是针对胡适所写的《〈镜花缘〉的引论》而发的。作者不同意胡适“以为‘李汝珍所见的是几千年来忽略了的妇女问题’”，他一针见血地指出，“其实李汝珍所见的就是女子有这‘四德’者历历有人”。作者认为，“实际《镜花缘》不过要表彰女子的学问才德，想在表彰女子的聪明伶俐的《红楼梦》之外，别树一帜”。他还认为，“总之，《镜花缘》的特殊贡献只在泣诉抗议，不在解决问题。如果误认解决问题为《镜花缘》的贡献，就要感到无限的失望。因为他的解决没有一样不是空想的。不说别的，就是贯穿全书作者始终注意的女子教育、女子选举等问

① 陈望道：《关于文学之诸问题》，《陈望道语文论集》，第206页。

② 同上书，第207—208页。

题，也是没有一样不带着极浓厚的空想色彩的”[1]。

1933 年暑假，大江书铺停业后，陈望道接受安徽大学中文系主任周予同的聘请，前往该校任教。因原在该系任教“普罗文学”的方光焘教授另有他任，故特地请他前去接替这门课程的教学任务。

陈望道自 1931 年被迫离开复旦大学后，便开始转向上海文化界，从事抗日救国活动和左翼文艺运动，因而再度引起敌特的注意。此次他愿意接受安大的聘请，一来是解人之围，二来也是有意识地想变换一下环境。但是自从蒋介石公开叛变后，“《共产党宣言》译者”已成为敌人恣意对他进行迫害的一项罪名。国民党反动派“每逢要登什么造谣新闻时，冒头总是‘《共产党宣言》译者’陈望道如何如何”。有时，为了要使自己的谣言让人信以为真，还故意加上了陈望道的一些特征，如爱抽美丽牌香烟，常穿一件破大衣之类。这次反动派嗅出了陈望道将赴安大任教，于是急忙开动宣传机器，将载有“《共产党宣言》译者陈望道最近拟定赤化安大计划如何如何，已于某月某日走马上任矣”这一反动宣传的报纸——《社会新闻》，在他到任之前寄往安徽大学。[2]安徽大学的校长、文学院长、中文系主任等都同时收到了这份反动报纸。陈望道来到安徽后，当他听说这一“新闻”已先期而到时，就笑着问他们说：“怕不怕？怕，我就走。”大家说“不怕”，于是他就留下来了。

陈望道自 1920 年来到上海后已居住了十多年，这次“陡从大都市走进小地方，觉得那里特别落后”。于是就产生了“要革命必须面向全国，从社会每个基层角落做起”[3]的想法。当年的安庆，特务到处横行，反动势力十分猖獗，全城笼罩着一片白色恐怖。陈望道在安徽期间受到敌人的严密监视，在上课时常会有穿着军装的陌

---

① 陈望道：《〈镜花缘〉和妇女问题》，《陈望道文集》第 1 卷，第 487、496 页。

② 陈望道：《谈马克思列宁主义在中国的胜利》，《陈望道文集》第 1 卷，第 283 页。

③ 引自陈望道于 1952 年填写的履历表。

生人前来监听。陈望道一见有军人来监听，就赶忙改用英语授课，这些军人不懂英语，听不出所以然来，也就灰溜溜地走了。当他外出时常会有人跟踪。半年后，终因安徽国民党特务控制森严，使他无法在安大继续任教下去，遂于第二年年初回到上海。

1934 年，夏丏尊、叶圣陶合作完成了一部《文心》，它以故事的形式比较系统而全面地介绍了语文方面的基础知识。全书不但指点了学习方法，并且指出学习的根本在于训练，寓教学于有趣的故事之中。此书发表后曾风靡一时，受到广大青少年读者的欢迎，也对中学语文教学产生过深刻的影响。这年 5 月，陈望道与朱自清曾同时为该书作序。陈望道在序言中介绍说：“这部《文心》是用故事的体裁来写关于国文的全体知识。每种知识大约占了一个题目。每个题目都找出一个最便于衬托的场面来，将个人和社会的大小时事穿插进去，关联地写出来。通体都把关于国文的抽象的知识和青年日常可以遇到的具体的事情熔成了一片，写得又生动，又周到，又都深入浅出，的确是一部好书。”

二五

发起“大众语”运动

作为国民党对白区进行反革命文化“围剿”的重要战略步骤之一的“文言复兴运动”，于1934年由国民党的御用文人汪懋祖、许梦因等在南京提了出来。

1934年5月4日，国民党教育部的汪懋祖在南京《时代公论》第110号发表《禁习文言与强令读经》一文，认为“文言为口语之符号，所谓一字传神，最能描绘文言之便利”。公然提倡小学学习文言，初中读《孟子》，高中读《论语》《大学》《中庸》等。6月1日，汪又在《时代公论》第114号上发表《中小学文言运动》，更为露骨地说：“读经绝非恶事，似毋庸讳言。时至今日，使各省当局如何陈辈[①]之主张尊孔读经，可谓豪杰之士矣。”同日，许梦因在《中央日报》上发表《文言复兴之自然性与必然性》。许梦因在《时代公论》第117号上又发表《告白话派青年》。文中说：“白话必不可为治学之工具，今用学术救国，急应恢复文言。”并说“其奉行唯谨之白话，实质犹全系外国的而非中国的。其体势构造，每非一般识字读书之中国人所能领会。可领会者，大多外国假面具社会主

① “何陈”指当时提倡尊孔读经的湖南军阀何键、广东军阀陈济棠。

义之宣传，无一事一理及于实用科学，或为本国所有者”。

针对南京发动的这场“文言复兴”“尊孔读经”的逆流，上海进步文化界人士立即组织力量，在《申报》副刊《自由谈》等刊物上予以反击。6月上旬，陈望道与乐嗣炳在一起首先谈论了南京这场斗争的性质，于是决定借《连环》两周刊（《乒乓世界》附刊）征稿的机会，邀集胡愈之、夏丏尊、傅东华、叶绍钧、黎锦晖、马宗融、陈子展、曹聚仁、徐懋庸、王人路、黎烈文（《自由谈》编辑）共12人（茅盾也曾到了会场，后因听说有生人来，就提前退席了），在西藏南路“一品香”茶室举行座谈，共同商议发起一次对抗运动，来保卫“五四”白话文运动的果实。在座谈中，有人主张要挺身出来保卫白话文，以“五四”文化革命的成果来对抗复古运动。但陈望道等认为“白话文运动还不够彻底，因为我们所写的白话文还只是士大夫阶级所能接受，和一般大众无关，也不是大众所能接受。同时，我们所写的，也和大众口语差了一大截；我们只是大众的代言人，并不是由大众自己来动手写的”①。因此不应只是消极地去保卫它，而应当积极贯彻党在“左联”时期提出的文艺大众化方向。而且从策略上来说，单讲保卫白话文，不提出新的口号，就只会出现对方进攻、我们防守的被动局面，结果连白话文也保不住。于是大家决定提出“大众说得出、听得懂、看得明白、写得顺手”的大众语，发起一场“比白话稍进一步的文学运动”②，亦即大众语运动。从当时的斗争形势来看，也可以形成一个以攻为守的局面，使对方完全处于防守挨打的地位。在经过了一番较量之后，对方自然对大众语更感到害怕，那些复古派感到不仅没法复兴文言，就连后来退守的脱离口语的白话文也将保不住。

---

① 曹聚仁：《“大众语”运动》，载《文坛五十年（续集）》，新文化出版社1973年版。

② 陈望道1934年6月10日给周予同、经三诸先生的信，原载孔另境编：《现代作家书简》，上海生活书店1936年版。

是日席间，大家还商定了参加论争的方式，即按抽签所得的顺序采取连锁的方式，在《申报·自由谈》等刊物上发表文章展开讨论。“由于大家的主张大致相同，至于个人如何发挥，彼此都没受什么拘束的。”[①]为了使整个讨论保持前后衔接，大家还商定文章完稿后不立即交给编辑，而是先把它传递给下一个撰稿人。

陈子展抽得头签，于6月18日首先在《自由谈》上发表了《文言、白话、大众语》一文，作为这次讨论的开场白。陈文首先提出了“大众语”这个名称，并指出“文言白话的论战早已过去了”，“现在我以为要提出的是比白话更进一步，提倡大众语文学”。“目前的白话文学只是知识分子一个阶层的东西，还不是普遍的大众所需要的。再添上一句简单的话说，只因这种白话还不是大众的语言。”又说，“这里所谓大众语，包括大众说得出、听得懂、看得明白的语言文字”[②]。

紧接着，陈望道于19日发表了《关于大众语文学的建设》，对陈子展所提出的关于大众语的性质作了补充。文章说：“子展先生只提出说、听、看三样来做标准，我想是不够的，写也一定要顾到。”并说：“总要不违背大众说得出、听得懂、写得顺手、看得明白的条件，才能说是大众语。”他在文中还谈到了大众语文学的建设的问题：“要建设大众语文学，必须实际接近大众，向大众去学习语言的问题，单单躲在书房里头不同大众接近，或同大众接近不去注意他们的语言，都难以成就大众语文学作家。”[③]

在陈望道之后的顺序便是：曹聚仁的《大众语文学的实际》，乐嗣炳的《从文白斗争到死活斗争》，胡愈之的《关于大众语文》，叶圣陶的《杂谈读书作文和大众语文学》，夏丏尊的《先使白话文

---

① 曹聚仁：《“大众语”运动》，载《文坛五十年（续集）》。

② 陈子展：《文言、白话、大众语》，《申报·自由谈》1934年6月18日。

③ 陈望道：《关于大众语文学的建设》，《陈望道语文论集》，第212、213页。

成话》，傅东华的《大众语问题的讨论的现阶段及以后》，姜琦的《我也谈谈文言与白话的论争问题》，樊仲云的《关于大众语的建设》，王任叔的《关于大众语文学的建设》，陶行知的《大众语文运动之路》，尤墨君的《从中学生写作谈到大众语》。此后发表的文章就不再是预先排定的了。

大众语问题的讨论，在《申报》副刊《自由谈》的带头下很快便在全国范围内展开，参与论战的人员之众多，阵营之复杂，涉及问题范围之广泛，论辩之热烈，以及发表文章数量之多都是十分罕见的，称得上是继“五四”白话文运动之后的又一次语文问题大论战。

从讨论的内容来看，首先矛头一致针对文言文复辟的逆流，因此讨论展开不久，文言复兴者们便经不起这种声势浩大的反击，很快就销声匿迹了。此后，讨论的中心就转移到白话文与大众语的关系，大众语自身的建设的各种问题，以及“方言”“国语”和文字记号改革等问题上来。当时许多文章还针对白话文出现的脱离群众语言的倾向，进行批判，提出白话文必须进一步接近活的口语，主张建立真正以群众语言为基础的“大众语”和“大众语文学”。

从上海方面参加讨论的刊物来看，除《自由谈》之外，尚有《申报》的其他副刊，如《读书问答》《本埠增刊》《电影专刊》等。《中华日报》的副刊《动向》也是一个重要阵地。当年被鲁迅称之为“高论”的那些文章大多登在《动向》里。除此之外，《大晚报》副刊《火炬》《社会日报》《大美晚报》《文学月刊》和《新生周刊》等都发表过大众语的文章。

从参与论战的队伍来看也极广泛，这是因为讨论一开始，几位组织者就进行多方的联络，希望团结各方面的人士参加讨论。当时，除发起者陈望道本人外，要数乐嗣炳和曹聚仁两人最为积极。他们四处联络，既联络鲁迅、茅盾等一批左翼作家，也努力争取国民党内一些文人，如吴稚晖等。吴稚晖的稿子是由曹聚仁出面去约请的。吴送来的稿子原先并无标题，因文中有“大众语万岁”的句子，陈望道就决定用这句句子作标题。文章发表出来，使原来对大众语态度并不十分坚定的吴稚晖，也不好意思游移不定了。

陈望道在“一品香”那次座谈之后，便立即写信给安徽大学的周予同等同仁，希望他们热情支持这场运动。信的内容为：

> 予同、经三、士仁、守实诸先生：
>
> 回到上海，几乎窒塞死了；久不问候，当蒙原谅。弟近鉴于复古气味极重，如不努力，连以前我们曾经拼命争得的一点白话，也将不保。已约了十几人，作比白话稍进一步的文学运动。曾经会过一次，举了一人做宣言。……倘蒙各位同意，务乞遥为声援，敬当为无数青年百拜以谢。若更奋发，一同列名，尤为欢喜。①

在信中，陈望道还提到这次运动的组织方针，他说：“此次运动，无一左翼在内，想不致引起纠纷。”所谓“无一左翼在内”，也不过是一种策略，其实运动一开始就得到鲁迅等左翼力量的支持。鲁迅 1934 年 8 月 3 日在《社会日报》上发表了《答曹聚仁先生：论大众语》一文。8 月 18 日，鲁迅写完了《门外文谈》十二节，便逐日在《申报·自由谈》上发表。鲁迅在《门外文谈》第十节中有这样一句话：“倘要中国的文化一同向上，就必须提倡大众语，大

---

① 陈望道 1934 年 6 月 10 日给周予同、经三诸先生的信，原载孔另境编：《现代作家书简》，上海生活书店 1936 年版。

众文，而且书法更必须拉丁化。”清楚地表明了他对大众语的立场。8月23日，鲁迅又在《自由谈》上发表“花边文学”一则，题为《汉字和拉丁化》。此外，他还发了《“此生或彼生”》等多篇文章，热情支持大众语的讨论。

在讨论过程中，陈望道本人除了在《自由谈》上发表《关于大众语文学的建设》《怎样做到大众语的“普遍”》外，还在《文学》月刊上发表了《所谓一字传神》《大众语论》；以后又在《连环》两周刊上发表了《建立大众语文学》，在《中学生》上发表《这一次文言和白话的论战》；《太白》创刊后，他又在该刊上发表了大量的文章，如《方言的记录》《文学和大众语》《接近口头语的方法》《语文之间“通同之共轨”》等十多篇论文，针对大众语的性质，怎样建设大众语和大众语文学，怎样做到大众语的普遍，大众语和文言、白话的关系等多方面发表了不少建设性的意见。

例如，他在解释大众语的性质时说，它应该是“一种又普通、又活现、又正确的语言”。又说：“但是这样三全的语言似乎现在实际还没有。遇到不能三全的时候，只有看着实际需要，应该侧重哪一个条件，就侧重哪一个条件。”[①] 他对“普通”这一条件的解释是：“不过是一种带着普通性的土话方言罢了”，“是流行最广的一种土话方言。”为做到普通性，就要“靠人工的促进”，而“北平话运动也是一条大路”。“北平话运动，我们应该把它当作普通话运动的一个方法看，不该把它当作‘标准语’运动看……只要从事北平话运动的人，去了些官派头，不把它当作至高无上的什么标准，不想用居高临下的态度压服别人的话，却当作普通性比较大的一种土话，遇到普通性更大的语言就让，就可以减少些阻碍，也于语言文化更为

① 陈望道：《大众语论》，《陈望道语文论集》，第224页。

有益。”[①] 这段有关方言和普通话的论述，对于以后民族共同语的建立是十分重要的。

又如，在谈到如何建立大众语时，陈望道认为，应该做到三个统一，即：（一）统一语言和文字，使笔头写的就是口头说的，不必另学一种语言；（二）统一各地的土话，使这里写的别的地方的人也能看得下；（三）统一形式和内容，即要做到不止应该是不违反大众的话。[②]

在大众语讨论的后期，他还提出了“话文合一”的要求。曾说：“我们深切感到话文必须合一或统一。这合一或统一的程度还不止所谓文字‘明白如话’就算，还必须慢慢做到写的文简直就是说的话一个地步，这样的文才充分吸收了话的特质，同时会更感到中国文字实在麻烦，必须简写简印，甚至必须拼音，也会有可以拼音的一天。”[③] 于是手头字的问题，拉丁化新文字的问题在运动的后期也都一一被提了出来。

鲁迅在《答曹聚仁先生：论大众语》一文中说：“要推行大众语文，必须用罗马字拼音（即拉丁化）。”又说：“在交通繁盛、言语混杂的地方，又有一种语文，是比较普通的东西，它已经采用着新字汇，我想，这就是大众语的雏形。”张庚在《大众语的记录问题》中说：“方块字，实在记录不了大众语这丰富活跃的语言，否则必会把大众拖回僵死的路上去。苏俄创行了一种中国话拉丁化，推行也很广，而且出版了很多书报，这是我们可以拿来研究的。”

新文字的提出，亦是文艺大众化或大众文艺问题讨论的必然的趋势，因为这涉及“大众文艺应当用什么话来写”的问题。宋阳在《大众文艺的问题》中说：“大众文艺应当用什么话来写，虽然不是

---

① 陈望道：《大众语论》，《陈望道语文论集》，第224—225页。
② 陈望道：《建立大众语文学》，《陈望道文集》第3卷，第85页。
③ 同上。

最重要的问题，却是一切问题的先决问题。”①

大众语问题讨论到后期，由于参加论战的人员比较复杂，涉及的问题也较多，对许多问题的看法和双方的阵营都有些模糊不清，从暴露出来的问题看，有不少是关于文化建设方面的混乱思想，例如，大众要不要文学的问题，怎样和由谁来推进文化发展的问题，大众语的标准问题，以及同这一问题有关的所谓欧化和方言土语是否采用的问题，等等。在论战过程中也出现了利用大众语不加分析地笼统反对白话文，以及借大众语的名义企图扼杀大众语文学的错误倾向。尽管出现了这许多问题，但大众语运动作为整个语文运动进程中的一个重要发展阶段，无疑是完成了自己的历史使命的。这便是：（一）坚决击退了当时作为整个复古思潮重要一翼的文言复兴逆流；（二）历史地对待第一次文学革命，将“五四”时期的白话文作一番实事求是的“扬弃”，继续完成第一次文学革命未能完成的任务；（三）实现语和文的进一步统一，为以后的拉丁化新文字的推行，汉民族共同语的建立和发展打下了一定的基础。

20世纪70年代中，陈望道曾对发起于30年代的大众语运动作过如下的评价：“语文运动只能前进，不能后退，现在看来当时的大众语还应作自我批判。毛主席讲得对，要说大众语，首先要了解大众。而在当时，真正的工农大众还未动员起来，因此思想上很混乱，发表的意见也不一定都很妥当，但总的倾向还是前进的。”②

---

① 宋阳：《大众文艺的问题》，《文学月报》创刊号，1934年3月5日。

② 《陈望道谈大众语运动》，引自上海师范大学中文系编：《鲁迅研究资料》，内部印刷资料，1978年。

二六

创办《太白》半月刊

在大众语问题讨论展开不久，陈望道在鲁迅支持下创办的《太白》杂志于1934年9月问世。

在大众语讨论过程中，陈望道等为了要有一个自己发表意见的阵地，要有一个实践大众语的刊物，于是决定创刊《太白》杂志。

《太白》不但是实践大众语的刊物，而且还是一份与林语堂他们所鼓吹的“化沉痛为悠闲”的幽默的小品文，以及提倡半文不白的语录体而创办的《论语》《人间世》等相抗衡的刊物。

20世纪30年代初，国民党反动派对党领导的左翼文化界实行反革命围攻，当时所采取的手段除了发动尊孔读经的复古运动，追捕暗杀革命文化人士，以及禁扣书刊、封闭书店、捣毁文化机关等法西斯恐怖手段外，还利用文人林语堂等出版《论语》《人间世》《宇宙风》等刊物，提倡所谓“幽默、闲适、灵性”等思想来麻痹人民群众的革命斗志。

“当时《论语》《人间世》这些‘帮闲文学’杂志，以‘幽默、灵性’标榜他们的小品文，宣扬‘以自我为中心，以闲适为格调’，主张描写‘席上文士、歌妓、舞女、酒菜味道……宇宙之大，苍蝇之小，皆可取材’，公然叫嚣‘不问政治’。并以滑稽打诨的腔调，高唱‘人生月不常圆，花不常好，好友不常逢’的靡靡之音，来分散人们的注意力，冷却群众的革命热情，麻痹人民的战斗意志，而在暗中施放‘生活死’那样的毒箭。”①

所谓“生活死”，就是在这年的年底，广大青年所热爱的《生活周刊》遭到反动派的查封，全国文化界人士都感到非常愤慨，而《论语》竟刊出了一篇题为“生活死”的文章，这是“帮闲文学”公然出来为反动派的白色恐怖喝彩叫好的可恶行径。

鲁迅当时深刻地揭露那些所谓“幽默”实质上是“将屠夫的凶残，使大家化为一笑”。并严正地指出：小品文“决不是摩挲的小巧精致的小摆设，更不是麻醉人们意志的小玩意，而是匕首、投枪，是武器”。

思想战线上的斗争已到了短兵相接的时候，对国民党反动派的文化“围剿”必须予以针锋相对的坚决回击。为了扫荡这种弥漫一时的迷雾，使广大读者“睁开眼来看现实”，于是清新、泼辣的《太白》半月刊也就应运而生了。

《太白》编委的阵容十分强大，署名的就有 12 人：艾寒松、傅东华、郑振铎、朱自清、黎烈文、陈望道、徐调孚、徐懋庸、曹聚仁、叶绍钧、郁达夫。鲁迅也是《太白》的编委，但根据本人的要求，未在刊物上公开署名。《太白》尚有一批特约撰稿人，列名的有艾芜、巴金、冰心、方光焘、丰子恺、沉樱、杜重远、风子、佛朗、洪深、金仲华、靳以、韬奋、朱光潜、赵元任、老舍、周予同、夏丏尊、陈子展、夏征农、陈守实、吴文祺、叶籁士等 68 人。

关于《太白》刊物的名称也是值得一提的。《太白》的刊名原来由陈望道提出并得到鲁迅的赞同。取名“太白”是因为这两个字的寓意非常深刻。其一，太白俗称太白金星，太白晨出东方为启

---

① 尚丁：《〈太白〉主编谈〈太白〉》，《出版史料》第 1 辑，1982 年 12 月。

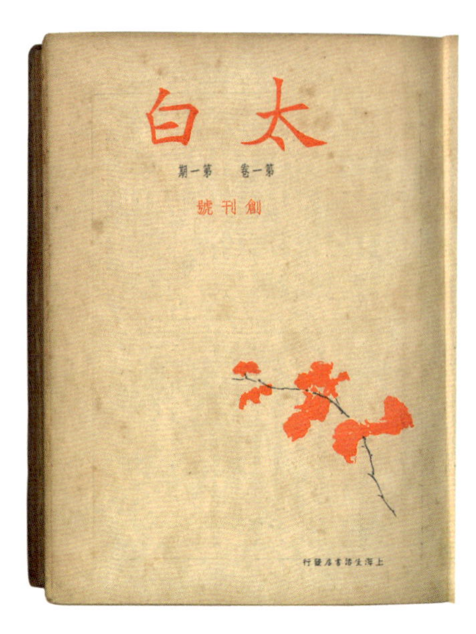

1934年9月《太白》创刊号封面

明，因此又叫启明星，用以为刊名寓意黑暗的反动逆流即将过去，光明在望，黎明在即；其二，太白的“太”可作“至”字讲，白就是白话，“太白”即至白、极白，比白话还要白的意思，寓意通过“大众语运动”来反击反动的复古运动；其三，“太白”二字笔画极少，符合汉字简化、改革的主张。总之，《太白》这一刊物是以反击“帮闲文学”和文言复古运动，振奋革命精神为宗旨的。然而鲁迅在当时却不主张对外界说明这些意思，而是让敌人去“胡猜乱测”。这也就是《太白》为什么没有一篇照例不可缺少的“创刊词”的缘由。

陈望道主编的《太白》创刊后，旗帜鲜明地与“帮闲文学”相对立。“他们标榜‘幽默’，我们揭示革命与战斗；他们宣扬‘灵性’，我们提倡科学。”所以《太白》有“科学小品”一栏，这在中国杂志上还是首创。此外，《太白》还开辟了“掂斤簸两”的新栏目，专登匕首式的杂感，每期均刊出几篇，短则一二十字，长则一二百字，每篇都是针对《论语》等杂志，有的放矢，指名驳诘。其中不少还是鲁迅的作品。

《太白》还首倡在刊物上使用民间的“手头字”，在创刊号上发表了胡芋之（胡愈之）的《怎羊（怎样）打倒方块字》，提倡用别字和词儿连写的办法来写文章（这篇文章本身就是这么做的）。文中说：

> “别字”是 和 本来的 方块字 声音 相近 而 形太 不同 的 字。……凡是 声韵 相同 的 字，都 可以 通用，连 四声 是不是 相同，也 可以 不官……这羊 就 可以 打破 “望文生义”的 习贯……别字 写成 习贯 以后，每一个 方块字 只 代表 一个 声音，并不能 代表 一个 意义，到 那时，取肖 方块字，改用 拉丁化，自然 不 成 问提 了。

在第一卷第十一期上刊出了《推行手头字缘起》，并附上手头字第一期字汇 4 个表的 300 个字。在这则“缘起”中说：

> 我们日常有许多便当的字，手头上大家都这么写，可是书本上并不这么印。识一个字须得认两种以上的形体，何等不便。现在我们主张把“手头字”用到印刷上去，省掉读书人记忆几种字体的麻烦，使得文字比较容易识，容易写，更能够普及到大众。这种主张从前也有人提出过，可是他们没有实在做，所以没有甚么影响。现在我们决定把“手头字”铸成铜模浇出铅字来，拿来排印书本。先选出手头常用的三百个字来作为第一期推行的字汇，以后再逐渐加添，直到“手头字”跟印刷体一样为止。希望关心文化的先生们，赞同我们的主张，并且尽量采用这个字汇。

这则“缘起”发起的个人有林汉达、东平、金兆梓、金仲华、陈望道、曹聚仁、陶行知、郭沫若、周伯勋、胡愈之等 200 人，发起的机关亦有小朋友社、小朋友画报社、太白社、文学社、世界知识社、译文社、现代杂志社、读书生活社等 15 个。

这则“缘起”并未在该期的目录上刊出，从中也可看出编者的良苦用心。

在《太白》第二卷第八期上又刊出一则《我们对于文化运动的意见》，矛头是针对复古读经运动的。发起者个人有王鲁彦、方光焘、艾思奇、伍蠡甫、老舍、陈望道等共148人，团体17个，包括文学社、文学季刊社、文艺画报社、太白社、世界知识社等。

这则意见书，照例也不能在扉页的目录上找到。不言而喻是为了躲避新闻检查官的检查。

当年鲁迅曾表扬这个刊物说："杂志上也很难说话，现唯《太白》《读书生活》《新生》三种尚可观，而被压迫也最甚。"[①]

柳亚子在《我对于〈太白〉半周年的感想》一文中也说：

在这百无聊赖的文坛中，《太白》的出世，的确是值得注意的。讲学问方面，他们对中国旧知识，比较有相当的研究和深刻的剖解，并不是一味卖野人头以欺人。讲思想方面，也觉得头脑清晰，不开倒车。所以，对于《太白》的半周年，我是怀抱着宁馨儿的希望的。祝颂他易长易大，长命千年罢！

一九三五·二·二一，于"杰克逊总统"处南航舟次。

但是在实行法西斯文化专制主义的国民党统治下，《太白》并没有能够长命千年，它仅战斗了整整一个年头，出了两卷廿四期就被迫停刊了。所幸的是在1935年3月出了一本由陈望道主编的《小品文和漫画》，当时是作为《太白》一卷纪念特辑出版的。陈望道在《小品文和漫画》的"辑前致语"中说："现在是小品文和漫画在中国的流行期，也是小品文和漫画在中国的转变期。种种争论，大概都由转变激成，并非像一般人所想象的单是为了流行。这

① 《致吴渤》，1935年2月14日，《鲁迅全集》第13卷，人民文学出版社1989年版。

个特辑，就是一个见证。”[1]

曹聚仁在《〈芒种〉与〈太白〉的时代》一文中对特辑作过这样的评价：“代表载道派的《芒种》与《太白》，以《小品文与漫画》的专集来给林先生的答复。那五十多个作家，众口一辞，否定了那自我的中心与闲适的笔调。”[2]

徐懋庸在《太白》停刊后，也有如下的评价：“《太白》办起的时候，正是中国出版界的困难时期的开头。那时候编辑委员会虽曾有过较远的志向，较大的计划，然而后来大抵不能实现。但在陈望道先生独力奋斗之下，这刊物在这困难的一年中，毕竟还成就了许多可贵的工作。手头字的采用和推行便是其一。其二则是编成了《小品文与漫画》这特辑，将小品文和漫画的综合知识提供给读者。”又说：“《太白》的主要的任务，当然是转移《论语》和《人间世》所造成的颓废的个人主义的小品文作风，使之成为积极的、科学的、为大众的。”[3]

对于陈望道于1934年至1935年发起大众语运动和主编《太白》半月刊，在30年代中期的反文化“围剿”的斗争中所起的作用，中华人民共和国成立后，一些文化学术界的知名人士都作出了较高的评价。例如，胡愈之在1979年为《陈望道文集》所作的序言中说：

> 大革命失败以后，在国民党反动派进行文化“围剿”的黑暗日子里，陈望道同志组织了一支反文化“围剿”的别动队，这就是大众语运动和他所主编的《太白》。大众语运动主要是为了抵制当时文言文复辟的逆流，也为后来的拉丁化新文字运动

---

① 《小品文和漫画》，生活书店1935年版。

② 曹聚仁：《〈人间世〉与〈太白〉〈芒种〉》，载《文坛五十年（续集）》。

③ 徐懋庸：《〈太白〉的停刊》，《芒种》第2卷第1期，1935年10月5日。

开辟了道路。《太白》对于胡适、林语堂之流买办资产阶级的反动思潮，给以有力的打击。正是在这一时期，陈望道同志和鲁迅在同一战线上起了冲锋陷阵的作用。在三十年代文化“围剿”和反“围剿”的搏斗中，国民党反动派终于“一败涂地”，人民的觉悟大大提高，陈望道同志是立下了汗马功劳的。[①]

夏征农在《忆望道老师》文中也说：

一九三四年，望道同志主编《太白》，几乎每期都有鲁迅的文章，其中“掂斤簸两”一栏，大部分是鲁迅写的。《太白》成了当时文化战线上一支别具风格的尖兵。据我所知，望道同志当时没有参加任何左翼组织，但是，他始终不动声色地站在鲁迅同一条战壕里，同鲁迅一样与我们党同呼吸共命运。特别难得的是，正在国民党对革命文化进行“围剿”的严重关头，他敢于站出来，组织新军，用迂回战术配合作战，以打破国民党的文化“围剿”。望道同志对革命文化的贡献，是不能抹煞的。[②]

罗竹风在《〈陈望道修辞论集〉序言》中是这样写的：

1934年6月，陈望道同志与沈雁冰、叶圣陶、胡愈之、陈子展等针对国民党的“文言复兴运动”和“读经尊孔”等反动思潮，发动了“大众语”运动。……这是继“五四”运动提倡白话文之后的又一次全国性的语文大论战。它为以后

① 胡愈之:《〈陈望道文集〉序》,《陈望道文集》第1卷，第4页。
② 夏征农:《忆望道老师》,《陈望道文集》第1卷，第9—10页。

的“新文字运动”(“北方话拉丁化方案”)开辟了道路。“大众语”运动和“新文字运动”自始至终都得到鲁迅和瞿秋白的大力支持,并受到广大进步文化工作者的热烈响应和拥护。可以说,它是汇合到抗日战争文化启蒙运动洪流中的一个必要组成部分。

三十年代,由于日本帝国主义的蚕食鲸吞,在国民党“不抵抗主义”的掩护下,民族危机日益严重,所谓“国亡无日,万众悲愤”;但当时有些“帮闲”文人如周作人、林语堂之流,却悠然自得,提倡消磨志气,不食人间烟火的所谓“幽默”,于是《论语》《宇宙风》《人间世》一类“只谈风月”的刊物便笼罩文坛。为了扫荡这种弥漫一时的迷雾,使广大读者“睁开眼睛来看现实”,于是创办清新、泼辣的《太白》半月刊。[①]

高士其的《我对〈太白〉半月刊的感想》一文特别推崇《太白》所提倡的“科学小品”:

一九三五年春天,我在上海静安寺路亨昌里二十号李公朴家二楼书房里休息的时候,看到搁在书桌上一本杂志《太白》半月刊,陈望道先生主编的。我翻了一遍,其中有柳湜先生写的《论科学小品文》以及周建人(克士)、贾祖璋、顾均正等写的科学小品。我读了之后心情激动,浮想联翩。

科学小品有何意义和作用呢?

科学小品不但把科学知识交给人民,也把文学知识交给人民。科学小品是科学与文艺的结晶,是科学与文艺之间的桥

① 罗竹风:《高屋建瓴 势如破竹——为〈陈望道修辞论集〉作序》,复旦大学语言研究室:《陈望道修辞论集》,安徽教育出版社1985年版,第4—5页。

梁，能引导读者去学习科学，爱好科学，攀登科学高峰；扩大他们的知识领域，激发他们的爱国感情，提高他们的政治觉悟，陶冶他们的身心两方面的健康，帮助他们去思考、去探索、去幻想、去创造。这样的科学小品是值得我们学习的。[①]

许杰在 1983 年 9 月 21 日的《我也想起了〈太白〉》中回忆说：

1932 年以后，我到安徽大学教书，才有机会和他同事，我们共同相处，整日地聚在一起几乎有一年之久。后来，他先我离开了安庆，回到上海，为生活书店主编专门刊登小品文的刊物，要挽救当时文坛上的颓风，和林语堂他们摆开战场，作一次战斗，这就是《太白》出版的原因。……当然，战斗的小品文的正宗，不应该忘记鲁迅的投枪与匕首，但同样也不能忘记当年《太白》的功绩。可惜在今天，这战斗的小品文的文风与其声势，还没有在文坛上恢复过来，这火势仍旧是低抑的。想到这里，我又怀念起陈望道先生当年在《太白》上所开创的作为“补白”的栏目——《掂斤簸两》和它的内容来。[②]

这一篇篇回忆，在字里行间流露出生者对《太白》以及《太白》的主编的深切怀念。

① 高士其：《我对〈太白〉半月刊的感想》，《新民晚报》1983 年 9 月 9 日。
② 许杰：《我也想起了〈太白〉》，《新民晚报》1983 年 9 月 21 日。

二七

桂林师专的岁月

抗日战争爆发前夜，广西桂系国民党将领李宗仁、白崇禧因与蒋介石有隙，在当地打出了“抗日”“反蒋”的旗号，实施所谓“礼贤下士”的开明政策，反对中央集权，形成一个与蒋介石公开对抗的局面。李宗仁、白崇禧与黄旭初三人在广西联名宴请社会名流学者，标榜民主与自由，借以笼络人心。消息传开后，各地爱国进步人士纷至沓来。

广西桂林良丰地区有所省立师范专科学校，创立于1932年，校址设在桂林南郊的雁山公园。这里环境幽雅，景色宜人，是当地著名的园林胜地。

担任师专首任校长的杨东莼是当年广西救国会的领导人之一。他思想激进，办学认真，自学校开创以来为师专培养出一大批救国人才。但后来终因学校的政治面貌越来越左倾，引起了军阀当局的嫉视，杨校长被迫下了台，不得不因此离开了学校。到了1935年的秋天，桂林师专的工作实际上已由当地的著名人士陈此生接任。

陈此生祖籍广西，曾随同杨东莼、千家驹、张铁声等在当地负责救国会工作，极负声望。陈此生与白崇禧的老师、广西教育厅长李任仁又是知交，因而受到广西当局的信任。李任仁的思想亦趋向于进步，故而委任陈此生主持师专的教务工作。陈此生出任该校教务长后，随即向全国各地著名的进步学者发出函件，邀请他们前来任教任职。在发出的许多邀请信中也包括了寄给陈望道的那份。陈此生早先并不认识陈望道，后来经过中山大学地下党何思敬的推荐才慕名向这位《共产党宣言》的译者陈望道先生正式发出邀请。

1935年，陈望道在他主编的《太白》杂志被迫终刊后，从《民国日报》主编叶楚伧那里获悉国民党反动派又将加害于他，正筹划着打算暂时离开上海一段时间，以躲避敌人对他的迫害。因此，当他接到广西方面的邀请后欣然应允了。当年随同他一起去桂林的还有他的弟弟陈致道，学生夏征农、祝秀侠及杨潮（杨枣）等四人。抗战前的内地交通十分不便，从上海到桂林需辗转水陆两路，一路之上颠颠簸簸，旅途非常辛苦。对于这次长途跋涉的劳累，直到一年之后他在给陈此生的夫人盛此君女士去信时还提起，说他在到达目的地之后，疲劳已极，"竟实足有半月不还魂"。

在1935年前后，应聘去广西的尚有邓初民、马哲民、熊得山、施复亮、马宗融、胡伊默、沈西苓、廖苾光等一批进步学者和作家，以后均被师专师生称作为"红头教授"。"一时文人荟萃，弦歌相诵，不仅使名园生色，也使整个桂林山城活跃起来。"[①]

陈望道于1935年8月来到桂林师专后担任中文科主任，并为学生开设文法学和修辞学课程。社会学系主任为邓初民。桂林师专早先"在杨东莼的培育下，原已建立起艰苦朴素的学风和研读马列主义的传统，这时由于陈望道、邓初民等进步学者到校任职，更在此基础上对学校体制作了新的规划。意图把师专办成一所新型的文科大学"。"陈望道、邓初民等教授不但着重于校内教育革新，还努力推动校外的文化活动，使学校教育与社会斗争实践相结合，从而

① 林志仪：《陈望道先生在桂林——忆雁山往事》，《新文学史料》1989年第3期。

开拓了桂林文化的新局面。”[①]

陈望道来到桂林良丰师专后所做的第一件大事，就是在校内外掀起了一场反封建的斗争。

这场反封建斗争的序幕是从他那篇题为《怎样负起文化运动的责任》的演讲揭开的。那是他在 1935 年 10 月进校不久的一次全校师生大会上所作的演讲。这篇演讲不但具有极强的号召力，而且全篇含有丰富的哲理，因而深受大家的欢迎和赞赏。

在这篇演讲中，他首先谈到的是“能否负起文化运动的责任”这个问题，他认为这是与人数的多少并无截然关系的，关键是要看“所提倡的文化内容是否适合大众的需要”。他说，“只要我们提倡的文化能够代表大众，适合大众的需要，自然会得到大众的拥护”[②]，于是也就能以少胜多了。

其次谈到的是关于理论研究的问题，他认为正确理解一般与特殊的关系，对研究理论是极其重要的。他说：“一切理论都是一般的，然而宇宙间的一切事物却都是特殊的。我们要建设理论必须从特殊出发，从特殊中去理解一般，找求一般，提取一般。我们研究理论，应该随地留心着特殊。”又说，“所谓理论的正确不正确，就在理论的一般里面包括的特殊周全不周全”。还说“我们了解特殊，固然不能忘记一般，但也决不能忘记从特殊中理解一般，找求一般，而一般理论的建立，最初总是从具体的事物中找出它们的一般性”[③]。在这里，他已将一般同特殊的关系说得十分透彻了。于是由此而联系到怎样负起文化运动的责任这个正题上来，他认为要做这项工作就应从极平常的东西去发动，从特殊的地方去注意它们。

---

① 林志仪：《陈望道先生在桂林——忆雁山往事》，《新文学史料》1989 年第 3 期。

② 陈望道：《怎样负起文化运动的责任》，《月牙》第 2 期，1935 年 12 月 16 日，或《中国文化研究集刊》第 1 辑，复旦大学出版社 1984 年版。

③ 同上。

接着，他开始从一些语言现象存在的封建思想意识，来说明反封建的必要性。他举了下面这个例子来加以说明：“我们常说反封建，我们并不见得会有‘封建’这个东西走出来给我们反对。而实际上，有许多实实在在的封建的东西，我们都不知道。我们常常看见许多人，开口说‘工农’，但是当我们提倡手头字的时候，他们都会来反对[①]；文言文是充满封建意识的，文言文中的动词，名词，代名词……都会有非常浓厚的封建色彩，他们都会叫‘好’。譬如封建时代皇帝的坟墓叫‘陵’，他们也会把孙中山先生的坟墓叫做‘陵’；皇帝死了抬出去安葬叫做‘奉安’，也会把孙中山先生安葬跟着叫‘奉安’。”[②]

他继而又对现实生活中存在着宣扬封建道德的现象，进行揭露和抨击。他说：“再如男女的关系。过去是很注重片面的道德的，无论什么事情，男子不对的也罢，总要归罪于女子。……现在的女子虽然从闺房中解放了出来，但在日常生活里面，依旧把男女分开，在人们的脑袋中还都明明有一个无形的很黑暗的闺房存在。又如在桂林西湖饭店中小飞燕、东渡兰等前几天演的《平贵回窑》这曲戏，内容是说薛平贵出门十八年回来后，就先设法去试探在家守生寡的妻子是否贞节，如果有可疑的形迹，定要将她一刀两段的杀死。这种宣传片面道德的东西，有许多人看了，还不住的叫‘好’。我们试问，如果要讲贞操的话，是不是单单女子应该讲贞操？这种片面的道德，是否不应该‘反’？上面这许多的事例，无疑的都是封建的东西，我们说反封建，就必须从像这类的具体的物事上去看去‘反’，不要笼笼统统的观察，否则许多封建的东西，摆在我们

① 陈望道：《怎样负起文化运动的责任》，《月牙》第2期，1935年12月16日，或《中国文化研究集刊》第1辑。

② 同上。

的面前都不认识，还说什么反封建？”[①]

从陈望道这次演讲过后，一场反封建的斗争也就此在师专的校园里打响了。

陈望道来师专后所做的第二件大事，就是不失时机地在校内外发动了一场反对文言文的斗争。

20世纪30年代初，在我国文化教育界出现过一股“文言复兴”的逆流。为此，陈望道曾亲自发动了大众语讨论，与这股复古歪风开展针锋相对的斗争，并及时击退了这股复古思潮。这次他来到桂林后，以他特有的政治敏锐性，抓住了省立桂林中学的一份名叫《南熏》校刊的序言，展开了一场反文言文的斗争。这篇由《桂林日报》特别加以转载，经过大肆渲染的《南熏序》，是该校一位名叫石孟涵的国文教师用骈文写成的“杰作”。文章出笼后，陈望道一眼便看出了它不仅思想内容十分陈腐，极力宣扬学生应循规蹈矩地读死书，就连文字也别别扭扭多有不通。作者创作这篇“奇文”，除了要在莘莘学子面前炫耀自己的所谓学识外，实际是对新文化的一种示威和挑战。为了不让它在社会上毒害青年，陈望道起来向师专学生揭露了它的实质，并组织学生写文章予以反击。

《南熏序》的作者石孟涵，为求词藻华丽而不顾文意，竟剽窃南朝齐梁时的丘迟《与陈伯之书》中的名句：“暮春三月，江南草长，杂花生树，群莺乱飞”，视为自己的得意之作。针对这一要害，陈望道授意他的学生祝秀侠写了一篇文章，巧妙而又尖锐地指出：“先生之意，‘暮’春三月；先生之文，江南‘草’长；先生之句，‘杂’花生树；先生之词，群莺‘乱’飞。”这正是以子之矛攻子之盾的妙法。随后，他又抓住《序》中的“暮、草、杂、乱”这四个

---

① 陈望道：《怎样负起文化运动的责任》，《月牙》第2期，1935年12月16日，或《中国文化研究集刊》第1辑。

方面，分别由学生撰写短文予以一一批驳，火力非常猛烈。此时，石孟涵及其支持者虽有辩解，但已显得苍白无力了。这场讨论到后来又集中到一个“之”字上。石孟涵为了显示自己博古通今，在全篇陈词滥调中也掺杂进几个新名词。可是随手拾来的，一用就错。他在文中竟把“文艺思潮”写成了“文艺之思潮”。也是在陈望道先生授意下写的文章里，针对这一情况反驳说：“如果一个专有名词可以用‘之’字割裂的话，所谓‘文艺之思潮’岂不可以与‘秦始之皇’‘汉高之祖’媲美？”仅此一点就使这位自视清高的石先生狼狈不堪，任何辩解都无济于事了。

文白之争与反封建斗争是有密切联系的，所以师生们管这场斗争又叫作“打封建鬼”。这个“封建鬼”是指潜藏在社会生活和人们头脑中的封建意识，并不限于石孟涵一人。石某不过是一个代表人物。据闻石某一向故步自封，在课堂上只教文言文，不讲白话文，认为白话文鄙俗，不值一顾。因而这次“文白之争”是选准了目标，击中了要害，煞住了“封建鬼”猖獗一时的气焰。

开辟舆论阵地，活跃师专的学术空气和政治空气，是陈望道来到桂林师专所做的第三件大事。

1935 年秋天，桂林师专中文科部分师生在教务长陈此生、科主任陈望道的倡议和支持下创办了《月牙》校刊。这份由夏征农主编的、师生通力合作的《月牙》校刊，密切配合当时国际、国内形势，办得极有生气。如在 1935 年 11 月 16 日出版的创刊号上刊登了陈大文的《最近的中日关系》、马哲民的《为什么要研究社会科学》等文章。在 12 月 16 日出版的第 2 期上刊登农康的《最近日本的危机》、一知（夏征农）的《为什么要研究文学》、胡学林的《中国妇女解放问题》。陈望道《怎样负起文化运动的责任》这篇演讲稿也发表在第 2 期上。在 1936 年第 3、4 期合刊的“新年号”上曾发表了《一年来的国际政治》《一年来的中国政治》《一年来的中国经济》《一年来的中国农村》《一年来的中日问题》《一年来的文坛》等一组总结回顾性的文章，对学生们分析当时的国内外形势很有启发。此外，《月牙》还先后出版了几期专辑，如在1936年3月出版了“抗日专号”，1936年5月又出版了“反文言文专号”（这是为了配合那次反文言文的斗争的）。《月牙》除大量刊登结合政治形势的评论外，还刊有戏剧、诗歌、小说创作等。《月牙》校刊的出版，对活跃师专的政治空气，激发师生的爱国热情以及繁荣当地的学术思想和文化艺术等方面都曾起过积极的作用。《月牙》虽是个内部刊物，但它在当年广西的文坛上确实是份有影响的期刊。

除《月牙》外，当时师专还有一份由陈望道亲自指导创办并由他命名的“普罗密修士壁报”。壁报负责人沈国华回忆说：“陈望道先生当时给了我许多鼓励，提高了我的信心。他还向我提出，作为一个编辑人员，不仅需要有一定的写作水平，更重要的是要能够虚心学习，有认真的钻研精神，同时还要能团结同学，不固执偏激。”陈望道在解释因何命名为“普罗密修士壁报”，而不直接称它为“普罗列塔利亚壁报”或简称它为“普罗壁报”时说：“若是在陕北，那样是可以的，然而在当前的桂林还没有这个条件。现在既以‘普罗密修士壁报’命名，谁能说不就可简称为‘普罗壁报’呢？”接着他又说，“普罗密修士是希腊神话中造福于人类之神。他曾从天上盗取火种带到人间，给人类以光明，又曾传授人们多种技艺，给人类以智慧。就这样，他触怒了天帝宙斯，被缚在高加索山崖，让神鹰每天啄食他的内脏，备受折磨而始终不屈。因此在欧洲古代文艺作品中，普罗密修士一直是个敢于抗拒强暴，坚持真理和正义，不惜为人类幸福而牺牲一切的英雄形象，受到人们最热烈的歌颂。目前中国也正需要光明，需要千千万万敢于为真理和正义而斗争的普罗密修士啊！我们要在桂林，要在广西师专点燃起光明的火把来，照亮全中国。我们广西师专的每个同学，都应成为敢于斗争，敢于坚持真理和正义的普罗密修士。”[①]这正是他所以命名刊物为“普罗密修士”的理由了。以后，沈国华同学就根据陈望道先生的这些意思写了壁报的发刊词。

壁报创刊不久，即在陈望道先生的倡议下展开了“关于中国社会性质问题”的论战,也就是轰动当时整个广西的“史托之争”[②]。这场论争持续了将近两个学期，它将全校大部分师生划成壁垒分明的两种观点的两个阵营。这次论战在广西曾产生了极为深远的影响。

当时，系主任陈望道先生为了让同学们更好地学习时事形势和提高同学们的思想认识，建议在壁报上刊登一则“中国社会性质问题研究专刊”的征文启事。征文启事一贴出，大批稿件如雪片飞来，表明全校师生都已动了起来，每个人都在认真思考着中国革命问题，正在关心、探讨着“中国往何处去”的大问题。来稿虽多，但观点大都集中在“史”“托”两派上面。所谓“史派”的观点，即认为中国是半殖民地半封建社会，中国革命要走民主革命、反帝反封建的道路。另一派“托派”的观点则认为中国是资本主义社会，中国革命要走无产阶级专政、推翻资产阶级的道路。这是截然相反的两种不同观点，在当时争论得异常激烈。由于师生踊跃投稿参加论战，致使壁报、园地不断扩大。有的同学还自发组合集体写稿，甚至来不及等候编辑人员的审稿就自动张贴出去了。不久，广西师专竟成了壁报的海洋。研讨中国社会和革命出路问题的空前盛况，不但轰动整个广西，甚至波及海外。当时香港《星岛日报》的一位记者曾专程来桂林师专采访报道。一时在国内外流传着广西师专是马列主义的革命堡垒的说法。

在讨论过程中，马哲民曾于1935年12月向全校师生作了题为

---

① 沈国华:《回忆陈望道先生在广西师专的二三事》，出处不详。

② “史”即“史大林”，当时“斯大林”的译名。“托”即“托洛茨基”。“史托之争”反映了两派思想之争对中国知识界的影响。

《怎样研究中国的经济结构》，副题为《关于本校同学讨论中国革命问题之中国经济性质问题的方法论的一个报告》。报告长达三个多小时，它以充分的论据和科学的论证，有力地驳斥了托派主观武断脱离实际的谬论。通过这次讨论，既激发了同学们对社会科学的兴趣和探讨革命真理的热情，同时也暴露了桂系势力企图利用托派打击革命师生的政治阴谋。对于托派的言论，陈望道总是针锋相对地予以揭露，甚至在课堂上指名道姓地进行批评，丝毫不留情面。

壁报在出了四期“中国社会性质问题研究”专刊后，眼看托派观点被驳得体无完肤，将完全失去市场时，一直坚持托派观点的郭任吾校长公然下令休战。陈望道闻知此事后，意味深长地对沈国华说：“这一阶段的任务已经胜利完成，来个打扫战场，休养生息一下，也未尝不可！”此后论战虽已告一段落，但校园并未就此平静下来。不久终于又导致了一场“史”“托”两派争夺社团及学生会组织领导权的斗争。这场斗争双方也是壁垒分明，异常剧烈。在一次学生会干部的选举中，眼看“史派”和中间派的同学即将获得全胜时，持“托派”观点的同学竟然捶凳拍桌地大喊大叫，无理取闹，用尽种种手段来干扰会场，致使大会无法进行下去，郭校长又指使军训大队长跳出来强令宣布散会。自此之后，广西师专便再也没有任何学生会组织以及社团组织的任何活动，其根源就在于此。

陈望道在桂林良丰师专任职时，还积极扶植和倡导话剧这一新兴剧种。

“当时的桂林，还处于闭塞保守状态，没有什么文化活动，只有传统的桂剧占领着舞台，虽曾出现过文明戏，也已瞬息即逝，作为一种新兴艺术的话剧，是从陈望道等先进文化人士到来后，才开始在桂林这片荒芜的土地上传播和成长起来。陈望道虽然不是戏剧家，却是话剧的倡导者，在他的积极倡导和教务长陈此生的大力支持下，师生组织成立了‘广西师专剧团’，先后举行了两次盛大的

陈望道在桂林师专任教时留影（1936 年）

话剧公演。”①

第一次公演是在 1936 年 1 月，演出地点在第三高中礼堂，演出剧目为日本菊池宽的《父归》和欧阳予倩的《屏风后》。这是两个独幕剧，由祝秀侠导演，剧中主人公父亲一角由祝秀侠自己扮演。这是个脱离家庭、流浪在外、穷困潦倒的老人，二十年后在一个风雪之夜忽然回到家中，引起了家中巨大的波动和不同的反应，不得已他又带着内疚的心情凄然离去。祝秀侠演来十分逼真，显示出较高的表演才能。另一出《屏风后》是个讽刺剧，当时是为了配合“打封建鬼”运动而排演的。它通过打着“道德维持会”的幌子的父子俩玩弄女伶母女的卑鄙行径，有力地揭露和抨击了封建道德虚伪而丑恶的实质。这出由师生合演的独幕剧也取得一定的效果。

第一次公演取得成功后，陈望道为了使剧团得到更好的指导，特地函邀著名戏剧家沈西苓来广西师专担任教职。沈原在上海从事左翼戏剧运动，导演过《西线无战事》《女性的呐喊》《上海二十四小时》等进步话剧和电影，有着丰富的戏剧知识和导演经验。

第二次话剧公演是在 1936 年 4 月春假期间，演出地点为桂林

① 林志仪：《陈望道先生在桂林——忆雁山往事》，《新文学史料》1989 年第 3 期。

中学礼堂。演出的剧目为苏联脱烈泰耶夫的《怒吼吧，中国！》和俄国果戈理的《巡按使》两个多幕剧。前者是以1924年6月发生于长江沿岸的“万县惨案”为题材，揭露了英国军舰在中国内河的强横逞凶，以及美国资本家对中国工人的残酷剥削。全剧长达九幕，场面宏大，人物众多，具有较强的斗争性和群众性。剧中人物全由学生扮演，演来十分逼真、精彩。

当时，为了做好公演的宣传，特地在1936年4月5日的《桂林日报》上以整版篇幅刊登了《师专剧团第二次公演特刊》，公布全体演职员名单，简介了两个剧目的剧情，陈望道的名字赫然挂在导演团上。另两位导演是沈西苓和祝秀侠。

作为广西话剧运动的起点，这两次公演产生了深远的影响。不久就出现了中学生的演剧活动。南宁地区也成立了“国防艺术社”，来桂林演出了田汉的多幕剧《回春之曲》。到了抗战期间，由于许多戏剧团体、戏剧作家和演员汇集桂林，更由于抗日救亡的宣传需要，话剧呈现了蓬勃发展的繁荣景象。但是追本溯源，仍需记起1936年由陈望道、沈西苓等先生倡导的“师专剧团”的两次盛大的话剧公演。正是这两次公演起到了播种和开拓的作用，推动了桂林乃至广西的话剧运动。

1936年夏天，广西爆发了闻名全国的“六一运动”。这是广东守将陈济棠发动的旨在联合两广地方军势力的一次反蒋抗日运动。其真正的目的是企图抑制蒋介石为挑起粤桂之间的摩擦而采用的分化离间的卑劣手法。

日本军国主义在侵占我国东北三省之后，又将它的魔爪步步伸向热河、察哈尔及关内。民族危机在日益加重。蒋介石则继续采取对外妥协投降，对内镇压抗日民主运动的政策。在这同时又加紧策划一次又一次的反革命军事“围剿”，红军被迫开始两万五千里长征。在此期间，国民党营垒内部在民族危机的刺激下也曾出现过一些分裂。例如，在1933年11月21日爆发的“福建事变”，就是国民党十九路军领导人蔡廷锴、陈铭枢、蒋光鼐等人，在中国共产党的团结抗日的感召以及全国抗日运动的推动下，联合国民党内李济深等一部分势力，公开宣布抗日反蒋而发动的一次政变。当时在福建还成立了“中华共和国人民革命政府”。不幸的是“福建事变”于1934年1月宣告失败。

广西的“六一运动”是继“福建事变”之后的又一次政变行动。1936年6月1日，西南政务委员会和西南执行部正式集会，决议呈请国民政府及中央党部，并通电全国，吁请国民政府领导抗日。呈文的内容要义如下：

> 连日报载，日人侵我愈亟，一面作大规模之走私，一面增兵平津，经济侵略，武力侵略，同时迈进。瞻念前途，殷忧曷极。属部属会①等，以为今日已届生死关头，唯抵抗足以图存，除全国一致奋起与敌作殊死战外，则民族别无出路。……切冀中枢毅然决然，从事抗战，用以至诚，吁请钧府钧部，领导全国，矢抵抗之决心，争最后之一着。国家不亡，公理不诬，则奋起景从者，必不仅属部属会也。时不我待，惟实利图之。迫切陈词，伫候明教。

6月2日，西南政务委员会和西南执行部乃根据这呈文的内容，通电全国，是为“冬电”。两日后，西南将领数十人，由陈济棠和李宗仁领衔，再度发出“支电”表示拥护，并誓率所部“为国家雪频年屈辱之耻，为民族争一线生存之机”！“冬”“支”两电一出，全国震动，是为有名的“六一运动”。

---

① 即国民党西南执行部和西南政务委员会。

不料蒋介石谋粤已久，反间工作做得十分有效，“六一运动”的发动，正好给了蒋介石打击陈济棠的机会。这场运动在蒋的分化瓦解下自然很快便以失败告终。

“六一运动”虽告失败，但广西此时已经全省动员，大军十余万义愤填膺，皆勒缰以待号令。全省民众奋起，尤其是热血青年，而桂林师专的学生更是激昂万分，纷纷参加了学生军，投身于这一军事抗日反蒋运动中去。运动失败后，一部分学生转赴安徽等地。抗战爆发后，更有许多学生投笔从戎，参加了新四军和八路军，奔赴抗日前线。其中不少学生以后还加入了共产党，有些甚至壮烈地牺牲在反动派的屠刀下。

后来，桂系军阀见师专的学生运动愈演愈烈，十分惧怕，于是就在“六一运动”结束后，将桂林师专合并到广西大学文法学院。并校后一部分师专的师生从桂林迁往南宁。陈望道在并校后仍担任中文科主任。来到南宁后，陈望道等原先还想重整旗鼓有所作为。这年8月，他接受了陈此生先生的委托，利用暑假的机会特地回到上海，打算聘请一些教员前去广西大学执教。8月20日，他在上海用“南山”的笔名给陈此生的夫人盛此君去信时提到了这件事情：

> 请告诉此老：请教员的事我一到上海就进行，但事实上很多困难。许多人都不在上海。叶在苏州，施在——写到这里又忽然有一位作家任钧闯进来谈关于“国防文学”论争问题，一谈谈了三点钟，刚送任钧到电梯，又有一位作家许杰来谈了一二点钟，谈的也是“国防文学”，现在上海的文学界是手上也是“国防文学”，口上也是“国防文学”，今天又把我写信的——航空快信的时间强占了半天了，赶快接下去写罢——北平，后来知道新近又在青岛。沈也在北平，听说他

已就北平大学职。我当即写信叫他们到上海来谈。叶已到，谈过两次，总不肯答应。理由是：（1）能力不够；（2）新起了房子，仿佛长了壳，不肯脱。[①] 施曾对于我前发的信有复信，但那信是由丏尊转的，被丏尊看过，弄得不见了。据说里面是说如果我认为有意思，他可以来，但是有条件，那条件丏尊说不出来了。写信叫他，他还没有来。此外如西苓（他已就明星职，年底为止），如文宙，都见过，暂时都决定不能来。只有宗融、许杰两位很高兴来，只惜这是此老还没有决定的。还有一位数学教授很会写文章的刘薰宇也要我介绍。人不能如预期，奈何？起予也见过，他现在正在办《光明》半月刊，如果决定请，他或许可来的。他原是东莼介绍，现在莼已西行，当会直接介绍。

从信的内容看，广西方面要聘请的教员都是事先商定了的，但实际情形总不能如预期的那样理想和圆满。尽管如此，当年无论是广西大学还是桂林师专，都还是通过陈望道从各地聘请了一些有声望和影响的教员前去任职，充实那里的力量。沈西苓、许幸之和施存统等都是。还有当年随他一同前去的夏征农、祝秀侠等。许幸之至今还保存着当年由陈望道签发的聘书哩！

陈望道在桂林良丰及南宁等处执教与从事文化活动的同时，还坚持语文科学的学术研究。他在力作《修辞学发凡》一书于1932年出版后便将研究重点转移到文法学上来。多年来他一直打算写一本白话文的文法学书。他曾为此搜集了大量的语言材料，制作了整箱整箱的卡片，以供研究分析。所记语言材料除了从书籍中撷取

---

① “叶”指叶圣陶。1935年前后，叶圣陶举家迁回苏州，在苏州滚绣坊青石弄购地盖房，起名“未厌居”。

外，还深入到群众实际生活中，从茶馆、酒肆、戏曲舞台以及日常生活的口语中去广泛搜罗。他是一位真正的语言学家，因而对一些语文现象十分敏感。一次他偶然听得几个工人为堆放木材发生争吵，从中听到“乱七八糟”“横七竖八”等几个带数字的词语，由此而联想到“七嘴八舌”“七零八落”“七上八下”“杂七杂八”等一连串类似的结构。尽管他学识渊博，但却不耻下问，他常虚心地向盛此君求教当地的方言。为此曾有人风趣地称盛此君为教授的教授。他对广西地区的方言的组织结构非常感兴趣，譬如，普通话说“先走”，广东话便说“走先”。还有一些方言，如“杭八郎”“顶呱呱”“落楼”“落水”“走人”等，对他来说既新鲜又十分有趣。他曾幽默地对同学说：“我初到学校时，听到‘落楼’二字，大吃一惊，以为这是在说要掉下楼去。此外，不说‘下雨’，而说‘落水’，仿佛雨是倾盆倒下的。从这些用语来看可以说明两广人是喜欢夸张的。”他十分欣赏广东话将男女之间的恋爱说成“拍拖”，认为这两个字用得非常确切。他在以后与人讨论文法问题时曾多次引用这些例证。他还饶有兴趣地注意观察广西的一些生活习俗，见到当时男同学中多半穿着一种有绊带的布鞋，曾半开玩笑地说：“你们广西人真是男女不分穿着平等！这种有绊带的鞋子在上海只有妇女才穿，男子穿了恐怕要笑掉牙的！”他的打趣，引得同学们哄堂大笑。

陈望道在广西的两年教书生涯既严肃紧张，又充满浓郁的生活情趣。

“作为广西桂林师专校址的雁山公园，原是清代临桂乡绅唐子实的别墅，后为两广总督岑春煊购得，民国成立后，岑某又将它捐献归公。因岑某系广西西林县人氏，故该园又名西林公园。园中有山，有洞，有溪流、湖泊，有涵通楼、梅厅、水榭、棋亭等古典建筑，有参天的相思树，有冷艳的梅林……整个构筑被视为‘大观园’的一角。徜徉其间，颇能引人遐思。”①

“学校为安排好陈望道、邓初民等教授的生活，还特地建造了两座具有民族风格的楼房给他们居住。这两座楼房全为木质结构，红色油漆，仅有离地数尺的一层楼面，实为平房，楼中间为一宽敞的客厅，两边有住房数间，均为两室套间，前后窗棂装上明亮的玻璃，四周走廊绕以绿色的栏杆，典雅而朴素。陈望道等教授住的楼房建在山麓的绿树丛中，地势颇高，面对明净的碧云湖。湖滨为一石铺路径，路旁长有两株浓荫蔽日的相思树，每当秋风乍起，红豆散落之时，便有那些多情的男女来此觅取红豆以寄相思。”②

陈望道来到广西后便将学校安排他们居住的那所楼房命名为“红豆院”，又因当年在那儿任教的多系单身独居，许多已婚的教员也都未带家眷，于是大家又把这个院子称作“相思院”。那些原来并无名称的岩洞和流贯园中的一条清澈小溪，也都被一一命名为“相思洞”“相思溪”了。以后每当教务长陈此生的夫人盛此君前来探望大家时，总要笑着说她的到来扰乱了大家的相思。课余空闲时，教员们就常来小溪里游泳或划船。每到傍晚大家便三三两两地来到院子里散步。良丰师专附近常有一个女孩出来叫卖荸荠，陈望道便送她一个雅号——“马蹄皇后”。这是因为“荸荠”在广西又称“马蹄”的缘故。逢上周末或节假日，他们或是结伴进城上西湖酒家去，一边小酌，一边听戏；或是在“家”自己动手改善伙食。陈望道当年还有一道拿手的名菜，称为“神仙鸡”（也叫纸包鸡）。这道名菜的烹调方法是：先用黄酒将鸡浸泡多时，并佐以葱姜等调料，然后用一百张报纸送入炉内将鸡慢慢烩熟。此时，鸡的全身已呈金黄色，香气扑鼻。食用时鲜嫩可口，非常诱人。

---

① 林志仪：《陈望道先生在桂林——忆雁山往事》，《桂林文史资料》第 37 辑，漓江出版社 1992 年版。

② 同上。

由此可见，陈望道等在桂林师专的生活是异常多姿多彩的。他们是一个既具有高尚的革命情操，又极其懂得生活的爱国知识分子群体。

桂林师专自1936年下半年合并到广西南宁的广西大学文学院后，因为受到桂系势力的直接控制，政治上日益转向右倾，进步力量大大受到抑制，陈望道等许多进步教员再也无法在那里继续任教下去。1937年抗日战争全面爆发，陈望道便立即动身回到上海。

二八

组织上海文化界抗日联谊会

1937 年 7 月 7 日，卢沟桥事变爆发，民族解放斗争的号角正式吹响。陈望道立即从广西回到上海，在地下党的领导下，与韦悫、郑振铎、陈鹤琴等组织上海文化界抗日联谊会，积极从事抗日救国活动，在“孤岛”上海，坚持敌后斗争。

自“五四”那时起，陈望道就热心于进步的语文活动，并把它看成是党的事业和民族解放事业的一个很重要的组成部分。到了抗日战争时期，他为了动员民众团结起来抵抗日寇的侵略，又积极提倡拉丁化新文字运动。

我国文字拉丁化的研究与讨论始于莫斯科“中国劳动者共产主义大学”附设的“中国问题研究所”。为广大人民群众创制简易的拼音文字的思想，最先产生于 20 世纪 20 年代末，在苏联旅居和学习的一些中国共产党人和革命知识分子中。促成这种思想产生的原因，一是列宁的民族政策，当时苏联正纷纷用拉丁字母给国内少数民族创制和改革文字，扫除文盲。列宁曾指出，拉丁化是东方的伟大的革命。二是国民党政府的“大学院”公布了一套国定拉丁字母拼音方案——“国语罗马字”。然而这套拼音方案是由“几个读书人在书房里商量出来的”，无疑是充满了“学者的气息”（鲁迅语），烦琐难学，广大人民群众无法使用。此后，就有一些热心于拉丁化的学者，设立了专门机构不断开展这方面的研究。到了30年代中期，随着大众语问题讨论的深入，论争的中心已逐渐集中到白话文与大众语的关系，大众语自身的建设，以及方言、国语、改革文字记号等问题上来。讨论到后期，拉丁化新文字的问题也被正式提了出来。

我国的拉丁化新文字运动作为一次独立的运动是从抗战全面爆发开始的。当时的“上海新文字研究会”成立了“战时工作委员会”，筹划战时的新文字工作。在难民收容所广泛开设新文字学习班。截至1938年，上海地区设有新文字班的难民所已多达二十来个。国民党中宣部迫于全国声势浩大的抗战形势，不得不发布对新文字运动表面上“解禁”的令文。

针对国民党的“解禁”令文，陈望道于这年4月在《文汇》副刊《世纪风》上发表《纪念拉丁化的解禁》这篇短文，目的在于澄清空气，扩大运动和巩固团结。到了5月，他又在《华美周刊》上连续发表《拉丁化北音方案对读小记》和《拉丁化北音方案对读补记》，从理论上对拉丁化新文字进一步加以探讨。同年7月，他又与陈鹤琴、方光焘等发起成立“上海语文学会”。陈鹤琴和陈望道分别被推选为正、副理事长。“上海语文学会”于1938年在上海地下党主办的《每日译报》上创办了一个实践新文字的副刊——《语文周刊》。这份副刊就由陈望道主编。陈望道为《语文周刊》写了“发刊辞”。他在“发刊辞”中“认定语文建设是文化建设中的一个部门，而且是一个基本部门。这个部门的建设工作做得有成就没有成就，会影响别个部门建设工作的容易不容易，甚而至于可能不可能。这个部门的工作的重要是不消说的，只是要有人来做”。还说“希望本刊能够做到的大概有两点：第一希望我们的材料是现代的。……第二希望我们的建设工作是普及的”[1]。这两点，对于一个语文工作者来说，都是至关重要的。他本人，无论是在过去、现在，还是将来，都是坚决遵循的。

在大众语讨论的后期，他就提出了方块字不利于记音，记音应用记音符号的想法。但又并不主张过早地废除汉字，曾说：“在各地方言还是这样不统一的现在，一时似乎还是没有法子废除掉方块字。”[2]他很早就提倡写简体字：“我以为有些字是在我们笔下原来写简字的，印时正不必另有甚么正写的字；那原来不用简写字的，从新造了来写，在我们也并不觉有何繁难。然而这么改了，儿童可就容易学得多了。”[3]到了这时，他更主张采用新文字，因为新文字便于团结更多的民众投入抗日战争。他把语言文字看成“是一种最重要的团结工具。在最需要团结的现在，对于这种工具就需要多方加以检查，多方加以改进，多方加以运用”。又说，“汉字的作用，也颇伟大”。但“历来可能运用这工具团结的，顶多不过是百分之二十。余下的百分之八十，都处在口口相传的所谓‘口传’的原始状态中……对于这‘百分之八十’问题，固然有过很多解决的方案，如所谓白话文运动……多多少少都可以说跟这问题有关，而所谓拉丁化运动，至少也是其中极重要的一个”[4]。

为此，他一方面深入系统地对新文字开展研究，另一方面又亲自到难民收容所去开展扫盲和新文字的宣传工作。

先就有关研究方面的工作来说，如他在《华美周报》上连载发表的《拉丁化北音方案对读小记》及《补记》两篇，就是把中国三百年来的几种主要拼音方案，如金尼阁、威妥玛方案、注音字

① 陈望道：《语文周刊》“发刊辞”，《陈望道语文论集》，第289页。
② 陈望道：《方言的记录》，《陈望道语文论集》，第243页。
③ 陈望道：《汉字改革号》，《陈望道文集》第3卷，第123页。
④ 陈望道：《纪念拉丁化的解禁》，《陈望道语文论集》，第275—276页。

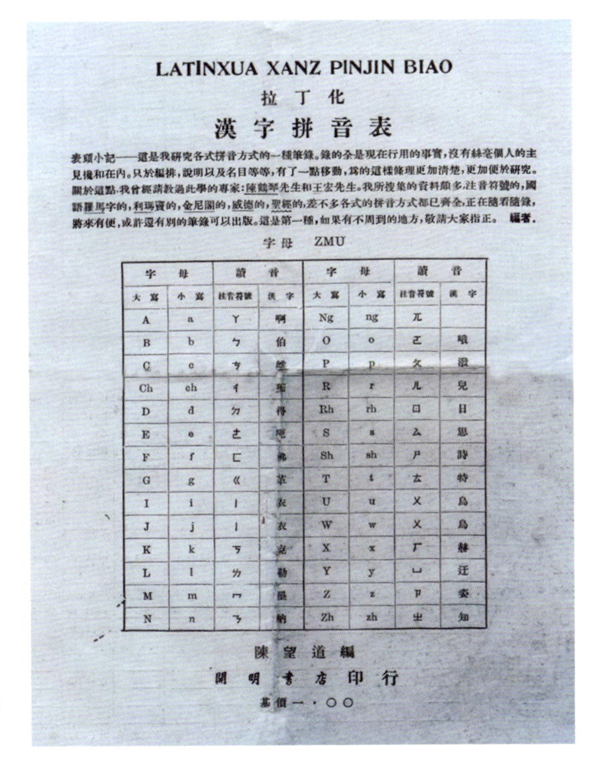

LATINXUA XANZ PINJIN BIAO

拉 丁 化

漢 字 拼 音 表

表頭小記——這是我研究各式拼音方式的一種筆錄。錄的全是現在行用的事實，沒有絲毫個人的主見攙和在內。只於編排，說明以及名目等等，有了一點移動，爲的這樣條理更加清楚，更加便於研究。關於這點，我曾經請教過此學的專家：陳鶴琴先生和王宏先生。我所搜集的資料頗多，注音符號的，國語羅馬字的，利瑪竇的，金尼閣的，威德的，聖經的，差不多各式的拼音方式都已齊全，正在隨看隨錄，將來有便，或許還有別的筆錄可以出版。這是第一種，如果有不周到的地方，敬請大家指正。 編者.

字母 ZMU

字母		讀音		字母		讀音	
大寫	小寫	注音符號	漢字	大寫	小寫	注音符號	漢字
A	a	ㄚ	啊	Ng	ng	ㄫ	
B	b	ㄅ	伯	O	o	ㄛ	哦
C	c	ㄘ	雌	P	p	ㄆ	潑
Ch	ch	ㄔ	痴	R	r	ㄦ	兒
D	d	ㄉ	得	Rh	rh	ㄖ	日
E	e	ㄜ	阨	S	s	ㄙ	思
F	f	ㄈ	佛	Sh	sh	ㄕ	詩
G	g	ㄍ	革	T	t	ㄊ	特
I	i	ㄧ	衣	U	u	ㄨ	烏
J	j	ㄧ	衣	W	w	ㄨ	烏
K	k	ㄎ	克	X	x	ㄏ	赫
L	l	ㄌ	勒	Y	y	ㄩ	迂
M	m	ㄇ	摸	Z	z	ㄗ	姿
N	n	ㄋ	納	Zh	zh	ㄓ	知

陳望道編

開明書店印行

基價一·〇〇

陈望道1938年编制的《拉丁化汉字拼音表》

母、国语罗马字等，与北方话拉丁化新文字方案作了详尽的比较后得出的结果。接着，他在研究的基础上又制订出《拉丁化汉字拼音表》，这个表由开明书店于1938年6月正式出版。

又如，在同月内，他曾到“上海新文字研究会”举办的“第一届语文系统演讲会”上主讲“中国语文的演进和新文字”。在这篇演讲中，他指出新文字的产生，“是中国语文进步的结果，换句话说，就是汉字汉文进步的结果，是汉字汉文生出来的一个小孩子”。他认为新文字产生的原因“可以从三方面来看”。“第一，从文章的形式上看，复音词的加多，是造成新文字产生的第一个基础；第二，从文章的内容上看，不只是要使大家都懂，并且要使很多的人懂——要使文章很快地接近大家，接近很多的人，这是新文字产生的第二个原因；第三，从中国人对于文字研究的进步上看，如果不是以前的人对于文字加以许多必要的研究，使中国的文字在标音上有了好几个阶段的进步，那末新文字也是无法产生的。”

他在这篇演讲中，又一次批评初期的新文字运动提出“打倒汉字”的口号之不当。他说：“记得几年前，曾经有人提出过‘打倒汉字’的口号，这犹之乎一个小孩子拔出他的小拳头来，说要打倒老子一样，曾经惹起了许多的反响。那些反响大概分成两种：一种是非常认真的，就像一个小孩子说打倒老子，他就瞪起眼睛来发脾气；另一种则是比较豁达的，只站在旁边笑笑，认为这完全是不知高低的孩子话。无论怎样，这个口号是一个非常招事生非的口号。现在大家将这个口号废除，我认为是非常适当的。”① 这段话把汉字与新文字的关系说得再清楚不过了。这篇演讲稿，后来发表在 1938 年 7 月出版的《语文周刊》的创刊号上。

1940 年 1 月，他又在《长风月刊》创刊号上发表《语文运动的回顾与展望》一文。在文中他从改进语文教育的角度来阐述文字改进的问题，认为“在这方面所要注意的，简直不只是方法问题，还要注意到文字问题”。又说，“即使仍用汉字，也当有当今民众教育家所焦心研究的‘基本字’或者‘常用字’的规划。汉字以外，过去已经用过罗马字（基督教徒）、简字（王照、劳乃宣）施教，成绩很好，于今仍可仿行”。最后他把“当今各地风行的拉丁化中国字的传布”，看成“不过是几百年来，至少一百年来一个古题的一篇新文”②。

其次，就有关他在新文字的宣传教育方面的工作来说，“上海

① 陈望道：《中国语文的演进和新文字》，《陈望道语文论集》，第 292 页。
② 陈望道：《语文运动的回顾和展望》，《陈望道语文论集》，第 420 页。

新文字研究会”培训的“师资训练班”的学员，于1937年11月开始在社会团体、职业机关、伤兵医院和难民收容所中推行新文字和开办新文字班，尤其是在“国际救济会的第一、第三收容所”以及“正大收容所”举办的难民新文字班，受到了广大难胞的欢迎。“国际救济会第三收容所”，一个星期内就有350多个难胞参加学习。此后，“上海新文字研究会”还专门召开“新文字教师座谈会”，讨论难民收容所的新文字教学工作。在经过数月的试验之后，“新文字研究会”于1938年3月假座四川路上海基督教青年会礼堂举行第一次难民新文字读写成绩表演会。陈望道、陈鹤琴和上海各界代表100多人出席了表演会。各收容所的成人和儿童新文字班学员轮流在会上作了表演，成绩十分显著。表演结束后陈望道和陈鹤琴在会上先后讲了话，并给每个学员发了一枚新文字纪念章，以资纪念和鼓励。

自此之后，陈望道除亲临难民所开展新文字的教学和宣传外，还参加“上海语文学会”举办的新文字教师的培训工作，在新文字教师鉴定考试活动中负责监考，并出席证书授予典礼，在会上讲了许多勉励大家的话。

在陈望道、陈鹤琴等的热心支持与推动下，新文字工作在“孤岛”上海得以蓬勃开展。1938年10月，由各收容所新文字教师组成的“大众新文字促进会”成立。“上海新文字研究会”又于同月发起“新文字播种运动”，号召会员组织“播种队”，用“即知即传人”的精神随时随地传播新文字。1939年2月，国民党政府教育部在重庆召开“全国教育会议”，上海各大学语文教授的组织——“上海语文教育学会”特地寄去由陈望道起草的《请试验拉丁化以期早日扫除文盲案》一件。案中说：“拉丁化在国内推行有年，成效卓著，最近上海难民收容所试验，结果非常圆满，平素不识字之难民，学习一月即能阅读，学习两月即能书写。收效之速，远胜直接教授汉字。”[1]7月,“上海新文字研究会”又发表由倪海曙起草,陈望道修改、定稿的《拉丁化中国字运动新纲领草案》。这个草案总结了过去八年推行新文字的工作经验,并把运动的形势做了一个展望,作为今后拉丁化新文字运动的指针。

由此观之,陈望道是上海战时语文运动的一位重要组织者和领导者。他的夫人蔡葵女士,此时已在女青年会任职,也积极参与新文字的宣传活动。

声势浩大的新文字运动在“孤岛”上海轰轰烈烈地展开后,不久即引起了国民党政府的嫉视。在国民党反动统治者的眼里,抗日有罪,爱国也有罪,对旨在团结抗日爱国的拉丁化新文字运动自然也变成有罪了。于是对这个运动恨之入骨,千方百计地加以破坏和抵制。在那段时期里,宣传新文字便会遭到特务的盯梢、恐吓,甚至于受到迫害。于是,赞成还是反对新文字也就成了抗日与否、革命与否、爱国与否的分界线。

在这场运动中,陈望道立场坚定,旗帜鲜明,曾一再鼓励大家“不要怕国民党政府的反对和阻挠”。他举例说:“过去女子剪发,反对者纷纷说女子剪了发,就跟男子没有分别了,结果怎样呢?结果还是分得很清楚。”又说:“中国要产生拼音文字,好比水往东流,尽管前面有大石头阻挡,但是绕一个弯,又往东流去了。”

1939年11月,敌伪势力已经部分入侵租界,汉奸、特务横行,暗杀和绑架案屡屡发生,陈鹤琴和陈望道的人身安全都已受到威胁,但他们不顾个人安危,仍以“上海语文教育学会”的名义,假座上海“大新公司”五楼举办规模宏大的“中国语文展览会”。这

① 转引自倪海曙:《拉丁化新文字运动的始末和编年纪事》,知识出版社1987年版,第146页。

个展览会共分七个陈列室：第一室陈列汉字形体演变的材料；第二、三室陈列方言和少数民族语文材料；第四室陈列汉字学著作；第五室陈列书写工具；第六室陈列盲人及聋哑人教育材料；第七室陈列汉语拼音运动材料，包括注音字母、国语罗马字和拉丁化新文字的各种资料及收容所新文字班学员的新文字读写表演。举办这个展览会的目的是要对上海人民进行一次爱国主义教育和宣传拉丁化新文字。作为这次展览会的会刊之一，陈望道所写的《中国拼音文字的演进》在会场上设点发售。

这次从 1939 年 11 月 3 日到 12 日为期十天的大规模的语文展览会受到各界人士高度重视与热烈关心，以至推及香港地区的语文事业的发展。陈望道在 1940 年 1 月《长风》第 1 卷第 1 期上发表的《语文运动的回顾和展望》一文中提到，“今天接到香港寄来的语文专门刊物，上载语文消息，说香港‘准备在 1940 年元旦举行“中国语文展览会”，把从甲骨文一直到现在新文字的发展过程中的种种文献作一个纵的排列。横的又把中国眼前的各种语文展览，包括少数民族语文，如回文、蒙文、满文……以及各种不同的文字方案。希望社会人士鼎力帮助。来件寄香港大学冯平山图书馆陈君葆先生转’云，也许香港方面也能引起各界人士极度热烈的关心”①。

他在同一篇文章中又对这次大规模的语文展览会作了如下的评价：“有人说，上海这次的语文展览会是空前的，我以为这次展览的得到各界的齐心协助，和各界的一律关心，才是空前的。语文事业向来只是语文工作者少数人的事，其余各界从不关心。而少数的语文工作者，又一向是各做各的，从来不肯集合力量做一件事。像这两点在这次的语文展览会中，可说都完全改过来了。要是语文展

① 陈望道：《语文运动的回顾和展望》，《陈望道语文论集》，第 417 页。

览，如若干名记者说的，可以算是语文运动的一种表现，那中国的语文运动，现在可以说是已经到了名副其实的汇合各界的空前的阶段了。”[①]

可见这次语文展览的意义，远胜于一般的文字宣传工作。

① 陈望道:《语文运动的回顾和展望》,《陈望道语文论集》，第 417 页。

二九

影响深远的中国文法革新讨论

陈望道历来十分重视语文科学研究方法的革新，他曾论及我国语文学术所以没有迅速进步的两个原因，其中之一“是献身研究者不多”；而另外一个原因就是少数研究者犯有“研究方法的机械和研究材料的陈腐”的毛病。[①]

20 世纪 30 年代后半期，陈望道有感于我国第一部文法学著作《马氏文通》所采用的是一种机械模仿的方法，而在它以后的若干年内所出版的许多文法书也大都“只在不很重要处加了一点改革，并不更动马氏的格局”[②]。据于此，他多少年来一直想试图运用科学的方法来缔造一个新的文法体系。然而，无论是革新旧的，还是缔造新的，都将会是“十分艰难的”，同时“也很容易分歧”。于是他便在拉丁化新文字运动的后期，在上海的中国语文学术界发起一场革新中国文法研究的讨论，“想由商讨来融合各种特见，来解决缔造上种种基本问题”[③]。

这场讨论从 1938 年开始直到 1941 年结束，历时达 4 年之久。

① 陈望道：《语文运动的回顾和展望》，《陈望道语文论集》，第 418 页。

② 陈望道：《〈一提议〉和〈炒冷饭〉读后感》，《陈望道语文论集》，第 365 页。

③ 陈望道：《〈中国文法革新论丛〉序》，《陈望道语文论集》，第 491 页。

它标志着我国的汉语文法研究，由初期模仿阶段转向独立革新的阶段，同时也开创了我国文法学史上学术讨论的范例和先声。讨论涉及的范围相当广，传播的区域也十分大，在中国文法学史上占有重要的地位和深远的影响。讨论结束后，他将所有的文章汇集起来，编辑出版了《中国文法革新论丛》，为中国汉语文法学史提供了一部有价值的文献。

这场文法革新的讨论，之所以能够轰轰烈烈地开展起来，犹如他在《中国文法革新论丛》的序言中指出的，是在中国文法和西洋文法学术接触之后，文法的新潮已从语言学界涌现；同时又因近十年来“中国文法的特殊事实渐渐地发见了，模仿体制已有难以应付裕如之苦”。于是“借镜外来新知，参照前人成说，以科学的方法，谨严的态度缔造中国文法体系”也就成了发动这次革新讨论的动议了。

这次讨论所涉及的内容包括文法研究的对象、文法学的体制——采用单线制还是双轴制、文法研究的方法、汉语文法自身的特点、词类区分问题，以及文法学与其他学科的关系等一系列问题。

《中国文法革新论丛》的各种版本

所谓文法学体制上的单线制，即指傅东华的“分部”依附“析句”的理论，亦即黎锦熙的“依句辨品”“句本位”理论的进一步发展。所谓双轴制亦即把词法和句法分开来研究的一种体制。金兆梓认为“分部”和“析句”“一是基本观念，一是基本观念的配合，原本是两事，不是一事，不必混为一谈”。方光焘亦说，一个“属于言语的世界”，以词为对象；一个“属于言的世界”，以句子为对象。这一问题争论到最后是以单线制论者主动撤回这一主张而结束。其他许多问题，经过热烈的讨论后也都有不同程度的进展。

陈望道早在五四时期就已接触马克思主义，以后又对马克思主义进行不断深入的研究，因此一贯注重运用马克思主义的立场、观点和方法从事学术研究。与此同时，他对新事物也非常敏感，很善于吸收学术上的各种新潮流派，善于博采众长。此外，他还十分重视对客观事物的调查研究，强调一切要以事实为准绳，以事实为基础。这一切都决定了他在这场讨论中的特殊地位。他不但亲自发起了这场讨论，还在整个讨论过程中起到组织、协调、综合、调整的作用，并及时总结和巩固已取得的成果。本着团结的愿望出发，注意求同存异，鼓励大家为学术而争鸣。除此之外他还积极提出自己的学术见解，为学科的发展作出贡献——

第一、区分文法术语所标指的三个方面内容。

文法这个术语可以标指三个方面：第一方面是文法现象，也就是前面所谓组织的规律。不论有没有人研究，总是客观存在的。第二方面是文法学术，这是要有关心文法研究的人才会出现。第三方面是文法书籍。这是把第二方面研究的结果整理出来写成的。[①]这三方面的关系是既有联系又有区别。但由于过去“一向未曾有人郑

① 陈望道：《答复对于中国文法革新讨论的批评》，《陈望道语文论集》，第468页。

重指明，因此也就大家不大注意，在讨论中有时不免有对于现象不很注意辨别分属两方面或同一方面的情形”[①]。因此分别这三方面的现象对讨论的顺利展开是十分重要的。

第二、科学阐明文法研究的对象——语文组织的规律。

讨论初期，大家对文法研究的对象众说不一，有些不同只是字面上的，有些不同是由观点的不同来的，也有些不同是由各人心目中所谓文法的范围不一样。陈望道指出：文法现象所以和它邻近现象相区别，第一是组织。组织不能杂乱无章地拼凑或无拘无束地安排，必须按照某一社会习用的格式配置起来，这就又有所谓规律。因此如果用一句简单而又概括的话来说明，可以说“文法是语文组织的规律”。这个定义抓住了文法学对象的本质特性，因而是科学的。

第三、探索汉语特点，从汉语事实中总结规律。

在讨论中，陈望道根据汉语的特点总结出符合汉语特点的种种规律。如汉语的形容词有没有陈述功能的问题，他认为汉语的形容词与西洋的不同，是有陈述功能的，因此也一样可以做陈述语。又如，汉语中设立“同动词”有没有必要的问题。他认为“同动词”不过是模仿西洋文法的“怪名称”，从汉语的实际看，“同动词”可以留在动词类中，只要把所谓记行的看法放大，把主宾关系扩大，或者把事物的关系看得狭小些。诸如此类不一一举出。

第四、借鉴西方结构主义理论和方法创立功能学说。

在这次讨论中，陈望道等借鉴西方结构主义的理论和方法，探讨汉语实际，从而创立了功能论学说，是这次讨论的主要收获之一。

汉语言文字没有语尾等变化，无法根据词形变化（也即狭义形态）来研究文法。因此在文法革新讨论前，我国的文法研究一直侧

① 陈望道：《答复对于中国文法革新讨论的批评》，《陈望道语文论集》，第469页。

重于意义。但是用意义标准来研究文法区分词类，不仅难以分清，即使分了出来在文法上也无多大用处。于是陈望道提出要以功能的观点来研究文法，把组织功能作为区分词类的依据。他曾把功能一词解释为代表着因素和因素之间的互相依赖互相对应的交互关系。后来他在《文法的研究》中又说："功能的观念是极其重要的。"文法既是研究字语如何参加组织的学问，"功能是语参加一定配置的能力，组织是由功能决定的语和语的配置。组织要受功能限制，功能要到参加组织才能显现……这显现的关系，我们曾称它为表现关系。倘用表现关系一语，文法学也可以说就是研究表现关系的学问"①。

功能论的确立，对以后的文法研究产生了深远的影响，因为它已为越来越多的语法学者所接受。

陈望道在20世纪30年代创立的功能学说，在中华人民共和国成立后得到了进一步发展，并逐渐发展成为他的语法理论的核心。

① 陈望道：《文法的研究》，《陈望道语文论集》，第495页。

三〇

任教在嘉陵江畔的复旦大学

1940 年是我国全面抗日战争的第三个年头。正当中国共产党领导的人民军队在敌后浴血奋战的时候，国民党顽固派却更加紧其对外谋求妥协投降，对内积极反共的活动。

还在 1939 年的年初，国民党军队就在所谓“曲线救国”的汉奸理论的指导下，大批叛国投敌，并在八路军和新四军的后方制造了一个又一个的惨案，疯狂屠杀抗日将士，妄图扑灭抗日战火。终于在这年年底，国民党在日本的诱降、英美的绥靖政策下，掀起了第一次反共高潮，对抗日根据地发动了多次军事进攻。与此同时，他们又在敌占区加紧了对抗日爱国运动的镇压，疯狂逮捕和迫害抗日进步人士和中共地下党员。

陈望道等许多进步学者和爱国人士，仅仅因为在前个时期积极参与抗日救国的新文字宣传活动，坚持抗日斗争的立场，就受到了敌伪恶势力的嫉视，特务机关将他列入黑名单，企图进一步加以迫害。但他却不顾这些，仍在这年年底，以上海语文教育学会的名义，发起举行为期十天的大规模的中国语文展览会，坚持对青年和广大群众进行爱国主义教育和新文字的宣传教育。

然而，形势却越来越严峻，陈望道为了避免汪伪特务的迫害，于1940年秋天从上海经香港转赴抗日后方，回到已迁校于重庆北碚的复旦大学中文系继续任教，并为该系学生开设了逻辑学和修辞学等课程。在中断了数年之后，他又重新回到复旦大学工作，自此之后便再也没有离开过。

抗日战事全面爆发后，复旦大学一迁庐山，再迁重庆，选择了重庆北碚的菜园坝和夏坝两地作为校址。

北碚是嘉陵江上的一个小镇，离重庆有五十多千米。它位于重庆北部，嘉陵江南岸。萧伯青在《老舍在北碚》一文中，对那里的自然环境作了如下的描绘：

> 这个镇坐落在嘉陵江南岸。东西都有高山，有个山脊延伸到江心，经多年的水流冲刷，水涨时只露出几十块圆秃秃的大石头。水枯时石头露出的多了，可以从岸边踏着石头走到江心。人们叫它鳖背，像一群鳖结队渡江，这名称倒很形象。有了它，把江水挡住大半，形成了鳖背右边的能避风浪的天然港。大小帆船停泊在那里，从重庆开往合川的轮船码头的趸船也在那里。北碚上游是北温泉，上去是缙云山。下游是观音峡，对岸是夏坝，复旦大学就迁在那里。①

曾在复旦大学执教的作家老舍，在他写于1945年12月的《八方风雨》一文中对北碚这个小镇也曾作过一番描述：

> 北碚原是个很平常的小镇市，但经卢作孚与卢子英②先生们的经营，它变成了一个“试验区”。在抗战中，因有许多学校

---

① 萧伯青：《老舍在北碚》，《新文学史料》1979年第2辑。

② 抗战时期合作开发北碚的重庆实业家兄弟。

老舍（1899—1966）

与机关迁到此处，它又成了文化区。此地出煤，在许多煤矿中，天府公司且有最新的设备与轻便铁路。原有的手工业是制造石器——石砚及磨石等——与挂面，现在又添了小的粉面厂与染织厂。

这里的学校是复旦大学，体育专科学校，戏剧专科学校，重庆师范，江苏省立医学院，兼善中学和勉仁中学等。迁来的机关有国立编译馆，礼乐馆，中工所，水利局，中山文化教育馆，儿童福利所，江苏医院，教育电影制片厂……有了这么多的学校与机关，市面自然也就跟着繁荣起来。它有整洁的旅舍，相当大的饭馆，浴室和金店银行。它也有公园、体育场、戏馆、电灯和自来水。它已不是个小镇，而是个小城。它的市外还有北温泉公园，可供游览及游泳；有山，山上住着太虚大师与法尊法师，他们在缙云寺中设立了汉藏理学院，教育年青的和尚。①

复旦在重庆的校址夏坝，原名叫下坝，因上游有一地名曰上坝，故有下坝这一名称。后来，陈望道将下坝地名改为“夏坝”，它显然比原来的“下坝”更富有文学色彩。

复旦大学在上海江湾时一直是所私立大学，校长为李登辉。1937 年底，部分专业迁至重庆后由吴南轩任代理校长。由于经费上

① 老舍：《八方风雨》，《新文学史料》1978 年第 1 辑。

的困难，吴南轩多次提出申请改为国立。1941 年 11 月 25 日，国民政府行政院第 541 次会议决议："准将复旦大学改为国立，由教育部拟具办法及概算呈核。"从此，复旦大学由私立改为国立。复旦改为国立后，就由吴南轩任校长，副校长早在年初就已任命了江一平。陈望道所在的中文系系主任为陈子展教授。

在抗日战争时期，重庆虽说是大后方，但并不是个世外桃源，战火的硝烟同样弥漫在这片土地的上空。1939 年 5 月 3、4 两日，敌机对重庆市区狂轰滥炸，数以万计的市民死于空袭，造成人间惨剧，致使原来迁在菜园坝的商学院及新闻系、经济系只得重又迁回北碚黄桷镇。

1940 年 5 月 27 日，日机又来轰炸黄桷镇的复旦大学，教师宿舍王家花园被炸毁，教务长孙寒冰教授不幸殉难，死时年仅 38 岁。同时罹难的还有文摘社书记汪兴楷，学生陈钟燧、王茂泉、王文炳、刘晓成、朱锡华等 6 人，全校师生同声哀悼。这次轰炸不仅造成许多伤亡，校舍也被炸毁不少，损失惨重，学校还不得不因此宣布本学期提前结束，着手校舍的重建工作。

陈望道重返复旦大学时，正值吴南轩担任代理校长，教务长又不幸遇难牺牲，学校此时在教学、管理等各方面都处于极度混乱状态。故而校长急于物色一名人选以辅助他管理学校。吴代校长见陈望道这位教育界的前辈初来乍到，于是便几次三番地前来游说，请他出来"协助学校当局共同办好复旦大学"，后来又"无论如何要他担任训导长"[①]。陈望道起先不肯答应，以后在地下党的授意下才接受下来。

当初，吴南轩期望借助陈望道在教育界以及左翼进步势力中的影响和威望来替他收拾这副烂摊子，企图是十分明显的。而此时，

① 陈望道自述。

学校的进步力量也极希望陈出来挽回这个局面，利用公开合法的身份保护革命师生。而陈望道在当时也确曾考虑过自己如不出来，总会有人出来的，倘若遇上一个极端反动分子，革命力量就会遭受损失。于是他决定利用这一特殊身份来掩护学校的进步力量，尽可能地使他们免遭损失。① 在经过一番权衡得失之后，他决定有条件地接受这个职务。这些条件是："一、不受训，根据规定，凡接受训导长职务的都要受训；二、只做半年；三、自己愿意怎样做就怎样做。" ② 实际情形也恰如他自己所说的那样，在他担任训导长半年时间里，确曾掩护过进步力量，保护了地下党员。这可以从下面这件事情中看出。

1941 年 1 月，国民党发动第二次反共高潮，制造了震惊中外的"皖南事变"。当时在复旦校内也曾传出，反动派要来校逮捕一批地下党员和抗日积极分子的消息。以后在中共北碚中心县委的安排下，在校已经暴露身份的地下党员和积极分子全部安全转移，使国民党的阴谋未能得逞。据当年复旦的地下党同志回忆，在这过程中也包括了陈望道从暗中保护的一份功劳。③

半年之后，陈望道主动辞去了训导长职务。然而，对陈望道在当时这样一个特定的政治环境和复杂的斗争形势下，所持的这一立场和所用的这番苦心，不仅在当时，就是在以后很长一段时期里，都不为人们所理解。正如他在中华人民共和国成立后思想改造运动中所回忆的那样："当情况未能尽如诺言要怎样做就怎样做时，会有个别学生对我的真面目未尽了解。" ④ 其实又岂止是"个别学生"，

---

① 访问江泽宏同志。江泽宏（1922—1985），复旦大学经济学教授。1948 年复旦大学经济研究所研究生毕业，1951 年加入中国民主同盟，兼任陈望道在民盟的秘书工作。

② 陈望道自述。

③ 访问江泽宏同志。

④ 陈望道自述。

不是直到 1951 年思想改造运动时，仍有一些人曲解了他当时的立场，而迟迟不让他“过关”吗?

其实在斗争环境十分复杂，条件异常艰苦的情况下，讲究策略，利用一切可以利用的手段，保存自己和保护革命力量，坚持下去，争取为党和人民多作贡献，是我们党一贯奉行的策略，陈望道正是领悟党的教导去努力这样做的。

三一

新闻教育事业的创举

“皖南事变”后，复旦校内革命进步力量与反动黑暗势力之间的斗争并未就此平息下来，许多进步青年对国民党的独裁统治越来越感到愤懑，迫切希望在党的领导下，组织起来，为坚持抗战、争取民主、力求进步而斗争。为此，在重庆的中共南方局，当时根据周恩来同志的指示，决定在复旦大学成立一个“据点”，并由南方局青年组领导。从此之后，复旦的抗日民主力量在中共南方局的直接领导下，开展轰轰烈烈的斗争。复旦逐渐成为蒋管区抗日民主运动的堡垒之一，与西南联大遥相呼应。蒋介石对此十分惊恐，曾下达手令，要军警当局注意复旦大学师生中的共产党活动。1941 年，复旦大学由私立改为国立后，国民党加紧了对复旦大学的控制，复旦师生的民主斗争也更加激烈。

1942 年，在重庆复旦新闻系兼任系主任的国民党《中央日报》社社长程沧波，因遭到该系进步师生的反对，被迫离开学校。陈望道就被任命为新闻系主任，直到 1950 年 7 月，先后在复旦大学新闻系担任了八年系主任，为我国新闻教育事业的建设作出了重要的贡献。

复旦大学新闻系成立于 1929 年秋。早在 1924 年陈望道在复旦中文系任教时就已开设了“新闻学讲座”这门课程。到了 1926 年，他又将“新闻学讲座”扩大为新闻学组，并由他和邵力子共同承担新闻学课程的讲授工作。1929年秋天，在他担任中文系主任时，新闻专业便开始从中文系独立出去，复旦大学正式成立了新闻系，成为全国首创的一个新闻教育机构，由谢六逸任新闻系主任。当时在新闻系任教的有郭步陶（《新闻报》编辑）、章先梅（《新闻报》报馆印刷部主任）、陈万里（《民报》编辑、中央通讯社记者），都是名重一时的报界先辈。另外还聘请了戈公振、钱伯涵、夏奇峰、樊仲云等兼任教授。新闻系的“主旨乃在养成从事新闻之人材”。当时在系里开设的课程都坚持“理论与实验并重”的原则。课程的性质约可分为四类：首先是基本工具的训练，本国文学、英文、第二外国语、心理学、统计学，及其他自然科学与社会科学均在必选之列。其次是专门知识之灌输，包括理论与实验两方面，举凡报学概论、编辑、采访、报馆组织、管理、广告发行、照相绘画、印刷等，皆囊括在内。再其次为辅导知识之旁助，此项包括新闻记者应有的政治、社会、法律、经济、历史、地理、外交等知识。还有写作技术之训练，如评论练习、通讯写作、速记术、校对术等。

以后在《三十年的复旦》一文中又明确规定了新闻系的办系宗旨为：“新闻教育为发展新闻事业之基础，欧美各报，多托学校代办新闻科，故人材辈出，报业日兴。今欲图发展我国新闻事业，必培专门人才，而我国地方报纸，尤属不堪，现本系与报馆当局切实合作借收实效。”①

陈望道从“五四”运动起就是社会新闻界的知名人士，他主编过党的机关刊物《新青年》，参加过《共产党》月刊的编务工作；办过有影响的进步报纸杂志：《民国日报》副刊《觉悟》《妇女评论》以及《太白》等；甚至还筹建过左倾出版机构——大江书铺，有着

① 《三十年的复旦：1905—1935》，复旦大学，1935年。

丰富的创办书报刊物的实际经验。这次他担任新闻系主任之后决定一展宏图，把全国首创的一个新闻教育机关办成红色民主堡垒。他决心在原有的基础上继续发扬“宣扬真理，改革社会”的精神。“宣扬真理，改革社会”原是陈望道先生在旧社会里长期为之艰苦奋斗的目标。此时他更努力把它作为坚持民主办系的一个政治纲领。

1943 年，复旦大学的校政领导有了新的人事变动。2 月 2 日，国民政府行政院教育部任命 C. C. 系①章益为复旦大学校长。原来教育部拟调吴南轩为中央大学校长，以章益继任复旦校长。可是中央大学师生以吴南轩资望不高为理由，拒绝他前往任职。教育部遂改派吴南轩任国立英士大学校长，但英士大学又远在浙江乡间，吴不愿前往，于是就留在复旦任教育系教授。②

国民党行政院教育部任命 C. C 系章益为复旦大学校长，无疑是要进一步控制这所学校。然而此时中共南方局在复旦的“据点”，在南方局青年组组长刘光的直接领导下，正采取一系列措施与之针锋相对。他们在校内组织起一批进步学生团体，出版了《夏坝风》《文学窗》等壁报，并和其他学校合作创办了《中国学生导报》，还举办了各种晚会和座谈会。组织起来的进步学生团体有十月同盟、系联（各系民主学生联合会）、德社（D 社）、菊社、十兄弟、民主青年同盟（U. D. Y）、复旦大学新民主主义青年社、北碚地区新民主主义青年社等。当时，参加各种进步团体的同学有 120 多人，团结了 700 多名同学，占学生总数的三分之一左右。新闻系的同学占了绝大多数。③

① C. C. 系（或 C. C. 派）是国民党特务组织“中统”的前身。所谓 C. C.，一说指陈立夫、陈果夫二人，一说指两人于 1929 年 11 月成立的“中央俱乐部”（Central Club 的英文缩写）。

② 参考《复旦大学志》第一卷（1905—1949），复旦大学出版社 1985 年版，第 158 页。

③ 同上书，第 160 页。

1943年，也正是陈望道主持新闻系工作的第二年，他提出了“好学力行”四个字勖勉学生，并把它定为系铭。这是把理论学习和工作实践打成一片的规条。在这样的训勉之下，新闻系的系风有了不断的改变。例如，在1931年成立的复新通讯社，这时就更有生气了。又如，每周举行一次的分析时事、讨论问题、研究学术的“新闻晚会”，更是盛极一时之事。而课外活动之壁报一项，除由本系全体同学所主办的“复旦新闻”外，更有本系同学参与工作的壁报团体计达30余种。这就是“‘学’与‘行’并重的大概情形”[①]。

后来，他为了进一步“充实新闻教学的设备与内容，使有志于新闻事业的青年更能学以致用”[②]，亲自在重庆募捐筹建了一座“新闻馆”。“新闻馆”落成于1944年，4月5日正式开幕。馆内设有编辑室、印刷室、图书资料室、会议室以及收音广播室共十余间。“新闻馆”的建立是新闻系历史上的一个创举。它为新闻教育事业的发展起了很大的作用。陈望道主任在《新闻馆与新闻教育问题》这篇短文中说：“现在中国新闻教育机关急须解决的问题似乎有两个：一个是如何充实教学的设备与内容，使有志新闻事业的青年更能学以致用。二是如何与新闻事业机关取得更密切之联系，使学与用更不至于脱节。筹建新闻馆，便是想尝试解决第一个问题的一部分，以为解决第二个问题的基础。”接着他又说：“承各界有识之士以空前的热忱协助，得于短期落成，至可感谢……复旦新闻学系借社会协助，现在总算已经解决了第一个问题的一小部分。我们迫切希望能够解决另一部分。还有第二个问题，我们亦希望能够解决，或至少有解决的途径。我们切望能与新闻事业机关合作，能够以形影似的亲密关系开辟自己的前途，谋求人群的幸福！”

---

① 《本系小志》，《1946年复员前的新闻系》，油印本。

② 陈望道：《“新闻馆”与新闻教育问题》，《1946年复员前的新闻系》，油印本，第16页。

1945年4月5日，“新闻馆”举行隆重的落成典礼，重庆的新闻界、教育界的代表应邀参加了开馆仪式，师生共500余人出席了庆典。馆门上贴了“复旦新闻馆，天下记者家”对联一副。于右任特地发来题为《新闻自由万岁，中华自由万岁》的演讲辞。他在演讲辞中写道：

> 今天欣逢复旦新闻馆开幕盛典，在这个艰难的时会，学校能建筑校舍本来就大可庆祝，何况今天所落成的是新闻馆。新闻馆落成庆祝的意义，决不止平常添设几个房舍，而是这馆舍命名的含义，中国新闻事业与复旦，在过去已有密切的关系，在未来更有远大的展望。
>
> 国内大学有新闻学系，复旦大学是一个创始者，复旦为什么独有此建树，自有其历史的关系，在复旦四十余年校史中，前前后后产生的新闻记者不少。……四十年来，复旦同学的尽力革命，以从事新闻为最多，而复旦同学的创造中国新闻，使之革命化，以民国以前为最力。其所以数十年不息者，为自由中国，更为中国的自由，这是我们校史上十分光荣的事实。[①]

《新华日报》为复旦新闻馆的开幕发了“为新闻自由而奋斗”的贺电。陈望道夫人蔡葵发来的贺电为：“新闻馆落成志庆”，“培养人才，宣扬真理。”

这所规模不大的“新闻馆”坐落在校园的西北角上，它不仅是新闻系教学实习的重要基地，同时也成为当时全校进步师生争取

---

① 于右任：《新闻自由万岁　中华自由万岁——复旦新闻馆落成典礼讲演辞》，全文载《中央日报》1946年4月6日第3版，于右任演讲辞由出席典礼的章益校长宣读。

陈望道与新闻系师生在“新闻馆”前合影（1945 年）

民主自由的活动场所。馆内收音室经常收听延安广播，新华社的重要消息一经收录下来，立即传遍复旦校园。因而这里又被师生誉为“夏坝的延安”。

陈望道出任系主任后，不仅亲自为同学开设了修辞学、逻辑学和新闻写作等课程，还兼任了“复新通讯社”的社长。他把通讯社作为同学们实习的园地，同时还在系里开设了录音实习课，同学们借录音实习的机会，收听新华社的广播。此事，不久即为中统特务发觉，蒋介石亲自下手谕责令朱家骅查明事实，并命其对复旦大学新闻系的陈望道、李光治、杨师曾等人要严加注意及查办。陈望道闻讯后赶紧同地下党的同志商量对策，事情才很快地转危为安。

在新闻教学的建设中，陈望道还特别强调要有科学与民主的精神。为体现“学行并重”的原则，他们除了创办各种壁报和印刷物以及举办每周一次的“新闻晚会”，讨论时事、政治，议论哲学以及研究新闻理论外，系主任陈望道还经常利用自己的社会影响，亲自出面邀请社会上的知名人士前来作报告，以及邀请有实际工作经验的老报人前来讲授新闻业务课，扩大师生们的眼界，提高大家的业务水平，同时也加强了与新闻业务部门的合作。如当时曾邀请戈宝权来系作关于“苏联新闻事业”的报告。此外，陈望道还十分强调撰写新闻评论必须具备“有胆有识”两个条件。

复旦新闻系在陈望道的领导下，办得生气勃勃，师生们的思想十分活跃。新闻系由一个不著名的小系，发展成为一个引人注目的大系，前来投考的学生与日俱增。

对陈望道主持新闻系的工作，李光诒老师曾有过较好的评价，他说：“复旦新闻系正式成立于民国十八年秋，先是民国十五年陈望道先生主持之中国文学科中已有新闻组，追溯渊源，已有20年之历史。曩日在沪，由谢六逸先生十载经营系中规模初具。抗战军兴，辗转迁川，昔日设备尽行散失。谢先生因故离校，复由程沧波先生继掌系务。程氏旋以事牵，未克兼顾。复改由本系创始人陈望道主持。陈氏接掌两年以后，锐意整顿，旧日规模渐次恢复。现教授方面拥有赵君豪、曹亨闻、祝秀侠、王一之、冯列山、舒宗侨诸先生，均名重一时之新闻界硕彦，课程方面，举凡基本具之训练，专门知识之灌输，以及一般常识之培养，均订定完备。实习方面，有复新通讯社之设，分编辑、采访、经理三部，由同学轮流实习，每月发稿六次。颇为全国各地报纸所采用。近更极谋新闻馆之兴建，俾成立印刷所，发行报刊，充实图书设备，以期蔚为全国新闻学术与新闻教育之重镇。”①

复旦新闻系的学生十分爱戴和敬重他们的系主任。有一位署名T. S的学生这样描述他们的系主任陈望道先生：

---

① 李光诒：《给有志于新闻工作者》，《1946年复员前的新闻系》，油印本。

“陈望道先生老是穿着那么一件深色的长袍，只是为了季候才在质料上有一些改变。

“他已经五十多岁了，而他说‘我是年青的’。的确，他对工作永远不感到倦怠。他走着老是像赶路。虽然步伐那么平稳，你总觉得他一点也不悠闲，好像也在思考。你和他点头，他的回答也是那么淡淡的。你将说他不令人乐于亲近了，而你去到他屋子里讨论‘的、哩、吗、了’，他会高兴地给你谈上三四个钟头，还会递给你一支香烟的……他主编过《新青年》，辉煌了‘五四’时代的一个杂志。他主编过《太白》半月刊，用科学小品，打击那些把文化当作‘咖啡’或‘冰淇淋’的大师。他与人合译过《社会意识学大纲》以及许多有关社会与文学的书籍。他出版了《修辞学发凡》，问你为什么‘先生今人，而不先生古人’①。他编辑了《中国文法革新论丛》，那是他的关于中国文法学的一部大著的‘引子’。他还在那里研究中国文字学，他思索着问你怎样地解释中国文字应走的方向。在《大众语论战》里，他提出了‘还要大众写得出’的原则。当然他是知道中国文字应该怎样改革的。

“还有应该提到的是，他说话的时候义乌的土音很重。他的话又常常诙谐的。可是只要你听懂了，你就会哭。因为他不是和你开玩笑，那里面包含着多少人类的苦难与真理。他参加同学们集会中的讨论，老是把自己看作群众‘平等’的一个。他不作结论，而只把大家引到问题解决的‘路口’。

“他说：‘不做则已……’新闻馆就是这样成功的。他在重庆一家茶馆里吃着烧饼，那是应该吃午饭的时候。他说：‘这样经济了时间，也经济了力。’因为他马上还要去赶一个约会。他晚上睡在

① 参《修辞学发凡》“初版后记”：“本书举例一概注明出处，有所征引也一概提出作者和书名，以便翻看原书，唯有称呼名字，通例只先生今人而不先生古人，似乎不大自然，本书在文中一概不称先生。”

一个朋友家里臭虫很多的床上，他疲倦了一直睡到天明。

“他主张汉字应该改革，‘因为那既难记又难写’。他说：‘我不教学生做绵羊，我放他们做猴子……’他为中国文化努力着，他是一个开拓者。‘路是走出来的’。他在那里走着，而他不向你呼喊：‘你们来，到我这里来！’他知道只要开辟了路，你们是会来的，他沉默着，沉默就是最好的语言。”①

复旦新闻系的学生爱戴和尊敬自己的老师、系主任，把陈望道看作可以信赖和依靠的长者，而他对学生也是无限尊重，在他的心目中，学生总是放在首位。某日，新闻系的张四维与几位同学一起去探望系主任陈望道，在访问过程中，老师家又来了其他客人，张四维等急忙起身要告退。陈老师却阻止了他们，并说：“在我的观念中学生总是占第一位的，学生来探望我，我是最高兴的，我要把时间首先让给学生，作为一个教师接待好学生才是首要的。”这番话使在场的学生感动不已。张四维后来回忆说：“陈望道老师的这番话对我以后的教师生涯起着很重要的作用，从那以后我常会想起老师的这些教导，并时常用他来对照自己，看看自己是否做到了这点。”②

抗日战争期间，重庆复旦大学是大后方的著名民主堡垒，复旦的中共地下党员组成的“据点”，团结了一大批民主人士和进步教授，如陈望道、方令孺、张志让、洪深、周谷城、孙寒冰、章靳以、卢于道、张孟闻等。党组织还通过学生进步社团出面邀请学者名流郭沫若、邹韬奋、陶行知、王芸生、钱俊瑞、戈宝权、阳翰笙、胡风、老舍、黄炎培、马寅初等来校讲演，壮大了抗日民主运动的声势。

当时正在重庆八路军驻渝办事处领导中共南方局工作的周恩来同志，除了夜以继日地同国民党政府开展针锋相对的斗争外，还十

---

① T. S：《我们的系主任陈望道先生》，《1946 年复员前的新闻系》，油印本。
② 访问张四维。

分关心复旦大学的统战工作。他不仅指示南方局青年组在复旦设立“据点”，领导学校的对敌斗争，还提出要亲自去北碚探望复旦的民主教授。陈望道后来回忆说：

“记得有一次，周总理想亲自来校看望我们，但他考虑到当时的重庆到处是白色恐怖，特务、密探横行，担心来看望我们后，国民党找我们这些知识分子的麻烦，甚至大打出手，故特地托人捎信来问：我看看你们是否方便？当我们知道周总理要亲临学校看望大家，高兴极了。同时都深为周总理这种置个人安危于度外，关心我们人身安全的做法而感动，心里更加迫切地希望亲眼见见周总理。于是我们毫不犹豫地回答：请转告周先生，我们欢迎他公开来。周总理得到回讯之后考虑到当时环境的险恶，就特意把会见的地点安排在复旦附近的北温泉。当天他就偕同邓颖超同志一起前来，并和我们一起愉快地共进了午餐。周总理亲临北温泉看望我们，充分体现了伟大的中国共产党对知识分子的无比关心，使我们深受鼓舞。消息传出后，在知识分子中间产生了巨大的影响。”①

在抗日战争时期，复旦大学是重庆地区进步学生运动的联络中心，而新闻系又是全校民主力量最强的一个系，地下党的很多同志都在新闻系工作。这个系的许多毕业生有的奔赴抗日前方，有的辗转到了延安。为此，学校当局把新闻系视为眼中钉，并不断对陈望道施加压力。在一次全校师生于大礼堂的集会上，校长章益竟公开骂他提倡新文字是要“消灭中国文字”，是“连文字也想割据的‘亡国灭种’之举”，并扬言要把他赶走。陈望道听到后十分气愤，便向文学院院长提出辞呈。新闻系学生闻讯后连忙出来挽留，同时还传出若挽留不成，将发动罢课以示抗议等。消息传到正在重庆的原上海大学校长于右任及《民国日报》编辑邵力子那里，两人几次

① 陈望道：《深切的怀念》，《陈望道文集》第1卷，第306页。

来电向校方表示异议，对章益施加压力，迫使章益三顾陈望道的寓所，向他致歉并表示挽留。

风波平息后，新闻系的学生专门为他召开了一次尊师晚会，以表示对系主任的全力支持。会上，学生还向他赠送了一块“永远领导我们”的匾额。晚会结束后，学生敲锣打鼓地将他护送回家，还特地绕道从章益的家门前经过，向章益示威，显示该系师生团结一致的力量。事后，陈望道万分激动地对新闻系的学生说：“我又重新看见了前面的红太阳照耀着我前进！”

陈望道在重庆黄桷镇复旦新闻系任职期间，给他的学生留下了难以忘怀的印象，以至在若干年之后，他们仍念念不忘。周俊元说：“他没有架子，平易近人。笔者在复旦读书时，为了图个清静，好好读书，曾自租房屋，住在校外。此房在小山上，离校一里许。一次，陈老师闻我丧母，曾亲自爬上山坡送吊仪。在旧社会，系主任能如此对待学生，感人至深！”①

刘迪明也说：“他不摆名人架子、诚恳待人、尊重后辈的风范，使人叹服，值得不少人学习。”②

葛克雄更是这样回忆说：“深感他不是一般的学者，而是特立独行的大学者。他独到的精辟见解，往往能代表时代前进的方向。不仅在语文界如此，在政治上也是如此。他不但是随时代永远前进的大学者，而且是学者中间永远随时代前进的政治家。在旧社会，他能居安思危，虽危而安，成竹在胸，胸藏十万甲兵。

“陈望道无论从治学方面，事业方面来说，都是成功的人物，其治学自有科学方法，对事业富有献身精神。凡是和先生相处过几年的人，都有较深的感受。

---

① 原件存复旦大学校史室。
② 同上。

“一、从‘新闻馆’的建立看他对事业的献身精神。二、从广泛收集材料看他谨严认真的治学精神。在夏坝课堂上，他曾对我们说过去茶馆、戏院的事情。‘从前写《发凡》时，遇到了障碍，便停笔不强写，坐上电车从西到东或从南到北压马路，一面看马路两边的商店招牌，一面听乘客的谈话，往往意外地有所触动，想通一个问题，于是赶紧回家就写。真是‘踏破铁靴无觅处，得来全不费功夫’。在夏坝东阳镇寓所，他还让我看了他珍藏了十几年的几大本笔记本，那是硬面大型的英文练习本。我一面看，他一面说：‘这是我做学问收集材料的笔记本。一旦有所发现觉得有点用处，便马上记下来。日积月累渐渐就成了几大本。到写文章的时候，不定全用得上，只能沙里淘金。’

“对修辞现象语文现象都很注意搜集研究。在夏坝时，他有时找几个爱好学习修辞的同学，周末在他家中开座谈会。这是他搜集材料集思广益的方法之一。”①

卢庆鹏也回忆说：“一口浙江上虞口音，中等瘦削身材，更有一副诲人不倦、循循善诱的安详的容貌。他的教学方法老早就是启发式的、讨论式的，使我们觉得新颖容易接受。他的学识非常渊博，学生们对他的感情很为融洽。他很乐意和学生们交谈，从不摆‘师道尊严’的架子。他治学严谨认真，有时为了一二个生僻词汇，例如，‘八佾’这个词原是古音乐名称，出于《论语》，‘八佾舞于庭’，是古天子所用乐舞也。他特地叫我去查考证实，加深印象，以求‘甚解’，使我们体会到‘学然后知不足’，‘教然后知困’的道理。这就给我在以后数十年担任教师的语文教学过程中起了示范作用，切愿学习他的治学严谨精神并身体力行。”②

---

① 原件存复旦大学校史室。
② 同上。

三二

“潜庐”星火

陈望道在重庆复旦大学工作期间，一如既往地站在坚持抗日救国、拥护民主与进步的立场上。为此，他和复旦地下党组织始终保持着密切的联系，紧密配合地下党同敌人开展了一次又一次的斗争。

1944 年，抗日战争已接近尾声，日寇发动了打通大陆交通线的战役，国民党军队狼狈溃败，失地千里。这年年底，日寇的前锋已到达贵州独山，重庆震动。复旦师生同全国人民一样对国民党反动派的假抗日真内战的反共面目也有了进一步了解。此时的国民党政府正日夜窥视我解放区，为消灭“异己”，不惜出卖民族利益，配合日寇又大举进攻我解放区。

中共地下党在复旦的“据点”抓住这一时机发动全校师生展开“国是讨论会”，讨论分析当前国内的形势。同学们个个摩拳擦掌，准备开赴农村去打游击。重庆《新华日报》也公开号召青年学生到解放区去，到农村去，准备坚持对敌斗争到最后的胜利。

1945 年，新四军第五师开辟中原解放区，要求南方局输送干部。中共在复旦的“据点”也动员了大批爱国青年到中原解放区及四川农村去，人数多达百余人。敌人对此恨之入骨，并加紧了对进步师生的迫害。复旦校园内在1945年这一年里接连发生了几起轰动社会的政治事件。

第一起事件是反对特务迫害费巩教授的斗争。

1945年3月5日，复旦校友、浙江大学教授费巩从重庆千厮门码头乘船来复旦，途中被特务绑架。复旦师生获悉后发表告各界人士宣言，呼吁救援费巩教授，使他早日恢复自由。国民党当局竟矢口否认绑架之事。但后来事实证明，国民党特务灭绝人性，早已把费巩教授杀害并推入硝镪池中毁尸灭迹。救援活动最终虽无结果，但敌人的反动面目已彻底暴露出来。

第二起是覆舟事件的斗争。

这起事件发生在1945年7月20日下午，由重庆北碚渡江至夏坝的复旦校船，在即将靠岸时因超载倾覆失事，乘客纷纷落水。当时复旦大学的三青团骨干分子陈昺德，操纵控制了渡船和救生艇，竟见死不救，致王先民、束衣人、顾中原三名进步学生及工友一人不幸溺水身亡。陈昺德，平时腰挂手枪，在校园内耀武扬威。他为了牟取暴利，控制复旦渡船，超载覆舟后又见死不救，事件发生后全校群情激愤，强烈要求严惩凶手。在此斗争的严重关头，章益校长却扬言要辞职。校内中共地下党组织考虑到当时教育部部长已由陈立夫换为朱家骅，若在此时撤换校长，国民党定将委派朱的亲信前来担任校长，若果真如此的话，必然不利于这起事件的善后处理。于是，为了集中力量打击揭露特务陈昺德，决定挽留校长。当时，陈望道等许多进步教授在地下党的领导下，团结一致与反动特务势力开展斗争，迫使校方解除陈昺德的职务，并将他送交法院审理。在陈望道、洪深等进步教授与社会舆论的支持下，师生们在束衣人等的追悼会上，揭露特务分子横行不法的行径，狠狠打击了反动分子的气焰。当时《新华日报》7、8两月曾详细报道了这一事件的真相，以及复旦师生同国民党特务斗争的经过情况。

重庆复旦大学的广大师生，正是通过这一场场对敌斗争，逐步提高了自己的政治觉悟，积累了丰富的经验，去迎接黎明前更严酷的战斗。①

1945 年 8 月，日本帝国主义宣布无条件投降，历史又翻开了新的一页。然而，同全国其他许多地方一样，在学校内部敌我双方的斗争并未就此结束，它只是以另一种形式出现。抗战胜利后的最初的斗争正是环绕着争取国内和平、反对内战而展开的。

1945 年 8 月下旬，日寇刚刚投降，为了争取有一个和平的局面，毛泽东不顾个人安危亲自飞往重庆参加国共谈判。在此期间，毛泽东在百忙中抽空会晤了复旦大学张志让、陈望道、周谷城等一

1945 年日本宣布无条件投降。图为当年 9 月 2 日在密苏里号上举行的日本投降仪式，日本外相重光葵代表天皇和日本政府签字

① 转引自《复旦大学志》第一卷（1905—1949），第 160—161 页。

批民主教授，给了他们很大的鼓舞，从而更激励他们去为争取和平、民主和反对内战、反对独裁而斗争。复旦进步师生在陈望道等民主教授的支持下，在夏坝的“新闻馆”收听延安广播，出版各种壁报和油印刊物。在“据点”核心组的领导下，广大进步同学和民主教授一道，还专门组织了“和平、奋斗、救中国”的大型讨论会。陈望道等教授在发言中，强烈抨击国民党置人民死活于不顾，悍然发动内战的反动政策。1946 年 1 月，旧政治协商会议开幕，重庆复旦大学的三十余个学生团体联合举办“和平建国座谈会”，而一些国民党、三青团学生则在同一时间、同一地点召开“和平建国讨论会”，两个会议中间仅一板之隔，却形成鲜明的对比。参加前一个座谈会的多达五六百人，陈望道、周谷城、张志让、卢于道、张孟闻、方令孺、章靳以等三十多位教授也出席了座谈会。在会议进行过程中又有许多师生参加进来，会场内的人愈来愈多，连窗台上也挤满了人。而另一个座谈会原本参加的人就不多，后来由于主持人吹捧国民党的内战、独裁政策，会场内不断有人起身离去，以致人数愈来愈少，最后只剩下十来个人了。

同年 2 月 22 日，国民党为了转移人民反内战斗争的目标，借口东北“张莘夫事件”①，在重庆和蒋管区策划了反苏、反共大游行。重庆复旦部分师生受蒙骗前往参加。事后，复旦地下党领导的《谷风》壁报，揭露了国民党反动派一手策划的这一事件的欺骗、利诱、胁迫等事实真相，特务们气急败坏地跳了出来，在校园内公开逮捕了《谷风》负责人庄明三，并强迫庄明三在校园旗杆下罚跪，恣意对他进行人身侮辱。洪深教授起来仗义执言也受到特务的围攻、石击。事件发生后，学校当局竟完全站在袒护特务学生的立场

① 张莘夫是 1946 年国民党政府派往东北接收抚顺煤矿的工程师，在 1 月 16 日返程途中被不明身份的人杀害。国民党当局利用青年学生的爱国热情借此事件在全国掀起了一股反苏、反共的逆流。

上。陈望道与洪深等教授带头签名发动罢教以示抗议。在抗议书上签名的多达七八百人。斗争的结果赢得了重庆舆论界的支持，迫使校方开除了肇事的特务学生。“《谷风》事件”发生后，反动派更加紧了对学校的控制。复旦许多进步学生在陈望道、洪深等老师的鼓励下，纷纷走出学校，奔赴农村或解放区继续开展对敌斗争。

陈望道在重庆期间，始终处在敌人的严密监视下，但他仍然坚持为党做了许多力所能及的工作。在政治上他一直是受压抑的，没有行动自由。他一度想去延安，但由于受到敌人的严密控制，无法通过去北方必经的关口——青木关。于是他就把精力集中在支持当时正在形成并日趋激烈的民主运动上。他态度鲜明地同情、支持、掩护和帮助进步学生以及学生运动。这种支持和同情，有时是公开和直接出面的，但在很多情况下是在暗中进行的。迫于当时的环境和条件以及他所处的地位，不能或不便公开和直接支持时，用不公开的方式所起的作用反而会更大些。举例来说，他在上课时不常公开点名，这是因为他坚信在当时那样的形势下，学生——尤其是那些进步学生是决不会无缘无故地缺课的，学生不来上课常常是因为有更重要的事情要去做，在这种情况下老师理应给予支持，而不应用点名的方式去限制他们，或借以暴露他们的行踪，使反动学生有机可乘。

当年，他曾对指定同他联系的地下党员邹剑秋明确表示：“请把党的意图告诉我，我会知道怎样行事的。”鉴于陈望道一贯的政治立场和对革命的态度，地下党组织在当时对他持完全信任的态度。

在重庆北碚复旦大学期间，陈望道在学校北面东阳镇上一个名叫“潜庐”的院子里租了两间平房，过着十分俭朴和清苦的生活。在这个院子里，除了他和夫人蔡葵的两间住房外，其余的房间就是地下党同志的会议室和休息室，以及党所领导的外围刊物——《中国学生导报》的办公室。

《中国学生导报》创刊于 1944 年 12 月 22 日。导报出版的当日，重庆的《新华日报》特地在头版右上方刊出一则醒目的广告。《中国学生导报》的诞生，使国民党统治的心脏地区也有了传播中国学生正义呼声和进步要求的学生报纸。它是抗战以来在国统区出版时间最长、影响较大的进步学生报纸。《中国学生导报》一创刊就明确规定自己的宣传任务是：尽可能反映出国统区长期遭受法西斯统治过着饥寒交迫生活的广大学生的生活和斗争；以各种形式为他们抒发积郁的闷气，喊出要求民主的呼声，表达坚持抗战、坚持团结、坚持进步的愿望；促进发展进步势力，争取中间势力，孤立顽固势力。

《中国学生导报》从创办到发展，始终得到了党的亲切关怀。当时周恩来同志领导的南方局青年组，是《中国学生导报》的直接上级。在创刊前夕，青年组负责人就要求把这份报纸办成为大多数学生喜闻乐见的报纸。抗战胜利后，周恩来和吴玉章同志都亲自过问《中国学生导报》的工作。1946年以后，在极端恶劣的政治环境中，报纸还坚持了一年多时间，这是与遵循两位领导的指示方针分不开的。《中国学生导报》还得到许多进步教师和民主人士的帮助。重庆救国会的沈钧儒、史良、曹孟君、沙千里、罗叔章等知名人士，曾专门集会为《中国学生导报》筹募经费，有时还定期捐助。

《中国学生导报》开始主要由复旦大学学生负责，后来重庆音乐学院、育才学校、社会大学、重庆大学、女子师范学院等很多大中学校都有学生参加办报。他们为办好报纸付出了艰辛的劳动，表现出高度的政治热情和优良的工作作风。不少学生因为办这份报纸经常受到反动当局的警告和逮捕的威胁。斗争中，有些学生被学校开除，有些则在被捕后献出了宝贵的生命，副社长陈以文就是其中的一个。[①]

嘉陵江畔的“潜庐”，在漫长的黑夜中，闪烁着复旦大学熠熠的星火。

---

① 郛鸣飞：《关于〈中国学生导报〉》，《新闻大学》1982年第4期。

三三

迎接新世纪的曙光

抗日战争胜利后，蒋介石一面加紧掠夺人民的胜利果实，一面竟在美帝国主义的支持下冒天下之大不韪，再次挑起全面内战，于是中国人民同美国支持下的国民党反动派的矛盾迅速上升为主要矛盾。中国革命由此进入了一个新的历史时期，也即第三次国内革命战争——全国解放战争时期。

重庆复旦大学的爱国师生，在抗战胜利后的最初的斗争是围绕着反对内战和争取国内和平而进行的。他们在同校内外的反动势力经过半年多的较量之后，便开始准备复员，迁回上海原址。1946 年度的下半学期学校提前结束，5 月开始放暑假。随同学校迁回上海的师生自 6 月份起分水陆两路踏上归程。其中尤以陆路为主，先后经川陕公路、陇海、津浦、沪宁铁路返回上海。水路一行则乘轮船直下上海。9 月底复员工作基本结束。陈望道也随大队人马回到上海。

复旦大学重庆部分迁回上海后，沪、渝两地师生合并，学校规模较前有了扩大，不但院系及图书设备、校舍等有了扩充，而且教师的阵容也比过去任何时期都要强大。全校共有 168 位教授、37 位副教授、109 位讲师，其中不乏全国著名的专家、学者，如张志让、

李登辉先生（1873—1947），1913年出任复旦公学校长，1917年任私立复旦大学校长。以“学术独立，思想自由”为办学理念，一生从事教育，贡献复旦，被誉为“复旦的保姆”

陈望道、周谷城、周予同、洪深、方令孺、章靳以、全增嘏、卢于道、胡曲园、漆琪生、梅汝璈、李炳焕、严志弦、张孟闻、孙大雨、伍蠡甫、葛传槼、赵景深、潘震亚等。复旦大学在教育界的声誉和地位不断提高，前来报名投考的人数也大为增加。[①]

尤其是李登辉校长在1947年7月5日复旦大学复员后的第一次毕业典礼上，向全体毕业同学提出了“服务、牺牲、团结”的复旦精神之后，更使全校师生的精神为之一振。李校长在向毕业同学解释复旦精神这几个字时说：你们现在穿的是学士制服，“你们穿过了以后，应当是一个有学问的人，应当从此对国家有所贡献”。又说，“一个大学毕业生，应当为社会服务，为人类牺牲”，“特别是在中国，我们还要团结。全体人民的团结，中国才有希望”。他还说，“服务、牺牲、团结，是复旦的精神，更是你们的责任”。

遗憾的是李登辉校长就在这年冬天不幸因脑出血与世长辞，复旦师生不胜哀悼。陈望道亦写了《悼李老校长登辉先生》祭文。他在文中追思说：“先生是复旦传统的象征，也是校长的最好典型。最近去世，至可痛悼。先生曾以服务、牺牲解释复旦精神。先生自己就是服务的、牺牲的，同时也是民主的、和平的，专为青年的发

① 参考《复旦大学志》第一卷（1905—1949），第180页。

展、中国的进步办教育的，先生对于我们的启发无限，我们对于先生的尊敬痛悼也无限……我们祝望先生崇高精神永永远远在复旦，永永远远在人间！”①

正如陈望道所祝望的那样，李登辉老校长的崇高精神，以及他所提出的复旦精神，时刻鼓舞着复旦师生，鞭策他们在伟大的人民革命斗争中，努力去贡献自己的一切。

复旦是一所具有民主与爱国传统的学校，在抗日战争期间，它与昆明的西南联大同被誉为“大后方”的“民主堡垒”。国民党反动派为了要争夺和控制这块园地，先后派遣了不少特务学生免考进入学校，因此学校的反动势力也相当强大，国民党、三青团、中统和军统分子曾多达 200 多人。但是复旦的进步师生在中国共产党正确政策的感召下，在地下党的领导下，不畏强暴，不怕高压，始终站在各项斗争的前列。于是反映在复旦学校内部的进步力量与反动特务势力之间的斗争，也就十分尖锐、激烈了。在剧烈的斗争面前，陈望道不顾个人安危，积极配合和支持地下党的工作，尽力保护革命师生，并一如既往地再三要求地下党同志把工作的意图随时告诉他，以便更自觉、更有效地协助地下党组织开展工作。

迁回上海的复旦新闻系，仍然是全校进步力量最强的一个系。在学校开展的各项争取民主自由的斗争中，新闻系的师生，总是站在最前列。新闻系的学生除了主办《复旦新闻》外，还与其他系的进步同学一起联合办起了《大学生活》《世纪风》等二三十种壁报及社团，配合当前形势开展各种宣传。这一系列工作又都得到系主任陈望道及其他进步教授的有力支持。

复员后的复旦师生参加的第一场重大的、群众性的政治斗争便是抗议驻华美军的暴行。

---

① 陈望道：《悼李老校长登辉先生》，摘自《李登辉先生哀思录》，1949 年。

1946年12月24日夜晚，北大女生沈崇遭到美国士兵的残暴强奸。消息传出后，立即引起有良知的中国人民的无比愤慨。复旦校园里贴满了揭露和抗议美军暴行的标语。12月30日全校女同学发起“控诉揭露美帝暴行大会”，却遭到三青团书记苏长庚等的捣乱和破坏。31日，复旦与其他各校代表又开会决定组成“上海市学生抗议美军暴行联合会”，议定于1947年元旦举行全市性的抗暴游行大示威。

是日，复旦同学七八百人由虹口公园出发，经四川北路进行游行示威。学生沿街高喊“反对美军暴行”“美国兵滚回去”等口号。下午游行队伍在外滩公园与10所大专学校及16所中等学校的同学汇合，聚集了一万余人，排列成浩浩荡荡的队伍，向南京路进发，举行了声势浩大的示威游行，取得了很好的宣传效果，社会影响极大。① 复旦大学方令孺、洪深、沈体兰、陈子展等37位教授，也于元旦这天发表《正告美国政府意见书》，揭露美国妄图把中国变为半殖民地的反动政策，全力声援学生的爱国正义行动。

为了适应斗争形势的需要，上海地区的大专院校教授的进步组织——“大学教授联谊会”在地下党的领导下正式成立。大学教授联谊会，简称“大教联”，主要负责人为张志让、沈体兰、蔡尚思等，负责联系“大教联”的地下党员为曹未风和李正文等。陈望道在“大教联”刚成立时就加入了，据“大教联”成员郭绍虞、蔡尚思回忆说：“这是比较秘密的组织，所以参加的人员一般都是经过严格审查的，人数不很多。”② “大教联”成立后，紧密配合全国解放战争，利用一切合法地位进行公开的斗争。“经常地并及时地在左倾报纸《大公报》《文汇报》上发表宣言，内容主要是反内战、反

---

① 引自《复旦大学志》第一卷（1905—1949），第185—186页。

② 郭绍虞：《回忆大教联》，《文史资料选辑》（上海解放三十周年专辑）下册，上海人民出版社1979年版。

迫害、反饥饿、反法西斯专政、反签订卖国条约、反美扶日和支持罢工、罢教、罢课等等。”① 此外，“这个组织还经常采用联谊聚餐等方式集会，讨论时局或由地下党同志作有关时局和解放区情况的报告，鼓励会员更加勇敢地进行斗争。大约每星期至少集会一次，地点无定”②。

为了团结广大的进步教职员去争取民主和生存的权利，不久，在上海又成立了一个旨在联合华东地区 16 所高等院校教授的“大学教授联合会”，陈望道担任了这个组织的主席。这是一个中间偏左的组织。两个“大教联”组织在赴南京请愿时就合并了。陈望道在主持“大学教授联合会”工作时，积极依靠地下党的领导，使该组织的各项工作得以轰轰烈烈地展开。

1946 年年底的全国抗议驻华美军暴行的斗争，持续到第二年的 3 月上旬，已成为蒋管区人民斗争新高潮的标志。眼看这场反美爱国斗争的火焰愈烧愈旺，国民党反动派狗急跳墙，竟在北平市大肆搜捕无辜百姓，进行镇压。一夜之间被捕的人多达 2 000 余，除学生外尚有许多教职员及一般文化界人士。大搜捕后，北平的知名人士许德珩、钱端升等 13 人联名发表抗议书。消息传到上海，上海的大学教授 66 人签名发表《保障人权宣言》，响应北平的教授，抗议国民党政府非法捕人。复旦大学在宣言书上签名的有王师复、方令孺、陈望道、朱复、周谷城、余楠秋、周予同、陈子展、洪深、马宗融、胡文淑、卢于道、张志让、章靳以等 39 人。

随着民主运动的深入发展，反映在学校内部的进步力量同反动势力的斗争也日趋激烈。复旦三青团书记苏长庚利用所窃取的学生自治会主席的职务，疯狂叫嚣要把复旦变为“反共的堡垒、灭共的

---

① 蔡尚思：《上海大教联的组织内容和斗争方式》，《文史资料选辑》（上海解放三十周年专辑）下册。“反美扶日”指反对美国在“二战”后实行的扶植日本的政策。

② 同上。

基地”。面对这一反动挑衅，复旦进步学生在地下党的领导下，决定由系科联合会出面，参加4月份的学生自治会执委的竞选，争取把学生会的领导权从反动分子手中夺过来，取得领导群众的合法机构，去迎接斗争高潮的到来。于是围绕着复旦学生自治会的改选，展开了一场非常激烈的竞选活动。这场斗争是在进步同学一方组成的“五院联合竞选团”及另一方组成的“不谈政治竞选团”之间进行的。竞选的结果，自然是“得道者多助”，“五院联合竞选团”获得了压倒多数的胜利，17名候选人中就有16名当选。而“不谈政治竞选团”遭到惨败，仅有一人当选。从此，复旦大学学生自治会的领导权就掌握在进步同学的手中。

学生自治会竞选一结束，复旦师生又立即投入“反饥饿、反内战、反迫害”的红五月学生运动中去。

自从蒋介石发动了反共反人民的全面内战后，给蒋管区带来了空前严重的政治和经济危机，广大民众重又陷入绝境，全国各大专院校的师生也濒临饥饿的边缘。在中国共产党的领导下，中国人民的解放战争取得节节胜利，它鼓舞全国人民前仆后继地起来同国民党反动派进行不屈的斗争。蒋介石卖国政府陷于全国人民汪洋大海的包围之中。

1947年4月开始，南京等地大专院校的广大师生，在地下党的领导下，以集会、示威游行、发通电、写宣言、罢课罢教等方式，同国民党政府开展了针锋相对的斗争。他们把要求改善生活待遇、增加教育经费、抢救教育危机的呼吁，进一步发展为“反迫害、反内战”的政治斗争。

5月15日，南京中央大学等校3 000余人，为要求增加公费生伙食费进行示威游行。上海地区也有交大、复旦、暨南、大同、之江、同济、上海医学院等9所院校的进步师生，先后起来进行反饥饿的斗争。5月17日，上海市国立高校学生联合会通过决议，决定派代表进京支援南京学生的请愿。复旦“系科代表大会”作出决定：从 17 日上午开始罢课，并要求学生自治会派代表进京请愿。18 日，交大、暨南、复旦、同济等校学生决定派代表赴京。19 日，上海大专院校 30 名学生代表联合杭州浙大 7 名学生代表一同进京，然后会同南京学生一起向南京国民政府请愿。

5 月 20 日上午，京、沪、苏、杭地区 16 所专科以上学校的学生 6 000 余人在南京举行联合示威大游行，向国民党政府提出增加伙食费及全国教育经费等五项要求。不料在请愿途中，竟遭到警察、宪兵、特务的殴打，当场被打致重伤者 8 人，被击流血者 50 余人，从而制造了震惊全国的南京“五二〇”惨案。

22 日晚，复旦进京代表回校后在子彬院 101 大教室向同学们汇报了“五二〇”惨案的经过情况，激起全场的义愤。可是特务分子竟通知军警到校，将会场包围起来，同学出去一个，特务就逮捕一个，又制造了一起“子彬院逮捕事件”。当晚即有 5 位同学被捕，其余同学就只得滞留会场直到天明。事后，同学们严正要求校方保障安全，并无条件释放被捕同学，同时还做出罢课三天的决定，以示抗议。

对国民党军警蓄意制造的这起“子彬院逮捕事件”，复旦的教授们感到无比气愤，便于 24 日上午召开紧急会议，宣布罢教以示抗议，并声援同学。洪深、潘震亚、陈望道、陈子展、张定夫、周予同、周伯棣、周谷城、马宗融、章靳以、张孟闻、张明养、萧乾、胡文淑等 14 位教授，联名发表《我们对于此次学生请愿的意见》，指出：“学生要求教育经费，要求改善教授待遇，要求增加学生公费，并且呼吁和平，反对内战，盖以内战直接危及大学教育也。目标如此单纯，道理如此明显，而以请愿的方式出之，我们站在教授的地位言，不独无法非难，且认为此或足以刺激贤明的当局，以谋问题之有效解决。”政府“对赤手空拳的请愿学生加以逮捕，加以殴辱……正是制造纠纷”，希望能早作合理解决。[1]

但是，国民党反动派对复旦学生运动的镇压，并未就此停止。仅仅相隔三天，又制造了一起“国权路血案”。5 月 26 日，张志让、邱汉生、顾仲彝、孙大雨、卢于道等教授就“子彬院逮捕事件”联合交大、暨南等校于是日下午会见吴国桢市长进行交涉。傍晚 5 位被捕同学获释。复旦同学在子彬院 101 教室召开欢迎会。特务学生苏长庚等又指挥军警在国权路旁埋伏。晚上 9 时许散会后，男同学返回宿舍，军警突然以鸣枪为号冲进人群，并用带钉的棍棒袭击手无寸铁的学生，当场打伤 30 多人，5 位受了重伤，4 人住院治疗。校长闻讯及时赶到，特务学生苏长庚虽被扭送司法机关关押，但第二天就被放了出来。

“国权路血案”发生后，同学罢课，教师罢教，章益校长迫于群众压力，也多次向教育部提出辞呈。然而，面对师生们的愤怒抗议，国民党特务非但没有丝毫收敛，反而变本加厉，露出狰狞面目，他们不仅封闭了报道复旦学潮的《文汇报》《联合晚报》，还于 5 月 30 日凌晨在全市进行大搜捕，总共捕去学生 50 余人，复旦就有 11 人被捕，约占全市被捕总数的五分之一。

5 月 30 日夜晚，天漆黑漆黑的，复旦园内笼罩着一片白色恐怖，由于地下党筹备组事先已获悉敌人将再次伸出魔爪，多数进步同学都已有所准备。新闻系同学何晓沧这天因身体不适早已和衣躺下了。突然有人前来通知他，要他到洪深教授家中暂避。待他来到洪深家时，见已有孟庆远、聂崇彬、沈关兴三人在那儿，于是决定转移到陈望道家中。洪、陈两家离得很近，当洪师母前去同陈商量时，他满口应允。因何正在病中，故一到陈望道家便倒在楼下的“榻榻米”上睡着了。天刚蒙蒙亮时，陈望道便下楼来告诉他，“昨

---

① 《十四教授联合宣言》，《大公报》1947 年 5 月 25 日，第 4 版。

夜特务在他屋外用手电来回不停地照，自己整夜未敢合眼，以应付不测。此刻外面仍在到处抓人，千万不可外出”。接着又让他转移到楼上隐蔽起来，直到警报解除才安全出去。何晓沧，又名何刚，系进步同学中比较活跃的头面人物，亦为敌人监控的目标之一。这次正是在陈望道老师的掩护下才躲过这场搜捕的。事后知道，敌人在学生宿舍抓不到捕捉的对象，便到教工宿舍去搜捕。结果，孟庆远等三人不幸在洪深教授家中被捕。①

对于国民党反动派这种倒行逆施的暴行，复旦教授们再一次表示强烈抗议。5 月 31 日，陈望道、周谷城、洪深、陈子展、钱崇澍、张定夫、吴剑岚、夏炎德、吕玉文等共 99 人联名发表罢教宣言，要求按当时法律条文对特务行凶予以指控，声称“同人等悲痛之余，亦无心讲学”，一致罢教，以示抗议。教授们还为了营救被捕学生到处奔波。

6 月 7 日，上海被捕学生家长联合会成立。联合会成立后积极开展营救被捕学生的活动。直至 7 月 8 日起受害学生才陆续被释放。这年暑假，洪深教授被学校当局无理解聘，张志让、周谷城亦分别被解除了行政职务，被学校开除的学生共有 16 名，以各种借口被迫离校的多达数百人，一些在运动中比较暴露的进步同学骨干也暂时进行了撤退。暑假后，复旦的学生运动一度趋于低潮。

作为一名学者，陈望道在支持民主爱国运动的同时，并没有忘记他所热心从事的语文事业。1947 年 2 月，他和郭沫若、叶圣陶、金兆梓、方光焘、郭绍虞、倪海曙等 29 人共同发起成立“中国语文学会”。由他亲自起草了《“中国语文学会”成立缘起》。他在《缘起》中写道：

---

① 1989 年 9 月 25 日访问何晓沧。

> 语言文字问题是我们社会生活上的基本问题。靠着语言文字，我们才可以经营社会生活。我们对于语言文字，理解得正确不正确，处理得适当不适当，往往在我们的社会生活上发生重大的影响。我们希望社会生活逐渐进步，趋向光明，不能不竭力追求正确和适当。在现代中国，有很多语文问题没有解决。关于语文的原理原则，大多数须待介绍和阐明。对于各个问题，彼此又见仁见智，须得会商协议，求得共循的道路。同人认为我们除各自努力研究外，还有集思广益共同探讨的必要。因此在上海组织这个“中国语文学会”，期望参加的朋友以实际语文问题的研究，进一步做到原理原则的探讨和介绍。我们希望同道的朋友热烈参加，共同努力，对于现代中国语文能有我们的贡献。

这则刊登在1947年2月14日《文汇报》上的《缘起》，文字虽不多，但已经把语言文字问题与社会的重要关系，语文工作者的职责以及成立本学会的宗旨和必要性说得十分清楚明白了。

“中国语文学会”的成立大会是在3月2日的下午于开明书店编辑部召开的，选出叶圣陶、陈望道、章锡琛、郭绍虞等7人为理事，郭沫若、郑振铎等3人为监事，会上还决定设立研究组，筹建“语文图书馆”，以此促进语文事业的发展。多家报纸还特地为此发了消息。

同年年底，为纪念我国第一部语法专著《马氏文通》出版50周年，陈望道撰写了《试论助辞》这篇长文，对汉语中的助辞作了详尽的探讨。全文刊登在《国文月刊》第62期上。《马氏文通》初版发表于1898年，到1948年方是50周年。陈望道于1947年12月写成此文，并于当月刊出，显然有先期纪念的意思。

抗战胜利后，复旦大学新闻系的学生，对他们的系主任陈望道教授依旧非常崇敬与仰慕，报刊上常有介绍他的文章。1947 年 5 月的上海《大公报》上就曾发表过署名虚湜的文章。作者在《陈望道——文坛人物杂记》中对陈师不无赞美之辞。文章说：

> 在中国文坛上，陈望道先生可说是一位烁烁的巨星。他是浙江金华义乌县分水塘村人，早岁曾留学日本早稻田大学、中央大学、东洋大学，专攻文学及社会科学。归国服务于教育文化界上达三十年的历史。他的门墙满天下，著名的如祝秀侠、夏征农诸君都得力于他的造就甚多。
>
> 不长不短的身材，带着浓厚的浙江口音，在课堂上讲解的时候，有时就必须仗着粉笔来仔细说明，但是一下课的时候，和他闲谈，却并没有因乡音的隔阂而感到疏淡，相反地，凡是跟他接近的友人、学生，都觉得有种从容而亲切的快感。
>
> 从五四运动以来，望道先生就一直站在思想的前线。陈先生研究与工作的业绩，无不彰彰在人耳目，他的著作可以称得上一句“等身”的。尤其包含在《望道文辑》这本书里的，我们可以看到先生的学识宏博，而且对于任何一个问题的论及，都有精辟的见解而足以反映时代的动态，与暴露政治的混沌。
>
> 一提起望道先生的著作，自然而然地会使人联想起那部辉煌的巨著《修辞学发凡》，这本书在中国的修辞学部门，的确有其不可磨灭的功绩。其搜罗的广博，论断的精详，迥非一些一知半解的修辞学论者所可企及。现在各大学里的文学系，差不多没有一处不用这书作为课本，其成就则可想而知了。
>
> 他研究的学问部门包括很多，但对语文一门却始终不曾稍懈。至于对拉丁文字的推行，他更是最起劲的一员。
>
> 望道先生虽然看来似一个凝静的学者，然而充塞在他心地的实在有一般青年人的热情。抗战爆发，他就不辞艰苦地随着

学校西迁，在蜀中继续干他的教育工作。胜利后，仍随学校东来，担任着复旦新闻系的系主任。而且延请许多社会上著名的作家执教，使该系造就了不少新人。但遗憾的，最近陈先生文章委实写得太少了，这使许多景仰着先生的文才的读者，未免要望穿秋水了啊！①

虚堤这篇短文对陈望道其人作了极其生动、细腻的描绘，给读者留下了深刻的印象。

1948 年 1 月下旬，同济大学发生了“一·二九”学潮，这是由于国民党政府强行解散同济大学学生自治会而引起的。同济学潮掀起后，复旦、交大等 28 所学校的 1 500 名师生前往声援，遭到了国民党军警的残酷镇压，于是上海的学生运动又出现了新的高潮。

同年，为抗议国民党政府长期拖欠大专院校教职工的薪金，上海大学教授联谊会派出代表团赴南京请愿索取欠薪，陈望道作为请愿代表的成员，不辞辛苦，风尘仆仆地踏上赴南京的征程。

抗战胜利后，在上海高校的历次民主运动中，复旦大学新闻系师生始终站在斗争的最前沿。新闻系广大爱国师生也就成了国民党特务监视和迫害的对象，而系主任陈望道教授更是首当其冲。

1948 年下半年，由国民党特务分子控制的、专与《复旦新闻》对抗的一些“新新闻社”的右翼学生，搞了一份“给新闻系陈望道主任的公开信”。他们公然将这份公开信张贴在校门口一人高的大铁桶周围，同时又将另一份抄件送到陈望道家中，对他进行公开的侮辱和威胁。在这份长达万余字的公开信中，历数了新闻系的所谓种种“赤化”现象，并叫嚷“新闻系的赤化不但该系若干教授应负一定责任，而且陈望道系主任应负总的责任”。当时，在复旦校内

① 引自《复旦大学志》第一卷（1905—1949）。

外敌我斗争的形势十分严峻和残酷，“复旦新新闻社”的这一显然是蓄谋已久，并且是经过精心策划的行径非常阴险和毒辣，它不仅起到了公开打击和威胁的作用，同时也是为进一步迫害陈望道制造借口。面对反动派的这一公开挑衅，陈望道毫不畏惧和退缩，而是继续同他们展开斗争。这可以从他在稍后一些斗争中的表现看出。

1948 年 8 月下旬，文坛大师、教育界的楷模朱自清病逝。噩耗传来，陈望道对这位曾与他同事多年的好友的不幸逝世深感哀痛和惋惜。8 月 30 日下午 4 时，上海全国文协和清华同学会假座花旗银行大楼隆重举行朱自清追悼会。陈望道在追悼会上敬献的挽辞是：

朱自清（1898—1948）

> 当今主持文学教育而不诱引青年进迷宫的究竟有几个人？这几个人都可以作为文学大师，而朱佩弦先生就是这几个人中极为青年所尊敬的。他的死实在是文化教育上的极大的损失！[①]

1948 年秋季后，国民党军队在反共反人民的内战中节节败退，在国统区政治腐败、经济崩溃、物价飞涨、民不聊生，真正到了大厦行将倾覆的地步。这时期复旦大学的师生同全国人民一样，正密切地注视着全国形势的

① 《长向文坛瞻背影——记朱自清先生追悼会》（记者陈迟），《益世报》1948 年 8 月 31 日第 4 版。

发展。他们在地下党的领导下，积极做好迎接解放的准备工作。

首先是反对迁校斗争。1948 年年底，国民党教育部暗中策划将复旦大学迁往台湾。消息传来后，舆论哗然，1 000 多名师生联合签名反对迁校。这一事件的发生，揭开了护校和迎接解放的斗争序幕。

其次是组织应变会。除此外，还分别选举成立了教授会、讲师助教会、职员会、工友会等组织。1949 年 2 月 22 日，“复旦大学师生员工应变委员会”成立。应变委员会由 19 人组成，除校长是当然代表外，其余名额分配如下：教授会 2 人，讲师助教会 4 人，职员会 2 人，系科联合会 5 人，女同学会 1 人，工友会 2 人，行政会 2 人。由校长任“应变会”主席，陈望道作为教授会代表参加“应变会”，担任了副主席，另一名副主席为学生代表程极明。

再其次是做好全校的政治思想工作，团结一切可以团结的人，分化瓦解敌人，去迎接胜利解放的到来。

为庆贺复旦新闻系的创始人之一、现任系主任陈望道先生执教 30 周年暨 59 岁寿辰，复旦大学新闻系师生于 1949 年 4 月 5 日举办了一次隆重的庆祝活动。当时，国共停战谈判正在北平进行，上海时局已十分紧张，要召开全校性的庆祝活动目标过大，十分危险。于是决定在该系新闻馆举行一次小型的庆祝会。后来为了安全起见又将这一活动安排在国权路上的一座茶馆里举行。这座开设在国权路上的茶馆坐东朝西，虽是两层的建筑，面积却不大。是日上午，新闻系在茶馆的楼上包租了半天，楼下照常营业。为了与会者的安全，也为了庆祝活动的顺利进行，组织者特意在楼下安排了几个同学扮成顾客饮茶，以观动静。此外，从学校的新闻馆、校门口，沿国权路直到茶馆门口以及庐山村（教授宿舍），都安置了学生岗哨，随时注意动向并及时传递信息。

庆祝活动从上午 8 时半开始，出席这次盛会的除本系教师及几个学生代表（因大多数同学均在场外服务，所以会场上只有少数几个代表）外，尚有其他系科的师生代表及社会名流，文艺界、新闻界的人士，暨南大学及社教学院的新闻系亦派了代表参加。中国新闻专科学校和民治新闻专科学校分别赠送了寿联致贺。新闻、教育界的前辈于右任特地从南京寄赠陈望道立轴一副，上书“记者之师”四个大字。新闻系在各地的系友亦纷纷发来贺电或亲临参加这次盛会。①

大会开始后，先有两双男女同学分别向陈望道老师敬献了两只花篮和两座银盾。两座银盾上分别写着“百世流芳”和“学界泰斗”。第一座银盾的上款是：望道夫子执教三十周年；下款署受业伍蠡甫、舒宗侨、葛克雄等近三十人敬献。另一座的上款为：望道先生执教三十周年纪念；由后学陈子展、曹亨闻、赵敏恒等近二十人敬献。在复旦的几个金华籍学生以“复旦八婺同学”②的名义向他赠送了一面锦旗，上面写着“青年导师”四个大字，反映了无数青年学生的心愿和祝颂。

“席间徐慰南、章益等均有致词，对陈氏执教30年，诲人不倦及力倡新文化之精神，备致赞扬。”③其他10多位与会者的发言也都充满了激情，“有的颂扬先生在修辞学方面划时代的辉煌成就；有的赞美先生主持新闻系以来办新闻教育的丰硕成果；有的称道先生主办《太白》杂志的显赫业绩”④。其中尤以中文系教授、诗人汪静之的发言最富特色。汪在发言中盛赞陈望道先生享有三个“第一”，即马恩经典著作《共产党宣言》的第一个中文全译者，中国第一部系统的汉语修辞学专著——《修辞学发凡》的著者，我国第一本简

---

①《复旦新闻系同学庆祝陈望道寿诞》，《申报》1949年4月6日。

②“八婺”：“婺”即婺水，位于金华境内，“八婺”系金华一所中学校名。

③《复旦新闻系同学庆祝陈望道寿诞》，《申报》1949年4月6日。

④ 葛克雄：《茶馆的盛会——陈望道执教三十周年》，未刊稿，原件存复旦大学校史室。

明美学理论——《美学概论》的作者。汪静之的这一评价极其概括地总结了陈望道 30 年来在政治和学术两方面的成就。由于在国民党统治区，马列经典被视为禁书，因此有许多人包括青年学生并不知道陈先生翻译《共产党宣言》一事，汪的发言引起了不小的震动。陈望道的学生倪海曙也应邀参加庆祝会。陈望道的夫人蔡葵也在会上发了言。倪海曙后来回忆说："蔡葵师母的发言特别好，讲她所见到的先生的为人，我听了真是感动。"①

最后由陈望道致答辞。他诚挚地感谢各位来宾及与会者对他的祝贺，并谦逊地把自己从"五四"以来在各方面所做的一切说成是"不过是呐喊呐喊而已"。他说："'五四'以后，看到时代正在变，而且变的劲头很大，于是就学先进人物的步子，跟着人家加快步伐走几步，提高嗓门呐喊了几声。"提到当年著作《修辞学发凡》，认为也不过是一种呐喊的方式。又说："我不过是在纸头上呐喊呐喊而已，这种呐喊不过是催促生命早点降生。我不过是听从时代的召唤，喊了几声，实在谈不上什么贡献。"② 多好的一个"呐喊呐喊而已"，在旧中国，人民实在太需要这样的呐喊了。呐喊越多，越能催促新生命的早日降生！

庆祝活动结束后，招待大家吃寿面——一碗榨菜肉丝面。倪海曙回忆说，这是他"一生中所吃的一碗最俭朴也最有意义的寿面"③。

在上海临近解放时，复旦新闻系师生为陈望道先生举行这一隆重的庆祝活动，起到了团结同志和打击敌人的作用，也是学校进步力量同反动势力进行较量的一次示威活动。

1949 年 4 月 20 日，南京国民党政府拒绝签订《国内和平协定》，蒋家王朝誓与亿万中国人民为敌到底。21 日，中国人民解放

---

① 倪海曙：《春风夏雨四十年——回忆陈望道先生》，知识出版社 1982 年版，第 34 页。
② 葛克雄：《茶馆的盛会——陈望道执教三十周年》，未刊稿，原件存复旦大学校史室。
③ 倪海曙：《春风夏雨四十年——回忆陈望道先生》，第 35 页。

军百万雄师横渡长江。23日，人民解放军占领南京，接着又挥师东进，迅速向江南进逼。盘踞在上海的国民党反动派惶恐万状，拼命作垂死挣扎。

4月21日和25日，新华社先后播发了《向全国进军的命令》和《中国人民解放军布告》。电波传来，全国人民的精神大为振奋，也使敌人闻风丧胆。

4月26日，行将覆灭的反动派打算在上海孤注一掷，疯狂逮捕爱国人士和进步师生，进行空前的大屠杀。是日深夜，国民党出动大批军警包围复旦大学，捕去77名学生及工友2人，同时被捕的还有著名人士周谷城教授。陈望道也被列入黑名单，随时都有被捕的危险。复旦地下党组织十分关心他的安全，通知他即刻转移到市区暂时隐蔽起来，以防不测。陈望道想起了同系的舒宗侨恰好住在市区，于是决定请他设法找个临时的住处暂作隐蔽。离校前他还非常关心其他同志的安全，亲自到郭绍虞教授家中，通知他立刻转移。

舒宗侨是重庆复旦新闻系的老师，与陈望道先生共事多年，现见陈望道前来求助于他，深感这是对自己的一种信赖，于是满口答应。但又想起自己以往与共产党虽无直接联系，可是同《新华日报》的章汉夫等也有过往来，抗战时期编辑的一些画册又有不少揭露日寇暴行和歌颂八路军的图片与文章，家中也不十分安全，自己也已多日不敢回去了。考虑再三，决定将陈望道转移到徐良义的家中。徐良义是舒宗侨的好友，家住香山路15号甲三楼。此时，社会上的风声已一日紧似一日，舒宗侨决定同陈望道一起避匿在香山路。徐良义先生是位倾向进步和富有正义感的人，于是干脆把床位让了出来，自己则搬到别处去住了。陈望道与舒宗侨在徐家隐居了约两星期光景。一日，陈望道忽见在复旦训导处工作的范姓女子在前楼弄内出现，正在探头探脑地打听什么，便立即警觉起来。他意识到此处可能已经引起敌人的注意，不宜再住下去了，当即拿起桌上的帽子戴在头上，把帽檐压得低低的，迅速下楼从后门出去了。

嗣后，舒宗侨又将他转移到复兴中路 1257 号叶波澄家中。叶波澄是位有正义感的银行实业家，他同情共产党，支持民主革命，30 年代曾与施存统合办进步书店，出版统一战线刊物及《抗战言论集》等进步书刊。1935 年施存统自日本回国后与妻子钟复光长期住在他家研究马列主义。抗日战争爆发后，叶曾出资三千元支援上海地下党组织的活动经费，还曾资助过郭沫若、陈望道、杨东莼、王亚南等一批进步人士奔赴内地去的路费。

上海解放前夕，叶波澄不顾家庭安危继续掩护革命事业，曾接待过郭春涛、秦德君等来家召开秘密联络会议。这次见复旦大学进步教授陈望道由舒宗侨陪同连夜逃来，更是予以热情接待。陈望道在叶家四楼住了近两个月之久，直到解放后才回到自己家中。

在这段非常时期里，舒宗侨便义不容辞地成了陈望道的联络员，陈望道与夫人蔡葵之间的联系，就是通过他来传递的。有时候地下党组织也通过舒宗侨同陈望道取得联系。

解放前夕，上海高校地下党组织遵照上级指示，在此关键时刻竭尽全力地保护知识分子，使他们免遭反动派的残害。地下党上海高校负责人曹未风这时已知道陈望道安全转移到了市区，为了使他有一个合法身份还特地给他弄来一张假身份证，上面贴有陈望道本人的照片，不过用的却是化名。这张假身份证也是通过舒宗侨交到陈望道手中的。

1949 年 5 月 25 日，陈望道在叶波澄家中终于迎来了上海（苏州河南岸）的解放。是日清晨，中国人民解放军进入市区，市民奔走相告，欣喜万分。舒宗侨兴冲冲赶来叶家报告这一喜讯。于是大家便一道走上街头，来到复兴中路襄阳路口，慰问中国人民的亲人和救星——中国人民解放军。叶波澄还亲自为解放军端茶送水，慰劳英勇的人民子弟兵。[1]曾被帝国主义称之为冒险家乐园的大上海，从此回到了人民的手中。陈望道同许许多多市民一样发自内心地欢呼：上海解放了！天亮了！

在上海临近解放之际，复旦大学新闻系教师舒宗侨及进步人士叶波澄等为保护陈望道的安全，立下了不小的功劳。

1949 年 5 月 26 日，上海市区解放的前一天，“大教联”改选理事会，“一致推选陈望道任理事会主席”。6 月初，“‘大教联’与‘讲助会’合并，改组为上海教育工作者联合会，陈望道又当选为会长”[2]。这表明了党和群众对他的高度信任。

5 月 27 日，上海市区全部解放后，复旦同学立即集合起来，把原来的防护大队改为人民保安大队，配合人民解放军浩浩荡荡地开进复旦校园。6 月 20 日，复旦大学由中国人民解放军上海军事管制委员会接管。复旦大学从此回到人民的怀抱，全校师生员工热烈欢庆复旦的新生！[3]

“敌人反共，我必拥共；敌人反苏，我必拥苏；敌人反人民，我必拥人民。”这是陈望道在中华人民共和国成立后思想改造运动中，对自己在民主革命阶段的一个自我总结。这个总结确是他在近半个世纪以来所持政治立场的一个真实写照。

---

① 访问舒宗侨。

② 漆琪生：《大教联民主斗争概略》，载《文史资料选辑》（上海解放三十周年专辑）下册。

③ 引自《复旦大学志》第一卷（1905—1949），第 192 页。

三四

在百废待兴的日子里

1949 年 10 月 1 日，中国共产党领导全国人民历尽艰难险阻和长期浴血奋战，终于取得了最后胜利。陈望道看到自己为之奋斗了大半生的理想——建立一个没有剥削和压迫的社会已经成为现实，为此，他由衷地感到欣慰。从这以后他更加热爱党、热爱人民、热爱新中国，并以极大的政治热忱投身到社会主义的改造和建设中去。党和人民对他亦表现出无限的信赖和尊重，一再委以重任。

1949 年 7 月 2 日新中国诞生前夕，第一届全国文学艺术工作者代表大会在北平召开。陈望道和复旦大学的方令孺，以及袁雪芬、张乐平、白杨、倪海曙等作为华东地区代表团的成员，于 6 月底一起动身北上。华东代表团的团长正是陈望道在浙江“一师”的学生、著名文学家、文艺理论家、上海地下党领导人之一的冯雪峰。代表团启程这一天，第三野战军司令陈毅特地设宴招待全体代表。出发当晚，华东军管会的许多领导都到车站为代表们送行。当时奏军乐，放鞭炮，气氛十分热烈。次日清晨抵达南京，南京市军管会招待代表们在励志社休息，傍晚，第二野战军刘伯承司令员又宴请了大家。饭后渡江至浦口乘车。这是津浦铁路线修复后通往北方的第一列列车。此时淮河铁桥尚未修复，到了蚌埠仍需渡河换车，整

1949年6月陈望道赴京参加第一次全国文学艺术工作者代表大会时在列车上（张乐平速写）

个行程共走了四天三夜，但是由于代表们的心情都十分舒畅，一路上有说有笑丝毫不觉得疲惫。陈望道的情绪也特别好，微笑着听大家聊天，漫画家张乐平兴致勃勃地拿起画笔为他画了一张速写。旅途中，他受到了冯雪峰团长及倪海曙的悉心照顾，师生的情谊浓又真。

到达北平后，陈望道与少数老年代表被接往东交民巷的“六国饭店”，其他代表则被安排在前门外大栅栏李铁拐斜街“留香饭店”。这次会议特别长，开了将近一个月。除了成立全国文联组织外，还成立了文学艺术各方面的协会。代表在会议期间受到党中央的热情款待，每个代表得到了会议赠送的一套灰布人民装和一套人民文艺丛书。大家深切感受到党中央对文学艺术工作者、知识分子的无比关怀。会议期间，中央领导同志对陈望道表现出特有的尊崇，不仅使陈望道本人深受感动，也使与会的代表受到鼓舞。这次大会的一项重要议程是周恩来副主席长达6小时的政治报告。报告前，周副主席首先向大家表示问候和欢迎，接着又提到了一些文艺界的老前辈也风尘仆仆地来参加这次盛会。当他提到陈望道时，还特地招呼说：“陈望道先生，我们都是你教育出来的！”①从这以后，陈望道的政治生涯又翻开了崭新的一页。

① 倪海曙：《春风夏雨四十年——回忆陈望道先生》，第38页。

1949年7月底，出席第一次全国文学艺术工作者代表大会的代表们开始踏上归程。在归途中，8月1日的南京《新华日报》报道了陈望道被中国人民解放军上海军事管制委员会任命为复旦大学校务副主任委员。同时被任命的还有张志让等。

这项由上海军事管制委员会陈毅主任、粟裕副主任签署发往之复旦大学的命令全文如下：

国立复旦大学：

兹派张志让、陈望道、钱崇澍、卢于道、周谷城、潘震亚、李炳焕、章靳以、金通尹、章益、胡曲园、张明养、胡文淑、张薰华、谢发椒（学生代表）、金冲及（学生代表）为国立复旦大学校务委员，并以张志让、陈望道、钱崇澍、卢于道、周谷城、潘震亚、李炳焕、张薰华、谢发椒为常务委员，张志让为主任委员，陈望道为副主任委员，以周谷城兼教务长，胡曲园兼秘书长，陈望道兼文学院长，钱崇澍兼农学院长，卢于道兼理学院长，潘震亚兼法学院长，李炳焕兼商学院长，除分令各新任人员即日到职视事外，着该校原有负责人尅日办理移交，并将交接情形具报。此令

中国人民解放军上海市军事管制委员会　关防

主任　陈毅

副主任　粟裕

1949年7月29日

由于正主任张志让此时已抵达北京，不久即被任命为中华人民共和国最高人民法院副院长，因而始终未能到校任职。陈望道便挑起这副重担，配合军管会代表李正文，带领全体校务委员会委员，着手对旧复旦大学实行接管，在短时期内很快地恢复和稳定了正常

的教学秩序以及完成各项工作的整顿。

校务委员会成立后的第一件事情就是迅速核准在解放前夕受国民党特务迫害而离校的师生回到学校复职复学。1949 年秋季开学前又完成了同暨南大学和同济大学文学院的合并工作。

解放初的复旦大学有文、理、法、商、农 5 个院 20 多个系（科）。为了发展人民高等教育事业，1950 年高校初步进行院系调整。复旦大学的海洋系并入山东大学；上海暨南大学的文、法、商三院，同济大学的文、法两院，以及浙江大学、英士大学的部分系科并入复旦大学。之后，校务委员会又计划续聘或新聘一大批学有专长的教授学者，如冯雪峰、唐弢、李健吾、徐铸成、刘佛年、陆诒、倪海曙、周有光等专任或兼任教授，以充实学校的师资力量。接着又逐步调整了院、系两级领导班子。为集中精力搞好校务委员会的领导工作，陈望道先后辞去了文学院长、新闻系主任的兼任职务。新闻系主任一职，原计划聘请金仲华兼任，金仲华因另有任命不克来校任职。之后又聘请恽逸群担任新闻系主任。采取这一系列措施，正是为了今后进一步开展工作打下基础。

1949 年 9 月，陈望道作为一名特邀代表赴北京出席政协全国委员会第一次全体会议。

同年 12 月，陈望道又被任命为华东军政委员会委员。

1950 年 4 月，他出任华东军政委员会文化教育委员会副主任和华东文化部部长。

1949 年年底，为配合中华人民共和国成立初期的爱国主义思想教育运动，复旦大学校务委员会专门设立了政治学习委员会，在全校师生中组织了为期三周的新民主主义学习运动。学习结束时，校务委员会特地发出文告，号召大家认真总结。文告中说："为着把学校办好，为着要实现新民主主义的大学教育，为着要把复旦大学变成真正的人民最高学府，特号召大家对本学期的学习、工作作一次广泛而深入的总结，务必得出结论，以为下学期进行改革的依据。”

以后，学校为了提高教职员的马列主义理论水平，又设立了马列主义研究会，议定“马列主义研究会依校务委员会的决议直接向校务委员会负责”，并暂时决定先开设辩证唯物论、历史唯物论、社会发展史和政治经济学四门课程，由全校教职员自由参加学习研究。

学校的中心任务是教学，改革旧的教育制度的关键也就是要改进教学内容和教学方法。为达到上述目的，在陈望道的领导下，校务委员会决定在1951年推行集体教学制度的办法，建立在系主任领导下的教学小组——教研组，并责成各系科制订教学计划和教学大纲，加强教学过程的组织性和计划性，教师和学生都要明确教学的目的性，并要求系主任随时检查教学计划执行的情况。为加强全校的图书管理，校务委员会还设立了图书委员会。校务委员会在当时还号召全校教职工拟订工作公约和学习公约，以培养与建立正确的工作作风和学习态度。

50年代初期，复旦大学在上级党组织的领导下，在校内开展了抗美援朝、土地改革、镇压反革命及“三反”“五反”、思想改造等一系列政治运动。这些运动的开展，对于巩固人民民主专政，确立中国共产党在复旦大学的领导是必要的。复旦大学党组织于1951年宣布公开，结束了几十年的秘密状态，既有利于党的领导，也是把党组织的活动置于广大群众监督之中。以陈望道为首的校务委员会，在党的领导下，号召全体师生积极投入各项政治运动。

1950年，当美帝国主义悍然发动侵朝战争，并把魔爪伸向鸭绿江边，眼看即将威胁到我国神圣领土时，校务委员会于是年年底号召全校师生响应祖国的号召，踊跃报名参加军事干校，以实际行动保家卫国、抗美援朝。

1951 年 1 月学校在上级部门的领导下，开展了镇压反革命运动和“三反”“五反”运动。

1951 年 10 月，校领导又组织文法学院师生奔赴农村，参加土地改革运动，接受一次深刻的阶级教育。

1952 年春开始，又在全校师生中开展了声势浩大的思想改造运动，从而使全校师生的政治思想觉悟得到很大提高，爱国主义精神和国际主义精神也有了较大的发扬。

在复旦大学实行军管的两年时间里，陈望道几乎主持了全部校务委员会的常委会及全体委员的会议，主管着学校的日常行政事务。他亲自审阅所有的会议记录，修改和饰润每一件文稿，并在自己用毛笔修改过的地方端端正正盖上了他的红印章，以极其严肃认真负责的态度履行自己的职责。他还十分重视文书档案的建设，于 1949 年 11 月 9 日的校委会的记录上亲笔签署了下列意见：“历次会议记录用十行纸复写三份：一呈高教处，一存主任室，一存秘书处，再由第三次会议起，每次会议记录油印分发各单位。”

复旦大学文书档案馆至今完好地保存着全部文书档案[①],这同陈望道一贯重视学校的档案建设这一指导思想是分不开的。

以陈望道为首的校委会在接管复旦大学的两年多时间里，在配合中华人民共和国成立初期开展的一系列政治运动中，在整顿和恢复正常的教学秩序中，在实行教学和行政管理等各项改革中，都做了大量的工作，这就为在以后进一步把复旦大学建设成为一所社会主义的综合性大学奠定了基础。

① 复旦大学在 1949 年后先后设置文书档案室、科技档案室，管理学校的文书档案和科技档案。1988 年复旦大学档案馆成立。

三五

新复旦的首任校长

复旦大学经过前一阶段的整顿、调整已取得一定成效，但是要将一所旧大学改造成为培养新民主主义革命和建设事业服务人才的新型大学，任务还非常艰巨，需要有坚强的领导，才能肩负这一重任。

复旦大学校务委员会副主任陈望道，和许多革命前辈一样，同我们党有着长期的千丝万缕的关系，因而对党的认识、对党的感情尤为深切和真挚。在党组织的一些学习会上他除了带头发言外，还在会后频繁地找同志个别谈心，交换思想和认识，协助党组织做了大量的思想工作。由于他长期在高等学校工作，本人就是一位著名的专家学者，对知识分子不仅理解而且熟悉，由他出面做知识分子的思想工作，既能对症下药，恰到好处，又让人感到十分亲切。他常常诚恳地对大家说，要跟上当前形势发展，要把学校建设成为新型的大学，我们每个教师都应毫无例外地加强学习，学习马克思列宁主义，学习专业知识，要在各方面提高自己的水平。

所谓要加强学习，要不断提高，其实也就是说要进行自我教育和自我改造。1952 年初在全国知识分子中间开展的思想改造运动，正是中华人民共和国成立初期，党对知识分子所进行的一场自我教育和改造的思想政治运动。

1952 年暑期思想改造运动结束后，全国的高等学校在 1950 年初步院系调整的基础上，又普遍进行了调整。复旦大学的法学院、商学院以及农学院全部调出，分别成立了华东政法学院、上海财经学院和沈阳农学院；而华东地区的浙江大学、交通大学、南京大学、安徽大学、金陵大学、圣约翰大学、沪江大学、震旦大学、大同大学、光华大学、大夏大学、上海学院、中华工商专科学校以及中国新闻专科学校等 14 所大专院校的有关文、理系科陆续并入复旦大学。调整后的复旦大学成为一所大大加强了基础学科的文、理科综合性大学。可以想象，这样十四所大学调整在一起，人事关系、校风、学风各异，复杂的局面是可想而知的。没有一个具备心胸宽广、作风正派、能团结人合作共事的领导能力的校长，是难于驾驭这个局面的。这个责任历史地落在了陈望道校长身上。

1952 年秋季开学时全国高等学校的院系调整初步完成。11 月，毛泽东主席亲自任命陈望道为复旦大学校长。从这以后，他紧密依靠党的领导，积极贯彻党的无产阶级教育路线和各项方针政策，团结全校教职员工，竭尽全力地把复旦大学改造、建设成为培养社会主义革命和建设人才的新型大学。

院系调整后的复旦大学面临的首要任务，就是迫切进行一系列的改革。这些改革包括：一、学校制度的根本改革；二、学校行政制度的改革；三、学校教学制度的改革。

1952 年秋季开学，新任校长陈望道就复旦大学进行全面改革的一些问题向全校师生作了长篇报告。报告重点阐述了学校制度的根本改革问题。

陈望道在谈到这一问题时，认为必须对学校的性质、方针和任务各方面先作一确定。

第一，从学校的性质来说，根本上是要从旧的复旦向新复旦转化。

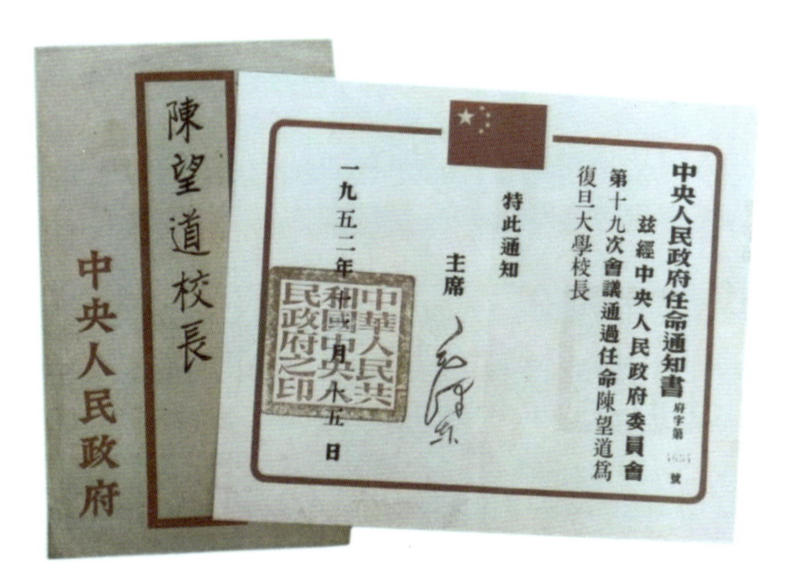

陳望道校長

中央人民政府

中央人民政府任命通知書　府字第　號

茲經中央人民政府委員會第十九次會議通過任命陳望道爲復旦大學校長

特此通知

主席

一九五二年十一月廿五日

中華人民共和國中央人民政府之印

毛泽东任命陈望道为复旦大学校长的任命通知书

复旦成立于1905年，原是个旧型大学，即英美体系的大学，但其成立却是由于反抗法帝国主义的压迫，从震旦分裂出来，到1952年共有47年的历史。在解放前，也是常有许多师生参加反帝反封建斗争，可说有反帝反封建传统，但在解放前常为反动落后的势力所压制，形成各式各样惨痛的案件。在解放前，这里的民主教授固然相当多，反动教授也是非常多，使人有猫鼠同笼之感。

解放以来的三年中，经过多次的调整，经过多次的运动、学习，也经过相当强烈的进出调配，学校早已有相当的进展，再经过本年彻底的“三反”运动、思想改造运动，并经过这次大进大出的院系调整，复旦大学已有根本的改变。现在的复旦，已经是一个名副其实的新复旦。

第二，新复旦的教育方针。

新复旦的教育方针，原则上就是新中国高等教育的方针。新中国将进行大规模的经济建设和文化建设。建设需要人才，需要初级人才、中级人才，也很需要高级建设人才。高等学校的责任在于培养高级建设人才。所以《高等学校暂行规程》规定："中华人民共和国高等学校的宗旨为根据《中国人民政治协商会议共同纲领》第五章规定，以理论与实际一致的教育方法，培养具有高度文化水平，掌握现代科学和技术的成就，全心全意为人民服务的高级建设人才。"并准备吸收有入学条件的工农干部和工农青年进高等学校，以培养工农出身的新型知识分子，加入国家的建设行列。这一方针的基本特点为：

（一）新中国的高等教育必须为国家的经济、政治、文化、国防的建设服务，必须适应国家建设的需要，首先适应经济建设的需要，必须为此而实行具体的适当的专门化的教育，培养上述的高级建设人才；而决不可采取"为教育而教育"，"为学术而学术"，"孤芳自赏"，与国家建设的需要脱节的方针。

（二）为达到上述目的，必须贯彻理论与实际一致的正确学风，而决不能实行理论与实际分离的不正确的学风。

（三）为了巩固和发展由工人阶级领导的、以工农联盟为基础的人民民主专政，为了胜利地进行新民主主义的建设，并保证新民主主义向社会主义的顺利发展，我们的高等学校必须为工农开门，以培养工农出身的知识分子。

第三，新复旦的教育任务。

现在的高等学校，主要分为大学和专门学院两类。两类学校的区别为，专门学院是单一性的，为工学院、农学院、医学院等；大学是综合性的，包含一般的自然科学和人文科学各个系，如数学、物理、中文、外语等，略相当于旧文、理、法三院所有的系。其任务有两个，为：一、培养科学研究人才；二、培养大专院校的师资和中等学校的师资。这两个任务与专门学院的任务有所不同，专门学院的任务是根据国家建设的需要，按照各个业务部门的业务，培养各个部门的具体的专门人才。

第四，对同学们的几点希望。

他在这一部分对全校新老同学语重心长地谈了几点希望：第一点，希望同学们以一个非专家进复旦大学来，能够成为一个专家出去。我们国家就要开始大规模的经济建设和文化建设，祖国经济建设文化建设的责任将要不断地加在青年们的肩上。青年们必须随时准备在建设事业中发挥积极的作用，必须努力使自己能够在建设事业中发挥更多更大的作用。而要能够这样，必须努力学习，耐心地学习，顽强地学习。革命导师曾经说过："要建设，就必须有知识，就必须掌握科学。"又说："我们面前有一个堡垒，这个堡垒，叫作科学。这个堡垒我们不管怎样要把它拿下来，青年应当把它拿下来。"① 他说，希望同学们勇敢地攻下这个堡垒，并且胜利地把它拿下来。

第二点，希望同学们重视政治学科，努力学习马克思列宁主义、毛泽东思想。我们第一不要把马克思主义放在科学之外，马克思主义就是一种科学，而且是一种极其重要的科学，是一切科学的科学，一切工作的科学，对于一切科学、一切工作都有指南的作用，它能帮助我们高瞻远瞩，勇往直前，能够正确认识世界，改造世界。

第三点，希望同学们满怀信心学习苏联先进经验，努力学习俄文，准备将来直接看书。苏联不但社会科学有辉煌成就，居于世界前列，就是自然科学也已驾乎英美各国的学术之上，希望同学们虚心学习。

第四点，希望同学们友爱团结。团结一致，团结一心，来进行

---

① 斯大林在苏联列宁共青团第八次代表大会上的讲话（1928 年 5 月 16 日），载《中国青年》杂志 1953 年第 6 期。

学习，彼此相帮，彼此相助，效果将大得难以估计。

第五点，希望团结出现在师生之间，师生之间“尊师爱生，教学相长”的正确美善的关系，更加巩固，更有增长。

第六点，希望同学们建立正常的学习生活秩序。加强学习计划性，建立课堂秩序，不随意缺课，建立班内正常的学习组织，健全课代表制度，要自觉遵守学校的规章制度。

第七点，希望新复旦集大成。$1+1 \neq 2$，要求做到雄伟崇高，希望新复旦做到量大、力强、品高。

院系调整后，复旦师生来自祖国的四面八方，必须有一股凝聚力，将全校师生团结起来才能真正做到将一所旧大学改造和建设成为新的复旦大学。

陈望道在1952年所作的这一报告无疑是一个总动员，在全校师生中引起了强烈的反响，收到极好的效果。

陈望道主持复旦大学校政工作后，对学校的行政制度着手进行了一系列改革。学校自1952年起就建立了校长责任制，也即实行在党委领导下的校长分工负责制。与此同时还建立了一套政治工作制度，成立了研究部。复旦大学自1952年起建立的行政会议，就是由正副校长、正副教务长、政治辅导处主任以及总务长组成。行政会议以后又改称为校长办公会议，它是学校的最高执行机构，通常是通过校长集体办公的方式来实行的。办公会议每周定期举行，安排下列几项议程：一、商议和作出教学、行政方面的各项重大决定；二、各单位无法解决的问题；三、各单位之间或同全校性有相互关联的重要问题；四、一周工作的大致打算等。除校长办公会议外，还另组织校务委员会，它由正副校长、正副教务长、政治辅导处主任、总务长、研究部主任、图书馆长、各系主任、工农速成中学校长以及工会和学生会代表组成。校务委员会所讨论的都是全校性的重大计划、制度等事项，学校经费预算及奖惩等事项。校务委员会作为学校的最高权力机构，对一些提案一经作出决定，就必须认真贯彻执行。为此各位委员都把出席校务委员会看作一件大事情。校务委员会一般都开得庄严而又热烈，委员们在会上各抒己见，积极提出各种建议，全体委员的一个共同信念就是要在校党委的领导下，依靠集体力量，团结一心，共同把复旦这所高等学府办好。

陈望道为了集中精力掌管好学校的行政事务工作，此时已将兼任的文学院长、新闻系主任的职务辞去。作为一校之长及两会的主持人的他，在如何组织好每次会议，如何提高会议的质量，如何调动委员们的积极性，如何协调不同意见以及最终作出决议等方面都做了许多努力。他一直主张不开无准备的会议，他在 1953 年 1 月 28 日的行政会议上强调说："今后为了能使会议有准备地进行，各个处室应将提交行政会议讨论的问题于每星期一前提交校长办公室。校长办公室能够解决的就立即解决，不能解决的再提交行政会议讨论处理。"他还指出："领导干部必须注意改进工作方法，而改进工作方法的关键就是深入基层去切切实实地解决一些问题。"他还说："今后凡是能在科里解决的问题，决不要放到处里去解决，只有那些不能在各部门解决的问题方可提到行政会议讨论。"他曾多次提到"学校的中心工作是教学改革，今后的行政会议主要应该讨论教学方面的问题"。他的这些设想和建议以及一系列相应的措施有力地证明了他的领导艺术和水平相当之高，管理大学的经验也是非常丰富的。

在高等学校教学制度的改革方面，他也曾提出过种种设想。如推行集体教学制度，建立在系主任领导下的教学小组——教研组，加强专业设置，制订专业教学计划，并进一步实现课程改革以及教学方法的改革等。但正如他在报告中指出的，"改革还只是刚开始，在改革过程中还存在着各种困难，在师资队伍上也还可能有青黄不接的现象，需要大家共同努力克服"。

自此之后，复旦大学的各项工作，在中共上海市委及复旦党委的领导下，陈望道校长的主持下，取得了稳步的发展。

1953 年以后，他又为上海市乃至华东地区的高等教育事业贡献力量。此时他正就任华东行政委员会文化教育委员会副主任的职务。

1953 年 1 月 13 日至 24 日，中央人民政府政务院文化教育委员会召开各大行政区文化教育委员会主任会议。陈望道出席了这次会议。会议的主要任务是讨论和制订 1953 年全国文教工作计划，并讨论了关于大行政区和省（市）文教行政机构的任务和编制问题。在会上，中央确定了“整顿巩固，重点发展，保证质量，稳步前进”十六个字作为 1953 年文教工作的方针任务。

1953 年暑假，华东高等学校招生工作委员会正式成立。7 月 7 日，在衡山路 10 号召开第一次华东高等学校招生工作委员会议。会议的任务是研讨 1953 年高等学校招生的方针任务，研讨华东高等学校招生工作的计划和实施办法。陈望道在会上作了重要讲话。这一讲话较为全面地论述了当时的文教方针和招生计划等问题。以下简要叙述他这次讲话的内容：

> 一、关于文教方针。1953 年是我国计划建设的第一年，文教事业建设的方针是“整顿巩固，重点发展，保证质量，稳步前进”。要将原有的工作加以提高，不完善的现象加以调整，集中力量办好重点事业，又使所有部门都能发挥应有力量，为今后的事业的发展奠定稳固的基础。教育建设应该贯彻这个方针，招生计划招生工作亦要贯彻这个方针。
>
> 二、关于招生任务。中央根据文教方针，斟酌国家需要，高等学校条件，以及学生的可能来源，今年高等教育事业的计划大致确定全国高等学校发展百分之八点九，共招新生七万人，其比例为：工科二万九千六百人，占招生总数百分之

四十二点三；高等师范一万八千三百人，占招生总数百分之二十六点一；卫生招生七千二百人，占招生总数百分之十点三；理科招生四千五百人，占招生总数百分之六点四；农林招生二千二百人，占招生总数百分之四点六；文科招生三千人，占招生总数百分之四点三……

三、关于招生原则。为了保证高等学校培养国家各类干部计划的实施，今年暑期仍须进行全国规模的统一招生。今年学生的来源还是不多，要招足七万人，除本年高中毕业生，工农速成中学毕业生外，还需抽调干部二千人，抽调优秀小学教师八千人；再加中等师范本年毕业生升学的四千人，中等技术学校本年毕业生升学者一千人；另据侨委估计，归国华侨学生报考者可能有一千五百人。学生来源与招生任务刚刚平衡。

四、在统一的原则下，照顾不同学校不同系科的要求特点。要改进去年招生工作中的平均主义的偏向。在数量上质量上首先要保证工矿交通方面招生计划的完成。要尽先录取重点学校的学生，使质量好的学生入条件好的学校，以培养优秀的干部。

五、要注意报考学生的质量，使高等学校能够选择合格的新生入学。所谓质量，包括学生的政治质量、健康条件、文化程度。

六、为了适应国家建设的需要，全面完成今年招生计划，各有关的招生机构和中等学校，须注意进行升学指导的思想教育，发扬青年爱国主义精神，树立其为国家建设需要而升学的思想，要使青年对于国家建设的需要能够有正确的全面的认识，能够自觉地按照国家培养干部的计划进行。

七、对于报考的学生、录取的学生列有若干限制性的规定，如对去年已录取的新生未报到或中途离校的处理，对于录取的学生列有“不得要求转移系科，转移学校”的规定。

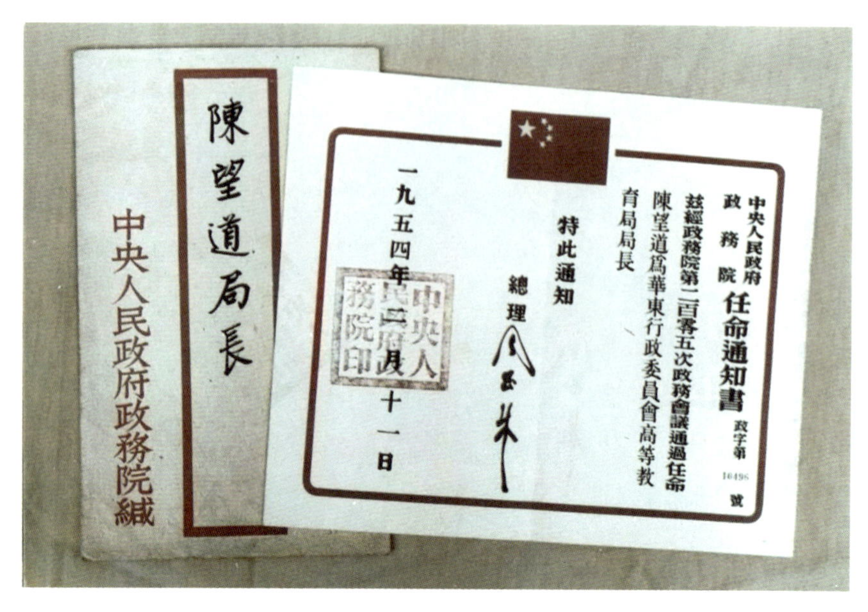
陳望道局長
中央人民政府政務院緘

中央人民政府
政務院任命通知書 政字第16496號
茲經政務院第二百零五次政務會議通過任命
陳望道爲華東行政委員會高等教
育局局長
特此通知
總理
一九五四年　月十一日
中央人民政府政務院印

周恩来任命陈望道为华东行政委员会高等教育局局长的任命通知书

记载下陈望道在1953年华东地区高等学校招生工作委员会议上的讲话，目的是要让大家了解中华人民共和国成立初期全国高等院校有关统一招生情况的一个大概面貌。陈望道则是当年这一工作的具体领导者和执行者。

1954年2月，陈望道正式就任华东行政委员会委员、华东行政委员会高等教育局局长。从此，他不仅主持着复旦大学的校政工作，同时还肩负着领导华东地区的高等教育事业的任务。这后一项任务直到华东行政专区撤销为止。

三六

在新中国的政治舞台上

陈望道自1949年9月作为一名特邀代表出席政协全国委员会第一次会议起，就开始登上新中国的政治舞台，积极参与国家政治生活，成为一名出色的社会活动家。

他除了历任第二届全国政协委员，第三、四届全国政协常委，并被选为上海市政协二、三、四届副主席外，还在中国民主同盟内长期担任领导职务，出任民盟上海市第三届副主任委员，第四、五、六届主任委员以及民盟第三届中央副主席。

1954年起，他又先后当选为全国人民代表大会第一、二、三届代表，第四届全国人大常委。他又是上海市人民委员会历届委员。

数十年来他在上述许多活动中，努力贯彻党的各项方针政策，尤其是党的社会主义教育方针，繁荣学术的“双百”方针，以及党对民主党派长期共存、互相监督的方针政策和党的知识分子政策。他为团结爱国民主人士和知识分子，不断进行自我教育，在改造客观世界的同时进行主观世界的改造，自觉走社会主义道路，不遗余力地做了大量工作。

1954年10月，陈望道与复旦大学的陈建功、周谷城、方令孺三位代表前往首都北京，光荣出席了第一届全国人民代表大会。回校后代表们在登辉堂（现名相辉堂）向全校师生作了详细传达。

他在传达中充满自豪地说："这次会议具有伟大的历史意义。它标志着我国人民从1949年建国以来的新胜利和新发展的里程碑。这次会议所制定的宪法将大大地促进我国的社会主义事业，将使我国在几个五年计划之内，成为一个工业化的具有高度现代化程度的伟大的社会主义国家。"

第一届全国人民代表大会的精神传达以后，极大地鼓舞了全体复旦人，也深深激励着陈望道本人，使他更加充满信心，更加激情满怀地投身到各项工作中去，也促使他更加坚定地沿着党中央所指引的方向奋勇迈进！

从此以后，他无论在学校行政工作还是党派工作中，始终牢记毛主席关于"中国共产党是领导我们事业的核心力量"这一教导，始终把尊重党的领导和依靠党组织的支持放在首位。同时，他还认为，尊重和依靠党的领导就应努力贯彻党的各项方针政策。他曾说过："党是领导我们事业的核心力量，党的方针政策是我们前进的方向。"① 他在主持民盟市委工作期间，常对民盟市委的其他领导成员说："要领导好民盟的工作，执行党的政策是个关键。在平时工作中，若是在经济上多花费一些开支，这个损失毕竟有限，因而事不算大；如果偏离了党的方针政策，就会犯政治上的大错误，这可是涉及方向性问题的大事。作为一个民盟市委领导成员，在执行党的方针政策这个问题上，决不能有丝毫含糊，否则会造成很大的损失。"②

陈望道又认为，要依靠和接受党的领导，就"应时时与同级党组织取得密切的联系"。这样做的好处是能经常得到党组织的帮

---

① 陈望道：《伟大、光荣、正确的四十年》，《上海盟讯》1961年7月8日。
② 访问寿进文等记录。

助，及时调整自己的工作，改正工作中的缺点。他还以为，在工作中“最好讲讲党性，自动地服从党的决议。党性不一定要是党员才讲究，非党员也最好讲讲党性，尤其是民主党派与民主人士”[①]。

此外，他还认为，党派工作在强调接受共产党领导的同时，还必须坚持独立自主的原则，积极发挥自身的作用。党同民主党派“长期共存，互相监督”的根本目的是要发动更多的社会人士参与国家大政方针的决策，发挥民主党派对共产党的监督作用，实现多党派合作。对我国政治体制中实行多党派合作这一指导思想，在陈望道的思想上从一开始就非常明确。早在1957年，他在民盟会议上所作《两件大事》的报告中就曾说过：“民主党派工作一方面是依靠和接受党的领导，另一方面还要自己负责贯彻执行，不事事依赖党，更不要把一切责任推给党。”他认为，民主党派依靠党的领导，并不等于要共产党包办代替。党派工作既要接受党的领导，又要坚持独立自主，发挥民主党派自己的作用。民主党派成员还应真正发扬主人翁的精神，不但勇于参政，而且敢于负责。他认为民主党派对政府的一些重大决策既然是共同协商通过了的，那么以后发现存在缺点和错误也应负有一定的责任，不能一概把责任推诿给执政党。

既要坚持党的领导，依靠和接受党的领导，又要敢于认真负责，这是陈望道一贯的思想认识。在他主持复旦大学校政工作的20多年里，在尊重党的领导的同时也非常强调发挥行政领导人员的作用，始终认为党的领导并不能代替行政部门的作用。一直主张校长必须有职有权，充分行使自己的职责和权力。他对学校的一些重大决策性问题，总是事先认真参与讨论，积极提出自己的意见，事后又敢于承担责任，因而深受大家的敬重。

① 陈望道：《两件大事》，《中央整风》1957年9月。

陈望道作为一个党的社会活动家，深知在尊重党的领导的同时，还必须坚决贯彻党的各项方针政策。

他又认为，不论是从事学校工作还是负责党派工作，努力贯彻党的知识分子政策才是一切工作的关键。他常说：“政策执行好了，人的工作也就做好了；知识分子的积极性调动起来了，各项工作也自然就能顺利地开展起来。”

陈望道自己就是位老知识分子、老专家，他深深懂得知识的价值，也清楚地了解知识分子是党和国家的宝贵财富。高等学校是培养各门专业建设人才的场所，又是专家学者云集的地方。因此，只有尊重人才，爱护人才，才能培养出更多的人才。他在担任复旦大学校长以及负责民主党派工作期间，在尊重知识和爱护人才方面是做得非常出色的。复旦大学的一代甚至几代教学骨干和学术带头人都是在他大胆选拔和启用，以及悉心关怀和培育下成长起来的。他是党的知识分子政策的忠实执行者和捍卫者。

人们注意到，他虽然担负着许多重要行政职务和社会活动，但在平时却从不深居简出，而是经常深入到基层中去。他没有丝毫架子，常在百忙中抽空到老教授家中去登门拜访，同他们亲切谈心，做耐心细致的思想工作，就连节假日也不例外。

他处理事情冷静持重，看似不苟言笑，异常严肃，其实是位很容易接近的温文长者。他待人诚恳，又善解人意，很会做知识分子的思想工作。在盟内会议上，每当听到复旦教师之间有些隔阂，或者工作上有些问题需要解决时，我们总能听到他自告奋勇地说：“我来找他谈谈。”说话时还总带着浓重的义乌家乡口音。于是，他或是邀请这位教师上他家里去，或是亲自登门造访，同他亲切交谈，虚心听取他的意见，耐心开导和帮助他。许多问题一经由他出面总能取得良好的效果。

陈望道是我国著名的语言学家、教育家。中华人民共和国成立以后，他以专家、学者身份开展知识分子工作，坚持以文会友，积极贯彻党的“双百”方针和知识分子政策。由于他对知识分子的疾苦深有体会，因此能将心比心；又由于他与知识分子有共同的语言，彼此也就能以平等的态度进行交流，还能通过现身说法去影响别人、说服别人。他还善于把思想工作贯穿到日常的业务活动中去，落实到经常性的教学和科学研究工作中去，使思想工作真正做到点子上，切切实实地解决一些实际问题，因而深受广大教师的尊敬和爱戴。许多中老年教师也非常愿意找他谈心。

在高等院校和民主党派内，贯彻落实知识分子政策，同执行“双百”方针有着紧密的联系。在日常的教学和科学研究实践中，陈望道带头贯彻党的“双百”方针，坚决遵照周恩来总理提出的“要在马克思列宁主义指导下，进行有系统长时间的努力，充分掌握有关资料，从事独立的、创造性的研究”。他历来反对人云亦云的重复劳动，认为那不能算是真正的科学研究；而只有从事创造性的劳动才能对文化有所创造，于科学事业的发展有积极意义。为此，他在学术研究活动中，总是敢于创新，积极提出自己独到的学术见解，勇于充当对立面。20世纪五六十年代，他为了繁荣和发展语言科学，活跃语言学界的学术空气，不顾年迈和行政事务及社会活动的繁忙，带头登台讲学。

在主持民盟工作期间，他总是全心全意地为促进民盟的发展而努力，从不计较个人的得失。对于盟内领导职务的安排，排名的先后次序，他一直是很谦让的。他常说自己是一个学者，是搞学问的，正职理应让别人去担任。在荣誉面前，他非但自己不伸手，还勇于做盟友的工作，常出面去做一些协调平衡的工作，促进了民盟内部的团结。

根据陈望道本人的书面请求，以及他一贯的政治立场和表现，中共上海市委于1957年5月31日给党中央发出了关于吸收陈望道入党的请示报告。报告发出后仅相隔20天时间，市委接到了中共中央组织部于1957年6月19日发来的批文："同意上海市委关于接收陈望道入党的意见。"在中央组织部文件上署名的，正是当时任中共中央组织部长的邓小平同志。至此，陈望道又终于回到了党内，实现了他誓为共产主义事业奋斗终生的崇高愿望。在他重新入党时，党中央及市委考虑到他的历史情况及当时的具体政治环境和工作需要，没有立即公开他的党员身份。他愉快地接受了组织上的这一决定。从这以后，他时时处处以一个共产党员的标准严格要求自己。

几乎在他入党的同时，一场反右派斗争的风暴席卷祖国大地。

20世纪50年代后期，由于党在阶级斗争的指导理论上出现了失误，因此在执行知识分子政策上也出现了"左"的偏差，政协和民主党派的工作中，也不可避免地受到"左"倾路线的干扰，特别表现在1957年反右斗争的扩大化上面。

1957年4月，在复旦大学以及民主党派组织内展开了"大鸣大放"，帮助共产党整风。6月，便开始转入"反右派斗争"。由于斗争面的一再扩大，严重挫伤了一些敢于向党直陈己见的耿直的知识分子。他们被错划为右派分子，进而在政治上、经济上，乃至精神和身心健康上都遭受严重的打击，给我们的党和社会主义事业带来不可估量的损失。

运动一开始，陈望道作为民盟上海市委整风领导小组的一位主要成员，必然遵照党中央和市委做出的决定，全力以赴地投入到当时的运动中去。最初他的思想认识是，既然有人想利用共产党整党的机会来搞垮党的组织，反对党的领导，那就应该义无反顾地响应党的号召，坚决起来捍卫党的利益，击退"右派分子的猖狂进攻"。但是随着运动的不断深入，随着斗争面的越来越扩大，他开始困惑起来了。对于眼前所发生的一切，他越来越不理解了，因而经常处在一种互相矛盾的状态。一方面，他相信党中央的政策是正确的，发动这场运动是及时的，自己理应站在党的立场上，同党保持一致。当时，他被安排出席由市委领导直接掌握的各民主党派负责人双周联席会。每次会上，市委书记柯庆施都要点名让他发言表态，他必须照办；而另一方面呈现在他面前的却是许多过去的同事、学生，一夜之间被定为右派。昨天还是人民队伍里的一员，忽然成了敌我矛盾，变为人民的敌人时，他有点茫然了。尤其当他们一个个愁容满面地找上门来，拉着他的手痛哭失声地一再申述、表白自己的原意并不是要反党，恳求老师伸出手来挽救他们的时候，他陷入了极度苦闷之中。曾兼任他在民盟工作的秘书江泽宏回忆说，每当他去参加市委组织的反右运动一些会议之后，在回校的路上坐在小车里总是闷闷不乐，一言不发，心情显得十分沉重。他苦苦思索着眼前所发生的一切，他既不愿意怀疑党的政策，又相信他们中间的大多数不该是敌我矛盾。基于他当时的立场，不可能公开发表有悖于党的政策的一些言论。在那段不寻常的日子里，他只有通过自己的工作，不断去影响一些同志，使他们免于遭难。于是他频频去找一些同志谈心，耐心地启发和劝导他们，他要尽自己一切可能，尽力去“挽救”他们，要伸出手去“拉”他们一把，争取少错划一些。在当年复旦园内，确有几位教授，正是由于他及时进行了“工作”，才最终免除这场厄运。

到了运动后期，对于那些已经被错划的同志，他也坚持与人为善，耐心地对他们做了许多开导工作，希望他们任何时候都不要对党失去信心，要求他们努力工作，加强学习和改造，争取早日获得党和人民的理解，尽快“摘帽”。还要他们坚信，总有一天党会实事求是地对待他们的。

运动结束后，他又对他们及时做了许多细致的思想工作，随时注意观察他们的细微的变化，找他们谈心，鼓励他们向前看，发现他们思想稍有提高，就及时加以肯定。平时还有意识地安排他们参加一些会议，让他们有更多的机会同群众接触，消除彼此间的隔阂，让他们感受到党的温暖，从而有利于进一步调整思想。与此同时，他又向盟内的干部进行交代，要他们严格掌握党的政策，强调必须全面地、历史地看待每一个人，不能只看一时一事。当他们一旦摘去了“帽子”，就应坚决执行党的政策，对他们一视同仁，不能有丝毫的歧视，并且要继续发挥他们的一技之长，给他们安排合适的工作。

当年，一些被错划为右派的同志，如沈志远等，起先在思想感情上，怎么也接受不了这个严酷的事实，正是在同陈望道交谈之后，才逐渐稳定下来的。后来沈的表现较突出，因而第一批就摘去了“帽子”。据说当年在复旦大学被错划成“右派”的一些民主党派成员，如孙大雨、张孟闻、李炳焕、陈仁炳、乐嗣炳等都曾先后求助于他，都曾得到过他的耐心帮助和鼓励。通过他及时的思想工作，多少弥补了由于当时一些党员同志工作简单化所造成的损失。

陈望道善于团结知识分子，严格执行党的知识分子政策，热情关怀和帮助知识分子的美德，是党内外众口交誉的。凡是同他交谈过、接受过他帮助的同志都称道他做思想工作从不说教，从不以势压人，而是采用一种谈心的方式，劝说的方式，循循诱导的方式，丝毫没有那种“左”的、批判的痕迹。因而他在学校老教授中、在民主党派内享有较高的威望，大家都非常敬重他、爱戴他，尊称他为“望老”。

1958 年年初，反右整风运动刚结束，党号召知识分子制订红专规划，加强自我改造、自我教育。陈望道带头制订了个人红专规划。这份订于 1958 年 2 月 28 日、修改于 3 月 25 日的个人规划包括以下 12 条内容——

我决定鼓足干劲，力争上游，以老当益壮的精神为社会主义革命和社会主义建设努力，制订个人规划如下：

（1）以共产党员标准要求自己，把心交给党，交给人民，交给社会主义。

（2）彻底肃清阻碍事业和工作前进的官气、阔气、暮气、骄气和娇气。特别注意肃清知识分子最易染上的骄气和暮气。

（3）彻底肃清轻盟思想，经常关心盟务，同盟内同志共同努力，加速根本的自我改造，为长期共存、互相监督创造条件。

（4）通过社会实践，向工人、农民学习，积极培养劳动人民的思想感情。

（5）更加全面、更加深入地学习马克思列宁主义，力求融化在工作中，不断改进工作作风。

（6）力求复旦大学在党的领导下，成为"又红又专"、"克勤克俭"、富有社会主义高等学校特色的大学，决定在中文系等处种"试验田"。

（7）争取恢复每日研究语言文字的习惯，以一定时间（每日约二小时）精读《毛泽东选集》《鲁迅全集》《水浒传》《红楼梦》《儒林外史》等经典著作及其他著作，从中探索语法修辞规律。

（8）争取恢复经常研究形式逻辑和辩证逻辑的习惯，力求运用方法更为精确，更为灵活。

（9）与语法修辞逻辑研究室同志共同努力，争取在三年内完成语法论文六篇，合成《汉语语法试论》著作一部，并为研究现代汉语修辞做好准备。

（10）与语法修辞逻辑研究室和复旦大学其他部分的语文同志共同努力，争取研究室和复旦大学的语法修辞研究工作在三五年内成为全国研究中心之一。

（11）积极参加上海语文学会工作，上海哲学社会科学学会联合会工作，积极推动学术研究和学术讨论，贯彻“百花齐放，百家争鸣”的方针。

（12）争取每日做十分钟以上的体育运动。

陈望道这份个人红专规划订得十分全面和具体，既充分体现了他那老当益壮的雄心壮志，也反映了他对自己严格要求、加强自我锻炼自我教育的心迹。这份规划既是那个时代的真实记录，也是一份个人的珍贵的历史档案。

同年8月，反右整风运动结束后，他在民盟组织内写下了一份整风思想小结。小结有以下六部分内容：

（一）更加了解民主党派成员的政治思想全貌，特别是多数中间成员的政治、思想全貌，因而更能了解党对民主党派的政策、方针的精神和民主党派应有的责任。

（二）更加了解民主党派需要促进成员加强自我改造，需要促进成员发挥积极性和创造性，为社会主义建设总路线服务，为技术革命和文化革命服务。

（三）更加了解民主党派工作的重要性和艰巨性，要做好工作，必须紧密依靠党的领导，也必须充分发挥干部的集体智慧，结合民盟的特点，创造性进行工作，才能在盟内创造成一个生动活泼的政治局面，以便取得潜移默化共同提高的效果。

（四）对于民盟这样重要艰巨的工作深深感到自己知识经验工作能力大不相称，必须立志边干边学，时时学习细致深入的思想工作方法，改正简单粗率的工作作风，准备做到老，学到老，准备同干部一同努力把上海民盟工作做好。

（五）我也准备把我担任的教育工作和学术研究工作以及其他工作同时做好。

（六）现在我已经把做好民盟工作作为自己分内事，不把它作为额外负担或临时负担，而且有决心和信心同干部一同努力把它做好，只是工作还未能得心应手，而因兼职稍多，有时也颇有难以应付裕如之苦，种种缺点还待进一步加以克服。

这又是一份珍贵的历史材料。

三七

风雨同舟　肝胆相照

经过 1957 年那场反右整风运动之后，民盟上海市第四届委员会于 1958 年 5 月 11 日举行第一次会议，对原民盟市委领导班子进行了改选。选举陈望道为主任委员，廖世承、刘思慕、苏步青、苏延宾、储一石、寿进文为副主任委员。

同年 11 月，在上海市第三届人民代表大会上，陈望道又被选为市人民委员会委员。同月，他又当选为中国人民政治协商会议上海市第二届委员会副主席。正主席由中共上海市委第一书记陈丕显兼任。同时当选为政协副主席的还有刘季平、刘述周、刘靖基、沈体兰、金仲华、胡厥文、舒新城、黎照寰和魏文伯。

同年 12 月，陈望道又当选为民盟中央第三届副主席，中央主席为沈钧儒。

此后，他又连任上海市民盟第五、六两届主任委员，上海市政协第三、四两届副主席，全国政协第三、四届常委等重要职务。

由此可以看到，自 1958 年以后，陈望道的政治生活与社会活动更加频繁、更加忙碌，所肩负的责任也更加重大了。为了不辜负党和人民的信任与重托，他克尽厥职，紧紧依靠党的领导，牢牢把握住政治大方向，丝毫不敢有所懈怠。他为了出色完成各项任务，除了自己认真踏实地工作外，还非常重视集体领导，注意发挥集体的智慧。当他在 1958 年被选为民盟上海市第四届主任委员后，立即向大家表示：“盟的工作对我来说还是一项新的工作。30 多年来，我没有离开过学校工作，以我的能力和精力来说，对盟的工作是不能胜任的，但是我想如果能紧密依靠党和盟中央的领导以及各位副主委、全体常委、委员的帮助，我相信一定可以把工作搞好的。今后我愿站在群众之中，在全体盟员同志的监督下，边做边学，发挥集体力量，共同搞好上海盟的工作。”

随后，他便把复旦大学校长办公会议制度的经验借鉴过来，在盟内也组织了一个由盟市主委、副主委、秘书长组成的办公会议，定期召开和处理日常事务。只要是不离开上海，他都能坚持出席并亲自主持办公会议。市民盟常委会议及全体委员会议也大都由他主持。会议开始时，他总要先把会议的议程和内容向大家通报一下，然后听取大家的意见。盟内重大问题和主要工作都要经过集体讨论。在会上，他鼓励大家畅所欲言，要大家“发言不要拘束”。认为只有如此，“讨论才能深入”。他还认为，“一些重要问题必须先经过办公会议讨论才能提交市委会及常委会讨论。盟内重要问题不经过集体讨论，只能算是少数人的意见。总之，一定要形成集体领导”。重视集体领导是他一贯的认识和主张，因为它不仅能博采众长，还能防止偏听偏信。贯彻集体领导是我们党的民主集中制的优良传统的具体体现，也是一切工作取得成功的保证。

大凡和他共事过的同志都清楚认识这一点，许多工作一经决定由他负责，他就一定会认真对待，并竭尽全力地把它做好。盟内重要文件送他审阅，他都能认认真真地看，见有不妥当的地方就立即动笔修改，从内容到形式，一丝不苟。对待人民来信他从不马虎，凡经他过目的，他都一一做出处理意见，并督促工作人员认真检查，不让出丝毫差错。他这种事必躬亲、严肃认真的工作态度，为下属干部作出了良好的榜样。

平时，他处处以身作则。整风“反右”运动结束后，党号召知识分子下厂下乡，参加劳动锻炼，同工农打成一片。1958 年 5 月 30 日，民盟市委组织盟员到市郊纪王乡参加义务劳动，陈望道率领市委领导 19 人带头下乡。来到农村后，他又不顾自己年迈体弱和同志们的一再劝阻，亲自挥锄和大家一起到田间劳动。

自从经历了 1957 年那场整风“反右”运动之后，在广大知识分子阶层中一度出现空气沉寂、思想领域和学术领域均不够活跃的状况。在一部分知识分子心有余悸，存有戒心，表现出普遍不愿说话和写文章，尤其不肯轻易在公开场合发表意见。针对这种状况，陈望道及时领导民盟市委组织如何深入开展交心活动的讨论。他们深入基层，分头到复旦、同济、华东师大三所高等学校组织盟员进行座谈，反复申述党的政策，打消大家的思想顾虑，鼓励大家畅所欲言。为了使这种紧张的空气有所缓解，他还积极开展个别思想工作，努力沟通党同知识分子的联系。

陈望道率民盟上海市委机关干部下乡劳动（1958 年 5 月）

1959 年是中华人民共和国成立 10 周年和五四运动 40 周年纪念。他抓住这一时机，广泛开展宣传活动，尽情歌颂党的正确与伟大，歌颂新中国在革命与建设事业中所取得的巨大成就。在这一年内，他勤于耕耘，发表了多篇文章。

这年4月中旬，陈望道应中国新闻社之约请，发表了《纪念五四运动四十周年，发扬爱国主义精神》一文。他在文中写道：

> 我们现在纪念“五四”，回顾一下“五四”以来的过程，实具有伟大的意义。
>
> 五四运动首先是个爱国运动。……五四运动不仅仅是个爱国政治运动，同时又是个文化运动。在这个文化运动中，人们反对旧道德、提倡新道德，反对旧文学、提倡新文学，而一批最早接受马克思主义思想的先进知识分子，则在人民群众中开始传播马克思主义，把这个文化运动导向更前进的方向，形成以马克思主义为指导的彻底地反帝反封建的文化革命运动。
>
> 在五四运动的基础上，不久终于出现了中国人民革命斗争的领导者中国共产党，终于出现了马克思主义与中国革命实践相结合的毛泽东思想。
>
> 五四运动也是中国知识分子革命或反动的试金石。在这个政治运动和文化运动的相互交织、蓬勃开展中，许多爱国知识分子都同人民群众在一起，毅然决然地走上了反帝反封建斗争的革命道路。也有若干知识分子，由于坚持封建主义文化或帝国主义文化，就在这个运动中被淘汰，或者开始被淘汰。
>
> ……中国人民没有被帝国主义和国内反动派的屠杀所吓倒，也没有为胡适之流反动文人的谎言所蒙蔽，而是在中国共产党的正确领导下，前仆后继，百折不挠，坚持前进的道路。现在中国人民不但已经获得新民主主义革命的胜利，在社会主义建设事业上也已经有了波澜壮阔的进展。四十年来，中国所经历的是翻天覆地的大变化。

文章结尾，他还不忘为祖国的统一和富强而呼吁：

> 值此纪念五四运动四十周年的时候，我们想起一切热爱祖国的人物，也想起台湾许多热爱祖国的人物，有的还是参加过“五四”爱国运动的。我们一定要继承与发扬“五四”反帝、反侵略、爱国的精神和光荣传统，为解放台湾，完成祖国的统一和富强而共同奋斗！[①]

纪念五四运动的目的正是要激励广大知识分子，沿着前人所走过的道路，发扬爱国主义精神，坚定地跟着中国共产党，为把祖国建设成为繁荣富强的社会主义国家而努力。

1959 年 5 月 27 日，既是上海解放 10 周年纪念日，同时又是复旦大学第十个新的校庆节日。陈望道在《复旦十年》这篇文章中回顾了中华人民共和国成立 10 年来，复旦大学在政治和业务，教育和劳动，理论和实际，教师和学生以及科学研究等各方面取得的巨大成就。但是，他又认为这些成就如果同我国高速度发展的工农业生产相比，还是很不够的。像复旦这样一所具有一定规模的、为国家培养又红又专的社会主义建设人才的综合性大学，对培养人才和发展文化所负的责任非常大，今后必须加倍努力，在党的领导下，进一步贯彻党的教育方针，巩固和发展教育革命的成果，提高教学、科研工作质量，以迎接社会主义建设的新高潮。[②]

1959 年 5 月，上海市第三届人民代表大会第二次会议召开时，陈望道又与李振麟、贾亦斌、蒋学模等三位列席代表在会上作了联合发言。他们在这篇《关于贯彻执行党的“百花齐放，百家争鸣”

---

① 《陈望道文集》第 1 卷，第 260—263 页。

② 同上书，第 268—272 页。

方针的几点意见》的发言中，完全拥护曹荻秋副市长在上海市人民委员会工作报告中指出的“为了繁荣科学艺术事业，必须在为社会主义服务的基础上，继续贯彻‘百花齐放，百家争鸣’的方针”和“一切科学文艺工作者应当有坚持真理的勇气，不要怕做对立面，不要怕唱‘对台戏’”的论述，并就这些问题发表了自己的看法。他们说：“实践证明：党的‘百花齐放，百家争鸣’的方针是完全正确的。因为这个方针正确反映了找寻真理的一条规律，那就是‘不同意见的争论，是科学事业发展的动力’。‘百家争鸣’的方针将有力地促进我国科学文化艺术的繁荣，这是符合我国人民的最大利益和根本利益的”。

反右运动以后，“双百”方针是知识分子最为关切、最为敏感的一个问题。他们这一发言就是针对当时知识界在“双百”方针上存在的一些问题所做的议论和解释。

首先一个问题是关于学术论争中的“对立面”的认识问题。发言认为，“过去常把‘对立面’这个词当做消极的或错误的方面来理解。这样的理解是不全面的。‘对立面’是事物内部矛盾方面的统称，它并不专指消极的或不正确的方面。在学术问题上，‘对立面’指的就是争论中有差异、有矛盾的不同的意见，不一定专指不正确的意见。学术问题上的不同意见是客观存在着的。对立面是不以人们的意志为转移的客观存在。不同意见的争论是发展科学的动力”。“因此，坚持开展不同学派、不同见解的自由讨论，既是繁荣科学的途径，也是提高科学工作者的手段。”

其次，是对于学术问题上的错误的根源和性质的认识。发言认为，“学术讨论中的不正确的意见产生的根源是复杂的，而且在性质上也可以是不同的。有的不正确意见是由于立场不对头，因而在学术问题上反映出了错误的资产阶级观点。有的不一定是立场问题，而属于认识问题。认识上的错误，也可以有几种不同的情况。

一种是由于资产阶级世界观尚未获得改进，资产阶级学术思想、观点的影响尚未肃清，必然会在学术问题上造成一些错误。另一种是科学工作者的立场观点虽然基本正确，可是因为在某些具体问题上研究方法不对头，也可能产生错误。还有一种情况是，即使立场、观点、方法都基本正确，也会因掌握资料不够全面，或因事物、现象的本质尚未充分显露出来，一时产生错误或片面的认识。党曾经一再指出，学术问题和政治问题之间是有着严格的界限的，因此，划清学术问题与政治问题的界限，划清学术问题上的立场问题与认识问题的界限，对于我们勇于做对立面，勇于唱'对台戏'是大有好处的"。

最后，是对于学术讨论的方式或态度问题的认识。作者认为，"学术问题上的意见分歧，应该通过生动活泼、细致深入的自由讨论来求得解决。在讨论过程中，应该虚心地考虑对方的意见，不应该把别人的意见一笔抹杀，拒人于千里之外"[①]。

站在党的立场上，帮助知识分子澄清一些似是而非的认识，解除他们的思想顾虑，促进"双百"方针的顺利贯彻是陈望道等联合发言的初衷。

20 世纪 60 年代初，我国国民经济开始出现不少问题。一个问题是我国国民经济在经过持续大跃进后，却过早地、无根据地宣布农村人民公社"立即实行全民所有制"，甚至提出了"立即进入共产主义"的口号。紧接着又在全国各地刮起了一股"一平二调"的"共产风"。过热的头脑，过"左"的口号，使我国国民经济遭受到严重的损失。另外，从 1960 年开始，我国农村连续三年不幸遭遇到特大自然灾害。此时，苏联赫鲁晓夫领导集团，把中苏两党在意

① 作者 1959 年 5 月与列席代表李振麟、贾亦斌、蒋学模在上海市第三届人民代表大会第二次会议上的联合发言。

识形态方面的分歧扩大到国家关系中来。由于我们党反对他们的大国沙文主义和以“老子党”自居的蛮横行径，苏共领导集团撕毁合同，撤走专家，妄图迫使我们就范。天灾加上人祸，犹似雪上添霜。中国人民内忧外患，面临着重重困难。

所幸的是党中央于是年7月上旬在北戴河及时举行了工作会议，讨论了国际问题和国内经济调整问题。会议决定采取压缩基本建设战线，保证农业生产等措施，不失时机地纠正了农业生产上的偏差。

在这关键时刻，中国共产党加强同民主党派和广大人民的联系；一切民主党派成员和爱国知识分子与党同心同德，为党排忧解难，共渡难关。

7月下旬，民盟第三届中央委员会第二次全体会议在北京隆重举行。会议自7月25日至9月5日结束，前后共开了43天，充分体现了党中央对这次会议的重视。大会闭幕后，陈望道在民盟上海市委全体会议上作了传达。他在传达中说：“民盟三届二中全会（扩大）会议，在党的正确领导和亲切关怀下开得十分成功。讨论的问题的广泛，解决问题的深入都为民盟历次会议所未曾有的。这次会议的任务是进行国内外形势的教育，研究民盟所联系的知识分子当前存在的问题，交流经验，确定今后的方针任务，进一步调动成员和所联系的知识分子积极为社会主义服务，进行自我教育和自我改造。”

他又传达说，这次会议先后举行了大会、分组会、经验交流会、座谈会和谈心会。一个很大的特点是：“始终贯彻了和风细雨、自我教育的精神，采取了‘神仙会’的方式，大家谈谈、听听、看看、想想，自己提出问题，自己分析问题，自己解决问题。代表们一致认为这次会议是认清形势、明确任务、深入学习的会议，是动员知识分子积极参加技术革命、文化革命、教育革命和逐步改造世界观的会议，收获很大，每个人都在这次会议中受到了深刻的教育，提高了思想认识。会议一致认为‘神仙会’的工作方法，是群众运动的一种工作方法，是一种走群众路线的工作方法。大会决议已认定：‘神仙会’是帮助本盟员进行自我改造的一个好方法，各级组织在今后应把这种工作方法认真贯彻到政治思想教育工作中去。”

同以往一样，陈望道在传达中央会议精神时总要结合自己的学习心得谈一些体会。因为他深感一个宣传员只有把自己摆进去才能取得最好的宣传效果。这次，又在传达中结合自己的认识谈了以下四点体会：

一、关于知识分子的估计问题

由于党的领导和关怀，由于党对知识分子团结、教育、改造政策的全面贯彻，由于社会主义革命在经济战线、政治战线、思想战线上取得了伟大的胜利，知识分子的政治思想面貌已经发生显著的变化。总的估计是大有进步，还有问题。这大有进步具体表现在：（一）接受党的领导方面；（二）走社会主义道路方面；（三）为社会主义服务方面；（四）自我改造方面。

存在的问题是：（一）不断革命，推动人们的进步，又使人们感到跟不上。应当采取积极的态度，努力跟上去。（二）多数人在政治立场改造方面还有不同程度的问题，又有一小部分的立场基本上没有改变。（三）资产阶级的习惯势力，在很多人身上很少改变。（四）革命攻到意识形态的“尖端”上来了，实际生活日益迫切地提出了改变世界观的任务，即全面改造立场、观点和方法的任务。

二、党对资产阶级的政策

消灭阶级须进行经济的改造与人的改造。

三、改造世界观

改造世界观，就是要抛弃资产阶级世界观，树立无产阶级世界观。把世界观改变过来，对社会主义革命和社会主义建设就会有热情和干劲，就能跟上。把世界观改变过来，就不但能够跟上形势的发展，而且能够预见形势的发展，不管中国和世界上刮什么政治台风，也就能站稳脚跟，不改变世界观，必然会有危险，经不住大风大浪。

四、关于学习毛主席著作

为了改造我们的世界观，需要学习马克思列宁主义，学习马克思、恩格斯、列宁、斯大林的著作。但决不可不学习毛主席的著作，而且应当以学习毛主席著作作为我们学习马克思列宁主义的主要途径。这是因为毛泽东思想就是马克思列宁主义的普遍真理与中国革命和中国社会主义建设的具体实践相结合的结晶，毛泽东思想就是在当代发展了的马克思列宁主义。毛泽东思想保卫了马克思列宁主义。①

在风云变幻的国际、国内的形势下，强调学习毛主席著作，自觉改造世界观，对我们每个知识分子来说是非常非常之重要的。

1961 年，是我国国民经济遭受自然灾害的第二年。

中共八届九中全会于 1 月 14 日至 18 日在北京召开。会议听取和讨论了邓小平关于 1960 年 11 月各国共产党和工人党代表会议②的报告，并通过了相应的决议。会议还听取和讨论了李富春《关于1960 年国民经济计划执行情况和 1961 年国民经济计划主要指标的报告》，正式通过“调整、巩固、充实、提高”的八字方针。会议又决定在农村深入贯彻中共中央关于 1960 年 11 月发出的《关于农

---

① 未刊稿。

② 1960 年 11 月 10 日至 12 月 1 日，81 个国家的共产党和工人党代表聚集在莫斯科举行会议，庆祝十月革命胜利 43 周年，史称“81 党莫斯科会议”。会议通过了《各国共产党和工人党代表会议声明》，简称《莫斯科声明》。

村人民公社当前政策问题的紧急指示信》，进行整风整社。

1961 年 3 月中旬，中共中央在广州召开工作会议，讨论和制订了《农村人民公社工作条例（草案）》（简称《农业六十条》）。这个条例草案对人民公社的体制和政策做了详细的规定，在解决社队规模偏大、分配上的平均主义、公社对下级管得太多太死、民主制度和经营管理制度不健全等问题上前进了一步。

在国家困难时期，党及时作出各项政策的调整。陈望道作为一个民主党派的领导成员及地方政协负责人，始终同党保持一致，并且尽力做好宣传工作，沟通党同知识分子的联系，称得上是同党肝胆相照、荣辱与共的了。

三八

饮水思源颂党恩

1961年，中国人民在顶住了来自苏共领导集团的压力，以及战胜了由于自然灾害所带来的国民经济重重困难的同时，迎来了各族人民的伟大节日——中国共产党诞生40周年。尽情歌颂建党40年来所取得的伟大成就，热烈欢庆中国共产党的光荣、伟大与正确，都将深深鼓舞大家去战胜一切天灾与人祸。

作为中国共产党的发起组成员、中共最早期的党员、党的早期活动家的陈望道，怀着对共产党的无比崇敬与热爱，在党的诞生日——“七一”前后，相继在庆祝会上致祝词，在座谈会上谈感想，并接受报社、杂志的采访和约稿，撰写回忆纪念文章，用各种方式来宣传中国共产党的伟大与正确，表达自己对党的真挚的感情。

是年7月1日，上海市各界人民隆重举行中国共产党成立40周年庆祝大会。陈望道作为上海市各民主党派、政协无党派民主人士和工商业联合会的代表在大会上致祝词，热烈歌颂中国共产党成立40周年来所取得的伟大成就。

他说：“四十年前，中国共产党在上海诞生，标志着中国革命运动进入了一个新的历史时期。从鸦片战争到‘五四’运动的前夜，中国人民曾进行过多次反帝国主义反封建主义的斗争，都遭到了失败。自从中国出现了马克思列宁主义为指导的工人阶级政党，中国人民革命就开始走上了胜利的道路。依靠中国共产党和毛主席的正确领导，把马克思列宁主义的普遍真理同中国革命的具体实践结合起来，经过艰难曲折、英勇顽强的斗争，终于打倒了帝国主义、封建主义、官僚资本主义三大敌人，在一九四九年取得了人民民主革命的伟大胜利，建立了中华人民共和国，开辟了中国历史的社会主义的新时代。建国以来，我国社会主义革命和社会主义建设获得了辉煌的成就，祖国面貌发生了根本的变化，国际地位有了空前的提高……爱国的知识分子和工商业者，都为祖国的日益强盛感到扬眉吐气，都为生活在毛泽东时代感到无限幸福。”因而“深深体会到党的光荣、伟大、正确，一切光荣归于中国共产党！”

接着，他又激情地说：“饮水思源，我们由衷地感谢党，感谢毛主席。在庆祝党的四十周年诞辰的时候，回顾过去的历程，展望美好的未来，我们要永远听毛主席的话，要永远跟共产党走，我们要认真学习毛主席著作，逐步改造世界观，顾一头，一边倒，有一分热，发一分光，继续沿着社会主义的道路迈进！”①

同月，他又在上海市民盟庆祝中国共产党成立 40 周年座谈会上作了重要发言。他在这篇题为“谈马克思列宁主义在中国的胜利”的发言中，回顾了自己从五四新文化运动以来所经历的 40 年的艰苦历程之后，动情地说：“我四十多年来在文化教育界如果也算做过一些有益于人民的工作的话，那完全应归功于党。过去我常常讲，我做工作如有‘神’助，所谓‘神’就是党，就是艰苦卓绝，领导中国人民进行革命斗争的伟大、光荣、正确的中国共产党。”

---

①《陈望道文集》第 1 卷，第 279—281 页。

接着，他又回忆起马克思主义在中国传播的简单过程：

“马克思主义是在‘五四’前后传入我国的。‘五四’初期，一般人多以新旧分别事物。当时曾经有人把一切我国古来已有的不分好坏一概称之为旧，一切我国古来未有或者是来自外国的一概称之为新。于是无政府主义、工团主义以及其他一切等等乱七八糟的东西，就都涌进来了。但是不久就有很多人接受了马克思主义的影响，对于新旧逐渐有所辨别：对于所谓旧的，不一定都可以加以否定；对于所谓新的，也不一定都可以加以肯定。于是对一切‘五四’以后以‘新’为名的新什么新什么的刊物或主张，不久就有了更高的判别的准绳，也就有了更精的辨别，不再浑称为新、浑称为旧了。这更高的辨别的准绳，便是马克思主义。”

他又说：“有了马克思主义，便有了正确的立场、观点和方法，对于古今、中外能够排好恰当的关系，能够站在中国的今天，伸一只手向古代要东西，伸一只手向外国要东西，并不一概排斥，但也并不一概滥要，而不致像一些迷信封建主义文化或迷信帝国主义文化的人那样，搞外国东西便倒在外国，搞古代东西便倒在古代。”

陈望道在民盟上海市委作报告（1961 年）

这段有关古今中外关系的马克思主义的论述，不仅在过去，也是他在当时以及以后10多年里一贯坚持的科学的立场和态度。

最后，他还认为："马克思主义是一个无所不包的完整的思想体系。在学术工作方面，无论社会科学、自然科学，要真正做出成绩，都要以马克思主义、毛泽东思想为指导。"

此外，他在文中还批评了对毛主席著作不够严肃，随便摘抄词句的那种学习毛泽东思想的庸俗化的倾向。觉得"应该切实领会毛泽东思想的精神实质，努力做到虽不引毛主席一句话，也处处能够体现毛主席思想，以毛主席思想来指导我们的科学研究和其他一切工作"①。

60年代初，陈望道就已能针对学习毛主席著作中存在庸俗化的偏向提出批评意见，确是很有远见卓识。

紧接着，在1961年7月8日出版的《上海盟讯》上又发表了他撰写的《伟大、光荣、正确的四十年》这篇文章。文章说："随着我国社会主义革命不断深入和社会主义建设持续跃进，革命已经革到我们意识形态的尖端上来了，现实已经向我们提出了全面改造立场、观点和方法的要求。"

他号召："一切知识分子、一切民主党派的成员都需要自觉地积极地进行世界观的改造。"②

1961年10月是辛亥革命50周年纪念，他又不失时机地进行爱国主义和党的传统的宣传教育工作。他应邀在《上海盟讯》上发表了《纪念辛亥革命五十周年》一文。文中，他以一个历史见证人的身份回顾了辛亥革命50年来的历史，以及应该从中吸取的经验与教训。文章写道：

---

①《陈望道文集》第1卷，第282—285页。

②《陈望道文集》第1卷，第286页。

中国人民经历了辛亥革命的胜利和失败，在反对帝国主义及其走狗反动派反复的残酷的斗争中，提高了觉悟，积累了经验，因而促进了彻底的反帝反封建斗争的开展。十月革命的一声炮响，给中国送来了马克思列宁主义；五四运动之中，中国工人阶级开始作为一个独立的阶级力量登上了政治舞台；一九二一年诞生了伟大的中国共产党。从此以后，中国的局势立即发生了翻天覆地的变化。经过四十年的斗争，中国人民在中国共产党和毛泽东主席的领导下，组成了人民民主统一战线，终于彻底打倒了帝国主义及其走狗的反动统治，建立了工人阶级领导的以工农联盟为基础的人民民主专政，走上了社会主义革命和社会主义建设的崭新行程。

文章还说：

前后五十年的事实深刻地教育了中国人民：资产阶级的领导，资产阶级民主共和国的理想，不可能把中国从严重的民族危机中解救出来，中国革命没有工人阶级，没有中国共产党的领导就终不免于失败。中国共产党是全国人民的大救星，中国共产党的领导是中国革命胜利前进的保证，这就是中国人民在长期革命斗争之中用血肉换来的一条最根本的、最重要的经验教训。[①]

陈望道在建党40周年所作的一系列现身说法的宣传教育，使人听了倍感亲切，因而取得了极其良好的效果。

在庆祝中国共产党诞生40周年的活动结束以后，中共中央又召开了一系列重要会议，继续对中华人民共和国成立以来的各项工

---

① 《陈望道文集》第1卷，第290页。

作进行总结，为坚决贯彻党提出的“八字方针”进一步打下基础。

我国工业、农业以及文教等各条战线都为贯彻“调整、巩固、充实、提高”八字方针制订出本系统的工作条例和各项具体措施，使各项工作能够在纠正过去的错误的基础上脚踏实地继续向前推进。这项工作到了“七千人大会”召开之后就更臻完善了。

1962 年 1 月 11 日，中共中央在北京召开扩大的工作会议，即“七千人大会”。刘少奇同志代表党中央作书面报告并讲话，初步总结了 1958 年以来社会主义建设的基本经验教训，分析了几年来工作中的主要缺点错误，指出全党当前的主要任务是踏踏实实地、干劲十足地做好国民经济的调整工作，强调要恢复党的实事求是、群众路线的优良作风，健全党的民主生活，加强集中统一。毛主席在会上作了重要讲话，主要阐述了党的民主集中制原则，强调要健全党的民主集中制，要加深对社会主义建设规律的认识，并做了自我批评。大会发扬了民主，开展了批评与自我批评。总之，这次大会对于统一全党认识，加强党的团结，动员全党贯彻执行“八字”方针，扭转国民经济的严重困难局面，起到了重大的作用。

由于中国共产党及时制订了一系列正确的政策，才能领导全国人民，不仅顶住了来自国际的压力，也逐步战胜了三年自然灾害所造成的国民经济的严重困难。现实再一次教育广大知识分子，使他们清楚地认识到，只要有了中国共产党的正确领导，就没有战胜不了的困难。

1962 年，“高教六十条”正式颁布后，陈望道又积极配合校党委，在上级主管部门的领导下，为在复旦大学切实贯彻“高教六十条”而竭尽全力。

三九

知识分子的甘霖

1962年2月16日至3月8日，全国科学工作会议在广州召开。周恩来总理在会上作了《关于知识分子问题的报告》，进一步阐明了党的知识分子政策，重新肯定了我国绝大多数知识分子是属于劳动人民的知识分子，从而恢复了1956年知识分子问题会议对知识分子的正确估计。会议强调了在社会主义建设中要发挥科学和科学家的作用。大会还郑重地指出，党提出要破除迷信，决不是说要破除科学；破除迷信必须同尊重科学结合起来。

陈毅副总理也在广州会议上作了重要讲话，进一步指出，“我国绝大多数知识分子已经是社会主义的、人民的知识分子，劳动人民的知识分子，是国家的主人翁”。陈毅副总理在讲话中，极为形象生动地为知识分子行“脱帽加冕”之礼。所谓“脱帽加冕”，也即脱“资产阶级知识分子”之帽，加“劳动人民知识分子”之冕。

两位总理有关落实知识分子政策的讲话，对广大知识分子来说，犹似久旱逢甘霖。对一个知识分子来说，没有比听到类似“尊重知识，尊重科学”等话更为激动人心的了。全国广大知识分子，他们为最终能得到党中央的信任而感到欢欣鼓舞，为自己最终能成为劳动人民的一员而奔走相告，额手称庆。

这次广州会议由于受到当时“左”倾思潮的影响，未能在全国范围内进行很好的传达，会议精神的贯彻自然也大大受到影响。然而党的知识分子政策是那样深入人心，真理是封锁不住的，知识分子和中国共产党永远心连着心。

陈望道作为一名著名的社会活动家，他在1962年至1963年两年中，继续积极参与国家政治生活，为贯彻党的政治路线，宣传党的各项方针政策，尤其是为宣传广州会议的精神和知识分子政策而不懈努力。

1962年3月23日，全国政协第三届第三次会议在北京隆重召开，同时在北京召开的还有全国人大二届三次会议。两会结束后，陈望道于5月4日在上海市政协向全体委员作了传达。

这次会议传达的重点是全国政协主席周恩来的闭幕辞及陈毅副主席的发言。陈望道在传达时结合自己的体会谈了以下几个方面的问题。

第一，对这次会议的高度评价。

这次扩大会议开得很好。不仅委员到会，而且邀请了800多人列席，方面很广泛，特别是知识界人士较多，是一次团结的大会，民主的大会。陈毅副主席在报告中曾说：“在中国共产党领导下，我国各民族的工人、农民、知识分子和其他劳动人民，各民主党派和民主人士，爱国的民族资产阶级分子，爱国侨胞，组成了广泛的人民民主统一战线。这个统一战线，在社会主义革命和社会主义建设中，已经发挥并且正在发挥它的重大作用。”

这次会议是不公开的、秘密的会议。人代大会公报发表后，世界各国有各种各样的猜测。两个大会成为世界议论的中心。就是帝国主义也不能不承认中国人民是团结的，中国政治是稳定的。

这样的会是推广社会主义民主生活的新开端。从大会的精神来看，现在不仅民主集中的高潮要到来，一个专业的高潮也会到来。

这对国家克服困难，对今后的工农业生产，对国家建设的百年大计，都是很有利的。

第二，国际反帝统一战线。

国际反帝统一战线，更确切地说，是反对以美国为首的帝国主义的全世界人民统一战线。这几年国际形势的发展，正如毛主席在莫斯科会议上说的：东风压倒西风，成为国际形势发展的主流。敌人的矛盾越来越多，而我们的统一战线中尽管在某些原则上有不同意见，在国际工人运动中有些曲折，但总的趋势是好的。人民的力量是越来越壮大，帝国主义则内部矛盾越来越尖锐。

回顾一下中国的历史就可以看出，反帝统一战线也在形成和发展中，也有主力，就是社会主义阵营。这个主力联系着亚、非、拉丁美洲的民族民主革命运动，这是仅次于世界社会主义体系形成的第二个伟大的潮流。再加上人民革命斗争的力量，维护世界和平的力量，这四种力量汇成为反帝、保卫世界和平的统一战线，但有主流，反帝就是主流，有主力，社会主义阵营就是主力。这个统一战线比过去任何时期都要大。斗争越多，就有越多的丰富经验，增强斗争的信心。

在外交关系上，我们并不孤立。我们的朋友愈来愈多。我们的国际地位愈来愈高。连美国也不能不承认，世界上的大问题如果没有中国参加，是不能解决的。

第三，国内统一战线的新发展。

周总理说，国内统一战线不仅在民主革命中已经取得胜利，在社会主义改造中也继续取得胜利，现在正面临着社会主义建设的伟大任务。一切事物要有一个发展过程，统一战线也要有一个认识过程。在新民主主义革命胜利后，在社会主义改造中，人民民主统一战线起了作用，动员了社会上一切可以动员的力量，因此社会主义改造进行得比较顺利，比较快。在现在这个阶段，统一战线要有新的任务和新的发展。在社会主义改造和社会主义建设取得胜利的基础上，要团结一切可以团结的力量，动员一切可以动员的积极因素，来参加社会主义建设。我们的统一战线要发扬民主，参加建设。统一战线组织不仅仅是政协，各民族的工人、农民、知识分子和其他劳动人民，各民主党派和民主人士，爱国的民族资产阶级分子，爱国的侨胞和其他一切爱国人士等九个方面，都要动员起来参加，这才是统一战线的全部。

在这次会上，两位总理都着重谈了国内统一战线的问题。谈到资产阶级知识分子摘帽的问题。

陈毅副总理说，两个大会之后，统一战线将是一个新形势。许多人对周总理在政府工作报告中对统一战线形势的估计很满意，特别是对于摘掉资产阶级知识分子帽子感到鼓舞。周总理在广州会议上就讲了，知识分子和我们同事了十二年，经过三大运动的考验，不能再说他们是资产阶级知识分子了。但这不等于说，今后大家不需要学习，不需要改造了，不能说我们之间什么都一致了。今后还会有矛盾，民主发扬之后，矛盾会更多。我们要善于用批评与自我批评的方法，来解决我们之间的矛盾。

周总理在闭幕词中也谈到了统一战线问题，他说，今后政协工作责任更重了。首先可以组织一些调查研究工作，要使国家建设搞得好，就要实地调查，了解情况，如实反映。在调整的阶段，很需要了解实际情况，要真正把各方面的力量都动员起来。今后除了政治学习、文史资料收集工作，政协要更多地举行学术性报告和讨论。

在谈到党在政协的责任时，周总理说，所谓党的领导是指党的集体领导，党的方针政策，党中央，党的省、市、自治区、县等领导机关。主要是政策方针在起领导作用。党员个人都是平等的，都是为人民服务的勤务员，相互交流意见都是平等的。个人不能自居为领导地位。党员要与党外人士多交换意见，多谈心。对党员要求应该严，要严于责己，宽于责人。

至于民主党派的责任，他认为不是更轻，而是更重了。各民主党派都是为社会主义事业服务的。在服务中锻炼各民主党派及其成员。各民主党派要不断地在自己的组织中把成员锻炼得更忠于社会主义事业，使大家从中间走向进步，摆脱落后。各民主党派组织也要发展成员，党派本身要不断改造，不断推进。

总之，政协是包含各民主党派、各人民团体而组成的。通过统一战线的团体成员，联系到各阶层以至海外侨胞。通过这次会议，统一战线更扩大了，更深入了，工作加重了。

大会还作出一项决议，指出：人民政协要进一步加强团结，加强工作，在中国共产党和毛泽东主席的领导下，同心同德，奋发图强，为实现周总理在政府工作报告中提出的 1962 年国民经济调整工作的十项任务而努力，为把我国建成一个具有现代工业、现代农业、现代科学文化的社会主义国家而继续奋斗。①

为贯彻全国人大第二届第三次会议的精神，上海市也于这年 7 月召开了市第四届人民代表大会第一次会议。陈望道在会上作了《贡献我们的一切力量，为推翻一穷二白两座大山而奋斗》的发言。他在发言中提到，我国在工业、农业方面“正在逐步走上巩固和健全的道路；文教和其他事业，也都有突出的成就”。去年以来又“贯彻了以调整为中心的‘调整、巩固、充实、提高’的方针，在逐步克服连续三年的严重自然灾害所造成的困难和某些工作中的缺点和错误方面，也取得了显著的效果”。他认为，“尽管这样，负责同志在各项报告中还是毫不掩饰地指出了这几年工作中的错误和缺点，并且全面分析了造成缺点和错误的原因，同时提出了改正缺点

① 未刊稿。

和错误的具体办法。这种严肃认真对人民高度负责的精神，使我们受到了极大的感动，同时作为民主党派的成员，上海市的各项重大政策措施，我们都参加了协商讨论，对这些缺点和错误，在政治上也负有一定的责任。我们各人有各人的工作岗位，对于岗位工作的缺点和错误，同样也不能推卸我们的责任”。

从这个发言我们可以清楚地看到，陈望道是位既敢于挑起工作重担，又勇于承担工作中的缺点和错误的好同志、好领导，人们为他拥有的这种严肃、认真的高度负责精神所钦佩和感动。

作为民主党派负责人的他，深深感到“在当前形势之下，民主党派的思想政治工作任务是更重了，工作是更多了，要求也更高了。上海市的民盟组织在过去几年中也做了一些工作，并且在工作中整顿巩固了各级组织，改进了一些工作方法，积累了一些工作经验。今后，我们还要进一步紧密团结在党的周围，认真贯彻执行‘长期共存，互相监督’和‘百花齐放，百家争鸣’的方针，把思想政治工作深入到成员业务实践中去，充分调动成员和所联系的知识分子的一切积极因素，帮助他们做好工作，为社会主义贡献力量，以实际行动来响应柯庆施市长、曹荻秋副市长关于实现本市一九六二年各项任务的号召，并且继续学习马克思列宁主义和毛泽东主席著作，继续不断地进行世界观的自我改造”①。

1962年底，陈望道赴北京出席民盟第三届中央委员会第三次会议。会议从1962年12月23日开至1963年1月16日，前后共20余天时间。回沪后，他又应邀参加中共上海市委组织的民主党派和各界知名人士春节座谈会。为了深入贯彻广州会议的精神，周恩来总理亲临座谈会并作了重要指示，再次体现了党中央对知识分子的亲切关怀。

---

①《陈望道文集》第1卷，第292—295页。

此后，陈望道于1963年2月9日在民盟上海市委会第八次（扩大）会议上，传达了以上两个会议的精神。

他说："这次会议认真讨论了当前国内外的一系列大是大非问题，进一步明确了国际形势更加朝着有利于人民的方向发展，东风日益压倒西风；我国的社会主义建设在各个战线上都取得了伟大的成就。经过反复讨论，认识到对国际形势的估计和展望，必须从全局出发，看问题的本质，必须看到国际上客观存在的各种矛盾继续发展的全貌，看到当代各种革命力量日益壮大的主流。而且必须树立一个根本的前提，就是要站在革命人民的立场，坚决跟中国共产党和毛主席走。"

他又说："这次会议开得很好，会议自始至终运用'神仙会'的方式，和风细雨，畅所欲言，深入讨论，从而得以提高了认识，增强了信心，加强了团结，进一步促进了自我改造和为社会主义服务的积极性。参加大会的同志都认为这是一次政治学习的大会，增进团结的大会，推动工作的大会。"

他还说，这次会议之所以开得成功是由于以下三方面的原因：

一、党中央对这次会议给予了极大的关怀、支持和帮助。

二、会议的领导机构遵循党的方针政策，贯彻集体领导和分工负责的精神，调动大家的积极性，在会议讨论国内外形势中，在很大程度上发挥了民主党派自我教育和自我改造的作用。

三、"神仙会"的精神有了进一步的发展和提高。

总之，通过讨论和学习，大家受到了一次深刻的爱国主义、社会主义和国际主义的教育，盟员的心情都很舒畅。

接着，他又向大家介绍了中共上海市委邀请各界知名人士举行的春节座谈会的一些情况，他说：

"周总理亲临各界人士春节座谈会，并作了重要讲话，使大家深受鼓舞。周总理向大家提出了32字方针和过好'五关'的要求。

这32个字即为：百家争鸣，薄古厚今；百花齐放，推陈出新；各党各派，长期共存；同心同德，自力更生。总理还说，要做到同心同德，就要过好5个关，即思想关、政治关、生活关、家属关、社会关。

“市委书记柯庆施讲话勉励各界人士要同心协力，紧密团结，奋发图强，自力更生。而要做到同心协力，必须解决三个问题：一、革命不革命的问题，二、把个人置身于六亿五千万人民之中，三、先生产后生活。”

最后，陈望道又针对知识分子的红专关系问题谈了自己的体会，指出：“在我们知识分子中还需要很好地解决红与专的关系问题，亦即政治与专业的关系问题。有一种讲法叫重业务轻政治。我认为重业务并没有错，我们要加速建设四个现代化的强国，当然需要重业务，问题出在不该轻政治。同时是否所有的人都已重业务了？这也是个问题。在政治和业务的关系中，强调政治的重要性，决不意味着可以忽视专业。知识分子坚定地走社会主义道路，拥护党的领导，是解决政治方向问题，解决为谁服务的问题，这是首先必须解决的根本问题。但是仅仅解决了这个问题还是不够的，还要解决一个服务得好不好的问题。因此政治与专业的关系，应当是统一的，不可分割的，我们既要重视政治，又要重视专业。重视政治和重视专业也应该是统一的。”①

1963年6月11日，民盟中央主席沈钧儒不幸病逝。民盟上海市委于6月14日举行追悼会，深切悼念沈钧儒主席。陈丕显书记代表市委致悼词，陈望道以民盟中央副主席及民盟上海市主任委员的身份致了悼词。他在悼词中赞扬沈钧儒先生：“沈主席一生走过的道路，是我们知识分子的光明道路，是我们每一个盟员应该学习

① 未刊稿。

的光辉榜样。”他号召大家在悲痛之余，“一定要学习沈主席的坚持正确政治方向，跟党走，听党的话，坚定不移地为人民革命事业奋斗到底的精神，一定要学习沈主席的不断追求真理，要求进步，坚持‘活到老，学到老’终生不懈地进行自我教育、自我改造的精神，进一步努力学习，加强团结，积极参加社会主义革命和社会主义建设，为反对帝国主义、各国反动派和现代修正主义而斗争”[①]。

---

①《陈望道文集》第1卷，第300—301页。

四〇

倡导科研和新学风

陈望道在主持复旦大学校政工作期间，特别重视和发展学校的科学研究工作和加强学校科学研究工作的领导。他认为，这对一所培养专门人才的全国重点大学来说是头等重要的事情。他常说，一个学校不发展科学研究，教学工作就上不去，培养德智体全面发展的人才、贯彻“高教六十条”也就成了一句空话。

中华人民共和国成立初期，他在一次校务委员会上，号召教师要积极从事科学研究，要做文化的光荣创造者。他深有感慨地说：“在旧中国把我们教员称作教书匠，今天党和政府要我们脱离教书匠的称号，我们一定要为党争气，要对文化有所创造，不能把别人的东西翻来覆去地讲，教师一定要从事科学研究，要进行创造性劳动，否则文化事业就不能发展，教育事业也不能发展。”他还说：“一个学校如果不发展科学研究就必然会滚到教条主义和学究主义的泥坑里去。”又说：“高等学校的发展一般有三个阶段：一、办校务的阶段；二、教务的阶段；三、科学研究阶段。如果一所学校只停留在办校务和教务的阶段，不进一步向科学研究阶段发展，这所学校的教学质量和学术水平肯定不能提高。一所学校发展到什么阶段，在一定程度上也反映了学校领导的指导思想重视什么。”

正是在这一思想的指导下，复旦大学自 1954 年起开始举办校庆节科学报告讨论会。通过一年一度的报告与讨论，既能检阅全校师生一年来的科学研究成果，也可借此推动全校学术讨论的经常进行。

1954 年校庆节，为庆贺复旦大学第一届科学报告讨论会举行，陈望道校长写下了下面这段祝贺词：

> 综合大学应当广泛地经常地结合教学，开展科学研究工作，为祖国建设服务。今年校庆的种种活动——如举行科学讨论会、著译展览会等，就以促进科学研究为中心。这是一个创举，希望大家合力完成这个创举。希望大家踊跃发表现有的成就，争取更大的成就。

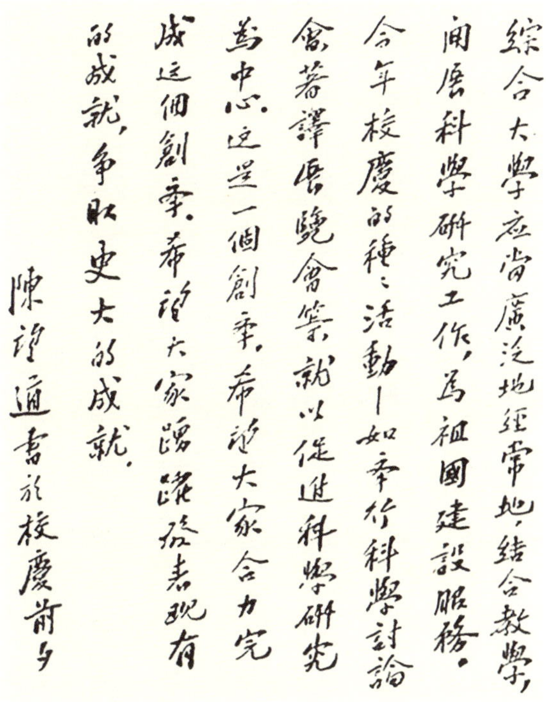
綜合大學應當廣泛地經常地結合教學，開展科學研究工作，為祖國建設服務。今年校慶的種種活動—如舉行科學討論會、著譯展覽會等，就以促進科學研究為中心。這是一個創舉，希望大家合力完成這個創舉。希望大家踴躍發表現有的成就，爭取更大的成就。
陳望道書於校慶前夕

陈望道为复旦大学第一届科学报告讨论会所作的题词（1954 年 5 月）

1956年，党中央向全国知识分子提出了“向科学进军”的伟大号召，在这股东风的推动下，复旦大学的科学研究工作也得到很大发展。

1956年5月27日，复旦大学举行五十一周年校庆节纪念活动和第三次科学讨论会。陈望道在讨论会上所作的“开幕辞”，就是一篇论述如何开展科学研究工作的专题学术报告。

他说：“本校定在五月二十七日校庆节举行一年一度的全校性的科学讨论会，其目的是想在这个节日总结科学研究工作，推动科学研究工作，交流研究经验，提高科学水平，想以全校教师的创造性的光荣成就来庆祝这个光荣的节日。

“最近党中央和国务院号召知识分子，争取在十二年内使我国最必需的科学部门能够接近世界先进水平，并且立即组织力量，着手拟订大规模地发展科学研究和迅速提高科学水平的十二年规划。这一号召引起了全国知识分子的热烈响应，也引起了本校教师的热烈反应。本校教师曾经再三集会讨论，讨论之后，已经在今年一月底的本校校委会上通过《关于科学研究工作当前要求的决议》，表示大家对于本校开展科学研究的几个基本问题的一致认识和共同决心，也即进行了学校今后科学研究的初步规划工作。本校教师向科学进军的热情已经更为高涨，科学研究工作一般已经更加经常化，更能吸引学生到科学工作中来，启发他们的独立性和创造性。现在全校已有学生科学小组七十七组，成员五百九十八人。全校已在本学期中举行过小型的科学报告会、科学讨论会一百四十六次以上。……我们这次科学讨论会是结合我们学校经常的教学工作，经常的科学研究工作筹备进行的。全校教师向这次科学讨论会提出的科学报告共有一百一十七篇，其中属于人文科学的计有五十四篇，属于自然科学的计有六十三篇，包括结合教学、理论探讨、学术思想批判和结合生产、建设实践等方面的论文。

“本校过去已经举行过两次这样的科学讨论会。过去两次颇有逐步提高的趋势。……今年校庆节举行的是我们学校的第三次科学讨论会，我们希望报告的质量更能有所提高，讨论的空气也更为生动活泼，更加富有‘百家争鸣’的精神。我们希望在学术上有独创见解的提出自己的独创见解来。在学术上有不同见解的也提出自己的不同的见解来，同不同见解进行实事求是的讨论，以便集思广益，共同提高。在讨论中，我们应当批判唯心主义的错误思想，我们也应当反对不经过独立钻研思考，不切合实际地生搬硬用公式原理的教条主义的习气。我们希望一切的讨论都是为了求得真理，为了阐发规律，不是为了标新立异。我们学校的科学研究和科学讨论在党和政府的正确领导下，在研究机构和企业部门热情的协助下，在各方面的专家的帮助下，又在校内专家的紧密团结、共同努力下是希望无穷的。我们希望我们学校将来成为百花齐放、百家争鸣的非常美丽的小花园，而我们一年一次的校庆节的科学讨论会从今年开始就成为我们学校的百家争鸣的集中的表现。”①

1956 年 9 月，中国共产党召开了第八次全国代表大会，对文化教育工作提出了“努力创造社会主义的民族的新文化”这个总方向。从这以后高等学校的中心任务进一步明确在以下两个方面：一、开展深入的政治思想工作；二、开展经常化的科学研究工作，促进教学质量的提高。

1959 年，为庆祝中华人民共和国成立十周年，陈望道发表了《上海复旦大学的今昔》一文。在文中，他正式提出了“综合性大学应负有两个重要任务：一是教学任务，要为国家大量地培养从事基础科学的研究工作和教学工作的专门人才；二是科学研究任务，对于国家负有发展基础科学、提高文化科学水平的责任”。文章还

① 《陈望道先生纪念集》，第 478—479 页。

对复旦大学十年来取得的成就作了概括的总结，他说："十年以来，复旦大学在力求改进和充实教学内容，贯彻党和政府的教育方针，使学生在德智体三方面都得到全面的发展，在开展科学研究和活泼学术空气以及树立尊师爱生、教学相长的同志式的亲密关系方面都取得了一定的成就。"①

同月，他在《复旦十年》一文中又说：

> 十年以来，经过院系调整，开展教学改革，根据国家需要设置专业专门化，制订专业教学计划，建立教研组，编写教学大纲和教材，开展科学研究，我校教学、科学工作已经逐步纳入社会主义的轨道，工作的质量也不断得到提高……全面贯彻了党的教育为无产阶级政治服务、教育和生产劳动相结合的方针，展开了教育大革命，我校教学、科学工作的面目更加有了巨大而深刻的变化。
>
> 从这一年来我校教学、科学工作进展的情况来看，我校已经基本上克服了过去在一定程度上存在的忽视政治、轻视劳动、脱离实际的倾向，比较正确地处理了以下四个方面的关系问题：一、政治和业务……二、教育和劳动……三、理论和实际……四、教师和学生……
>
> 十年以来，我校科学研究项目也在逐年增多。……科学研究的方向也正在进一步明确。今年，教师们都在进行提高质量的科学研究工作；高年级学生在教师的指导之下，也已经有很多人参加了科学研究活动。广大师生都在去年整风运动和教育革命的基础上，解放了思想，发扬了敢想敢说精神，全校学术空气正在日趋活跃，为进一步贯彻党的百家争鸣、百花齐放

① 《上海复旦大学的今昔——为庆祝建国十周年而作》，1959年国庆前日。

的方针，为进一步开展我校科学研究，进一步提高我校教学质量，开展广泛的活动。[①]

同年8月30日，陈望道在《文汇报》撰文，其中有“科学研究迅速发展，学术讨论更加活跃”一节，也谈到了，“十年来，复旦大学科学研究工作也有了很大发展。党和政府的积极领导和关怀，群众积极性创造性的大大发挥，特别是在1958年党提出破除迷信，解放思想，提倡敢想敢说敢做的共产主义风格以后，科学研究工作更是面目一新”。文章还特别提到了在党领导下开展群众性科学研究工作，在贯彻“双百”方针上也取得了很大成绩。[②]

1963年是复旦大学建校58周年。5月27日，陈望道在庆祝建校58周年暨第九届科学报告讨论会的开幕式上又作了重要讲话。在讲话中他又对复旦大学的科学研究的发展概况作了全面的总结：

全校科学报告会从1954年开始举行，除了中间一年暂停举行，已经举行九次了。单从九次的科学报告讨论会来看，也约略可以看出一个我校科学研究逐步发展逐步提高的过程。在开始的头几年，我们对于科学研究还只处于大力提高的过程，我们主张科学研究从无到有，从小到大，从低到高逐步发展，逐步提高。那时在党和学校行政的号召下，教师们积极参加了科学研究工作，做出了良好的开端，有些原来在科学研究工作上有成就的教师也做出了新的成绩。近两年来，我们要求在过去工作的基础上努力提高科学研究工作的质量。

---

① 《陈望道文集》第1卷，第269—271页。
② 载《文汇报》1959年8月30日。

要求科学研究工作必须在马列主义、毛泽东思想指导下，坚持科学为社会主义革命、社会主义建设服务的方向，在选题上，提倡为当前阶级斗争、生产斗争服务和提高基础理论、实验技术水平的课题。[①]

1963年是复旦大学科学研究工作发展的全盛时代，本来打算通过校庆节对科学研究工作的检阅和总结，把学校的科研工作更向前推进一步。可是自这年年底开始，全校师生就陆续下到市郊农村、基层开展面上的“四清”运动，亦即“小四清”运动。1964年暑假后全校师生又分期分批地下到城镇企事业单位及农村人民公社参加社会主义教育运动，即“大四清”运动，直到1966年的6、7月份才陆续返回学校，卷入史无前例的“文化大革命”运动。从此，复旦大学开始进入动荡不安的十年内乱时期。十年中，学校的科研工作遭到彻底破坏，许多专业研究机构，如遗传学研究所、数学研究所、物理研究所、语言和文学研究室等单位统统被砸烂。于是，复旦的一切科学活动都停止了。在那段时期里，“斗、批、改”代替了正常的教学程序，大批判成了学校的唯一中心任务。十年大动荡真正成了十年大倒退、大破坏。直到1976年10月粉碎了“四人帮”以后，才又重新迎来了科学的春天。

作为一校之长的陈望道，他还十分关心复旦大学优良学风和校风的建设。因为他认为，建立一个优良的学风和校风，对于一所培养社会主义建设专门人才的全国重点大学来说是有着非常重要意义的。于是在他的建议和主持下，复旦大学校务委员会和行政会议，曾于1961年、1962年、1963年三年里，先后多次讨论到学风的建设问题。如陈望道校长在1961年2月24日的一次校务会议上，在

① 未刊稿。

谈到学生借书不还的不良习气时说："我在做新闻系主任时，有的学生借书不还，我就到处宣传借书不还是种坏作风，制造舆论压力。后来这个学生偷偷还来了。我就对他说，我不是可惜书，是可惜你的坏行为。书，我甚至可以送你。要造成舆论，使他感到有压力，对改正错误、建立一个好的风气有好处。"他还说，类似这些问题大家都可以帮助做耐心细致的思想工作。

在同一次会上，他还鼓励教师"养成写文章做科研的风气，大家来努力使复旦成为名副其实的重点学校"。

又如在 1962 年 6 月 1 日的校务工作会议上，当讨论到毕业论文指导时，陈望道又说："我们不仅要抓成果，而且要抓认真和实事求是的科学态度。用科学态度来分析问题，这要养成学风。研究成果是要从科学态度得到的，学风很重要，在好的学风下面可以成长成才。"

1963 年是复旦大学的学风年。这是因为这一年是复旦大学讨论学风问题最多最盛的一年。尤应提到的是 1963 年 3 月召开的那次专门讨论学风问题的校务委员会扩大会议。

1963 年 3 月 26 日，复旦大学校务委员会在登辉堂（今相辉堂）召开第 51 次全体委员的扩大会议，出席的范围除全体校务委员外，还包括了全体教职工、全体研究生和行政负责人员，专门座谈学风、校风的建设问题。召集这么多人在一起座谈讨论学风问题，这在复旦校史上堪称是空前的了。

校长陈望道在会上就学风、校风的建设问题做了全面的论述。他说：这是我校历史上第一次最大的扩大校务会议，动员这么多人来参加讨论，可见学校对这一问题的重视。接着他谈了以下几点认识。

一、学风问题是学校工作中最广泛、最基本的问题。

学风问题和科研、教学、实验室以及资料收集、图书管理等各项工作都有密切关系。对于学风所涉及的各种范围，都应该有一个基本的要求。如对从事实验工作的基本要求应是什么？是否提出应该以实验室为家的要求？又如做资料工作的基本要求又是什么？是否可以不亲自动手，只依靠已有的现成的资料？又如对教员课堂教学应提出什么要求？从事科研工作的基本要求又是什么？由于学风问题同以上各种工作都有联系，所以我们说它是最广泛、最基本的问题，希望引起大家的特别注意。

二、学风问题一定要做到有破有立，理由是不破不立。毛主席那篇讨论学风问题的文章，最初版本的标题为"整顿党的学风、作风、文风"。毛主席在这篇文章中也提出了不正之风就应该破。联系到我们学校里，应该强调些什么，哪些是属于不正派的应该破除的，都应该开展讨论。[①] 总之一句话，学校应该提高学风，培养学风。

三、学风的培养和提高不是一朝一夕能够做到的。

学风必须是从小的地方到大的方面都应该注意到的，它是要做长期的、多方面的努力才能完成的事；是要有革命干劲、科学精神才能做到的事。为此，我们就应该做到时刻注意，随时努力，坚持好的正确的方面，使它成为一种非行不可的风气。

四、一个好的学风一定要靠大家努力，使它不断提高，让它真正树立起来，要自然而然形成一股风气。

学风问题，有的需要进行教育，有的并不需要教育，环境就能影响一个人。学生一进校门，自然会受到环境的影响，不管是好的还是坏的。有个好的学风，邪气就不会抬头了。诸如写文章，有些人单讲数量不顾质量，这既是由于写文章的人调皮，也是由于大家

① 指《整顿党的作风》。是毛泽东1942年2月1日在中国共产党中央党校开学典礼上的讲话，收入《毛泽东选集》第三卷。

的糊涂。又诸如学生有偷书行为，它的性质也是一样的，有了舆论的压力，坏习气自然会改了的。

继 3 月份这次学风问题的全校大讨论之后，仅相隔两个月时间，陈望道又在庆祝建校 58 周年暨第 9 届科学报告讨论会的开幕式上，对培养优良学风的问题做了重要而又全面的补充。

他说："前个月我校在这里举行过一次专门谈学风的扩大校务委员会。在那次会上我曾讲过优良的学风的形成需要我们长期的努力，需要大家经常讲、经常注意，不断使它得到发扬。今天想就这个问题再做些补充，请大家指正。

"我个人认为，学风问题是一个综合性的问题，是我们学术机关的一切种种的综合表现，包含的内容很繁复，涉及的方面也很广泛，也许同机关的一切人（师生员工）和一切事（教学、科学研究等等）都有关系，但又不是虚无缥缈、不可捉摸的。我们可以指出某些事未免美中不足，某些事还可以精益求精。只要我们经常讲，经常注意，就可以动员一切人在一切事上注意这种综合表现，使大家不致仅仅局限于一隅的得失，而能放眼注视我们学术机关的这种综合的表现。

"我个人认为，优良学风的形成是一个需要长时期的思想上启发和行动上实践的问题。需要做的事很多，但主要可以从两方面去努力。亦即：

"一要思想先行，也就是要有好的思想来启发、指导。

"我们要以马克思列宁主义、毛泽东思想来指导我们的教学、科学研究工作。思想不先行，不以正确的好思想来启发、来指导，就会有迷失方向的危险，那就不可能形成优良的学风。譬如，为谁学习、为谁研究、为谁服务的问题，以什么思想来学习、来研究、来服务的问题。这都是我们在学习、研究、服务中具有根本性质的问题。要很好地解决这些问题，需要有正确的思想来指导。这样才能在两种思想、两条道路的斗争中坚持方向，认清道路。我很同意上次会上有的同志讲的要形成优良的学风，必须‘兴无灭资’，兴无产阶级思想，灭资产阶级思想的话，优良学风的培养和我们的自我改造和世界观的改造是分不开的。我们谈学风中最重要的一个问题，就是要努力学习马克思列宁主义、毛泽东思想，学习毛主席关于阶级和阶级斗争、无产阶级革命、社会主义建设的学说，改造我们的主观世界，指导我们的教学、科学研究和各项工作。

“二要行动实践，优良学风的培养和发扬还需要我们在行动上实践。要以正确的思想为指导，专心致志向科学技术作精益求精、坚持不懈的努力，通过实践，使好的思想成为力量。

“1958年以来，我校许多青年同志，发扬敢想敢说敢做的精神，不怕困难，敢于探索，坚持到底，在新专业、新学科的建设上做出了成绩。他们中间有人讲，这主要靠两条，一是要有志气，一是要坚持，只要有这两条，努力干下去迟早总会有成绩，而这两条都是党领导教育的结果。我们很多教师在做学问的过程中，一丝不苟，严格要求。他们对资料务必亲自查到底，力求确实可靠，他们对实验数据务必亲自检验，力求准确完备。

“理论和实际统一，高度的革命性和严格的科学性相统一的学风，我个人理解也是红专统一的意思。

“我们强调红专统一，强调‘兴无灭资’和我们在学术上贯彻执行百花齐放、百家争鸣的政策，完全相一致。党的百花齐放、百家争鸣的政策，它的前提是为社会主义服务，它的目标是通过讨论、竞赛和斗争来发展社会主义文化，只是采取的方法是讨论的竞赛的方法。讨论和竞赛的方法，实际上也是一种斗争的方法。‘双百’方针政策的执行的过程，就是各种学术见解相互竞赛和斗争的过程，就是马克思主义思想同非马克思主义思想和反马克思主义思想斗争的过程。通过讨论和竞赛，我们巩固和扩大了社会主义文化

陈望道在复旦大学语法修辞研究室讲课（1963 年）

的优势和主导地位，加强了马克思列宁主义思想的领导地位，也就能很好地兴无产阶级思想，灭资产阶级思想。

“在发扬优良的文风上，我们在党的领导下，这几年来已经做了很多工作。形势任务学习，社会主义教育，学生培养目标，劳动教育，新专业新学科的建设，正确处理教学、科学研究中的各种关系问题，加强基础的提高质量等工作，都是有利于促进‘红’，有利于促进‘专’，有利于优良学风的形成和发扬的。所以，培养优良的学风，不能说是新近才开始做，而是党委早就抓了，学校也做了不少工作。今天更加强调地提出来只是说明这个问题更加重要了，我们要更加自觉地来注意这个问题。

“学风问题是学校工作中十分广泛又是十分繁复的问题之一。发扬怎样的学风和怎样来发扬这种学风，还得有待于大家来探讨，共同努力。有些问题可能一时还不易明确，经过大家讨论就会逐步明确起来。同时，发扬新学风不是一朝一夕之事，也不是一人两人之事，首先要大家重视，大家来作长期的、坚持不懈的努力，这样才会逐步发展，最后成为一致奉行的风气。我看，举行报告讨论的时候，也就是有关学风问题集中表现的时候。

“最后，我希望全体师生员工，在党的领导下，同心同德，在我们学校中更好地发扬新学风，使复旦大学的科学研究工作一年比一年繁荣，成果一年比一年丰收，学校的教学质量和科学水平一年比一年提高，不愧为我们伟大的党领导下的一个现代化大学。”①

陈望道在58周年校庆节所作的这一报告是对有关优良学风培养的一次全面的科学论述，它在当时的全校师生中引起了强烈的反响。通过那次在全校范围内对学风问题的讨论，通过校庆报告会有关学风问题的全面论述，大大地促进了复旦大学新学风的建设和培育。

今天，一个以“文明、健康、团结、奋发”为内容的新学风，以及以“刻苦、严谨、求实、创新”为内容的新校风正在复旦大学逐步形成。但是，正如陈望道校长所说的，新学风、新校风的形成是要经过几代人的努力才有可能实现的，这中间自然也离不开老校长当年在复旦大学积极提倡和辛勤培育的这份功绩。

人们还注意到，老校长陈望道不但在复旦大学带头提倡建立优良的学风，而且他本人还是积极的实践者，是行动上的表率。长期以来，他一直坚持要以马克思主义、列宁主义和毛泽东思想为指导进行科学研究或从事其他各种活动，但又竭力反对那种贴标签式的学习方法。他常说，运用马列主义为指导并不能看他引用了多少马

---

①《关于培养优良的学风问题》，1963年5月27日在庆祝复旦大学建校五十八周年及第九届科学报告讨论会上的讲话。

列主义的词句，而是要看他是否真正运用了马克思主义的立场、观点和方法。他讲究实际，反对说空话，办事是这样，写文章更是这样。他经常对我们说，评价一个人，关键在于看他做了些什么，而不在于听他说些什么。他坚决反对写那种长而空的文章。在科学研究工作中，他十分强调理论联系实际，注重调查研究，掌握第一手资料，他认为不掌握大量的材料是得不到科学的结论来的。此外，他还积极提倡从事创造性的研究，认为每发表一篇文章，都应有自己的独创见解，否则就是人云亦云，重复别人的劳动，而这对一个搞学术研究的人来说，是不足取的。总之，无论在治学精神方面还是学风和文风方面，他都不愧为复旦人的楷模。

四一

语文革新的旗手

陈望道担任复旦大学校长期间，不但积极提倡开展科学研究工作，而且还身体力行带头从事学术研究。为了不使自己的研究工作中断，在新中国刚成立时，他曾请求组织放弃将他调任中央某部的打算，让他继续留在复旦工作。在这同时，他还一如既往地继续关心和支持我国的进步语文事业，为实践党的语文政策做出应有的贡献。

1949 年 9 月 4 日，新中国成立前夜，“上海新文字工作者协会”成立。陈望道被选为主席团成员，并应邀在成立大会上致开幕词。

9 月 11 日，“上海新文字工作者协会”假座“华东新华书店”召开第一届第一次理事会。会议决定今后的工作方针为：把新文字运动与当前的政治任务密切结合起来，并以工农为主要推广对象。会上还选出了常务理事 7 人，并推举陈望道与倪海曙为该协会正、副主席。

10 月 10 日，“中国文字改革协会”在北京协和礼堂正式成立。吴玉章致开幕词。他说：“‘中国文字改革协会’在中国人民政治协商会议胜利闭幕之后召开，不仅庆幸我们文字改革有了团结的好条件，而且庆幸我们有了团结的好方法。因为中国人民政协是人民民主统一战线的组织形式，它用协商的方法来协调各方面的意见，解决了许多重大问题，使我们建立中华人民共和国的伟大任务很光荣地胜利完成。这是一个团结一切力量完成艰巨任务的最好的方法。中国文字改革虽然比不上建立新国家的重大，但也是一个艰难而伟大的工作。因此我们必须学习人民政协这种精神来作我们工作的方法。”这段开幕词给今后的文字改革工作指明了方向。

会议还提出了目前文字改革的五项具体工作：（一）汉字改革的研究。我们应当继续地研究汉字改革的各种方案，而以采用拉丁字母的拼音方案为研究的主要目标。汉字的整理和简化，也应当是我们研究的目标之一。（二）汉语和汉语统一问题的研究。我们应当继续进行汉语的综合研究和分区的调查研究，并研究以北方话为统一汉语的基础问题。（三）少数民族语言文字的研究。（四）根据上述这些研究结果，与政府协作进行可能的试验。（五）继续文字改革的宣传，使多数知识分子和多数人民认识文字改革的必要，了解我们研究文字改革的成果。①

大会通过章程后还选出了丁西林、罗常培、吴玉章、黄炎培、胡乔木、陈望道等 78 人为理事。

10 月 11 日，《人民日报》发表了吴玉章的《中国文字改革协会成立大会开幕词》和《中国文字改革协会章程》。

由此可见，解放后我国的文字改革研究工作是和新中国同步前进的。

1949 年 10 月，复旦大学新闻系在系主任陈望道的倡议下率先开设了新文字课程，还特地聘请了新文字工作者倪海曙前来任教。该课程前后共开设了三个学期。这一创举，显然是一个月前陈望道与郭绍虞、周予同、吴文祺等在上海新文字工作者协会上的联名提

---

① 倪海曙：《拉丁化新文字运动的始末和编年纪事》，第 236 页。

案——建议高校应开设文字改革课程的一种具体体现。同期开设文改课程的还有上海大夏大学。

吕叔湘与朱德熙在《人民日报》连载《语法修辞讲话》之后，陈望道也于1951年春在上海新文字工作者协会和华东工农速成中学联合举办的文法讲座上主讲语法，对全市语文教师和文改工作者进行培训。他在讲习班上共作了五讲，内容都是介绍他的文法革新的新体系。这些讲稿，以后由他的学生倪海曙进行整理，原计划在《语文知识》（上海语文学会的会刊）上陆续发表，后来仅刊出一篇"计标"，其余的稿子在他本人的要求下停止发表了。

这年年底，上海新文字工作者周有光所著《中国拼音文字研究》一书成稿后特地请他审阅并为该书作一序言。陈望道欣然命笔，在序文中他写道：

> 中国文字有种种的难处，难学、难读、难写、难查，难以接近大众，必须在一定条件之下加以改革。
>
> 改革的工作有两方面：一面是改革旧的，有计划有步骤地改革汉字；一面是创立新的，有计划有步骤地创立音标文字。这两方面的工作，都须联系实际，多方展开，要尽力推进，要尽力研究。
>
> 关于研究，过去多尽力于音标文字的创立一方面，未能尽力使汉字改革一方面也同时同样地展开；对于音标文字，过去又多尽力于标音的标记一方面，未能尽力使文字有关的各方面的研究，如文法的研究、辞汇的研究，也同时同样地展开。音标文字的用途，我们早已认识有两种：一种是依附汉字，作注音标记的用途；一种是不依附汉字，独立作拼音文字的用途。音标文字的研究是从前一种用途开始，也就容易一时局限于前一种用途的范围。作为拼音文字的新文字的研究来看，深觉还

有好多方面搁着未展开，亟须大家共同努力，共同商讨。[①]

在这里，他极其概括地指出以往文改研究工作中的不足之处，以及今后应该努力的方向。

1955 年 6 月，陈望道当选为中国科学院哲学社会科学学部常务委员。

同年 10 月 15 日，中央教育部和“中国文字改革委员会”在北京联合召开第一届全国文字改革会议。这次会议的中心任务是讨论修改《汉字简化方案》（草案）和大力推广普通话。参加这次会议的有全国 28 个省、市、自治区和中央一级各机关、部队、人民团体的代表 207 人。大会推举王力、叶恭绰、叶圣陶、朱学范、吴玉章、老舍、罗常培、陈望道、邵力子、胡乔木、陈鹤琴、胡愈之、韦悫、黎锦熙、张奚若等 28 人为主席团成员，叶籁士为秘书长。开幕式上由文改会主任吴玉章致开幕词，国务院陈毅副总理作政治报告，并有中国科学院院长郭沫若《为中国文字的根本改革铺平道路》和文化部部长沈雁冰《文化艺术工作者必须把自己的创造劳动和文字改革工作相结合》等讲话。

陈望道也在会上作了重要发言。他说：“文字改革运动是中国近代史开始不久就开始的。文字改革运动，在历史上，是一个浪潮比一个浪潮更加高涨的。今天的全国文字改革会议，可以说是从有文字改革运动以来最高涨的一个浪潮；它是过去六十多年来文字改革运动的总结，也是文字改革运动的理想成为现实的开端。过去六十多年来，进步的知识分子和觉醒了的劳动人民，一次又一次地提出文字改革的要求和文字改革的方案，可是都没有能够达到最后的成功。……阻碍改革的主要原因是过去统治者的反动和落后，他

① 《陈望道语文论集》，第 529 页。

们惧怕文字改革，惧怕广大劳动人民掌握文化武器。

“今天的情形完全不同了。……我们今天的情况是，既有文字改革的迫切要求，又有文字改革的实现条件，因此，文字改革不再是理想，而将成为事实，这是毫无疑义的。过去多少文字改革运动者长期不能实现的愿望，在社会主义时代将得到实现。”

接着，他又对文改当前应当进行的工作提出几点具体建议：

“第一，我们要注重宣传工作和研究工作。

“第二，为了提高普通话的效率，在留声机唱片等听觉教育工具之外，我们需要一种现代的、科学的拼音方案。这种拼音方案最好除了拼写普通话以外，还有拼写方音的补充规定，便利方音跟北京音对照学习。

“第三，文字改革既是一个群众性的运动，就必须有群众性的组织，才能够扩大影响，普遍推广。我们希望党和政府有领导地首先在大城市建立协助文字改革的人民团体，逐步推广到中小城市。文字改革的人民团体将来可以发展成为扫盲运动的基本力量。没有人民团体的帮助，文字改革和扫盲工作是不容易在群众中间扩大作用的。”

最后，他又说：“文字改革是文化革命的基础。文字改革对于社会主义建设事业有极其重大的关系。毛主席早已预言，随着经济建设的高潮，将有文化建设高潮的到来。我们的国家将成为一个有高度经济水平，同时有高度文化水平的社会主义的现代国家。普通话的普及和拼音文字的采用，是一个现代国家不可缺少的条件。”①

在第一届全国文字改革会议上，陈望道曾就汉民族共同语也即普通话的科学概念的确定作出过贡献。

大力推广普通话是这次会议的中心任务之一。要推广普通话必

① 《陈望道语文论集》，第535—538页。

须首先确定普通话的标准，对普通话要有一个科学的定义，这是理所当然的。但是遗憾的是大会未经认真讨论就匆忙地规定了普通话是“以北京话为标准”的。陈望道及时发现了这个规定犯有逻辑性错误。他说：“以北京话为标准的普通话，普通话也就是北京话，所谓普通话也不存在了。给普通话下定义，恰恰取消了普通话。”于是他将这个意见及时反映上去。中央领导对他的意见非常重视，胡乔木同志连夜召集一些专家开紧急会议，讨论修改意见。后修改成“以北京语音为标准音，以北方话为基础方言”，以后又增加了“以典范的现代白话文著作为语法规范”的内容。这三项加起来亦即后来正式公布的定义。关于第二项“以北方话为基础方言”内容，陈望道又作了“即经过书面语加工了的北方话”这一具体说明。

对普通话定义所作的这一重要纠正，实际上也反映了30年代拉丁化新文字和国语罗马字争论的继续。

陈望道出席全国第一次文字改革会议期间在第一次座谈会上发言（1955年10月）

为了加强语言学界的团结，会议期间，陈望道在倪海曙的安排下同黎锦熙——这位国语运动的前辈进行了一次不寻常的会见。这两位由于学术见解不同几十年未曾交谈过的语言学家，会晤时气氛非常融洽，不仅前嫌尽释，还增进了友谊。黎老还一再称赞陈望道做学问具有开创性。两位专家一致认为语文学术界一定要加强团结，为今后的语文研究和语文改革打开新的局面。

陈望道历来主张语文改革运动要团结各方面的人士，特别要团结国语运动派的人士。20 世纪 30 年代，拉丁化新文字在大众语讨论的后期提出以后，他就尽力说服提倡拉丁化文字的叶籁士，团结国语运动方面的人一起努力。他还专程拜访了赵元任和罗常培等人。由于当时各方面的条件还不成熟，团结没有成功。解放以后条件成熟了，持不同意见的各派也终于能够坐到一起，平心静气地开展讨论了。

全国第一次文字改革会议结束后，中国科学院哲学社会科学学部又紧接着在北京召开了“现代汉语规范化问题学术会议”。时间是在 10 月 25 日至 31 日，共进行了 6 天。会议还邀请了苏联、波兰等汉学专家出席。陈望道作为主席团成员出席了会议，并接受大会主席团的委托在会上作了总结发言。他在总结发言中着重谈了这次会议的重要意义：

“这次会议是中国语言学界空前的集会，讨论的问题关系到五亿汉族人民每天用来交际的工具问题，关系到促进文字改革与推广普通话的问题，关系到加速祖国社会主义建设与促进我国文化普及和提高的问题。在这个时候来召开这个会议是有重大意义的。”

“为了使语言在社会生活中发挥更大的、更具有普遍性的作用，为了适应汉语发展的趋势，为了使共同的社会主义建设事业更加顺利地进行，为了促进文字改革，从而促进文化的普及并进一步的提高，同时也为了加强民族间和国际间的联系与团结，汉语规范化是当前紧急的任务。”

此外，他还认为在学术问题上主要有以下两点是可以肯定的：一、规范化的重要性；二、规范化的标准。在谈到规范化的标准时他说：“这次全国文字改革会议决定‘推行普通话’，提到我们的议程上，就是规范化的标准问题。所谓‘普通话’是以北方话为基础方言，以北京语音为标准音的。这一个原则，我们充分地讨论了，并且也一致同意，认为这是符合汉语的实际情况和历史发展的。首先，以北方话为基础方言的提法是恰当的。这正符合于马克思主义语言学原则——民族共同语是以某一方言为基础发展而成的。

“北方话在中国分布最广，用北方话讲话的人有 37 700 万，占汉民族人口总数的百分数不下于 70%，所以北方话有全国性的意义。而且北方话体现着汉语发展的一般趋势。几百年来的白话文学都是用北方话写的，北方话事实上已成为汉民族共同语的基础。

“其次以北京语音为标准音的说法，也是正确的。因为汉语方言之间最大的差别是在语音上，所以规范化的民族共同语要求语音上的一致。汉民族共同语既以北方话为基础，北方话的代表方言是北京话。北京几百年来是政治文化的中心，‘官话’的语音一直是以北京语音为标准的，现在北京又是新中国的首都，所以决定用北京语音作标准音是正确的。”

他在发言中还指出，由于会期短促，尚有许多问题未能充分讨论，需要进行深入的研究。例如标准音的详细规范问题，词汇和语法规范化的具体做法问题，书面语和口语是否要有分别等问题，还有普通话和方言的关系问题。这些问题都有待于今后能够在各方面进行深入研究、广泛讨论。①

新中国成立以后，陈望道虽然担负着繁忙的行政工作和社会活

① 《陈望道语文论集》，第 539—542 页。

动，但他仍然坚持自己的学术研究，继续为加强修辞学和确立文法学的研究而努力。

1955年年底，他亲自筹建了语法、修辞、逻辑研究室，附设在复旦大学。成立时确定研究室的方针任务是：

一、根据学术与教育的需要与要求，计划在马克思列宁主义指导下，进一步研究汉语的语法与修辞的理论与实际。

二、在语法、修辞的研究中，随时注意形式逻辑与辩证逻辑的研究与运用，以期能够更快更多地认清条理，阐明规律，充实现有的科学内容，提高现有的科学水平。

研究室刚成立时，大多系兼职人员，有著名语言学家、中文系郭绍虞和吴文祺等教授。他自任研究室主任，带头开展学术研究。此后，他除了因公外出开会或有其他重要活动外，坚持出席每星期五的研究室例会。他期望通过每周一次的学术交流和讨论，逐步形成和完善已进行了多年研究的功能论语法新体系。建立一个以功能为中心的中国化的语法新体系是他半个世纪以来的最大的心愿。

值得一书的是毛泽东主席也非常关心和支持他的学术研究工作。1956年元旦，毛主席亲切地邀见了他。席间，毛主席对他说，已看过他写的《修辞学发凡》这本书。还说："写得很好，不过许多例子旧了一些。"问他是否继续在研究。毛主席还对他说："现在有人写文章，不讲文法，不讲修辞，也不讲逻辑。"毛主席的鼓励与关怀，更使他信心百倍地投身到语文科学事业中去。

1956年2月，上海哲学社会科学学术委员会筹备委员会成立，他出任筹委会主任。

同年9月，他亲自筹建的"上海语文学会"成立。他在成立大会的开幕词中说："我们将通过这个学会广泛团结上海语文工作者，来开展中国语文的研究工作。"又说："上海是党的诞生地，讲究学术有注意观点、方法的优良传统。我们希望我们的语文工作者在研究的时候，能够充分发扬这种优良传统。”[①]

上海语文学会成立后，在陈望道的领导下积极开展各项活动，并把《语文知识》杂志辟为会刊，成为上海语文运动的组织者和引导者。

1956年，《汉语拼音方案》（草案）公布前夕，中国人民政治协商会议上海市委员会专门组织了座谈讨论。陈望道在会上作了长篇发言，详细介绍了方案产生的过程以及它的特点。这个发言后刊登在《语文知识》1956年4月号上。

是年秋季开学时，语法修辞逻辑研究室开始配备专职干部，并以专家助手的名义参加室里的工作。

10月，陈望道率领我国大学校长代表团应邀赴德意志民主共和国考察访问，参加东德格莱爱夫斯代尔脱大学建校500周年庆祝活动。这是他在中华人民共和国成立后首次赴国外考察访问。

在这一年里，他先后发表了《关于主宾语问题讨论的两点意见》《纪念鲁迅先生》等文章。

1957年，上海哲学社会科学学术委员会筹委会筹建《学术月刊》杂志，陈望道担任编委会主席。这是一本理论性的杂志，它的创刊对本市的哲学社会科学领域的理论建设具有指导意义和推动作用。

同年，中国语文社重新刊印了他在1943年编著的《中国文法革新论丛》一书。他为此特地写了“重印后记”，刊于新版书后。

在他的倡议下，上海科学学术界活动中心——上海科学会堂成立，地址设在南昌路复兴公园右侧。上海科学会堂正式开幕那天，有四个展览会同时展出，其中一个就是“上海语文学会”举办的“汉语拼音方案展览会”。这个展览会是在北京文字改革委员会倪海

① 《陈望道语文论集》，第554—555页。

陈望道率中国大学校长代表团赴民主德国访问（1956年10月）

曙等同志的协助下筹备起来的。正式展出时，陈望道会长亲临现场接待各方来宾。整个展出盛况空前，前来参观的人络绎不绝，收到了极好的宣传效果。《汉语拼音方案》（草案）于这年年底正式修改完毕，国务院通过决议，准备提交给次年2月份召开的全国人大一届五次会议正式批准。

是年年底，他在复旦大学登辉堂（今相辉堂）为本校中文系师生作了题为“怎样研究文法、修辞”的学术演讲。一个上千座位的大礼堂内座无虚席，原因是前来听讲的除中文系师生外还有文科其他各系的师生。人们在听完演讲后都说这是一次有关文法、修辞研究方法的重要报告，听后得益匪浅。

陈望道在演讲中把研究分为继承性的研究和创造性的研究两种。

一、继承性的研究，就是学习性的研究，就是打基础。从事这方面的研究要注意以下几点：

（一）应该拿代表性的著作加以系统的研究。甲、不要怕难；乙、不要怕繁，要反复阅读。

（二）要看出作者的立场、观点、方法。

（三）要学习人家研究学问的方法，要用心练习运用种种研究学问的方法。

二、创造性的研究要注意以下几点：

（一）要从实际出发。

（二）探求规律。

（三）假使你精通外国文，要当心成为中外派。

（四）假使你长于古学，要注意不要成为古今派。

正确的立场应成为古今中外派，亦即中外派以中国为主；古今派以今为主。结合起来就成为古今中外派。他认为新的古今中外派也就是马列主义派。

应该怎样研究文法、修辞呢？他认为这个答案应该包括四件东西：一、搜集事实，二、探索规律，三、运用形式逻辑，四、运用辩证逻辑。这四件都是研究文法、修辞必不可少的东西。①

1958 年 3 月 9 日，上海市哲学社会科学学会联合会正式成立，陈望道当选为第一届社联主席，成为上海社会科学理论学术界的带头人。

同年 7 月，他出任国务院科学规划委员会语言组副组长。此后他便着手同有关方面一起制订本学科——语文学科的 12 年规划。

复旦大学附设语法、修辞、逻辑研究室也于 1958 年改名为复旦大学语言研究室，作为本校的一个直属研究机构，下设语法、修辞和语言学理论三个组。研究人员兼职的除本系吴文祺、胡裕树、

---

① 《陈望道语文论集》，第 558—565 页。

濮之珍等教师之外，还吸收了本校外文系李振麟、程雨民以及上海外国语学院的戚雨林、王德春等教师。规模和阵容都比过去扩大了，日常开展的研究课题及讨论的问题也比过去增多了。

与此同时，复旦大学又成立了文学研究室，由郭绍虞任研究室主任。陈望道从1958年起也不再兼任语言研究室的主任，此职便改由吴文祺担任。这样安排的理由是，学校曾一度计划在复旦成立中国语言文学研究所。后来此项计划因故未能实现。

陈望道虽然不担任语言研究室的领导，但他仍然是室里的核心人物。平日，他常把自己的一些研究设想拿到室里来征求大家的意见，同大家讨论。人们都知道，他做起学问来如痴如醉，达到废寝忘食的地步。原定于每星期五的研究室例会，时常会被其他活动冲掉。于是他又会“自作主张”地把例会安排在周末或节假日。每每遇到这种情况时，夫人蔡葵总在一旁提醒他，于是他就不好意思地笑了起来。同志们都为他这种忘我的精神所感动和感染，也就愉快地接受他在节假日开会的建议。谁都清楚，在他的工作日程表上是没有星期天和节假日的。他珍惜每一寸光阴，甚至把吃饭看成是一种负担，认为这是在浪费他的宝贵时间，于是只要一上饭桌就三口两口地把饭扒完，以最快的速度完成这一任务，以便腾出更多的时间来学习和工作。

针对当时社会上在文风问题上出现的一些不正之风，他于这年6月在《语文知识》第74期上发表了《建立新型的文风》一文。在文中，他呼吁必须打倒一切的“八股”，包括打倒“洋八股”和“土八股”，建立一种新型的文风。他说，要建立新型的文风，“必须有破有立，或是大破大立”。

他以为，从立的方面来说，要努力做“两面六方”的事。所谓“两面”即指内容和表现两方面。“六方”是指内容方面的“两方”和表现方面的“四方”。所谓内容方面的“两方”是指要有较高的思想性和科学性，也即是又红又专的问题，这是建立新型文风的根本条件。所谓表现方面的“四方”即为：

一、要学点逻辑。让我们说话说得更有条理些。

二、要学点辩证法。让我们说话说得更为切合实际，更为辩证些。

三、学点文法。使文字组织更合乎规律，更加精密。

四、学点修辞学。力求文字能够准确、周密、鲜明、生动。[①]

毛主席在1956年批评过的那种不讲文法、不讲修辞和不讲逻辑的现象正是新型文风必须纠正的。

1958年是我国第一部语法专著《马氏文通》出版60周年，上海语文学会和复旦大学语言研究室于12月28日在复旦大学联合举行学术座谈会以资纪念。陈望道在会上做了《漫谈〈马氏文通〉》的学术报告。报告共分三部分。

第一是可以肯定的部分，它有三点：

一是马氏对于文法研究的努力和成就。二是马氏的研究方法比之过去的旧式方法也有所改进。三是他的研究方法的目的也是“实用”。

第二是应该批判的部分。这也有两点：

一是我们当时所谓古典的，就是现在大家所谓厚古薄今的。

二是我们当时所谓机械模仿的，削足适履的，也就是现在大家所谓生搬硬套的。

第三是《马氏文通》可以讨论的部分。

在报告中，他着重提出了词的分类问题来讨论。他认为凡分类必定有一定的目的，凡分类必须有一定的依据。我们必须根据分类的目的选择分类的依据。

---

① 《陈望道语文论集》，第567—568页。

上世纪 60 年代初陈望道与语法修辞研究室胡裕树、杜高印教授在一起

谈到词的分类时，他认为第一是必须区别三种不同的意义，即个别意义、配置意义和会同意义。第二是必须分清经常用法和临时用法。第三是词能不能单依意义分类。在讨论这个问题时应分清两种情况，是讨论词的一般分类还是词的文法分类。假如讨论的是词的文法分类就不能单纯依据意义来区分词类。单依意义区分词类，那是在文法研究的真理长途上“此路不通”的。①

文中，有关文法研究必须分清三类不同的意义，以及明确分类目的性同分类的依据是有着密切的关联等论述，对大家都是很有启发的。

在座谈会上，研究室的其他几位教授，如郭绍虞、吴文祺、李振麟等也都分别撰写文章发表自己的见解，指出《马氏文通》的成功与不足之处，以及需要吸取的教训。

1960 年 11 月 25 日，陈望道与吴文祺、邓明以三人在《文汇

① 《陈望道语文论集》，第 569—580 页。

报》上联合发表《“文法”“语法”名义的演变和我们对于文法学科定名的建议》一文，从而在语文学术界引发了一场关于文法学科定名的讨论。文章认为，“文法”和“语法”两个术语都有它的悠久的历史演变，在演变过程中又都是统括语文双方，语文两用，又都是从广义用法演变为狭义用法。现在社会上流行的那种把“文法”和“语法”作为前后交替的用语，或者说“文法”指文言文法，“语法”指现代汉语语法，都是没有充分的理由根据的。把“文法”说成是文章的法则或文字的法则，也是片面的理解。

文章又说，文法是语文的组织规律，不管是古代语文法也好，现代语文法也好，都是语文组织规律。所谓“文法”和“语法”都是指这种语文组织规律。既然都是指语文组织规律，无论规律有了如何的变化发展，总应该有一个统一的名称。分用“文法”和“语法”两个名称的主张，我们认为不能同意，也决不可能用两个名称作为一种学科的名称。

在澄清了学术界有关语法和文法两个术语的一些似是而非的“理论”后，文章的作者建议用“文法”这个术语，作为文法学科的定名或正名。其理由是：

（1）历史上一般都以“文法”为正名，以“文律、文则、语法”等为别名。

（2）“文法”这个名称的含义也比较明确、简括。

（3）“文法”一词修辞的功能也比较强。

（4）作为语言的组成部分共有三个要素——语音、词汇、文法。用“文法”这个名称和语音、词汇配合，也比用“语法”的名称更为整齐些、匀称些。[①]

这场定名讨论最终虽未能取得一致的意见，但是对澄清一些是

① 《陈望道语文论集》，第587—598页。

非，重温一下语法学科的发展历史，发扬我国文化的优秀传统都是非常有益的。

原《辞海》总主编舒新城于1961年逝世后，陈望道接替了这一职务。对待毛主席亲自下达的这项中华人民共和国成立以来最大的辞书修订任务，他是极其严肃认真和一丝不苟的。

与他共事多年的《辞海》副总主编罗竹风回忆《辞海》的修订过程时说：

> 《辞海》于1936年出版，是当时我国唯一的一部综合性辞书，汉字语词和百科条目兼收，实际上等于小百科全书，读者称便。几十年来未修订，不仅许多社会科学条文不合时宜，即使自然科学也多已落后。建国以后，人们仍然使用这部辞书，让某些有错误以至反动的知识继续传播，岂不等于“饮鸩止渴”？
>
> 1957年秋，毛泽东同志来上海视察工作，曾约原《辞海》主编舒新城先生议论这件事，提出修订《辞海》的倡议，并把这项任务交给上海。上海市委和市政府接受下来，立即着手筹划、落实，首先成立了“中华书局辞海编纂所”，预定抽调六十来个干部，用五六年时间，花百把万元经费，将《辞海》修订出版。为了加强领导，还成立了由各学科知名人士组成的编委会，舒新城担任编委会主任。同时各学科也分别成立了以编写骨干为核心的编委会。这样修订工作全盘运转，各学科都采取集中与分散相结合的工作方法，必要时则全部集中，以便处理有关词目交叉问题。经验证明，这是切实可行的，对《辞海》修订起了积极有益的作用。
>
> 随着工作的开展和深入，逐渐发现“修订”实际上等于重新“编写”，工作量是相当大的，决不仅仅是修修补补。所谓修订《辞海》，所遵循的也不过是旧《辞海》的原有框架而已。

当16分册出版后，舒新城因病逝世，《辞海》主编由陈望道接替，一直到《未定稿》合拢，都是他亲自主持的，而且在百忙中经常到会，和大家一起共甘苦，起到“榜样”的作用。

……是否可以说，从修订《辞海》开始到16分册出版是第一阶段，由舒新城任主编；从16分册出版到《未定稿》合拢为第二阶段，由陈望道任主编；粉碎“四人帮”到正式出版是第三阶段，由夏征农任主编。其中第二阶段工作量最大，亟待解决的疑难杂症也最多。

以下，罗竹风又是这样描述陈望道在修订《辞海》的日子里的：

在同陈望老共事的漫长岁月里，我感觉他丝毫没有名学者的架子，凡事和大家商量，可以说是虚怀若谷，从善如流；但对原则问题，敢于坚持到底，从不和稀泥。记得是在浦江饭店第二次集中时，我们几乎天天见面，共同商量和解决稿件问题。在一个炎热的中午，我们在一起闲谈，杭苇同志也在。望老曾语重心长地说：辞典应当是典范，百人编，千人看，万人查，因而必须严肃认真，毫不马虎，必须给人以全面而又正确的知识，如果提供片面、错误的知识，那将贻患无穷，就不能称作“典范”了。为此，最好能有几个人通读，做到心中有数。他希望我能把全部稿子都看看，即使有些学科不懂，这也无妨，至少可以统观全局，在体例、文字方面多了解些情况。我是尽力而为的，算是没有辜负望老的期望。……

在陈望老担任第二阶段《辞海》主编期间，正处于最紧张阶段，他身为复旦大学校长，社会活动又多，但能够把学校参加《辞海》修订工作的同志团结起来，提出定人、定时、定任务，如期完成，效果良好。除统筹全局之外，他还同吴文祺、胡裕树负责语言文字分卷的具体编写任务，工作量是相当大的。

望老对工作极其认真负责，对《辞海》修订工作继往开来，承前启后，建树尤多。他强调人非全才，所知有限；是生物学家，不一定懂地理。严格说，“隔行如隔山”；即使通才，也不可能涉猎所有学术领域。专家必偏，而通才又浅。必须舍短取长，共同切磋，才堪称“完璧”。各学科所使用的词汇往往不同，自作聪明，一定会出常识性笑话，例如基督教的所谓“宗派”，即和一般所指的“宗派”不大相同。《辞海》应由编委会总其成。此外，还必须采取分学科主编负责制，凡属内容问题，编辑不宜轻易改动，应多与作者联系，最好是多问问，多商量。对于技术性问题，不妨径由编辑处理，作者不必多管。这样扬长补短，对提高质量一定会有保障。

陈望老还提出，在《辞海》正式出版后，编委会和分科主编仍应保存，重要编写人也不要散掉。经过编写《辞海》和没有编写的大不一样，“驾轻就熟”嘛，无非是指实践与积累经验而言。当然，新陈代谢是自然规律，再过若干年，一定有些人不在人世；但随时补充，正像接过前人的“接力棒”，继续前进，必将收事半功倍之效。这些极其透辟的见解都是属于开创性的，在《辞海》再版、三版修订过程中，完全证明是正确的。

陈望老一贯认真负责、一丝不苟，他那种发挥所有同志专长、团结一致、共同努力、为修订《辞海》而奋斗的精神，是永远值得我们学习的！《辞海》历经坎坷，终于排除万难正式出版了。它成为知识分子的一部必备工具书，这自然是与中央、上海的领导支持，以及所有编写出版人员的艰苦奋斗分不开的；但其中也灌注着陈望老的大量心血。①

① 罗竹风：《回忆陈望道在修订〈辞海〉的日子里》，载《陈望道先生诞辰一百周年纪念文集》，学林出版社 1992 年版，第 51—54 页。

这是一份有关《辞海》修订工作的权威性总结。在这份总结中，罗竹风副总主编对总主编陈望道在修订过程中的功绩作出了极为公允的又是非常之高的评价。

《辞海》（未定稿）在经过了 4 年多时间的紧张的集体编写后，终于在 1965 年出版发行了。成书时，陈望道还为书名题字。

60 年代初，这是陈望道学术活动极其频繁和学术思想有较大发展的一个时期。那时候，他针对当时语言学界存在着研究工作不注重汉语实际，不概括汉语事实的种种不良倾向，在思想上逐步形成关于研究文法修辞和一般语言学的种种设想。于是，不久他就在语言学界提出了“语言研究必须中国化”这一带有方向性的革命口号。值得称颂的是他在酝酿和形成过程中还曾得到中央和地方领导同志的支持。1960 年，周恩来总理在同他的一次会见中，仔细听取了他对这一问题的汇报后深有感触，并表示今后的研究工作必须纠正这一偏向。在谈话中，总理还勉励他对这一问题进行深入探讨。华东宣传部部长俞铭璜在得知他的研究方向时，也鼓励他继续研究下去。自此之后，他便应邀在本市以及外地讲学，广泛开展学术交流，以期能团结更多的语言学界的同行们来从事这项研究。

陈望道主编的 1965 年版《辞海》（未定稿，上下册）

1961 年 7 月 30 日，他在上海语文学会作了《谈谈修辞学的研究》的学术报告。报告着重谈了以下几个问题：一、修辞学的对象，二、修辞的研究，三、修辞研究和语文的阅读、写作的关系，四、修辞研究和语文研究的关系，五、开展修辞学研究。报告中所论述的内容都较过去有了发展，如对修辞学对象的阐述："修辞学讲究语文的运用，讲究内容的表达；它是研究如何运用语文的各种材料，如何运用各种表现方法，恰当地表达出所要说的内容的一门学问"，就比过去更为明确。又如说，"修辞学研究的对象——修辞现象，就是运用语文的各种材料、各种表现方法，表达说者所要表达的内容的现象"，也较过去更为确切。

又如在说到"什么是修辞学的任务"时，明确提出，"就是探求修辞现象的规律，缩小所谓'只可意会，不可言传'的境域"。在回答什么是规律时说，"天地间任何事物都有联系，规律是联系里面的一种，这种联系是必然的、本质的联系。所有现象都根据规律发展。规律有客观性质，不以人们意志为转移"。

报告还说，"研究修辞可以提高阅读能力、写作能力，使阅读更能切实掌握内容，写作更能正确表达内容，而语文经过不断地磨练，亦将不断地增进切实表达内容的能力，日益臻于精密完美"。

在谈到怎样研究修辞学时，他说，修辞学是介乎语言学和文学之间的一门学科，要研究它，需要做许多准备：

一、要学习马列主义，学习毛主席著作，这是做一切工作的基础。

二、要学学美学。

三、要学学文艺理论。

四、要学学逻辑。

五、要学学修辞学方面的基础知识。有了初步概念再去调查研究，就可更清楚些。[1]

---

① 《陈望道语文论集》，第599—607页。

同年 10 月下旬，他应邀赴南京大学作《我对研究文法、修辞的意见》的演讲。他在这篇演讲中，除了谈到要加强修辞研究外，还着重讲了要确立文法研究这个问题。他说："确立文法研究，并不是想抹杀过去研究的成绩，而是从过去的研究中确立进取的方向。文法研究在我国有着悠久的历史，自从外国文法学传入中国之后，对中国文法的研究曾经起了激荡的作用。开始的时候，有人企图搬用外国的文法来硬套中国的语文，但套不进去。几年前（指 1955 年词类区分问题的讨论）大家争谈尾巴问题，有人说汉语有尾巴；有人说外国有，中国没有的。认为有的就大谈其尾巴，认为没有的就干脆取消了词法。看起来这两种态度完全不同，但它们有一个共同点，就是认为研究文法必须研究尾巴。研究文法究竟是不是必须研究尾巴，必须认真探讨。我以为文法是研究组织的，文法把各个成分组织起来表示意思。……确立文法研究方向问题是一个学术问题，也是一个思想问题。……总之，文法研究必须打破以形态为中心的研究法，采用一种新的观点方法来研究文法，这种新的观点方法要不仅能够研究汉语的文法，而且能够研究外国语的文法。……我们是主张用功能（词在组织中的作用）来进行文法研究的，来建立新的文法体系的。"

最后，他还对研究文法提出两点初步意见：

一、调查研究要以马克思主义作指导。

调查研究的结果是否有用，还要看调查的方法是否正确。调查研究要以马克思主义作指导，调查研究是为了解决问题，真正做学术研究，首先要对调查研究有正确的理解。

二、研究语文应发扬爱国主义和国际主义精神。

我们研究语文，应该屁股坐在中国的今天，伸出一只手向古代要东西，伸出另一只手向外国要东西。这也就是说立场要站稳，方法上要能网罗古今中外，我们学习马列主义，学习毛泽东思想不是为了贴标签。我们研究语文，要把马列主义、毛泽东思想渗透到学术中去。[①]

陈望道在 30 年代发起中国文法革新讨论时，初次提出要以功能观点来研究文法学。在经过 20 多年的深入探讨后，他重又提出这一设想，不过这时候，他的功能论更趋完善了，因此也为越来越多的语文学者所接受。

他在南京时除了举行学术报告外，还同南京语文学界就上海语文学界学术活动的情况进行了座谈。正如他所说的，“中国化”的口号的提出是与《语言学概论》教材的编写有关，他在座谈会上专门介绍了这方面的情况。

他说：“我这次来南京，主要是来看朋友的。中国有句话叫‘以文会友’，同时也想同朋友们交换一些关于语言学研究方面的意见。

“编写《语言学概论》教材是今年（1961 年）4 月全国高等学校教材编写计划会议决定的，北京一本，上海一本。既然上海、北京各编一本，总得各有一些特点。如何发挥特色，具体负责编写的同志正在反复讨论。因为兹事需要费很大的力气，领导上要我照顾一下，帮助组织一些协作，不但在上海组织协作，还在上海以外组织协作。这次来南京，除了看朋友外，就是想把《语言学概论》应当如何编写这一件事，请教请教南京的语文学界。

“这几年来，上海的同志在语言学方面的学术活动逐渐活跃起来了。上海语文学会经常进行一些学术方面的讨论活动。复旦大学建立了语言研究室，本来还想建立语言文学研究所。上海一些搞语言学的同志感到近年来我们的语言科学进步很大，但比起国家其他方面的进步来还很不相称。怎样才能使我们的语言科学与国家其他

① 《陈望道语文论集》，第 608—616 页。

方面的进步相称呢？希望在座的老年、中年、青年教师们共同考虑一下。

“首先，汉语在语言学中还未取得应有的地位。现在许多语言学著作里当作天经地义的一些规律，在汉语中却找不到，或者说很难找到。比方说，语尾问题，有些语言学家认为汉语是有尾巴的；有些语言学家认为汉语是没有尾巴的，因而没有词法，于是把汉语的文法割掉了一半。这两种看法好像不同，实际上它们有个共同的认识，就是没有尾巴就不能讲文法。我们能不能破除一些迷信，解放一些思想呢？一般语言学常把不合汉语事实的条理当作一般条理在课堂里讲授，我听了感到很刺耳。我曾同复旦党委商量过，把中文系同外文系搞一般语言学的教师合起来，组织一个教研组。外文方面有学英语、俄语、德语、法语的，请他们拟一个一般语言学的提纲，给搞汉语的人讨论。搞汉语的人对这个提纲可以有否决权，假使其中有不能概括汉语的，就得去掉。同样，搞汉语的也可拟一个提纲，请搞外语的人讨论。搞外语的人也有否决权，对提纲中汉语有而外语没有的也可以去掉。我这个看法得到了党委的同意，……不过他们补充了一点，认为东方语言的专家也应该参加。我们这样做已经几年了。这样做对不对，今天想请教一下。近来我们还想更进一步，对汉语多注意一些，我们认为，《语言学概论》除了做到真正的一般以外，对汉语应特别加强。最近有人讲我们学术研究的方向应该把屁股坐在中国的今天，伸出一只手向古代要东西，伸出另一只手向外国要东西。这句话，我非常同意。我们认为它可以作为《语言学概论》编写的方针。”①

陈望道的1961年南京之行受到了同行们的热烈欢迎，反响极为强烈。

①《陈望道文集》第3卷，第688—689页。

1962 年 1 月 4 日，他又到上海华东师范大学中文系作学术演讲，讲题为《修辞学中的几个问题》。

同年 4 月 15 日，北京《语言学资料》发表了《陈望道谈上海语言学界的倾向问题》一稿。

1962 年 12 月 17 日，复旦大学召开纪念《修辞学发凡》出版 30 周年座谈会。到会的许多同志都在座谈会上发了言，高度评价《修辞学发凡》出版 30 年来对中国修辞学科的发展所起的积极作用和重要影响。陈望道也在会上作了简短的讲话。

他说："今天复旦大学召开纪念《修辞学发凡》出版三十周年座谈会，我很高兴。这是因为，《发凡》与复旦大学的关系特别深。《发凡》中提到的许多人，如刘大白、邵力子等人，当时是复旦的先生；我的小弟弟陈致道，当时是复旦的学生，他们都为《发凡》出过力。例如《发凡》的修改就有他们的贡献在内。就以'引用'格的定义来说，经过大家的帮助、修改以后，就比较全面。《发凡》最近一版的修改，也与复旦的先生和学生的贡献分不开的。同时，我小时候的老师，我的舅舅，对我搞修辞都有影响。我的老师是消极修辞专家，我的舅舅是积极修辞专家，他们对我国古代的修辞研究很熟悉，我受他们的启发，向古人讨教的地方很多。但我也看到了他们研究的弱点，所以批判复古时我有有利条件。以上都说明，《发凡》不是我一个人的，它的成绩是依靠大家的力量得来的。

"写作《发凡》时，我曾努力想运用马克思主义思想作指导。我接受马克思主义是在'五四'之前，那时学习辩证法的条件不如今天，还有人反对形式逻辑的辩证法，否定形式逻辑的辩证法，而我是肯定的。当时对马克思主义的学习虽不很彻底，不过我的得益还是在这方面。'五四'以后，'古今派'与'中外派'不能合在一起，而《发凡》却将二者合在一起了，其中得到马克思主义的帮助较多。因此，如果说这本书还有一些可取的地方，则是运用了马克思主义观点的缘故。”

他还讲道：“修辞研究要全面，不要单研究修辞格，也要研究理论。有些问题仅仅抓住某一格，很难说清楚。”“修辞学可以讨论的问题很多，消极修辞、积极修辞可以再深入研究。研究修辞可使语言运用得更好一些。”“我国语文研究的传统是同语文教学相结合的。我是先写《作文法讲义》，再写《发凡》的。”“我认为修辞对阅读和欣赏的帮助，比对写作的帮助更大一些。因为随机应变的技巧不能告诉，而原则却是可以告诉的。”①

就在《修辞学发凡》出版30周年的时候，上海文艺出版社重印了《修辞学发凡》一书。在重印此书时，他又从头校阅了一遍，对于用语略有改动，并写了“《修辞学发凡》重印前言”。在前言中，他重申了1932年写作此书的企图是“想将修辞学的经界略略画清，又将若干不切合实际的古来定见带便指破”。该书“除了想说述当时所有的修辞现象之外，还想对于当时正在社会的保守落后方面流行的一些偏见，如复古存文、机械模仿，以及以为文言文可以修辞，白话文不能修辞等等，进行论争，运用修辞理论为当时的文艺运动尽一臂之力。书中有些地方论争的气氛很重，便是为此。……这次重印，也是如此。只有希望大家注意这两个部分的分别，并且分别对待这两个部分：对于当时同保守落后的偏见论争的部分，看看是否当时发生过一些影响；对于画清经界或者画清轮廓的部分，看看是否现在还有什么可以用”。

“现在是我国一切方面都在跃进的时代，修辞现象方面也有显著的进展。有些过去比较难以找到适当例证的现象，现在也已经不难找到内容形式两全其美的好例了。……需要我们面对修辞

---

①《陈望道修辞论集》，安徽教育出版社1985年版，第276—278页。

为纪念《修辞学发凡》出版50周年、65周年和69周年的版本封面

实际，广事搜集，善为总结。特别是关于文体、文风的问题，内容较为错综复杂，而且有些方面近年来变化很大，本书对此只作了一般的说述，尤其希望有人专心一意地从事，同时又有很多人广泛地探讨，以期我们对它能够有更为深入的理解和更为广泛的注意。”①

在这次《修辞学发凡》重印时，陈望道还对刘大白序中提到的关于卢以纬氏的《助语辞》一书重新作了考证，从而“使我们对于原著的经历有了更为充分的了解，知道原著成书的年月为元代，原著的原名为‘语助’”。“根据这些事实，我们需要考虑决定采用元代卢以纬氏著作《语助》的新说法来代替明代卢以纬氏著作《助语辞》的老说法。《语助》一书是我们现在所能见到的我国讲究汉语

① 《陈望道语文论集》，第624—625页。

文虚字用法的最早的专著。”[1]

1964 年 4 月中旬，陈望道又不辞辛劳地前往杭州大学作“关于语言研究的建议”学术报告。在报告中他把语言研究必须中国化的口号进一步发展为一个纲领性的建议。这个建议包括以下四点内容：

甲、以马克思列宁主义、毛泽东思想为理论基础，指导思想；

乙、以中国语文事实为研究对象；

丙、批判地继承我国语言学遗产；

丁、批判地吸收外国语言学研究成果。

这四点可以图表如下：

甲

丙　丁

乙

甲和乙是上下两头，必须紧紧抓好这两头进行一切方面的语文研究。

对这个建议，他又作了一些具体解释。

一、学习马列主义和毛泽东思想的用处：一是改造我们的立场、观点、方法，就是我们的世界观；一是做我们研究学术的理论基础。

二、以中国的语文事实为研究对象。研究要从实际出发，调查研究语文实际，从实际中探索语文规律，发现语文规律，不能凭空构思，也不能生搬硬套。

三、至于我国语言学遗产和外国语言学成果在学习的时候当然很重要，应当虚心研究他们的经验，但在研究的时候，必须紧紧掌握上述两头，给以分析和批判。

总的说来，共分三个步骤。

---

① 《陈望道语文论集》，第 626—627 页。

第一步，依据马克思列宁主义原理、毛泽东思想，看清楚一切事物的彼此之间都有关系和联系，我们可以从它的关系和联系中寻求它的共同性，发现它的规律。

第二步，根据中国语文事实，着手改革学校讲授的一般语言学问题。

第三步，确立古今中外的关系，决定把屁股坐在中国的今天，一只手向古代要东西，一只手向外国要东西。①

陈望道在60年代提出语言研究必须中国化的理论，其实也是他在30年代末发起文法革新讨论动议的继续和发展，也使他当年提出的一些论点更加系统化，也更加全面和具体化了。

在杭州访问期间，陈望道还同语言学界的同行们进行交谈，交换了各自看法。他向姜亮夫谈了自己的设想和计划，并兴奋地告诉他此项计划已受到周恩来总理的关注。他极希望华东地区的专家们加强合作，共同努力来完成它。他甚至还做出了具体分工，希望姜亮夫能在语音部分多做些研究，复旦大学的张世禄可从词汇方面多考虑一些，他自己则仍打算从语法方面深入研究下去。这一切又都是围绕一个总的计划，即完成一个能概括汉语事实的一般语言学体系。

1965年，他依据功能观点组织研究室的部分同志撰写了《汉语搭配复合谓语的探讨》一文，发表在是年的《复旦学报》上面。②

正当他准备大展鸿图，计划将几十年来的研究成果——一个以组织功能为中心的新体系，逐个加以整理、完善和发表出来的时候，一场史无前例的政治风暴——“文化大革命”降临了，于是打乱了他的一切计划。他被剥夺了一切工作权利，直到1972年“文革”后期复出工作为止。

---

① 《陈望道语文论集》，第629—632页。

② 载《复旦学报》1965年第1期，署名“宗志成”（谐“众志成城”）。

四二

复旦师生的贴心人

新中国诞生后，陈望道主管复旦大学这所远东第一流的综合性大学长达 25 年之久，对人民的高等教育事业作出了不可磨灭的贡献。在这过程中除了党中央、上海市委及复旦党委的正确领导以及党的教育方针的切当这一重要因素外，还同陈望道的治理学校高超的领导艺术和丰富的经验分不开。

陈望道在治校过程中始终把关心人、爱护人放在第一位。学校是培养人、教育人、造就一代新人的场所，人的因素自然应该自始至终放在首位。在调动人的积极因素上，严格执行民主党派政策和知识分子政策，充分发挥学有专长的老专家的作用固然十分重要，但这只是其中的一个方面，还必须做到关心和爱护全复旦人。因为也只有把全校师生员工的积极性调动起来，发挥所有复旦人的作用才能把学校办好。坚持做到这一点，正是陈望道治校的一贯思想。

复旦地处上海北郊五角场地区，教工宿舍分散在邯郸路的南面，在五六十年代，宿舍区的商业网点的布局、菜场的供应、道路交通的管理和保养等设施都大大落后于市区，教职员工的日常生活感到非常不便。老校长十分关心大家的生活，一再向政府有关部门反映复旦教工宿舍区存在的这些实际问题，呼吁有关部门能及早帮助解决。

中华人民共和国成立初期，市政建设部门决定将复旦大学校门前的邯郸路开辟为主要交通干道，成为高等级公路，行运大型机动车，而当时复旦教职员工及学生都居住在邯郸路以南的宿舍区，学生到校区上课及教职员工上下班均须穿越马路，这给师生们的安全带来一定的威胁。为此他专门在校务委员会上提出这一问题，希望讨论并研究如何加强安全措施。不久，国权路也在整修路面之后开始行驶机动车，他更是为师生的安全提心吊胆，希望有关部门取消国权路通车的决定。直到1954年，校区的学生新宿舍竣工，男女同学全部搬到学校里边的新宿舍居住，陈望道校长才稍微松了口气，不过教职工及家属们的安全仍让他担忧。

他关心教职工的生活还体现在住房的分配上。在住房分配问题上，他曾提出许多极好的建议。他说，住房分配应首先考虑到怎样才能有利于学校的教学和科研工作以及其他日常工作。教师要备课，要从事研究，需要有安静的环境和教学用房，分配住房应考虑到这些因素，不能单纯依据住户的人数。他认为，住房上的平均主义不利于学校各项工作的开展。他还说，家在市区的同志，每天来回要耽误不少宝贵的时间，不利于工作，因此在住房分配上住在市区的职工理应优先考虑，予以适当照顾。一切从是否有利于教学、有利于工作出发，这正反映了他管理思想的科学性与合理性。此外，他还一再在校务会议上建议后勤部门多向主管部门申请一些平方。他说，复旦教职工的住房一向偏紧，应该尽量多向市里争取一些房源，也可适当缓和大家居住的困境。

对待青年学生，陈校长更是像对待自己的子女一样爱护备至。他看到学生来到复旦以后在4—5年的读书生涯中，患近视眼的比例在逐年增长，近视的度数也在逐年加深，焦急万分。为此他在校务会议上曾多次提出要改善学生宿舍、教室和阅览室的照明。在他的督促下，这些地方的照明一再得到改善，灯泡的支光也一再增加。他曾对大家说，爱护学生的健康比什么都重要，否则，既对不起国家，也对不起学生的家长。他还一再强调要搞好学生的伙食与卫生，要努力增强学生的体质，坚持把学生培养成德智体全面发展的人才。1951 年 6 月，中华人民共和国成立初期，复旦大学就设立了“爱国防疫卫生委员会”，他亲自担任这个委员会的主任。

自 1958 年起，根据上级主管部门的指示，学校需要经常组织各专业学生在老师的带领下，深入工厂、农村基层参加勤工俭学、劳动锻炼。陈望道校长出于对青年师生的爱护，及时关照和提醒有关方面必须考虑到青年人正在长身体的这一特点，予以照顾，一再表示学生的劳动强度要适量，不能同工厂里工人、农村里的农民一样要求。他还说，在对待学生勤工俭学这个问题上，在思想上可以从严，但在具体的劳动安排上就应放宽一些。正是有了他的这些指导思想，才及时纠正了当年在勤工俭学组织工作中的一些过“左”的做法，也才能防止，至少也可减少学生在劳动中可能发生的各种事故。

陈望道校长对青年学生无微不至的关怀还可以从以下这件事情中看出。

1962 年是我国遭受特大自然灾害的第三年，国家经济遇到了难以想象的困难。这年暑假，全校应届毕业生因故未能按时离校奔赴工作岗位。眼看新的学年即将开始，一年级新生马上要来报到，学生宿舍顿时告急。面临这一特殊情况，校务委员会及时召开了紧急会议讨论应急措施。会议当即决定将毕业班同学安排到大礼堂等处住宿，以便腾出宿舍来迎接新同学入学。为了安排好这次新老学生宿舍的交替工作，陈望道在会上又做了许多具体交代。他说：“新同学年龄小，只能算是个孩子，又是刚从父母身边离开，对他们的生活一定要安排好，切不可去震动他们。学校一定要特别爱护他们，照顾好他们，要让他们感觉到新的环境的温暖。毕业班同学已

陈望道与复旦新闻系师生在一起（1965 年 5 月）

在学校住了五年，是老大哥老大姐了，只要把理由讲清楚，将他们居住的地方挪动一下也是可以的，但是一定要注意工作的方式方法，千万不可把他们看成是泼出去的水，把他们看成是一种负担，妥善安排好他们离校前的一段生活也是至关重要的。”一席贴心暖腑的话，令人为之动容。随后，他吩咐后勤部门，要他们先把大礼堂、工会俱乐部、学生俱乐部等处全部腾出来，让毕业生搬进去住。他还特别强调，一定要先腾出空屋，然后再通知他们搬行李，不可有丝毫的差错。他说：“做人的工作，稍有疏忽就会造成不安定因素，就会铸成大错。”他还说：“毕业班同学也是我们的亲人，决不能让他们带着遗憾离开生活和学习了五年的母校。”也只有把学生当作自己最亲的亲人，才能把问题考虑得如此详尽，把工作安排得如此周密。

此外，在对待学生的惩罚、处理等问题上，他历来也是非常慎重的。他很爱护学生，但又坚持对他们必须高标准和严要求。他指示有关部门必须认真执行升留级制度，但又一再强调对人的处理要十分慎重，对任何一个学生以留级或其他方面的处分，都必须经过校务委员会的讨论才能做出各项决定。

至于对干部的处理问题，他认为这是更加应该慎之又慎，应该慎重其事的了。

关心和爱护青年学生还反映在他对毕业分配的指导思想上。他认为学校是培养人才的场所，就更应该懂得珍惜人才和爱护人才，国家和学校为培养一个大学生所付出的财力和物力是十分可观的，所以决不应该浪费人才。为此，他坚持毕业分配必须“专业对口”，强调“用人力求得当”。他说：“学生培养出来，分配时专业不对口就意味着浪费人才，这是应该尽量避免的。”

陈望道在主持复旦大学工作的20多年里，除了千方百计关心老教授和青年学生之外，对中青年教师的培养也是极为关心的。

中华人民共和国成立初期，百废待兴，许多工作尚在逐步恢复和建立的过程中，教师职称的评定与提升制度在相当一段时期里还很不健全。他却多次在校务委员会上、校长办公会议上提及这一问题，曾表示，教师的升等和升级工作应及时进行，不能无缘无故停顿下来。还说：“事实上我们学校已有许多教师该升的没有升，该提的没有提，外宾来校访问参观时，若问起我校有多少位教授和讲师时，我将何以回答他们？”又说：“升等升级评定职称的制度，要么取消，不取消就不应无故冻结。”他的这番话就是在今天听起来也仍然让人感到无比的亲切。

陈望道作为一校之长，在关心人、爱护人、培养人方面的工作做得何等的出色！他能够千方百计地关心人和爱护人，也必定能够做到真正的团结人，最大限度地把人的积极性调动起来，从而也就有可能动员起全复旦的人来共同努力把社会主义的大学建设好。

四三

情满复旦园

陈望道自1920年9月起来到复旦大学任教后，在这里先后度过了长达50余年的时光，其间虽也曾被迫离校过数年，但他毕竟在这里生活了半个多世纪的岁月，他热爱这所学校胜过一切。长期以来，他在复旦这块教育园地上辛勤耕耘，热情培育和浇灌。然而他又岂止是对复旦的每一个人，即使连复旦校园里的一草一木、一景一物，也倾注了他无穷的感情。人们说，复旦的成长乃至复旦几代人的成长都同陈望道校长的辛勤劳动分不开。其实，复旦校园的建设又何尝离得开他那份功劳呢！

校园的建设与环境的美化原是一个直接关系到精神文明建设的大事。一所高等学府犹似一座不大不小的科学文化城。创建一个清洁、宁静而幽美的学习和工作的环境，于人的精神面貌有直接影响，与师生的健康成长也有一定的关系。

复旦大学自1949年获得"新生"后，尤其在1952年院系调整之后，学校在校党委的领导下非常重视校园的扩建规划工作。老校长陈望道对此尤为热情和关注。他对学校的每一个扩建方案都要亲自参加讨论和审定。在讨论过程中，他积极提出自己的设想和意见。他常对学校其他领导说，对校园进行规划，应该多多运用美学知识。陈望道早在二三十年代就对美学这门学科做过深入探讨，出版过《美学概论》这本专著。以后他就不断将美学知识融会到其他学科领域中去。在日常工作中他更是努力将这方面的知识付诸实践。若干年来，他对校园扩建规划，包括建筑物的布局、园林绿化、道路设施等方面都提出了许多很好的设想和建议。

设想之一是：校园内各种建筑物的布局应该介乎于有形和无形之间，也即要介乎看得见和看不见之间。他认为切不可给人们以一种一目了然的感觉。如果大家一踏进校门，校园里的房屋建筑就一览无余地尽收眼帘，那就是不美，因而不好。

设想之二是：校园内的道路开筑应该有工作区和非工作区的分别。如果属于工作区域的道路宜筑成笔直的，这样规划的好处是不但方便了本校教职员工的上下班，又不致使外单位来联系工作的同志找不到地方。至于那些非工作区的道路就可以设计得曲折一些。曲径通幽乃是园林建设中一个最基本的构思和要求。他说，总之，不能把校园里的道路筑成清一色的，或者全都是笔直的，或者又统统是弯弯曲曲的。理应是有曲有直、曲直相间才能形成一种错综美。这样安排的好处是，既能合乎方便大家的功能上的要求，又可构成景色宜人的校园布局。

设想之三是：校园应该追求美化，校园的绿化布局应该尽量向公园靠拢。他认为环境的绿化不仅十分重要，而且也很有讲究，因为绿化本身就是一门艺术、一门学问。

他曾说，在校园里种植花草和树木，最理想的是在一个地段种上同一类品种。例如百日红这种花草就可以从学校的大门口一直栽到物理大楼。花卉的栽培也要讲究点艺术，不必全是直行排列，也可以是一团一簇的栽植。此外，他还建议在校园里多安置一些露椅，它既可点缀校景，又可供师生们学习和休息。他十分欣赏杭州“柳浪闻莺”及西山公园等几处风景点的景物布局，曾多次在校务委员会上建议校景绿化组的负责人前去杭州学习观摩。

1963 年秋天，陈望道夫人蔡葵旧病复发，复旦校领导特地安排他们夫妇去青岛疗养院疗养一段时期。归来时，他特地用自己的工资从青岛购了上千元的百日红、马尾松，以及蚊母树等花卉树木，带回来种植在复旦校园里。他的这种无私的奉献精神，爱校如家的高尚品德，当时在复旦园内传为美谈。

1965 年校庆节前夕，复旦大学面对国年路宿舍区的那座新校门正式落成，全校师生欢快地从这里进入校园，走在新建的林荫大道上。但是，却很少有人知道它的来龙去脉。原来当年在规划新校门这一区域时，几方面的意见争论得十分激烈。以陈校长为代表的一方极力主张按目前规划的样式方案进行施工，也即当人们一跨进校门就见到一座盛开着四季百花的小花圃，花圃后面就是方方整整的两大块翠绿茵茵的草坪，飘扬着五星红旗的旗杆矗立在草坪的正中央。草坪两侧是两幢新建成的红色砖瓦的建筑物，左侧是新落成的规模宏大的校图书馆，右侧是第二教学楼，也是刚建成的。两条柏油小路从学校大门的两侧迂回通往位于正中的物理大楼——这在当时的复旦称得上是最大的建筑物了，人们从新校门眺望过去，这座用红黄相间的砖瓦建成的宏伟建筑物，正好掩映在郁郁葱葱的绿树丛中。道路两旁栽种着两行高大的柏树，并配置了富有庭院风格的路灯。每当傍晚，人们三三两两地漫步在校园里，看着那一盏盏宫廷式的路灯透出淡淡的荧光时，又哪里会想到它竟会是由陈望道校长亲自设计，并在校长办公室秘书科长喻蘅同志的陪同下，来到校办金工厂加工制造出来的。

然而，老校长对复旦校园建设的贡献还远远不止这些。

老复旦人都还可能记得，从复旦大学的新校门通向邯郸路南边教工宿舍区有条羊肠小道。道路虽小却是数千复旦教职员工及家属每日必经的通道。然而，也就是这条小道在整个五六十年代，仅仅

陈望道在复旦大学校庆60周年的日子里（1965年5月）

是一条既没有路名也没有路牌的土路。在这条土路的两侧，一边是块大操场，大学生上体育课，每年一次的全校体育运动会都要在这里进行。在操场与小道中间还隔了一条水沟。小路的另一侧便是当地农民的庄稼地了。由于这是一条无名小路，当地市政部门自然不会过问，因此，20多年来根本没有进行过维修，更谈不上保养了。长年累月超负荷的使用，本来就不成样子的土路早已变得坑坑洼洼、松软如土了，逢上雨天更是泥泞不堪，复旦师生叫苦不迭。陈望道校长看在眼里，急在心里，敦促有关部门不断向上反映，争取早日派人前来整修。然而，由于复旦地处郊县，市政建设隶属宝山县管辖，而学校本身又是中央直属单位，于是各处互相推诿，年复一年，最终仍然得不到解决。正当老校长决定慷慨解囊，准备自献资金修筑此路以解复旦众人之危时，不料一场特大政治风暴突然降临。于是原本是件值得赞美称道的好事，竟成了某些别有用心的人借以攻击的材料。他们诬陷老校长要建立所谓“望道门”，筑“望道路”，甚至还咒骂他要种什么“墓道树”。总之一句话，诬陷他是要为自己树碑立传，是大逆不道，等等。于是红卫兵小将立即采取“革命行动”，野蛮粗暴地挖去了他亲手栽种在校门口的三棵松柏树和百日红花草。在那个疯狂的日子里，连花草树木也成了有罪之物，是非颠倒竟到了如此严重的地步。

四四

寄　托

自 1961 年起，陈望道的夫人蔡葵女士的健康状况一直不佳，以至后来竟发展到时而出现记忆力衰退、思维紊乱和说话含糊不清等症状。经专家诊断确认是患了脑血管肿瘤的疾病。这些症状的出现正是脑血管瘤压迫到脑神经的缘故。蔡葵早年曾患过乳腺癌，做过切除手术。医生认为这次是旧病复发，癌细胞转移到大脑里所致，除了进行手术之外别无其他治疗方法。为了争取治疗的时间，在校党委的关心下，立即将她送到以脑外科著称的上海华山医院进行治疗。这次手术是在 1962 年进行的，手术后病情得到了控制，不久即出院回家休养了。

1963 年秋天，为了使蔡葵的身体健康得到进一步巩固，上海市委及校党委特意安排了他们夫妇去青岛干部疗养院疗养。是年年底从疗养院回沪，蔡的健康状况已有好转并逐渐趋于稳定。

谁知到了 1964 年夏天，蔡的病情再度趋于恶化，只得急送至华山医院进行抢救。进院时病人已处于昏迷状态，为了求得一丝尚存的生的希望，决定再做一次手术，并由脑外科肿瘤专家、华山医院院长亲自主刀。手术后病人曾一度清醒过来，都以为有了转机，于是皆大欢喜，却不料两天之后病人再度昏迷，终因抢救无效而谢

陈望道与夫人蔡葵合影（1962 年）

世，是年仅 63 岁。

陈望道在他刚步入晚年的时候，就失去了心爱的妻子，失去了同他朝夕相随了 30 余年的伴侣，自然悲痛万分。对于一向性格内向的他来说，此后只有当他从繁忙的工作中暂时摆脱出来，只有当他回到这个空荡荡、静悄悄的家中的时候，才在心中默默地思念着、追忆着曾将自己的一生无私地奉献给他、奉献给社会进步的亲人。

从此以后，同他相依为命的便只有他的儿子——振新了。

振新原是望道大兄弟伸道的长子，1944 年，在他 6 岁那年过继到大伯名下后才成为望道家中的一个成员。

提起当年陈望道回义乌故乡立嗣一事，至今仍在当地流传着"试心选儿子"的小故事哩！

陈望道与前妻张六妹曾生育过两儿两女，不幸的是两个儿子，一个尚在孩提时代，另一个则在未成年时就都已先后夭亡了。两个女儿也已先后出嫁在外另立门户。他同蔡葵结婚后并未生育过。老两口到了中年开始感到寂寞，更何况他们又是十分喜欢孩子的一对。经再三考虑后决定在众多的侄儿女中选择一个立为嗣子。立侄儿女为嗣子这在族中早有先例，原来陈望道的生父也是自幼过继给伯父为子的。

1944 年冬，陈望道风尘仆仆地回到故乡分水塘探视老母亲，顺便在暗中对几个侄儿女作一番考察，以了却多年的一桩心愿。当年在分水塘老宅居住的孩童，除了大弟伸道的几个孩子外，尚有二弟致道以及几个堂弟的孩子。侄儿女们一见大伯从上海归来很自然地围了上来，要大伯为他们分花生果吃。大伯取出一包花生果，随意将它分成大小不等的数份放在桌上，让他们自己上前来挑取。几个侄儿都拥上来争着挑拣数量多的那几份，唯独伸道的长子振新上前来随意拿了面前最少的一堆，默默地走到一边自顾自地吃了起来。望道大伯看在眼里，记在心里，从此也就喜欢上了这个“弟弟”——望道对振新的爱称。这一年，振新还只有 6 岁。在这以后，他又经过几次试探、观察，终于选定振新立为自己的嗣子。

1949 年上海解放后，振新被望道夫妇接来上海复旦大学家属宿舍，同他们一起生活，正式成为家庭中的一个成员，这年振新刚满 11 岁，尚在小学五年级读书。振新来到上海后在望道夫妇的悉心培育下得到健康的成长，父母的言传身教成了他最好的榜样，他继承了父母的许多优秀品德：诚实、节俭、勤劳……

蔡葵不幸于 1964 年去世后，振新就义不容辞地担负起了照顾父亲日常生活起居和家庭保健的责任。当时，他既要强忍住丧母之悲痛，又要千方百计地给父亲以安慰。望老晚年患有糖尿病、高血压等多种疾病，除了需要定期上医院检查治疗外，家庭的护理工作也相当重要，而原本这一切都是母亲蔡葵担当的。如今这个任务就落在他的肩上了。他毅然挑起了这副重担，悉心照顾好晚年的父亲。

“文革”初期，那是个疯狂的时代，阶级斗争一浪高于一浪，人的尊严、人与人的关系都遭到严重扭曲，人们出于无奈彼此间极少往来，明哲保身成了那一时期普遍的准则。于是望老和振新父子两人更是相依为命了。在那段日子里，望老原先享有的一些政治待遇和生活待遇被一一剥夺了，如小轿车的使用，去高干医院——华东医院治病等都被取消了。遇上身体不适就不得不自己雇辆三轮车上五角场医院或者长海医院排队挂号就诊，不消说陪同他的又是振新。因为要让一个七八十岁高龄的老人单独挤电车上医院是十分困难的。在那段政治生活极度混乱，终日胆战心惊的日子里，日夜厮守在他身边的也还是他的儿子陈振新。

这一境况直到 1969 年振新同苏州姑娘朱良玉结婚之后才开始有了改变。婚后第二年，就添了个活泼可爱的大孙儿——陈晓明。家中增添了新鲜血液，渐渐有了生气。不久，在学校和市有关部门

陈望道与儿子、儿媳及两个孙子合影（1973 年）

的关怀下，媳妇也从苏州调来复旦工作。又隔了数年，小孙儿——晓帆也出世了。家里的人丁逐渐兴旺起来，屋里到处洋溢着儿童的欢笑声。望老十分宠爱两个孙儿，因为他们的降生，给他的晚年带来了无穷的乐趣。工作之余，两个孙儿常同他逗乐，并缠着他讲故事，他盼望他们快快长大，期望他们早日成才，好继承他以及前辈们所开创的事业。望老早年曾用过晓风和雪帆的笔名以及明融的乳名，他特地为他两个孙儿取名晓明和晓帆也正含有这层意思。

长江后浪推前浪，事业自有后来人。这使他感到欣慰。他的最大愿望莫过于他的后代能接过他手中的火炬，开创新的光荣的业绩。1976 年夏天，他在病重期间所立下的遗嘱其中也包含了这层意思、这个内容。

四五

在“文革”风暴中

1966年夏季，一场特大政治风暴以迅雷不及掩耳之势猛然席卷神州大地。到了7月上旬，在复旦大学这所曾被喻为上海政治气候晴雨表的东方名牌大学，早已是热火朝天，一片“造反有理”之声，大字报铺天盖地贴满复旦校园的每一个墙角。老校长陈望道同许多专家学者一样，还没有来得及反应过来，就已被一顶顶骇人听闻的帽子——反动学术权威、大学阀、大官僚……压得喘不过气来。接着，他又被剥夺了一切工作权利，并被迫集中到学校参加所谓“老复旦学习班”和“抗大学习班”，住进了暂以教室权充的“集体宿舍”，成为全校年龄最大的一位学习班的学员。在学习班里，他努力学着自己照料自己，尽量不使自己的动作太笨拙，太不合群，也尽量不去麻烦别人。在经过了一段时间的集体生活后，红卫兵也许是考虑到他的年岁已大，又患有多种疾病，不适宜在学校用餐，破例准许他的家人为他送饭。过些时候又“恩准”他可以回家去住宿，不必再同大家挤在一起睡教室的地铺了。自此之后，他便拄着拐杖每天到校参加运动。

运动刚开始，学校的造反派组织也曾到他的住所——国福路51号破过所谓“四旧”，向他抖过造反派的“威风”。对于造反派所采取的许多“革命行动”，他都一一忍受下来了，唯独让他不能容忍的是设在他住所楼下的语言研究室竟在一夜之间被砸烂了，研究室变成了清队办公室，关押着所谓被审查的对象。然而这一切又恰恰是在“文化大革命”的幌子下进行的。他对此感到困惑不解。

所幸的是，对他的迫害没有继续升级，当时传闻，中央有过指示，陈望道应属于保护对象。提起此事，还真应该感谢人民的好总理。在那疯狂的岁月里，正是周恩来总理不顾个人的安危，千方百计、竭尽全力地保护了中央和地方的一大批党的领导干部以及党外民主人士，使他们不受或少受迫害。在运动开始不久，周总理就下达了各地方需要保护的对象的名单，在上海的保护对象中就有宋庆龄、金仲华、陈望道等著名人士。

1970 年春夏之交的某一天上午，陈望道照例按时到校参加活动，可是终于因体力不支而滑倒在老教学大楼前的台阶上。他因而得了轻度中风，从此便再也不能单独远行了。此时有关方面已恢复了他原先的一些待遇，他被送进了华东医院治疗。跟随了他多年的助手和学生邓明以闻讯赶去医院探望，令她感动的是她在病床前所听到的不是一个病人对自己健康的忧虑，而是念念不忘自己所从事的学术研究工作。他对她说，自 1966 年来的几年中，自己的处境虽然很困难，但却从未停止过研究工作，哪怕是在去医院的途中，在三轮车上，在地段医院的候诊室里，都没有停止过思考一些问题。他还说，在这几年中自己对现代汉语中的单位和单位词做了详细的探讨，有了些具体的设想，需要马上整理出来。接着他又向她问起了语言研究室研究人员的去向，并说有可能的话最好马上召集一些人员回来同他一起开展研究工作。邓明以在回校后立即向有关方面反映了这一情况。复旦大学语言研究室终于在他的要求下得到部分恢复。

1971 年语言研究室部分恢复后，他立即指导首批回室的邓明以和李金苓两人着手整理了《论现代汉语中的单位和单位词》一文，接着又将“文革”前撰写的《汉语搭配复合谓语的探讨》一文做了修改，并正式改名为《汉语提带复合谓语的探讨》。上述两篇文章都交付上海人民出版社作为单印本于1973年正式出版。

1972年他被批准复出工作，提任了名义上的复旦大学校革委会主任，恢复了外事接待任务和阅读中央及地方各级文件的权利。此时他虽已年逾80高龄，又患有多种慢性疾病，但他仍以饱满的政治热情从事各项工作。

1972年2月下旬，美国总统理查德·尼克松访问中国，中美联合公报在上海签署。陈望道作为上海政协副主席和著名学者，应邀在上海虹桥机场迎送美国总统。这是他复出工作后参加的第一次外事活动。那天，陈望道早早来到机场，排列在迎候贵宾的行列中。此时总理也早已等候在机场了，他一眼望见了望道先生，立即疾步走上前去同他握手问候，并当即吩咐站在一旁的礼宾司负责人说：“陈望道先生年岁已高，以后不要让他来机场迎送国宾，只需请他直接到宾馆参加接见就可以了。”望老连忙笑着回总理的话说道：“不妨事，不妨事的，我的体力还行。”在“文革”期间总理对他如此体贴和关怀，这使他的内心久久不能平静。

70年代，我国的外事工作得到逐步复苏，在周总理的直接掌管下，加强了对外的宣传工作。自1972年起，陈望道曾多次接受记者的采访和撰文向海外广播，呼吁海峡两岸早日取得统一。

1972年5月，毛主席的“五二〇”声明——《全世界人民团结起来，打败美国侵略者及其一切走狗》发表两周年，陈望道以政协上海市副主席的名义撰写了纪念文章。他在文章中说：

> 这一声明，是我国人民同全世界革命人民一道进行反帝斗争的伟大纲领，它极大地鼓舞了全国人民反对美帝国主义及

其走狗的战斗意志和胜利信心。……当前，国家要独立、民族要解放、人民要革命，已成为不可抗拒的历史潮流。这个伟大的历史潮流正在冲击着帝国主义、社会帝国主义和一切反动派。……两年来，中国人民遵循毛主席的教导，进一步发扬国际主义精神，坚决同全世界无产阶级、被压迫民族站在一起，为反对帝国主义、扩张主义和强权政治，进行了坚决的斗争，取得了重大的胜利。我国的国际关系日益发展，国际威望日益提高。我国在联合国的合法权益得到恢复，充分说明了世界各国人民，包括美国人民在内，要求同中国人民友好是大势所趋、人心所向，是任何势力也阻挡不了的。到目前为止，已有74个国家和地区同我国建立了外交关系。这一切都说明我们的朋友遍天下。①

字里行间，充满了一个中国人的自豪感。

同年7月，他撰写了《毛主席给知识分子指明了前进方向》的广播稿。这篇文稿由新华社于7月12日向台湾地区播出。在广播稿中，他以自己的亲身经历谈了体会。文章说：

党和毛主席一贯非常关怀知识分子的进步，并十分重视发挥他们的积极作用。毛主席曾经指出：我国的艰巨的社会主义建设事业，需要尽可能多的知识分子为他服务。凡是真正愿意为社会主义事业服务的知识分子，我们都应当给予信任，从根本上改善同他们的关系，帮助他们解决各种必须解决的问题，使他们得以积极地发挥他们的才能。

我是研究语言学的，曾于1919年底翻译过伟大导师马克

① 未刊稿。

思、恩格斯的《共产党宣言》。解放后，在毛主席的亲切关怀下，复旦大学成立了语言研究室，为我们从事语言的研究工作创造了良好的条件。1957年，党又交给我修订《辞海》的编辑任务。在有关单位的协作下，我们花了数年时间，终于在1965年2月编成《辞海》初稿。20多年来，我还先后担任了全国人民代表大会代表、全国政协常委、上海市政协副主席和复旦大学校长等职务。所有这些，都使我深深体会到：只有在共产党的领导下，广大知识分子才能真正学有所用，为国家为人民贡献自己的力量。

文章末了，他又说：

在工作、生活中，我经常怀念生活在台湾和海外的教育界、知识界的老朋友们。23年来，我们伟大的社会主义祖国，在中国共产党和毛主席的英明领导下，发生了巨大的变化。祖国的国际影响日益扩大，社会主义事业蒸蒸日上。为了适应国内外形势的不断发展，祖国需要各方面的人才。我殷切地希望台湾和海外教育界、知识界的老朋友们，本着爱国主义的立场，争取早日回到祖国怀抱，和我们一起建设伟大的祖国，共享我们伟大民族的荣誉。①

在文章中再一次表示了他对统一祖国大业的良好愿望。

在这段时期里，他的学术研究活动，除了由上海人民出版社出版了他两本语法方面的单印本之外，还着手进行《修辞学发凡》一书的修订重印工作。

---

① 未刊稿。

在“文革”期间，“四人帮”及其爪牙对祖国优秀文化遗产极尽摧残、破坏之能事，文化学术界出现了大倒退，出版业更是一片萧条。这种不景气的状况一直延续到70年代初。后来，他们也终于意识到采取这种法西斯高压手段并不能真正禁锢人们的思想。于是决定予以开禁，允许出版一些无损于他们的少量好书，来装点一下门面。《修辞学发凡》一书正是在这样的气候下被准予重印出版的。然而在此时，正是“四人帮”大刮“批林批孔”歪风的时候，因此在修订过程中，曾受到极“左”思潮的严重干扰。出版单位对书中的某些内容横加指责，百般挑剔，诬称这部分内容是宣扬“封资修”的，需要进行修改；那部分内容又是受了孔孟之道的影响，必须删去等。陈望道在听到这些意见后非常生气，声称自己早在“五四”时期就已是一名反封建的勇士，到了30年代，也已成为一

陈望道在书房中（1972年）

员反对尊孔读经的先锋。他当即表示，宁可不出此书也决不委曲求全。在僵持了一段时间之后，出版社做出了一些让步。书，最终还是印出来了，但是对于出版社的个别编辑人员在当时的政治气候下那种自以为是的作风，他还是颇有看法的。

1973 年 8 月，中国共产党第十次全国代表大会召开前夕，陈望道的党员身份正式予以公开，随后他作为“十大”的一名正式代表由复旦党委办公室的徐余麟同志陪同，前往北京出席了会议。

同年 9 月，在这金风送爽、丹桂飘香的季节，中国新闻社的记者走访了这位刚出席“十大”归来的陈望道教授。在采访过程中，这位 83 岁高龄的老同志向记者表明了自己“活着一天，就要为党工作一天”的矢志不渝的心迹。

复旦大学团委和学生会组织在 1973 年举办书法展览会，老校长应邀为展览会题了笔力苍劲的“又红又专”四个大字，不仅表达了他对青年一代的希望，同时也是对林彪、“四人帮”严重摧残我国文化教育事业的强烈抗议。

自 1974 年以后，陈望道的健康状况越来越差，需要经常住院治疗，但他仍然服从组织的需要，努力完成党分配给他的各项任务。

1975 年 1 月 13 日至 17 日，第四届全国人民代表大会在北京召开，陈望道在儿子振新的陪同下，前往出席了这次大会。闭幕时他被选为本届全国人大常务委员。大会结束后，他在北京逗留数天，乘此机会拜访了陈此生、盛此君夫妇和胡愈之、沈兹九夫妇以及北大校长周培源等一批老同志、老朋友。看到昔日并肩战斗在同一条阵线上的战友，在经过十年动乱的浩劫之后，如今个个都已成为两鬓染霜、白发苍苍的老人，心中有着无限的感慨。

1 月 22 日，陈望道一早起身后，兴致勃勃地要去参观北京图书馆。此时正在北图任副馆长的鲍正鹄教授，是位复旦的老校友，早年曾在复旦教务处及中文系任职任教过。当他获悉老校长要来参观时，特地派了小轿车来宾馆迎接。在参观过程中，鲍馆长特地取出珍藏了多年的1920年9月版的中译《共产党宣言》（这是全国各地仅有数本中的一本），请老校长在书上签名留念。起先，陈望道表示：“这是马克思和恩格斯合著的经典著作，自己又怎能在书上签名呢！”鲍正鹄对他说：“您是书的译者，在书的封面和扉页上都印有您译者的姓名，完全有资格在上面签上您的姓名。”于是他就不再推辞，在书上留下了珍贵的纪念。

在四届全国人大召开后仅隔两个月左右，陈望道又飞往北京出席四届人大常委会。在会议期间，得知周总理因健康状况不佳不能和大家见面时，心中万分忧虑。散会后，他连忙走到邓颖超同志的面前，跟她握手问好。同时，想请她转达自己对周总理的问候。不料话还没有来得及说，其他同志就纷纷围了过来，向邓颖超同志问好，询问周总理的病情；邓颖超同志也一一同他们打招呼。这样一来他问候的话就再也插不进去了。当时，他是多么热切地希望周总理早日恢复健康！

1976年元旦，全国报刊发表了毛主席写于1965年的《水调歌头·重上井冈山》和《念奴娇·鸟儿问答》两首词。这在当时亦算是中国人民政治生活中的一件大事。陈望道当即写了《巨大的鼓舞》，谈了自己读后的体会。①

然而令人感到气愤的是，《巨大的鼓舞》一文在1月3日《文汇报》上发表时，原稿中的一段话竟被“四人帮”在上海的一个余党粗暴地删去了。这段被删去的原话是：“遵照毛主席的指示，周总理在1975年四届人大的政府工作报告中提出了在本世纪内，全面实现农业、工业、国防和科学技术的现代化，使我国国民经济

① 《陈望道文集》第1卷，第302页。

走在世界的前列这样一个宏伟目标。”建设四个现代化的强国是中国人民长期以来的愿望，可是祸国殃民的“四人帮”为了达到篡党夺权的目的，他们处处与人民为敌，视人民所爱戴的周总理为眼中钉，他们封锁周总理的声音已到了无孔不入的地步。

1976年1月8日，中国人民所敬仰和爱戴的周恩来总理不幸与世长辞，噩耗传来，举国同泣。此时正在华东医院治病的陈望道惊悉总理逝世的消息后更是悲从中来，他回想起总理为人民事业鞠躬尽瘁的光辉一生，回想起这位中国知识分子的知心朋友，长期以来对自己无微不至的关怀时，不禁潸然泪下。为了寄托对总理的无穷的哀思，他当即让秘书拟了一份唁电发往北京周总理办公室。唁电对总理表示深切的哀悼，向邓颖超大姐致以最诚挚的慰问。

从1975年年底起，陈望道的健康状况已越来越差，因而不得不长期住在华东医院治疗养病。周恩来总理的去世无疑对他是一个沉重的打击，不管是在精神上还是在体力上都受到很大的影响。

“四人帮”在总理逝世后急于抢班夺权，他们一手遮天，干尽了人间坏事。正当全国人民沉浸在无限悲痛之中，“四人帮”竟敢冒天下之大不韪，疯狂镇压人民群众自发组织悼念周总理的活动，制造了震惊中外的特大冤案——天安门事件。一时间腥风血雨，党和国家又处在危急存亡的关头。大凡一切有良知和正义感的中国人民都在为党和国家的命运和前途深深地担忧。陈望道等一大批老同志更是忧心忡忡，日夜盼望着乾坤扭转，国家重获新生。

就在1976年的春夏之交，陈望道的病情突然发生急剧的变化。一开始，他连日高烧不退，医生诊断为急性肺炎，接着又转化为尿毒症，病势来得十分凶猛，医院发出了病危通知。以后经过专家会诊，医务人员竭尽全力进行抢救，采取各种抗菌素交替使用的治疗方案，才使病情逐渐缓和下来。用他自己的话来说：“这一次可算是死里逃生了。”

陈望道在华东医院病床上仍不忘学习（1976年）

在他病重期间，上海市有关部门及复旦大学的领导都曾先后到医院去探望他。在病榻前组织上出于对他的关怀，一再询问他有什么要求需要帮助解决时，他非常恳切地表示：作为个人，他对组织上没有任何要求；但是作为一校之长，他必须为民请命，希望有关部门能多多关心复旦教职员工的生活，尽快改善复旦教工宿舍区的环境设施和商业网点。因为长期以来那里竟然没有一家正规的日用百货商店和食品商店，甚至连像样一点的菜场和饭店都没有，教职工及家属的日常生活实在非常之不便。过去校方虽也曾多次向上级部门反映，然而总得不到合理的解决。这次望老在病中向前来探望的领导干部反映了群众的迫切要求，事后又让他的秘书起草了一份情况汇报，用书面形式再次向上级反映。在病榻上，在生命即将走到最后里程的时候，他心中时刻想着的仍是全复旦人……

1976年初夏的这场疾病整整折磨了他两个月光景。他是一个唯物主义者，想到自己终将走完人生道路，因而在病危期间急于把学校的领导请来，向他们交代了一些身后之事。谈话中，他再次向组织表示自己个人对党无所求，让他牵肠挂肚的是自己曾从事了一生教学和研究工作的修辞科学的前途。因为不久前他听说有位著名学者著文主张将语法和修辞两门学科合并起来，他对此持有不同看法，认为两门学科各有其研究的对象，不应合并也无法合并。他盼望能在领导的关心下，使修辞学科得到健康的发展。最后他向组织表示，自己教书一生，并没有留下什么财产，唯平素爱好读书，留有数千册藏书，愿在身后尽数捐赠给复旦大学图书馆，以资留念。过了数日，待他的病情基本稳定后，将类似上述这些内容立下了遗嘱。

1976年7月6日，全国人大委员长、中华人民共和国的另一位开国元勋朱德元帅继周总理之后也因病逝世了。9月9日，中国人民的伟大领袖毛泽东主席又永远离开了我们。中国人民在1976年这一年里，先后失去了三位最杰出的领袖，忍受着难以想象的巨大的悲痛，接受了无法接受的严酷事实。

在这危急时刻，党中央粉碎了“四人帮”，挽救了党，挽救了革命，从此结束了“文化大革命”这场灾难，使我们的国家进入一个新的历史发展时期。

1976年入秋以后，陈望道终于摆脱了病魔的折腾。“四人帮”的彻底垮台也使他的精神为之一振，借了这股东风，他决定紧紧抓住这余下的分分秒秒，去努力完成他的未竟事业。

同年10月19日是鲁迅先生逝世40周年。为了纪念鲁迅，向鲁迅学习，中国新闻社的记者又一次走访了已是86岁高龄的四届人大常委及政协上海市副主席陈望道。望老在华东医院病房中向记者回顾了他同鲁迅在长期斗争中建立起来的深厚的革命情谊。在谈话中，他特别回忆起自己在“五四”新文化运动以及30年代发起大众语运动和主编《太白》杂志这两个时期中，都曾得到鲁迅的热情支持和帮助。这篇题为《回忆鲁迅先生二三事》的访问专稿，当时曾被港澳报纸和国外华文报纸采用，收到了很好的反响。①

此后，他在华东医院的病房中指导研究室的中青年同志抓紧将《文法简论》一书的初稿撰写出来，并由他逐章修改定稿。全书的修改定稿工作终于在这年年底完成，实现了他“活着一天就要为党工作一天”的心愿。

《文法简论》是他在继《修辞学发凡》之后运用马克思主义观点建立起来的又一个语文革新体系。这个新体系是他在30年代发起中国文法革新讨论时所创立的功能观点的具体体现，也是他数十年来刻苦钻研所结出的果实。虽然限于他当时的种种条件，最后付印出版的只是一本《简论》，而不是早先计划的《新论》，但他终究还是给我们留下了一份宝贵的学术遗产——一个值得语言学术界加以深入研讨的新体系。

1977年1月，时值周恩来总理逝世一周年之际，陈望道满怀深情地书写了《深切的怀念》纪念文章，发表在1月15日的《文汇报》上。他在文中以自己的亲身体验回顾了总理对知识分子无微不至的关怀。文章还特别回忆起抗日战争时期他在重庆同周总理第一次见面时的情景。那时候，周总理在八路军驻渝办事处工作，日常公务非常繁忙，但他仍时时关心着在抗日大后方的许多爱国民主人士和进步教授，特地抽空在北碚北温泉风景区邀见了他们。周总理和邓颖超夫妇特意选择了北温泉作为会面的地点，是考虑到当时时局的严峻，环境的险恶，为保护与会者的人身安全才做出这样的决定的。总理考虑问题的全面和细致，对知识分子的亲切关怀，使大

---

①《文艺论丛》第1辑。

家深受感动，并留下了难忘的印象。[①]

1977 年国庆节前夕，一位来自邻邦的客人，通过市府外事办公室要求拜见陈望道先生。这位已年过七旬的老人 20 年代曾就读于复旦大学的商科，如今的身份是新加坡驻泰国大使，是位华裔外交官。这次他回故乡探亲希望能见到他所崇敬的陈望道老师，了却多年来的心愿。据说他当年在复旦就读时曾听过陈老师的修辞学课。

由于望老当时的健康状况已非常不佳，不便于接待，故而有关方面已向他婉言谢绝。岂料这位先生怀旧心切，坚持要上医院探望，还说："若老师身体欠佳，不便说话，只需让我在病房门外站立一会，见上老师一面，我就心已足矣！"听了这番如此深情的话，又怎能忍心去违拗一位老华侨的心愿和请求呢？是啊，在经过了十年动乱后，长期侨居在海外的同胞是多么渴望了解到祖国大陆内自己熟知的知识分子劫后余生的境况呀！

1977 年 10 月 2 日，约定会见的时刻已经到来，望老所在的病房已稍作整理和布置，衣柜上摆了一盆盛开的鲜花，桌上添置了一些橘子、糖果之类的果品，病房的主人换上了一件新的睡袍。此时，陪同接见的望老的秘书邓明以和儿子振新亦已恭候在电梯门口。谁知这位大使早已心急火燎地从大厅内的楼梯拾级而上，并已来到病房门口。望老的儿媳良玉连忙招呼客人进入病房。两位老人握手坐定后，大使向陈师恭恭敬敬地献上一束美丽的鲜花，并向他致以最亲切的问候，祝愿老师早日恢复健康。望老也向客人说了几句感谢的话。接着大使又向老师回忆起当年在复旦读书时的一些情况，望老时而点头，时而微笑，两人沉浸在幸福的回忆之中。为了不让病人过于疲劳，接待工作很快便结束了。大使带着满意的笑容告别了老师。在电梯里，大使对望老的秘书说："老师的精神很好，

---

① 《陈望道文集》第 1 卷，第 305 页。

他那带有浓重的浙江乡音与说话时的神态与当年我读书的时候丝毫没有改变。”接着他又反复说：“老师没有病，他这是老，老师很快便会恢复健康的。”表达了他对老师的良好祝愿。

谁知离开这次会见仅相隔 20 来天工夫，望老因肺部感染，病情再度恶化，而这次竟然一病再也不起了。1977 年 10 月 29 日凌晨 4 时，陈望道终于走完了自己不平凡的一生，与世长辞，终年 87 岁。

1980 年 1 月 23 日，中共上海市委组织部根据中央组织部通知精神，在龙华革命公墓为陈望道举行了骨灰盒覆盖党旗仪式。

斯人已去，他的道德，他的风范，他的成就，永留人间……

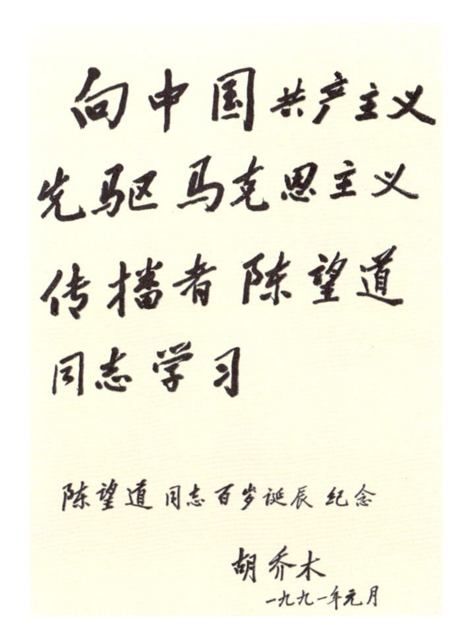

胡乔木为纪念陈望道百岁诞辰题词（1991 年）

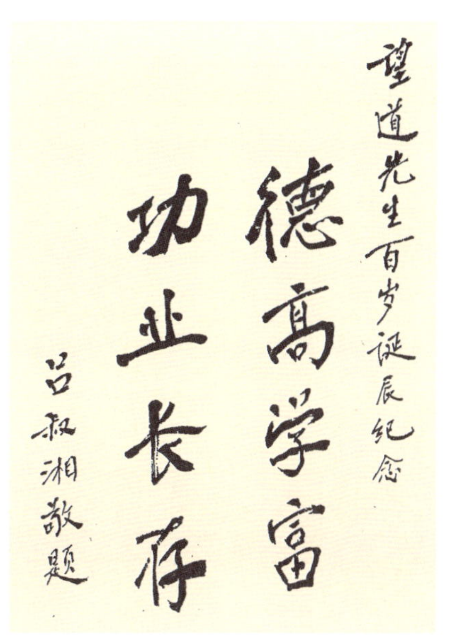

吕叔湘为纪念陈望道百岁诞辰题词（1991 年）

第二版编后记

陈望道先生是我国马克思主义的早期传播者，中国共产党的重要创始人之一，同时也是著名的学者和教育家。他是中华人民共和国成立后复旦大学的首任校长。

纵观陈望道先生的一生，从少时东渡扶桑求学到投身“五四”新文化运动，从引领浙江“一师风潮”到率先翻译《共产党宣言》，从积极参与创建中国共产党到倡导妇女解放运动，从坚持文化反“围剿”斗争到组织上海文化界抗日联谊会，从迎接解放担任新复旦首位校长到革新语文，倡导科研和新学风，他是位始终站在时代浪潮与进步思潮最前线的勇士，他毕生都在追求真理和进步，为人类的文明与幸福而坚持不懈地努力奋斗。陈望道先生一生无限热爱党和人民，热爱祖国，他的精神风貌、道德文章以及高尚的品格风范，是那个时代的先进知识分子的典型，也是所有青年人学习的楷模，无论在昨天还是今天，乃至于将来。

20 世纪 20 年代初，陈望道先生应邵力子先生之邀赴复旦大学任教，自此与复旦大学结下了不解之缘。后因历史动荡中断数年之后，于 1940 年秋再度任教已迁至重庆北碚的复旦大学，自此之后再也没有离开过。这样算来，陈望道先生先后曾在复旦大学战斗和工作了长达半个多世纪。

为表达对这位历史伟人和前校长的敬意，我社于 1995 年建校 90 周年之际曾出版这本由邓明以教授撰著的《陈望道传》。邓明以是在复旦大学毕业之后，以学部委员助手的名义分配至陈望道先生创建的语言研究室工作的，之后又兼任望老的秘书，追随望老达 20 余年。20 世纪 90 年代初，经过多年深入全面的访问调查、严谨细致的研究考证，以及本人与望老长期接触的追忆，邓明以教授终于完成了这本背景深广、史料丰富、论述客观、记录忠实的《陈望道传》。该书于当年出版后深受各方人士的赞赏和广大读者的好评。

2005 年是复旦大学建校 100 周年，我社拟出版复旦大学校长传记丛书以示庆贺，其中包括将《陈望道传》再度付梓。编辑原打算请作者修订后再版，奈何邓明以教授已于 2000 年辞世，留下了无可挽回的遗憾。邓明以女士为撰写《陈望道传》付出了辛勤的努力和耗费了巨大的心血，在本书重新出版之际，我们也对邓女士表示崇高的敬意和深切的怀念！

此外，本书有关图片资料得到望老之子陈振新先生授权许可，陈振新先生亲自撰写了部分插图说明，在此深表感谢！

编　者

2004 年 9 月 1 日

图书在版编目(CIP)数据

陈望道传/邓明以著. --3版. --上海：复旦大学出版社,2025.5. --(复旦大学校长传记系列).
ISBN 978-7-309-17891-3

Ⅰ. K825.46

中国国家版本馆CIP数据核字第2025TT9876号

陈望道传
邓明以　著
责任编辑/关春巧

复旦大学出版社有限公司出版发行
上海市国权路579号　邮编：200433
网址：fupnet@fudanpress.com　http://www.fudanpress.com
门市零售：86-21-65102580　团体订购：86-21-65104505
出版部电话：86-21-65642845
上海雅昌艺术印刷有限公司

开本787毫米×960毫米　1/16　印张24　字数346千字
2025年5月第3版
2025年5月第3版第1次印刷

ISBN 978-7-309-17891-3/K·861
定价：108.00元